BASTEI
LÜBBE
TASCHENBUCH

Weitere Titel der Autorin:

Pfefferkuchenhaus
Nur der Mann im Mond schaut zu
Und raus bist du
Falsch gespielt

Carin Gerhardsen

VERGESSEN WIRST DU NIE

Kriminalroman

Aus dem Schwedischen von
Thorsten Alms

BASTEI LÜBBE
TASCHENBUCH

BASTEI LÜBBE TASCHENBUCH
Band 17 380

MIX
Papier aus verantwortungsvollen Quellen
FSC® C083411

Vollständige Taschenbuchausgabe

Deutsche Erstausgabe

Titel der schwedischen Originalausgabe: »Gideons ring«
Originalverlag: Norstedts, Sweden
Published by arrangement with Nordin Agency AB, Sweden

Textredaktion: Anja Lademacher, Bonn
Titelillustration: © shutterstock/Elena Schweitzer;
© shutterstock/Marcel Derweduwen
Umschlaggestaltung: Manuela Städele-Monverde
Satz: Urban SatzKonzept, Düsseldorf
Gesetzt aus der Garamond
Druck und Verarbeitung: CPI books GmbH, Leck – Germany
Printed in Germany
ISBN 978-3-404-17380-8

5 4 3 2 1

As far as my eyes can see
There are shadows surrounding me
And to those I leave behind
I want you all to know
You've always shared my darkest hours
I'll miss you when I go

And oh, when I'm old and wise
Heavy words that tossed and blew me
Like autumn winds will blow right through me
And some day in the mist of time
When they ask you if you knew me
Remember that you were a friend of mine
As the final curtain falls before my eyes
Oh when I'm old and wise

Eric Woolfson, Alan Parsons

Juni 2010,
früher Samstagmorgen

Es war noch nicht lange her, dass die Sonne über den Hausdächern hervorschaute, aber inzwischen war es bereits hell. Der eine oder andere frühe Spaziergänger hätte die junge Frau durchaus bemerken können, die einsam durch den kühlen Frühsommermorgen zu laufen schien. Abgesehen von dem eifrigen, unaufhörlichen Gezwitscher der Vögel, die keine einzige der hellen Stunden des Tages ungenutzt lassen wollten, waren nur ihr angestrengtes Atmen und das Geräusch ihrer nackten Füße auf dem Asphalt zu hören.

Dort, wo die Grindsgatan auf die Hallandsgatan stieß, bog sie ohne zu zögern nach rechts ab. Dicht gefolgt von ihrem eigenen langen Schatten rannte sie mit zusammengekniffenen Augen in das rot schimmernde Gegenlicht, während ein Schweif aus kastanienbraunem Haar hinter ihr herflatterte. Die ganze Szene schien eine poetische Dimension zu haben, aber es war niemand dort, der sie deuten konnte.

Niemand war dort, der sich Gedanken darüber machen konnte, wie lieblos der harte und unregelmäßige Asphalt die empfindlichen Füße bearbeitete. Niemand, der einer nackten Frau, die an einen anderen Ort und in eine andere Zeit zu gehören schien, eine Decke um die Schultern legen konnte. Niemand, der mit ein paar magischen Worten das, was geschehen war, und das, was noch geschehen würde, ändern konnte.

Zuerst lief sie mitten auf der Straße, zielgerichtet, ohne sich umzuschauen. Aber kurz darauf verließ sie den Weg, um durch den Park abzukürzen, zwischen üppigen Bäumen hindurch, die in all den grünen Nuancen des Frühsommers leuchteten.

Mal auf Gras, mal auf Kies lief sie bis zu dem Haus an der Tjustgatan, das dem Park am nächsten stand, ein gelb verputztes, siebenstöckiges Mietshaus aus den späten Dreißigerjahren, das in drei Himmelsrichtungen mit Balkons versehen war. Mit geübter Hand gab sie den Türcode ein und betrat das Treppenhaus, wurde plötzlich von der Dunkelheit des Innenraums verschluckt, bevor die Tür hinter ihr mit einem Knall zuschlug.

Vier Tage zuvor, Dienstagnachmittag

Das Mädchen war ganz allein auf dem Schaukelgerüst, als es passierte. Es waren einige andere Kinder auf dem Spielplatz, und auch Eltern, aber sie war die Einzige, die schaukelte. Der Mann saß etwas weiter entfernt auf einer Bank in der Nachmittagssonne. In den Händen hielt er eine Abendzeitung, in die er nicht mehr hineinschaute. Seit ein paar Minuten widmete er seine ganze Aufmerksamkeit dem etwa zehnjährigen Mädchen. Sie trug Jeans, ein rotes, langärmeliges T-Shirt und darüber eine hellblaue Daunenweste. Ihre Füße steckten in strahlend weißen Turnschuhen, die funkelnagelneu aussahen. Der frische Wind spielte mit ihren langen, dunklen Haaren, die hin und wieder vor ihr Gesicht wehten, sodass sie kaum etwas sehen konnte. Immer wieder strich sie die Haare mit einer Hand hinters Ohr, um dann erneut, mit beiden Händen an den Ketten, Schwung zu nehmen und die Schaukel in ganz neue und noch atemberaubendere Höhen zu treiben.

Das Mädchen sah entschlossen aus. Ihrer Körperhaltung nach zu urteilen, hatte sie sich vorgenommen abzuspringen, wenn die Geschwindigkeit am höchsten war. Aber einen Augenblick später schien sie sich anders zu entscheiden, entspannte sich wieder und ließ die physikalischen Kräfte walten. Ihre Beine baumelten unter der Schaukel, und sie genoss die allmählich abnehmende Pendelbewegung. Schaukelte vor und zurück, vor und zurück, kümmerte sich nicht mehr darum, wenn ihr Haar herumgewirbelt wurde. Plötzlich änderte sie ihre Meinung, holte noch einmal Schwung, ließ die Ketten los und hob von der Schaukel ab, kurz nachdem sie den tiefsten Punkt überschritten hatte und wieder nach oben schwang. Sie landete auf den Füßen, allerdings ziemlich wackelig, als hätte sie ihre Entscheidung noch während des Flugs bereut. Dann verlor sie das Gleichgewicht und fiel nach hinten, wollte sich mit den Händen abstützen, überlegte es sich im letzten Augenblick anders und blieb ein paar Sekunden auf dem Rücken liegen, bevor sie sich mühsam wieder aufrichtete, die Schaukel an den Hinterkopf bekam und nach vorn taumelte. Stolpernd fand sie das Gleichgewicht wieder, während sie sich ängstlich umschaute. Den Mann, der sie beobachtete, schien sie nicht zu bemerken. Sie tastete ihren Kopf mit den Händen ab und schaute sie anschließend an, als wollte sie herausfinden, ob sie blutete. Noch einmal schaute sie sich besorgt um, bevor sie sich hinhockte, um auch ihre Knöchel zu untersuchen. Mit betrübter Miene richtete sie sich wieder auf und hinkte fort, in Richtung der Parkbank, auf der der Mann saß.

Als sie in seine Nähe kam, stand er auf und sagte irgendetwas zu ihr. Das Mädchen zuckte zusammen und blieb stehen. Zuerst schaute sie ein bisschen misstrauisch, aber sie hörte sich an, was er zu sagen hatte, nickte, humpelte auf ihn zu und streckte ihre Hände aus. Vorsichtig drehte er ihre Handflächen nach oben und tastete sie mit seinen langen, gepflegten Fingern ab. Doch sie zog die Hände mit einem leichten Kopfschütteln wieder zurück, sagte ihm etwas, über das er nachdachte, bevor er sich wieder auf die Bank setzte und sie mit einer Geste aufforderte, neben ihm Platz zu nehmen. Sie setzte sich direkt neben ihn, drehte ihm den Rücken zu und protestierte nicht, als sich seine Finger unter ihr Haar schoben, um mit kurzen, sanften Bewegungen ihren Nacken und den Haaransatz zu massieren. Er sagte etwas, das Mädchen lachte, und er legte seinen Arm um ihre Schulter und zog sie an sich. Dann zog er eine Papiertüte aus der Jackentasche, die er ihr vor die Nase hielt. Sie schaute hinein und sah sich um, bevor sie das Angebot zögernd annahm. Schnell verschwanden die letzten Zweifel, und sie stopfte fröhlich alles in sich hinein, was sich in der Tüte befand.

Ein paar Minuten später standen sie auf und verließen gemeinsam den Spielplatz. Der Mann hatte seinen Arm um die schmalen Schultern des Mädchens gelegt.

Freitagabend

Es war warm und sommerlich, sie feierten, und es waren nur noch ein paar Tage bis zu den Ferien. Zwei von drei Jahren am sozialwissenschaftlichen Zweig des Gymnasiums hatte sie geschafft und in einem Jahr würde sie Abitur machen. Nach neun beschissenen Jahren auf der Grundschule und in der Mittelstufe und zwei bedeutend besseren auf dem Gymnasium war sie nun also fast fertig mit der Schule und schon volljährig. Es war beinahe unwirklich. Im Februar war Veronica achtzehn geworden, und sie war kein Kind mehr. Nicht nur in ihren eigenen Augen, sondern auch in denen der Gesellschaft war sie jetzt reif genug, für sich selbst zu sorgen und die Verantwortung für ihr Leben zu übernehmen. Und das machte sie richtig gut. Sie erledigte ihre Hausaufgaben, hatte gute Noten und konnte sich nebenher sogar noch ein bisschen amüsieren. Das Leben hatte sich wirklich zum Besseren verändert, seit sie aufs Gymnasium gekommen war, und mittlerweile sah sie der Zukunft mit Zuversicht entgegen.

Den Nachmittag hatte sie auf der Ladefläche eines Anhängers verbracht, zusammen mit ein paar schlanken Birken, etwa dreißig feiernden Jugendlichen, einer riesigen Lautsprecheranlage und jeder Menge Bier. Sie waren mehrere Stunden durch die Stadt gefahren, hatten gesungen, gegrölt, sich und die Passanten mit Bier bespritzt und waren mehr oder weniger wie Idioten herumgehüpft. Und das alles, um ein paar Jungs vom Kärrtorps Gymnasium aus der Jahrgangsstufe über ihr zu feiern, die ihr Abitur bestanden hatten. Obwohl sie selbst eigentlich eher die bevorstehenden Sommerferien feierte und die

Tatsache, dass sie überhaupt bei diesem Umzug dabei sein durfte.

In der Mittelstufe war sie einsam und wenig beliebt gewesen. Offensichtlich war sie irgendwie anders gewesen, aber sie wusste nicht, warum. Doch als sie aufs Gymnasium gekommen war, hatte sich das Problem von selbst erledigt. Die meisten kannten einander noch nicht, und die Hierarchien bildeten sich neu. Veronica war zwar auch diesmal nicht ganz oben gelandet, aber sie fühlte sich sicher, akzeptiert, so wie sie war, und – ja, tatsächlich – sie war auch ziemlich beliebt.

Nach dem verrückten Umzug auf dem Anhänger waren sie zu Madde nach Hause gefahren und hatten geduscht, frische Klamotten angezogen und sich geschminkt. Hatten sich eine Flasche billigen Rotwein geteilt, um die Partystimmung am Leben zu erhalten. Dann waren sie weitergezogen zum Badestrand am Söderbysjön, hatten ihre Decken auf dem Rasen ausgebreitet, sich in die Nachmittagssonne gelegt und gequatscht. Mit der Zeit waren immer mehr Schulkameraden aufgetaucht. Hübsch geschminkte, leicht bekleidete Mädchen, deren nackte Beine unter den kurzen, ausgeschnittenen Sommerkleidern herausschauten, halb erwachsene Jungs mit Gel im Haar und aufgeknöpften Hemden. Mittlerweile mussten es um die vierzig sein, die hier miteinander lärmten und lachten. Ihre Anzahl und ihre Jugend provozierten sicher die Spieler auf dem angrenzenden Golfplatz, genau wie die Musik, die aus den Lautsprechern dröhnte. Das war bestimmt nicht erlaubt, aber sie feierten den Schulabschluss, und sogar die sonst so empfindlichen Golfer schienen sich damit abzufinden. Sie warfen ein paar verärgerte Blicke zur Badestelle hinüber, zogen dann aber wortlos zum Clubhaus weiter. Die Familien mit den kleinen Kindern hatten den Strand schon längst verlassen, sie hatten wohl geahnt, was auf sie zukommen würde.

Ein paar der Jugendlichen hatten Einweggrills mitgebracht, es roch sommerlich nach Grillkohle und triefendem Fleisch. Madde, Veronica und ein paar andere Mitschüler aßen Roastbeef und Kartoffelsalat mit Plastikbesteck von Plastiktellern, die sie am Tag zuvor eingekauft hatten. Sie tranken noch mehr Wein. Der Lärmpegel stieg unbemerkt, als die Stereoanlage weiter aufgedreht wurde. Ein paar Leute begannen zu tanzen.

Veronica nahm die Flasche, die ihr irgendjemand reichte, und führte sie an den Mund. Sie genoss die Geräusche, die Gerüche, die Gemeinschaft, die Stimmung. Hier war sie glücklich, sie fühlte sich stark und frei und unbeschwert.

*

John Gideon starrte vor sich hin. Seit einer ganzen Weile schon saß er auf diesem Stuhl und betrachtete die Wand oberhalb des Computers, hing seinen Gedanken nach. Er dachte an seine Mädchen. All die Mädchen, die im Laufe der Jahre hier ein und aus gegangen waren. Einige von ihnen hatte er sehr gemocht, andere hatte er, wenn er ehrlich war, überhaupt nicht leiden können. Aber sie waren aus freien Stücken gekommen, waren von ihm angezogen worden wie Fliegen von einem Zuckerwürfel. Alle waren aus irgendwelchen Gründen in Schwierigkeiten gewesen, hatten Probleme gehabt oder kein Geld. Fühlten sich missverstanden und gestresst. Waren traurig oder zornig oder beides gleichzeitig. Oft hatten sie ein schlechtes Selbstwertgefühl, verglichen sich ständig mit den Models, die höhnisch von den Plakatwänden um sie herum herablachten. Schwach und ausgebeutet. Von den Kräften des Marktes und dem Kommerz zurechtgestutzt. Aber auf unterschiedliche Weise auch von den Menschen in ihrer Umgebung: Eltern, Lehrer, Gleichaltrige. Aber von ihm fühlten sie sich angenommen. Und ganz gleich, wie sie selber darüber dachten, er fand sie schön. Ganz umwerfend mit all ihren Unterschieden und Ähnlichkeiten, ihrer Zerbrechlichkeit und ihrer jugendlichen Naivität.

Dann fiel sein Blick auf die gerahmte Fotografie, die auf dem Sekretär stand. Auf diese dunklen, lebhaften Augen in einem fröhlichen Gesicht, Augen, die, das wusste jeder, der sie gut kannte, etwas ganz anderes ausdrückten, als ihr Lächeln vorspiegelte. Er. Er war der Einzige, der sie gut gekannt hatte, der Einzige, den sie an sich herangelassen hatte. Er konnte in ihr lesen wie in einem aufgeschlagenen Buch, weil sie ihre ganze Existenz in seine Hände gelegt hatte. Ihr Herz, ihre Seele, ihre innersten Gedanken. Ihre Träume und Hoffnungen. Die schönen und die hässlichen, die reinen und die schmutzigen. Die gesunden und die kaputten. Mit einer solchen Aufrichtigkeit bedacht zu werden, schafft Verantwortung. Und es war eine atemberaubende Reise gewesen, sie kennenzulernen. Ihr Vertrauen zu gewinnen. Sie zu erobern. Ein schwindelerregendes Abenteuer von ihrer ersten Begegnung bis zu dem Augenblick, als sie ihm gehört hatte. Seine Stoffpuppe.

Soweit man einen anderen Menschen überhaupt besitzen konnte.

War das möglich? Besaß man sein eigenes Kind? Wem gehört ein Kind? Konnte man Menschen überhaupt als Eigentum betrachten? Natürlich nicht. Aber ein Kind gehörte trotzdem zu jemandem. Die Frage war nur, zu wem. Gehörte es zu denjenigen, die es bekommen hatten? Oder zu jenen, bei dem es sich geliebt und aufgehoben fühlte?

Er hatte wieder geschrieben. Fast den ganzen Abend. Es gab so viel zu erzählen, so vieles, das man in Worte kleiden musste. Obwohl es wesentlich leichter war, sich mithilfe der Musik auszudrücken. Ein paar Akkorde auf der Gitarre, und jeder versteht, was man gerne gesagt hätte. Aber was man nicht in Worte fassen konnte, das wurde auch nicht verstanden. So war es eben, und deswegen war es so unerhört wichtig, dass es getan wurde. Damit Rut es verstand. Damit er selbst es verstand. Und so vielleicht seinen Frieden finden konnte.

Das Schreiben hatte ihm nie gelegen, es war schwierig und anstrengend und zeitraubend. Aber die Last auf seinen Schultern wurde leichter. Vielleicht stimmte, was die Leute sagten, dass es eine Hilfe ist, sich seinen Kummer und seine Sorgen von der Seele zu schreiben. Ein Wort nach dem anderen suchte er aus seinen Erinnerungen heraus und brachte es zu Papier. Ein Wort nach dem anderen über die Zeit mit ihr und die Zeit danach. Und jede einzelne Silbe war aufrichtig gemeint, entstammte schlummernden oder stets gegenwärtigen Erinnerungen. Angenehmen und schrecklichen, ehrenwerten und schändlichen Erinnerungen. Er war wie ein Vulkan, der faszinierend schöne, aber lebensgefährliche Lava ausspie.

In der Wohnung war es still und dunkel. Er hatte noch keine Lampe eingeschaltet, draußen war es immer noch nicht richtig dunkel. Licht und Dunkelheit. Richtig und falsch. Wie konnte er sich zum Richter machen? Sich in das Leben anderer Menschen einmischen? Aber er urteilte nicht, versuchte er sich einzureden. Er musste schließlich etwas tun. Aktiv. Eine Entscheidung fällen. Ganz gleich, ob es im juristischen Sinne richtig oder falsch war. Oder im moralischen Sinne. Er war weder in der Rechtswissenschaft noch in der Ethik besonders bewandert, und vielleicht fehlte ihm auch der gesunde Menschenverstand. Aber an Zivilcourage fehlte es ihm nicht – nicht mehr jedenfalls – und er konnte nicht einfach weggucken, weil es so am bequemsten war. Er musste sich der Situation stellen, entscheiden, welchen Weg er gehen sollte. Und der erste Schritt bestand darin, dorthin zurückzukehren, wo alles begonnen hatte.

Mit plötzlichem Eifer beugte er sich vor und schaltete die Schreibtischlampe ein. Berührte kurz die Maus, damit der Bildschirm wieder aufleuchtete, kniff die Augen zusammen, bis sie sich an das Licht gewöhnt hatten. Er klickte sich zur Homepage der Staatsbahn durch und schloss seine Buchung ab. Bezahlte mit der Visa-Karte und merkte sich die Abfahrtszeiten.

Um den wunderbaren Duft des Vorsommerabends nach Traubenkirschen und Gras und blühenden Obstbäumen hereinzulassen, hatte er das Fenster gekippt. Draußen konnte er Stimmen hören. Ein paar Männer, die sich lautstark unterhielten, kamen die Straße entlang und gingen unter seinem Fenster vorbei. Sie klangen ausgelassen und ein bisschen wild, vielleicht waren sie betrunken. Als er aufstand, um in die Küche zu gehen, hörte er, wie die Haustür ins Schloss fiel.

John Gideon dachte an seine bevorstehende Reise. Er würde seine Tasche packen und sich in den Zug setzen, anschließend musste er nur noch zur Tat schreiten. Behutsam, vorsichtig und unauffällig.

Die Nacht zwischen Freitag und Samstag

Dunkelheit senkte sich über den Söderbysjön, eine Dunkelheit, die in dieser Jahreszeit nur ein paar Stunden dauern würde. Aber es war sternenklar, und der Mond stand am Himmel, zwar nur als dünne Sichel, aber hell genug, um sich in der Nacht nicht aus den Augen zu verlieren. Vielleicht waren es aber auch die ewig brennenden Lichter von Stockholm und seinen Vororten, die den Himmel über den Wipfeln des nahen Waldes beleuchteten.

Veronica tanzte. Der ärgerliche Fleck, den der fettige Kartoffelsalat auf ihrem Sommerkleid hinterlassen hatte, war längst vergessen. Mit der Dunkelheit, dem Wein und der Musik wuchs das Gefühl, sich in einer Blase, sich in einer sicheren und liebevollen Umgebung zu befinden. Alle waren fröhlich, vereint in einer Art Euphorie über den gegenwärtigen Stand der Dinge: Ferien, Fest, Freiheit. Wer mit wem tanzte, war nicht ganz klar. Im Grunde tanzte man einfach nur. Mit sich selbst, mit demjenigen, der am nächsten war, jeder mit jedem. Jungen und Mädchen bewegten sich gemeinsam im Takt der Musik, wie ein einziger Körper, eine einzige, große Umarmung. »We speak no americano« dröhnte es aus den Lautsprechern, nicht besonders viel Text, aber ein schwerer Bassrhythmus, der die Erde unter ihnen zum Beben brachte.

Gabriel Eklund aus Veronicas Parallelklasse, der jüngere Bruder von Jonas, einem der Abiturienten, tanzte plötzlich neben ihr. Das Hemd hatte er im Eifer des Gefechts bereits ausgezogen und offenbarte oberhalb der weißen Jeans einen durchtrainierten Körper. Er legte den Arm um ihre Taille, und gemeinsam zuckten sie im Takt, als hätten sie nie etwas anderes getan. Es war natürlich nur ein Zufall, er hatte nach dem erstbesten Mädchen gegriffen, und das war Veronica. Er sah aus wie ein Hollywoodstar – groß gewachsen, blonde Locken, blaue Augen und ein Sixpack, weil er Eishockey spielte. Er trat mit einem selbstgewissen Charme auf, dem alle sofort erlagen, inklusive der Lehrer. Kurz, er konnte jedes Mädchen bekommen, das er wollte.

Ein paar Stücke später war er immer noch an ihrer Seite, hatte seinen Arm immer noch um ihre Taille gelegt. Veronica erwartete, dass er jeden Augenblick zu irgendwelchen anderen Taillen weitertanzen würde, zu anderen wippenden Körpern. Aber aus vollkommen unverständlichen Gründen blieb er bei ihr. Seine Haut glänzte vor Schweiß, als er sich herüberbeugte und ihr etwas ins Ohr flüsterte. Etwas, das sie nicht verstand, also rief sie mit einem Lächeln, dass die Musik zu laut sei, um sich zu unterhalten. Sanft, aber bestimmt, zog er sie ein Stückchen zur Seite, nur ein paar Schritte aus der tanzenden Masse heraus.

»Sollen wir ein paar Schritte gehen?«, fragte er lächelnd. »Damit die Ohren sich erholen können?«

Veronica spürte ein Kribbeln in ihrem Bauch. Meinte er es tatsächlich ernst? War es möglich, dass unter all den Mädchen, die hier waren, ausgerechnet sie Gabriels Aufmerksamkeit auf sich gezogen hatte? Aber warum eigentlich nicht? Sie war großartig gelaunt, fühlte sich stark und voller Selbstvertrauen, und das konnte man ihr ansehen. Heute Abend sah sie richtig gut aus, das hatte sie vor dem Spiegel in der Toilette oben im Café schon festgestellt, die sie vor ein paar Stunden unter dem Vorwand, ein Eis kaufen zu wollen, aufgesucht hatte. Veronica nickte. Und lächelte. Er nahm sie an der Hand, und gemeinsam verließen sie das Fest, ohne sich noch einmal umzuschauen. Aber Veronica hoffte, dass die große, tanzende Menge hinter ihr Augen hatte. Gabriel Eklund war schließlich eine echte Trophäe.

»Du bist hübsch«, sagte er.

Veronica spürte das Blut in die Wangen steigen und konnte sich nicht entscheiden, ob und wie sie darauf antworten sollte. Langsam wanderten sie den Hang zum Café hinauf, das, so wusste sie, bereits seit Stunden geschlossen war.

»Schön, ein bisschen alleine zu sein«, sagte sie.

Gabriel drückte ihre Hand ein bisschen fester, schien stehen bleiben zu wollen, als es in ihrer Handtasche klingelte. Sie ließ ihn los und holte ihr Handy heraus. Madde natürlich, die auch im Hinterkopf Augen hatte: »Hab euch gesehen! Auswärtsspiel?« Hektisch tippte Veronica eine kurze Antwort ein: »Haha. Komm später drauf zurück. Wenn ich es schaffe ...«

»Entschuldige«, sagte sie und schaute zu Gabriel auf, der ihr Gesicht zwischen die Hände nahm und sie küsste.

Ihr Herz galoppierte plötzlich ganz unkontrolliert davon, und eine Woge der Wärme durchflutete ihren Körper. Sie erwiderte seinen Kuss und spürte, wie sich seine Hand auf ihre Brust legte, während die andere ihren Rücken hinunterwanderte. Seine Zunge arbeitete energisch in ihrem Mund, und sie tat, was sie konnte, um auf seine Bewegungen einzugehen. Plötzlich hörten sie Stimmen, nicht weit von ihnen, mindestens zwei Personen, die auf sie zukamen. Gabriel hielt inne und schaute sie mit einem leicht enttäuschten Blick an.

»Da hinten ist Licht«, flüsterte er. »Komm schnell, wir verschwinden, bevor sie uns entdecken.«

Er legte den Zeigefinger vor den Mund und lief mit Veronica an der Hand leichtfüßig an dem dunklen Café vorbei auf das Licht zu. Es schien aus einer großen Scheune zu kommen, aber nach einer Weile erkannte sie, dass es die Garage sein musste, in der der Golfclub seine Maschinen aufbewahrte. Es piepste noch einmal in der Handtasche, eine weitere SMS: »Lucky you!«, meinte Madde, was Veronica nur unterschreiben konnte, aber sie hatte Besseres zu tun, als eine Antwort zu schreiben. Gabriel führte sie auf die Rückseite des Gebäudes, wo sie eine Tür fanden, die in der großen, fensterlosen Wand sehr klein wirkte, obwohl sie eine normale Größe hatte. Er drückte die Klinke herunter, und zu ihrem Erstaunen war sie unverschlossen. Einer der Grünpfleger musste vergessen haben, sie hinter sich abzuschließen, vielleicht sogar aus Verärgerung darüber, dass unten am Badeplatz so laut gefeiert wurde, dachte Veronica.

Sie schlüpften hinein und zogen die Tür vorsichtig hinter sich zu. Ihre Augen fanden einander, und sie mussten kichern, weil sie gemeinsam in dieses unschuldige Abenteuer auf verbotenem Grund geraten waren. Gabriel zog einen Flachmann aus der Hosentasche, trank zuerst selbst einen Schluck, bevor er Veronica davon anbot. Sie trank einen Schluck, und er küsste sie erneut, dieses Mal eher hastig und unkonzentriert. Hier konnten sie schließlich nicht bleiben, in dieser dreckigen Garage mit den großen Ölflecken und dem verrottenden Gras auf dem Boden. Sie schauten sich nach einer Stelle um, wo sie es sich halbwegs bequem machen konnten, fanden aber nichts Besseres als eine kleine Küche mit einem Tisch und drei Stühlen hinter einer Glastür. Das musste reichen. Ein Bett wäre auch zu viel verlangt gewesen. Gabriel zog sie an sich und küsste sie hart und gierig. Und Veronica stand ihm in nichts nach. Als sich seine Hand kurz darauf unter ihr Kleid und in die Unterwäsche schob, enttäuschte sie ihn nicht. Sie ließ ihren Slip fallen und knöpfte seine Jeans auf, half ihm, sich aus ihr herauszuwinden. Wild vor Erregung zog er ihr das Kleid über den Kopf. Es hörte sich an, als würde eine Naht aufreißen, und unter normalen Bedingungen hätte sie sich darüber geärgert, aber in der Hitze der Erregung scherte sie sich nicht darum. Das Leben passierte hier und jetzt, was kümmerte es sie also, was nach diesem wunderbaren Augenblick kommen würde.

Mit dem Rücken am Kühlschrank schlang sie die Beine um den muskulösen und hart arbeitenden Männerkörper und nahm ihn in Empfang. Stöhnend vor Wollust gab sie sich all seinen Wünschen hin.

*

Im Winter hätte man gesagt, es wäre mitten in der Nacht, aber jetzt begann es schon wieder richtig hell zu werden. Aber es war die Wolfsstunde, ganz unabhängig von der Jahreszeit. Die Zeit des Tages, in der der Körper am wenigsten aktiv war, die Zeit des Tages, in der die meisten Menschen starben. Und wenn man Ingmar Bergman glauben wollte, war es auch die Zeit, zu der der Schlaflose von seiner größten Angst gejagt wurde, in der Gespenster und Dämonen am mächtigsten waren.

Dem Mann waren solche Gedankengänge nicht fremd. Er fragte sich, warum er genau zu dieser Zeit unterwegs war, warum er sich den Dämonen aussetzte. Die Antwort war ganz einfach. Zu Hause waren die Wände so dicht an ihn herangekrochen, dass er kaum noch atmen konnte. Er konnte es nicht mehr aushalten. Aber er musste noch so lange durchhalten, bis Mariana aus dem Haus war. Und das würde frühestens in einem Jahr passieren, wahrscheinlich erst in zwei oder drei.

In Mariana sah er sich selbst. Nicht von der äußeren Erscheinung her, denn sie war ein Abbild ihrer Mutter als junge Frau. Groß gewachsen, schlank, hübsch. Dunkle Haare und grüne, katzenartige Augen. Aber das Temperament hatte sie von ihm. Und die Art zu denken und zu leben. Er hatte ihr nützliche und wertvolle Dinge beigebracht, die ihr sicherlich einen gut bezahlten Job und interessanten Arbeitsplatz garantieren würden. Aber diese Rastlosigkeit ... Dieses

Gefühl, niemals ganz zufrieden zu sein, immer mehr zu wollen, immer weiter zu gehen, die Grenzen zu überschreiten. Das hätte er ihr gerne erspart.

Und jetzt saß er ruhelos mitten in der Wolfsstunde am Steuer seines teuren und bequemen Wagens, der langsam vorankroch, obwohl er allein auf dem Altavägen unterwegs war und mehr als genug Pferdestärken unter der Haube hatte. Den Dämonen konnte er nicht davonfahren, ganz gleich, wie viele Pferdestärken er hatte. Er musste sich zu Hause zeigen, bevor er am nächsten Morgen zur Arbeit fahren würde, und was er im Augenblick tat, war nichts anderes, als die Heimkehr so lange wie möglich vor sich herzuschieben. Er ertrug es nicht, im Ehebett neben seiner Frau zu liegen. Der Gedanke an ihre sorgfältig manikürten Finger auf seinem Körper, an ihre Lippen, die sich auf die seinen pressten, machte ihn schaudern. Aber das ließ er sich mit keiner Bewegung, mit keiner Miene anmerken. Mit keinem einzigen unbedachten Wort brachte er die glatte Fassade ihres gemeinsamen Lebens zum Bröckeln. Er war der perfekte Mann in einem perfekten Leben, und er fand es zum Kotzen.

Aber genau das hatte er schließlich angestrebt. Schon in jungen Jahren hatte er Pläne für die Zukunft geschmiedet und sich Ziele gesetzt. Niemals war er stehen geblieben, um darüber nachzudenken, wer er eigentlich war, was er in seinem tiefsten Inneren eigentlich vom Leben wollte. Er war eine leichte Beute für das Establishment, das ihm eine politisch korrekte Ansicht nach der anderen aufzwang, und er hatte alles, was man brauchte, um sie der breiten Masse zu vermitteln. Niemand hatte wie er das Talent, andere einzuwickeln, zu begeistern, zu täuschen und zu manipulieren. Aber er war nur eine Marionette. Ein Hampelmann ohne eigenen Willen. Es waren andere, die an den Fäden zogen, er selbst konnte nicht einmal seinen eigenen Körper kontrollieren. Er musste zwanghaft auf einer einsamen Landstraße in eine alte Decke masturbieren, bevor er sich überwinden konnte, in seine Eigenheimidylle zurückzukehren.

Er fühlte sich schmutzig. Wütend war er auch. Auf seine Verdorbenheit, seine schwache Natur. Auf die Umstände und die Menschen in seiner Umgebung. Diejenigen, die ihn zu dem gemacht hatten, der er war. Die ihn gefesselt und zum Gehorsam erzogen hatten. Und er war immer noch wütend. So sollte es nicht sein, so durfte es nicht sein. Es führte dazu, dass er das einzige Ventil verlor, über das er Druck ablassen konnte. Und was blieb ihm dann noch? Eine Therapie? Zu spät, um damit anzufangen, und einen frisch ausgebildeten Psychologen würde er im Handumdrehen abblitzen lassen. Einen erfahrenen im Übrigen genauso. Beichte? Wohl kaum. Buße? Möglicherweise konnte man das, was er gerade tat, schon als solche betrachten.

Die Unruhe fraß an ihm. Er musste etwas aus seinem Leben machen. Ein besserer Mensch werden, lernen zu lieben. Aber er liebte doch schon. Mariana. Alles, was er getan hatte, hatte er ihretwegen getan, und nur für sie. Hoffentlich würde er noch durchhalten, bis sie auf eigenen Beinen stand und stark genug war, um ihn kennenzulernen.

Plötzlich sah er sie. Dort hinten stieg sie aus der Morgendämmerung und kam ihm auf der Landstraße entgegen. Mariana. Seine hübsche Tochter mit dem langen, dunklen Haar, das im Wind flatterte. Der Anblick traf ihn mit einer solchen Kraft, dass er zu zittern begann. Er trat auf die Bremse und wich nicht einmal aus, sondern starrte zitternd und mit offenem Mund auf dieses Gespenst seiner Tochter, das mit jedem Schritt deutlicher vor seine Augen trat. War sie etwa gestorben? Oder hatte er den Verstand verloren? Was ihn nicht überrascht hätte, aber er war vollkommen unvorbereitet darauf, dass es gerade jetzt passierte.

Die Wolfsstunde. Das Mädchen, das seine Tochter war, die ein Gespenst war, trug keine Kleider.

»Vor Gott sind wir alle nackt«, murmelte er und schaute auf seine zitternden Hände hinunter.

Er schämte sich. Nie hatte er seine Tochter in erwachsenem Alter ohne Kleider gesehen, und in der Hoffnung, dass dieser ebenso verführend schöne wie erschreckende Anblick verschwunden war, schaute er wieder auf.

Er war noch da. Aber eines hatte sich verändert. Es war nicht mehr seine Tochter, die im auf der Straße entgegenkam. Es war eine junge Frau, die er vorher noch nie gesehen hatte. Was um alles in der Welt war hier los?

Mit nach wie vor klopfendem Herzen öffnete er die Tür und trat auf den taufrischen Asphalt.

»Was ist passiert?«, rief er, aber die Frau schien ihn gar nicht zu beachten. Mit vor Schrecken verzerrtem Gesicht starrte sie an ihm vorbei und lief weiter.

»Junge Frau, ich will doch nur helfen!« Er stellte sich mitten auf die Straße und breitete die Arme aus, um seine friedlichen Absichten zu betonen.

Zu seiner Verwunderung versuchte sie nicht auszuweichen, sondern lief direkt in seine Arme. Keuchend und schnaufend ließ sie sich von dem fremden Mann auffangen, der sie mit seiner Körperwärme, mit seiner Nähe umschloss. Eine Weile blieben sie so stehen, bis ihre Atmung sich beruhigt hatte. Seine Arme waren um ihren nackten Körper geschlungen, der ganz kalt war, obwohl sie gelaufen war.

»Alles gut, Mädchen, alles gut«, wiederholte er immer und immer wieder, während er mit den Händen versuchte, Wärme in ihre glatte Haut zu massieren.

Als ihre Atmung nach einigen Minuten in einen normalen Rhythmus übergegangen war, wagte er es, seinen Griff für einen Augenblick zu lösen und ihren abwesenden Blick einzufangen.

»Ich habe eine Decke im Auto«, sagte er leise, fast flüsternd. »Ich werde sie jetzt holen, es dauert nur ein paar Sekunden. Bleib einfach hier stehen.«

Vorsichtig entfernte er sich ein paar Schritte von ihr, war besorgt, dass sie zusammenbrechen oder wieder fortlaufen könnte. Er beugte sich über den Fahrersitz und öffnete die Kofferraumklappe, ging schnell um den Wagen herum und kehrte mit der Decke zu ihr zurück, die er über ihre Schultern legte. Sie schaute ihn mit einer gewissen Erleichterung, ja, vielleicht sogar Dankbarkeit an, sagte aber immer noch kein Wort. Unter der großen Decke, die bis auf den Boden fiel, sah sie ganz klein aus. Der Mann öffnete die hintere Tür, legte ihr eine Hand auf die Schulter und schob sie zum Wagen. Er half ihr, sich auf die Rückbank zu setzen, und schloss die Tür. Dann ging er auf die andere Seite und setzte sich neben die junge Frau, zog sie an sich und bliebe lange schweigend neben ihr sitzen. Er hatte den Arm um sie gelegt und wiegte sich langsam vor und zurück, wie er es mit Mariana gemacht hatte, wenn sie zur Ruhe kommen sollte, als sie klein war. »Willst du mir erzählen, was passiert ist?«, fragte er leise.

Keine Antwort. Sollte er vielleicht den Notarzt rufen? Aber er könnte sie ja genauso gut selbst ins Krankenhaus fahren. Oder nach Hause. Wenn sie nur mit ihm reden, ihm ihre Adresse sagen würde. Er streichelte sie sanft über die Wange und fragte noch einmal:

»Wenn du mir sagst, wo du wohnst, kann ich dich nach Hause fahren.«

Doch sie antwortete nicht, zeigte mit keiner Miene, ob sie ihn gehört hatte.

»Bist du verletzt? Tut dir irgendwas weh? Soll ich dich vielleicht ins Krankenhaus fahren?«

Jetzt schaute sie ihn tatsächlich an, aber ihr Blick war vollkommen leer. Vielleicht stand sie unter Schock? Er konnte das nicht beurteilen, aber dass es dem Mädchen schlecht ging, stand außer Frage. Und weil er nicht wusste, wo sie wohnte, musste er sie in ein Krankenhaus bringen.

»So machen wir es«, entschied er. »Ich fahre dich ins Söder-Krankenhaus. Dort werden sie dich untersuchen. Ich werde dich begleiten und dafür sorgen, dass alles richtig läuft. Okay?«

Schweigen. Und dieser nichtssagende Blick, bei dem es ihm kalt den Rücken herunterlief. Vorsichtig zog er den Arm zurück und öffnete die Tür.

»Ich setze mich jetzt ans Steuer und fahre. Ist das okay?«

Sie saß wie versteinert auf der Rückbank, bis zum Kinn in seine alte Decke gehüllt. Als er am Steuer saß, wendete er den Wagen und fuhr in Richtung Stadt. Bis Sickla kam ihm kein einziges Auto entgegen. Bei Danvikstull fuhr er über die Brücke, dann über die Folkungagatan und die Götgatan hinunter zum Ringvägen. Die ganze Zeit beobachtete er sie im Rückspiegel, redete sanft auf sie ein, füllte den Abstand zwischen ihnen mit beruhigenden Worten. Er fragte, wie sie heiße und wie es ihr gehe, doch während der ganzen Fahrt saß sie mit unveränderter Miene da und starrte aus dem Seitenfenster, ohne einen einzigen Laut von sich zu geben.

Kurz bevor sie das Söder-Krankenhaus erreichten, sah er, wie sich in ihren Augen etwas veränderte. Ein Anflug von Geistesgegenwart, und kurz darauf begann sie zu schreien. Er zuckte zusammen, bevor er an den Straßenrand fuhr und sich zu ihr umdrehte.

»Ist ja gut, Mädchen. Keine Angst. Bald kannst du dich ausruhen, und alles wird wieder gut«, versuchte er sie zu beruhigen.

Aber das Mädchen konnte nichts verstehen, denn sie schrie ununterbrochen, ein lang gezogener Schrei, der die Scheiben zum Zittern brachte. Als er gerade aussteigen wollte, um sich neben sie zu setzen, öffnete sie die Tür. Schnell lief er hinüber, um sie in Empfang zu nehmen, machte sich breit, damit sie in ihrem verwirrten Zustand nicht davonlaufen konnte. Sobald sie aus dem Wagen stieg, schloss er sie kräftig in die Arme, aber sie befreite sich aus seinem Griff und schlug ihm mit geballten Fäusten auf die Brust. Sie hatte aufgehört zu schreien, stattdessen fauchte sie wie ein wildes Tier. Der Mann versuchte sie mit Worten zur Vernunft zu bringen, aber offensichtlich schien sie es gar nicht mehr wahrzunehmen.

»Beruhige dich, ich werde mich um dich kümmern«, sagte er und bekam eine wütende Grimasse und weitere Schläge zur Antwort.

Während sie auf ihn einschlug, glitt die Decke auf den Asphalt hinunter. Es schien sie nicht zu kümmern. Um sich gegen die Schläge zu schützen, packte er sie an den Handgelenken, aber sie riss sich los und schlug weiter um sich. Mittlerweile hatte sie es auf sein Gesicht abgesehen, das er in einem Reflex im letzten Augenblick zur Seite wenden konnte. Er spürte einen brennenden Schmerz hinter dem Ohr, wo ein scharfer Nagel die empfindliche, dünne Haut aufgerissen hatte. Er wehrte sich, hob die Arme zum Schutz vor das Gesicht, was das Mädchen nutzte, um sich von ihm zu lösen. Als er außer Gefahr war und die Augen öffnete, war sie schon ein Stückchen entfernt. Ohne Decke, ohne Kleidung und ohne Schuhe lief sie, so schnell sie konnte, von ihm weg.

Es gab nichts, was er tun konnte. Die junge Frau wollte seine Hilfe offensichtlich nicht, und er konnte sie schließlich nicht zwingen. Sie lief die Grindsgatan hinunter, und als die Straße einen Bogen machte, sah er sie zum letzten Mal, dann verschwand sie hinter einer Hausecke. Er seufzte, tastete mit der Fingerspitze die Stelle hinter dem Ohr ab und stellte fest, dass er blutete. Das arme Mädchen, dachte der Mann, was war ihr bloß zugestoßen? Dann bückte er sich, hob die Decke auf, um sie zusammenzufalten, legte sie auf den Beifahrersitz und ließ den Motor an. Sollte er nach ihr Ausschau halten? Aber was, wenn er sie wirklich finden würde? Ganz offensichtlich wollte sie ja nichts mit ihm zu tun haben. Er sollte wohl die Polizei alarmieren. Aber je mehr er darüber nachdachte, desto weniger hielt er von der Idee.

Bevor er zurück auf die Straße fuhr, warf er einen Blick in den Seitenspiegel. Es war Zeit, nach Hause zu fahren. Obwohl die Sonne bereits hinter den Hausdächern hervorkletterte und den neuen Tag ankündigte, brauchte er noch ein bisschen Schlaf.

Samstagmorgen

Als der Streifenwagen auftauchte, hatte sich die junge Frau beruhigt. Laut der Zeugenaussagen, die in dem Treppenhaus aufgenommen wurden, hatte sie so lange und laut herumgelärmt, dass die Mehrzahl der Hausbewohner aufgewacht war, aber mittlerweile war sie in Schweigen verfallen. Sie reagierte nicht auf Ansprache, sondern saß nackt auf dem steinernen Boden und starrte apathisch vor sich hin. Dass zwei Polizisten und ein Dutzend Anwohner um sie herumstanden, schien sie nicht zu kümmern.

»Wir haben nichts angefasst«, beteuerte derjenige, der schließlich die Polizei gerufen hatte, ein älterer Herr namens Levin, der im ersten Stock des Hauses wohnte, in dem das Mädchen saß.

»Eine Decke wäre vielleicht nicht schlecht gewesen«, meinte Jansson, einer der beiden Streifenpolizisten.

»Die Beweise«, sagte Levin. »Wir wollten die Beweise nicht zerstören.«

»Die Beweise wofür?«, wollte Jansson wissen.

»Entführung. Vergewaltigung. Misshandlung. Oder was glauben Sie, wonach das hier aussieht?«

»Wir ziehen keine voreiligen Schlüsse«, antwortete Jansson, »aber wie kommen Sie darauf, dass es um eine Entführung gehen könnte?«

Levin hob die Arme.

»Wonach sieht es denn aus? Das Mädchen ist ganz offensichtlich ohne Kleidung, Schuhe oder Handtasche aus der Wohnung geworfen worden.«

Warum das ausgerechnet auf eine Entführung hindeuten sollte, war Jansson nach wie vor schleierhaft, aber er ließ es auf sich beruhen. Der andere Polizist, Danilovic, legte dem Mädchen eine Decke um die Schultern.

»Willst du dich vielleicht auf die Decke setzen?«, schlug er vor. »Der Boden ist so kalt.«

Sie reagierte nicht. Er griff nach ihren Händen und zog sie auf die Füße, half ihr, sich so wieder hinzusetzen, dass sie die Decke unter sich hatte. Sie leistete keinen Widerstand, half aber auch nicht mit.

»Wie heißt du?«, fragte er, sie antwortete nicht.

Ihr Blick war glasig, und ihre starre Haltung wirkte beinahe unheimlich.

»Wir sorgen dafür, dass sich ein Arzt um dich kümmert«, sagte er beruhigend. »Hat dir jemand etwas angetan?«

Während sie auf den Krankenwagen warteten, versuchte Danilovic Kontakt zu der jungen Frau herzustellen, während Jansson sanft, aber entschlossen die neugierigen Zuschauer in den zweiten Stock bugsierte, wo er sich anhörte, was sie zu sagen hatten.

»Haben Sie gesehen, wie sie aus der Wohnung geworfen wurde?«, nahm er das Gespräch mit Levin wieder auf.

»Nein, aber sie wird ja nicht im Evakostüm von draußen hereingekommen sein.«

»Evakostüm?«, fragte Jansson.

»Nackt. Das ist ein Euphemismus.«

»Aha, wie Sie meinen. Sie haben sie also erst entdeckt, nachdem sie an der Tür Ihres Nachbarn geklingelt hatte.«

Levin nickte.

»Hat sonst jemand etwas hinzuzufügen?«, fragte Jansson.

»Dass sie ›geklingelt‹ hat, ist wohl eher eine Untertreibung«, antwortete eine etwa vierzigjährige Frau. »Sie hat gebrüllt und geschrien und an die Tür gehämmert.«

»Wie heißen Sie, und wo wohnen Sie?«

»Ich heiße Christa Wahl und wohne hier«, antwortete sie und deutete mit einem Nicken auf die Tür, vor der sie stand.

»Also über der Wohnung, in die sie hineinwollte? Wo Gideon an der Tür steht?«

Christa Wahl nickte.

»Ist das Haus hellhörig?«, wollte Jansson wissen.

»Ja, ziemlich.«

»Geht es bei Gideon öfter einmal etwas lauter zu?«

Einige der acht Personen, die sich auf dem Treppenabsatz des zweiten Stocks versammelt hatten, warfen einander Blicke zu, aber niemand sagte etwas. Aber Levin schien ja eine lockere Zunge zu haben, also beschloss der Polizist, seine Frage an ihn zu richten.

»Also, geht es bei Gideon öfter mal lauter zu?«

Der Angesprochene überlegte eine Weile, schüttelte dann aber den Kopf.

»Und heute, in dieser Nacht?«

Levin sah nachdenklich aus.

»Ich würde jetzt nicht behaupten wollen, dass dort jemand gelärmt hätte, aber gestern Abend habe ich tatsächlich laute Stimmen aus der Wohnung gehört.«

Jansson zog die Augenbrauen hoch.

»Zumindest eine Stimme«, fuhr Levin fort. »Eine Männerstimme. Oder mehrere, schwer zu sagen.«

»War es vielleicht Gideon selbst?«

»Durchaus möglich«, antwortete Levin.

»Aber normalerweise macht er keinen Krach?«

»Nein, überhaupt nicht. Er macht Musik, aber das kann man ja nicht als Lärm betrachten.«

»Aber es stört?«

»Überhaupt nicht«, antwortete Levin und schien es ehrlich zu meinen.

»Aber jetzt ist er nicht zu Hause, dieser Gideon«, fuhr Jansson fort.

»Die Frage stellt sich ja wohl nicht«, meinte Christa Wahl mit scharfer Stimme. »Immerhin hat erst diese Frau und dann die Polizei erfolglos versucht, ihn zum Öffnen der Tür zu bewegen.«

»Entweder ist er zu Hause und weigert sich, die Tür zu öffnen«, dachte Jansson laut, »oder er hat irgendwann im Laufe der Nacht die Wohnung verlassen. Hat jemand gesehen, wie er aus dem Haus gegangen ist?«

Nichts als Kopfschütteln. Inzwischen war der Krankenwagen angekommen, und einige der Personen, die sich im Treppenhaus versammelt hatten, stellten sich erst ans Geländer und anschließend ein halbes Stockwerk auf einen Balkon, um zuzuschauen, wie die junge Frau auf einer Trage hinausgebracht und in den Krankenwagen geschoben wurde.

»Ich schlage vor, dass Sie die Tür aufbrechen und hineingehen«, sagte Levin, nachdem der Krankenwagen verschwunden war. »Ich bin davon überzeugt, dass Gideon sich in der Wohnung verschanzt hat und sich überlegt, wie er aus dieser Situation wieder herauskommen soll.«

*

Petra Westman und Jamal Hamad waren beide wach, als das Telefon klingelte. Es war mittlerweile fast ein Jahr vergangen, seit sie einander in dem komplizierten Labyrinth gefunden hatten, das der Weg zu ihrem gemeinsamen Leben gewesen war – ein Gewirr aus Pfaden, die einander unzählige Male kreuzten, und jedes Mal, wenn sie sich für einen Weg entschieden hatten, hatte die Hoffnung auf eine Vereinigung sie nur weiter voneinander weggeführt. Bis sie zufälligerweise zur gleichen Zeit die Abzweigung gewählt hatten, die sie auf den richtigen Weg und einander direkt in die Arme führte. Warum und wie es nach all diesen Jahren passiert war, war ein Thema, auf das sie in ihren langen nächtlichen Unterhaltungen oft zu sprechen kamen, ohne dass sie wirklich eine Erklärung fanden. Aber ihre Gefühle waren gegenseitig, was beide zu Beginn ihrer Beziehung bezweifelt hatten. Ihre Liebe war darüber hinaus so leidenschaftlich, ja geradezu ekstatisch, dass es ihnen beinahe ein bisschen peinlich war. Beide hatten für Romantik nicht besonders viel übrig, außer auf der Kinoleinwand. Jeden Versuch, sie in die Wirklichkeit umzusetzen, hielten sie für pathetisch.

Vor nicht allzu langer Zeit hatten sie gemeinsam eine Wohnung gekauft. Ein bescheidenes Zweizimmer-Apartment, 58 Quadratmeter groß, aber charmant und in einer besseren Lage als alles, was jeder von ihnen alleine von seinem bescheidenen Assistentengehalt hätte finanzieren können. Sie lag an der Katarina Bangata, mitten auf Södermalm zwischen dem Medborgarplatsen und dem Skanstull, und ganz in der Nähe ihres Stammlokals Lisas Café, wo sie mittlerweile nicht mehr nur häufig zu Mittag aßen, sondern immer öfter auch ihr Frühstück einnahmen. Und nicht zuletzt lag die neue Wohnung nur ein paar Fußminuten von der Polizeiwache Hammarby in der Östgötagatan 100 entfernt. Viel besser konnte es nicht sein.

Obwohl sie in den letzten zehn Monaten beinahe jede Nacht miteinander verbracht hatten, waren sie über das erste Stadium des Verliebtseins noch nicht hinaus: Sie liebten einander vor dem Einschlafen oder nach dem Aufwachen oder wenn sie zwischendurch aufwachten, und manchmal auch alles in einer Nacht. Kurz gesagt, sie waren immer noch frisch verliebt.

Und so zog sich nicht nur Hamad – er hatte Bereitschaft –, sondern auch Petra den Trainingsanzug über und machte sich kurz vor fünf auf den Weg in die Tjustgatan, als der Wachhabende anrief.

*

»Ich schlage vor, dass Sie die Tür aufbrechen und hineingehen«, sagte eine Männerstimme weiter oben im Treppenhaus. »Ich bin davon überzeugt, dass Gideon sich in der Wohnung verschanzt hat und sich überlegt, wie er aus dieser Situation wieder herauskommen soll.«

»Ich glaube, wir sollten uns erst mal ein bisschen beruhigen«, sagte eine andere Männerstimme. »Die Polizei bricht nicht einfach so bei Leuten ein, die nicht die Tür öffnen, wenn man anklopft. Außerdem haben wir keine Ahnung, was dem Mädchen zugestoßen ist.«

Hamad blieb mit Danilovic und Westman im Schlepptau im ersten Stock stehen und warf einen Blick auf die Namensschilder. »Gideon«, stand auf dem ersten. Er drückte mit dem Daumen auf die Klingel, während Westman in die Hocke ging und durch den Briefschlitz schaute. Drückte die Nase in die Öffnung und schnupperte, legte anschließend das Ohr an die Tür. Schließlich stand sie wieder auf und vermeldete mit einem Kopfschütteln, dass sie nichts gesehen, gerochen oder gehört hatte, das sich außerhalb des Normalen bewegte.

»Kennt jemand von Ihnen Gideon?«, fragte die Polizistenstimme oberhalb von ihnen. »Oder hat jemand diese Frau schon einmal gesehen?«

Keine Antwort. Hamad und Westman stiegen ins nächste Stockwerk hinauf, wo sie von einem Streifenpolizisten, der Hamad vage bekannt vorkam, und einer Versammlung von Menschen unterschiedlichen Alters in verschiedenfarbigen Morgenröcken empfangen wurden.

»Jansson«, sagte der Polizist und streckte die Hand aus. »Schutzpolizei.«

»Hamad, Kriminalpolizei Hammarby. Und das ist Westman.«

»Die Frau habe ich noch nie gesehen«, sagte eine ältere Dame mit Lockenwicklern unter einer Schutzhaube. »Aber Gideon und ich unterhalten uns manchmal. Das letzte Mal erst gestern Morgen. Ich weiß, dass er wegen der Arbeit häufiger verreisen muss, aber dieses Mal hat er nicht erwähnt, dass er verreisen würde. Aber ich kenne ihn auch nicht besonders gut.«

»Hat er auch erwähnt, dass er ein junges Mädchen vergewaltigen wollte?«, warf ein älterer Herr ein.

»Danke, das reicht jetzt«, sagte Jansson und hob die Hand, um diese Art von Spekulationen zu unterbinden. »Wir werden mit jedem von Ihnen unter vier Augen sprechen, und ich möchte wissen, wie Sie heißen und in welchen Wohnungen Sie leben.«

Sie trugen alle Informationen zusammen, die sie brauchten, und schickten anschließend sämtliche Bewohner nach Hause. Es war schließlich Samstagmorgen und immer noch unchristlich früh. Die vier Polizisten gingen auf die Straße hinaus, wo Jansson und Danilovic einen umfassenden Bericht über die Ereignisse des Morgens ablieferten. Der jungen Frau ging es nicht gut, aber sie wies auch keine sichtbaren Spuren ernsthafter körperlicher Misshandlungen auf. Da sie jedoch unbekleidet gewesen war, lag es nahe, dass sie Opfer irgendeiner Form von sexueller Gewalt geworden war. Man nahm das selbstverständlich ernst, würde aber deshalb in dieser frühen Phase noch keine Polizisten aus dem Wochenende in den Dienst zurückrufen. Zumal man noch nichts Genaues über den Tathergang und das Opfer wusste.

»Auf diesen Gideon scheinen einige Leute nicht besonders gut zu sprechen zu sein«, konstatierte Jansson.

»Ja, dieser Levin zum Beispiel«, meinte Hamad. »War ja kaum zu überhören. Er scheint ziemlich überzeugt zu sein, dass Gideon auf irgendeine Weise in diesen Fall verwickelt ist.«

»Überzeugt ist noch milde ausgedrückt«, warf Westman ein. »Ziemlich gehässig. Waren noch andere seiner Meinung?«

»Nein, nicht wirklich.«

»Nicht wirklich?«

»Nein«, antwortete Jansson. »Niemand hat ihm ausdrücklich zugestimmt. Aber sie warfen sich Blicke zu, als ich fragte, ob es bei Gideon manchmal lauter wird. Das könnt ihr ja im Hinterkopf behalten, wenn ihr den Fall übernehmt. Auch wenn mir nicht klar war, was diese Blicke zu bedeuten hatten. Aber dann sagte dieser Levin, dass man außer Musik nicht besonders viel aus der Wohnung hören würde, und die Musik störte ihn nicht.«

»Vielleicht sollte man sich gar nicht so sehr daran aufhängen, an welcher Tür das Mädchen geklingelt hat«, sagte Danilovic. »Vielleicht hat sie einfach die erste beste genommen. Und möglicherweise handelt es sich ja auch um eine behinderte Person, die aus irgendwelchen Gründen Probleme hat. Vielleicht ist ja gar kein Verbrechen begangen worden?«

Dann hob er die Hand zum Abschied, stieg in den Streifenwagen und zog die Tür hinter sich zu. Hamad und Westman schauten zu, wie Jansson und Danilovic davonfuhren.

»Natürlich ist sie vergewaltigt worden«, sagte Westman nachdenklich. »Auf die ein oder andere Weise. Eine nackte Frau mitten in Stockholm?«

Hamad neigte dazu, ihr recht zu geben. Unwillkürlich fragte er sich, ob ein solcher Fall noch Erinnerungen in ihr heraufbeschwor, aber er wollte sich diesen Gedanken nicht anmerken lassen.

»So wie ich es sehe, gibt es eine ganze Reihe möglicher Szenarien. Sie könnte aus Gideons Wohnung geworfen worden sein. Er ist immer noch da drin und weigert sich, die Tür zu öffnen. Vielleicht ist er betrunken oder steht unter Drogen. Oder er hat die Wohnung mit ihr zusammen verlassen.«

»Sie könnte von draußen gekommen sein«, überlegte Westman weiter.

»Genau. Aber dann stellt sich die Frage, warum sie ausgerechnet hier aufgetaucht ist?«

»Wenn ihr draußen im Park etwas zugestoßen ist, ist es das nächste Haus«, stellte Westman fest. »Und Gideons Wohnung liegt im ersten Stock. Es könnte reiner Zufall sein, dass sie ausgerechnet dort war.«

»Sie muss den Zahlencode der Haustür kennen, um überhaupt ins Treppenhaus zu kommen.«

»Vielleicht war die Tür nicht richtig verschlossen.«

»Aber Levin wohnt auf demselben Stockwerk«, bemerkte Hamad. »Hätte sie nicht auch an seine Tür klopfen müssen, wenn Gideon nicht aufmachte?«

Das fand Westman auch.

»Eine andere Möglichkeit wäre, dass sie allein in Gideons Wohnung war und sich ausgeschlossen hat.«

»Ohne Kleider?«, lachte Hamad und schüttelte den Kopf. »Außerdem wäre es ein bisschen dämlich, an Gideons Tür zu hämmern, wenn er nicht zu Hause war.«

»Vielleicht ist sie ja ein bisschen dämlich?«, meinte Westman. »Oder zugedröhnt bis in die Haarspitzen.«

»Vielleicht wollte sie Aufmerksamkeit«, schlug Hamad zögerlich vor.

»Aufmerksamkeit?«

»Wie ein Ruf nach Hilfe. Vielleicht ist sie auf irgendeine Weise behindert. Geistig vielleicht. Taub, stumm oder beides. Oder sie kann einfach unsere Sprache nicht.«

»Ja, auf all das werden wir mit der Zeit eine Antwort finden. Das Krankenhaus wird sie auf Drogen testen. Und irgendjemand wird sie früher oder später vermissen.«

»Da wäre ich mir nicht so sicher«, sagte Hamad. »Aber ich hoffe, dass du recht hast. Ich gehe jetzt zur Wache und kümmere mich um die Ermittlungsarbeit.«

»Gehe?«

»Laufe«, lächelte Hamad.

»Ich dusche zu Hause«, sagte Westman. »Soll ich dir saubere Sachen mitbringen?«

Er hätte sie am liebsten umarmt, sie geküsst, aber nicht hier auf der Straße vor den Augen der Klatschtanten, die er oben hinter den vorgezogenen Gardinen vermutete. Und außerdem war er sich nicht ganz sicher, was sie an diesem freien Junisamstag mehr lockte, seine Gesellschaft oder die Arbeit.

Samstagnachmittag

Die junge Frau schien friedlich in ihrem Krankenhausbett zu schlafen. Die rechtsmedizinischen Untersuchungen hatte sie nach Angaben des Klinikpersonals ohne größere Probleme überstanden. Zuerst hatte sie die Untersuchung abgelehnt, aber wer hätte dies nicht getan? Es war eher ein Zeichen dafür, dass sie wieder auf dem Wege der Besserung war. Nach einer Weile hatte sie nachgegeben, und die Rechtsmediziner konnten ihre Arbeit tun. Allerdings hatte sie während des ganzen Vorgangs kein Wort gesagt.

Westman hatte im Laufe des Vormittags herausgefunden, dass keine der Informationen, die ihnen von den Personen vorlagen, die in den vergangenen Tagen als vermisst gemeldet worden waren, zu dem passte, was sie von der Frau wussten. Sie hatte sich auch ältere Vermisstenanzeigen angeschaut, aber als sie jetzt die Frau vor sich sah, konnte sie alle denkbaren Kandidatinnen ausschließen. Die Frau hatte langes, kastanienbraunes Haar, das über das Kopfkissen floss. Es war dick und schön, und sie hatte skandinavische Gesichtszüge. Sie war vermutlich zwischen siebzehn und zwanzig Jahre alt, aber solange sie reglos und mit geschlossenen Augen im Bett lag, war das schwer zu sagen.

Sie wussten also immer noch nichts über diese Frau. Die Krankenschwester meinte, dass die Beruhigungsmittel, die man ihr nach dem Drogentest gegeben hatte, langsam nachlassen sollten, und so setzte Westman sich und wartete darauf, dass sie aufwachte. Sowohl Kommissar Sjöberg, mit dem sie am Vormittag kurz telefoniert hatten, als auch Hamad waren überzeugt, dass Westman am besten dazu geeignet war, den ersten Kontakt mit dem Opfer herzustellen. Zum einen natürlich, weil sie eine Frau war und der Täter höchstwahrscheinlich ein Mann – falls es überhaupt eine Straftat gab. Und einen Täter. Westman ahnte, dass es vielleicht noch einen anderen, einen noch gewichtigeren Grund dafür gab, dass ausgerechnet sie hier sitzen musste. Sie war nämlich selbst vor einigen Jahren das Opfer einer Vergewaltigung geworden und damit besser geeignet, dieser Frau zu begegnen, wenn sie aus ihrem Albtraum erwachte. Oder eher noch in ihren Albtraum hineinerwachte.

Sie versuchte, ihre Gedanken in Schach zu halten, sich auf andere Dinge zu konzentrieren, auf die Arbeit, die auf sie wartete, sobald die Frau aufgewacht war. Aber die Wartezeit zog sich in die Länge, und in dieser Situation war es schwer, nicht an die Parallelen zu ihrem eigenen Leben zu denken. Dieser verdammte Freitagabend im Clarion kam ihr in den Sinn. Ein Abend, der so vielversprechend begonnen hatte, mit ein paar Bier an der Theke zusammen mit einem lieben Kollegen – damals war Jamal noch nicht mehr als das –, und der damit endete, dass sie unter Drogen gesetzt wurde, bis sie das Bewusstsein verlor, und in ein Haus am Mälaren verschleppt wurde, wo zwei fremde Männer sie vergewaltigten. Sie hatten all das gefilmt und die Bilder ins Internet gestellt, damit die ganze Welt sehen konnte, wie erfolgreich sie gewesen waren. Und dann hatten sie den Verdacht auf Jamal gelenkt. Ihre Freundschaft wäre beinahe daran zugrunde gegangen, ihre Liebe wäre fast im Keim erstickt.

Obwohl, ein Fremder war wohl nur einer der beiden Täter gewesen, ein Oberarzt aus dem Karolinska-Krankenhaus, der – man höre und staune – als Anästhesist arbeitete. Ihn hatte sie, ohne dass sie sich selbst dabei zu erkennen gegeben hatte, mithilfe des Staatsanwalts Hadar Rosén für mehrere andere Vergewaltigungen hinter Gitter bringen können. Bei dem anderen Vergewaltiger handelte es sich vermutlich um jemanden, den sie von der Arbeit kannte, jemand, der frei über die Flure der Polizeistation spazieren konnte. Dieser Verdacht gründete sich auf der Tatsache, dass er in einem unbeobachteten Moment ihre Passierkarte gestohlen und so ungehindert auf der Polizeiwache hatte ein und aus gehen können. Nur um kompromittierende E-Mails von ihrem Computer an Polizeidirektor Roland Brandt zu senden. Eigentlich hätte er sie aufgrund der E-Mails vom Dienst suspendiert, aber Conny Sjöberg hatte eine ganz erstaunliche Nummer durchgezogen. Und dieser Mann – der andere Mann, wie sie ihn nannte – war immer noch auf freiem Fuß. Mit größter Wahrscheinlichkeit vergewaltigte er immer noch Frauen. Und vielleicht war es tatsächlich so, dass sie ihm jeden Tag auf der Arbeit begegnete.

Westman lief es kalt den Rücken herunter, als sie daran dachte. Den Blicken des Menschen begegnen zu müssen, der ihr so furchtbar wehgetan hatte. Jeden Tag. Das war das Schlimmste. Dass sie von ihm wusste, aber nicht wusste, wer es war. Dieser verdammte andere Mann.

Die Frau bewegte sich. Sie lag auf dem Rücken und wand sich ein bisschen. Zog eine Grimasse, ohne die Augen zu öffnen. Es tat weh, das wusste Westman. Wenn sie tatsächlich vergewaltigt worden war, dann war es ein schmerzhaftes Erwachen. Auch körperlich. Jetzt begann das Handy zu vibrieren. Verdammt, sie wollte in diesem Augenblick doch hier sitzen, hatte mehrere Stunden darauf gewartet. Sie stand auf und zog das Telefon aus der Tasche, warf einen Blick auf das Display, während sie das Zimmer verließ. Jamal natürlich, vielleicht hatte er etwas Neues herausgefunden.

»Ich habe mit dem Rechtsmediziner gesprochen«, sagte er. »Er meint, dass das Mädchen sowohl vaginal als auch anal sexueller Gewalt ausgesetzt war.«

»Dann wird sie Schmerzen haben«, sagte Westman leise, damit man sie im Zimmer nicht hören konnte. »Ich habe es ihr angesehen. Sie wacht gerade auf.«

»Sie hatte auch frische Hämatome am Hals und an den Handgelenken, auf den Innenseiten der Oberschenkel und auf der Rückseite der Schultern. Von ›Sie wollte es so‹ kann jedenfalls kaum die Rede sein.«

»Ich hoffe, ich hab gerade Anführungszeichen gehört?«

»Das hast du.«

»Gehirnerschütterung?«

»Bei der Computertomografie wurden keine Blutansammlungen festgestellt, also höchstens eine leichte Form.«

»Sonst noch etwas, das ich wissen muss? Ich möchte bei ihr sein, wenn sie aufwacht.«

»Sie haben Sperma gesichert, das zur Analyse geht, die Haare durchgekämmt, alles unter den Nägeln herausgekratzt und noch einiges mehr. Wir müssen abwarten. Sie trug übrigens einen Ring. Daran könnte auch eine ganze Menge hängen geblieben sein.«

»Danke. Ich melde mich dann.«

Sie eilte in das Krankenzimmer zurück und setzte sich auf den Besucherstuhl. Die Frau hatte die Augen immer noch nicht geöffnet, aber sie gab ein Geräusch von sich. Ein leises, lang anhaltendes Jammern. Dann rollte sie sich auf die Seite und verstummte. Mit unter dem Kinn verknoteten Händen schien sie wieder eingeschlafen zu sein. Doch plötzlich riss sie die Augen auf und schaute direkt in Westmans Gesicht, ohne mit einer Miene zu verraten, was in ihrem Kopf vorging. Westman beugte sich vor und legte eine Hand auf ihre verschränkten Fäuste. Die Frau folgte ihr mit den Augen.

»Ich heiße Petra und bin Polizistin. Wie heißt du?«

Schweigen. Westman sprach sanft und ruhig.

»Ich glaube, dass du etwas sehr Unangenehmes erlebt hast, und ich bin hier, um dir zu helfen. Hast du Schmerzen?«

Erst keine Reaktion, dann ein vorsichtiges Nicken.

»Erinnerst du dich an irgendetwas von dem, was passiert ist?«

Ein schmerzerfüllter Blick, dann schüttelte sie den Kopf.

»Der Arzt sagt, dass du sexueller Gewalt ausgesetzt warst. Ich gehe davon aus, dass du vergewaltigt wurdest. Kannst du dich daran erinnern?«

Offensichtlich nicht.

»Ich glaube, dass es dort draußen Menschen gibt, die sich große Sorgen um dich machen. Wenn du mir sagst, wie du heißt, kann ich Kontakt zu ihnen aufnehmen.«

Auch diesmal keine Reaktion.

»Weißt du, wie alt du bist?«

Schweigen.

»Kannst du irgendetwas sagen?«, fragte Westman. »Nur damit ich weiß, dass du sprechen kannst?«

Ein Blick war alles, was sie zur Antwort bekam, und Westman konnte nicht entschlüsseln, was er bedeuten sollte. Er war eher nach innen gerichtet, als wäre sie in ihre eigenen Gedanken versunken. Westman zog ihre Hand zurück, lehnte sich im Stuhl zurück und ließ sie in Ruhe. Sie dachte darüber nach, wie unterschiedlich Menschen auf ähnliche Ereignisse reagieren konnten. Erinnerte sich, wie sie selbst nach ihrer Vergewaltigung aufgewacht war, verwirrt, aber voller Zorn. Fest entschlossen, alles zu unternehmen, was in ihrer Macht stand, um das Böse zu bekämpfen. Sie war mit einem einzigen Ziel vor Augen in die Stockholmer Nacht hinausgestolpert: das Arschloch festzunageln, das ihr diese Dinge angetan hatte. Und diese Frau erinnerte sich an gar nichts, wollte sich an nichts erinnern oder tat so, als könnte sie sich nicht erinnern. Letzteres war vielleicht nicht ganz so wahrscheinlich. Am ehesten war trotz allem zu vermuten, dass sie den Täter bestraft sehen wollte. Es sei denn, es handelte sich um ein Mitglied ihrer Familie, was auch immer wieder vorkam. In dem Fall stellte sich alles natürlich ganz anders dar.

Es vergingen ein paar Minuten, ohne dass jemand etwas sagte. Dann reichte Westman der Frau einen Block und einen Stift.

»Vielleicht willst du etwas aufschreiben?«, schlug sie vor. »Irgendetwas, das mir helfen könnte zu verstehen, wer du bist. Oder was passiert ist. Oder willst du etwas zeichnen?«

Die Frau bewegte sich nicht, lag mucksmäuschenstill im Bett, ohne irgendeine Reaktion zu zeigen. Westman wünschte sich, mehr über die Funktionsweise der menschlichen Psyche bei einem solchen Trauma zu wissen. Konnte es sich um einen Verdrängungsmechanismus handeln? War es möglich, dass man sich komplett davon abriegelte, weil der Gedanke an das, was einem zugestoßen war, zu aufwühlend war? Vermutlich war das denkbar. Aber konnte es wirklich so weit gehen, dass man sich nicht mehr daran erinnerte, wer man war? Manche Drogen hatten eine solche Wirkung, oder ein harter Schlag gegen den Schädel. Also warum nicht auch ein traumatisches Erlebnis?

Allmählich wurde sie rastlos. Hier herumzusitzen und zu spekulieren war fruchtlos. Hier mussten Leute, die dafür qualifiziert waren, ihren Job machen, und während sie auf die Analysen von Ärzten und Psychologen wartete, konnte sie ihrer Arbeit nachgehen. Westman spürte, wie eine Wut mehr und mehr Besitz von ihr ergriff. Eine Wut, die sich gegen alle Männer richtete, die solche Verbrechen begingen. Sex und Gewalt. Sadisten, deren Leben und Gelüste nur um Sex und Gewalt kreisten. Eine vollkommen irrsinnige Kombination.

Mit plötzlicher Eile stand sie auf, beugte sich über die junge Frau und flüsterte in ihr Ohr:

»Ich bin auch einmal vergewaltigt worden, ich weiß also,

wie es dir jetzt geht. Ich werde alles tun, was in meiner Macht steht, damit dieses Arschloch hinter Schloss und Riegel kommt. Darauf kannst du dich verlassen.«

Dann ging sie. Mit dem unbehaglichen Gefühl, dass ihre letzten Worte eher wie eine Drohung geklungen hatten und zu wenig hoffnungsvoll.

Sonntagvormittag

Nachdem sie am Wochenende mehrere Male versucht hatten, Gideon zu Hause oder auf dem Handy zu erreichen, hatten sie erneut an seiner Tür geklingelt. Aber es wurde nicht geöffnet. Der Mann war offensichtlich nicht zu Hause. Auch über sein Handy war er weiterhin nicht zu erreichen. Hamad war bei jedem Versuch direkt an die Mailbox weitergeleitet worden, was bedauerlich war, denn sie hätten ihn jetzt, wo die junge Frau überhaupt nicht mit ihnen redete, wirklich dringend sprechen müssen. Sie waren bei den Ermittlungen nicht einen Millimeter vorwärtsgekommen. Sie wussten nicht, wie sie hieß und was ihr zugestoßen war, und auch nicht, was sie kurz vor halb fünf an einem Samstagmorgen vor John Gideons Tür gewollt hatte. Und nach wie vor hatte sich weder bei der Polizei noch im Krankenhaus jemand gemeldet, der die Frau vermisste oder irgendetwas über sie wusste.

Hamad, der eigentlich einen freien Tag hatte, war jedoch der Meinung, dass er auch ohne ihre Mithilfe versuchen sollte, so viele Fragen wie möglich zu klären, je früher desto besser. Am Montagmorgen, wenn die Kollegen aus dem Wochenende kamen, sollte zumindest der Ansatz einer Ermittlungsakte vorliegen. Westman war noch ehrgeiziger, sie war wie an einem ganz normalen Arbeitstag aufgestanden und hatte darauf bestanden, dass sie zur Arbeit gingen. Für Hamads Geschmack war es ein bisschen sehr früh für einen freien Sonntagmorgen, aber er hatte keine Schwierigkeiten, Westmans Eifer zu verstehen. Die Begegnung mit der vergewaltigten Frau am Tag zuvor hatte sie mitgenommen, sie war nicht mehr sie selbst gewesen.

Ziemlich durcheinander, was ihr gar nicht ähnlich sah, und reizbar. Natürlich hatte das, was sie selbst erlebt hatte, Spuren hinterlassen, und natürlich konnten die Wunden nicht richtig heilen, solange einer der Vergewaltiger noch auf freiem Fuß war. Der andere Mann, wie sie ihn nannte – derjenige, der erst die Videokamera gehalten und sie, nachdem die Kamera ausgeschaltet war, selbst vergewaltigt und sie anschließend noch lange belästigt hatte, nicht zuletzt mithilfe der Bilder, die er gemacht hatte.

Mittlerweile waren es zwei, die seine Identität kannten: Hamad und Sjöberg. Und sie warteten geduldig auf den richtigen Augenblick, um ihn zu entlarven. Denn er war nicht der charmante und beredte Vorgesetzte, der sich für die Gleichstellung von Mann und Frau einsetzte, sondern ein kalt berechnender, sadistischer Serienvergewaltiger. Der andere Mann war niemand anderes als der stellvertretende Polizeidirektor Gunnar Malmberg. Auf perfide Weise hatte er nach der Vergewaltigung eine Affäre mit Petra begonnen. Allein deshalb würde sie vollkommen außer sich sein, wenn die Wahrheit ans Licht käme. An diesem Tag sollte er nicht allzu weit von ihr entfernt sein.

Wie auch immer, Petras Vergangenheit war nicht besser und nicht schlechter als jede andere Motivation, und er begrüßte ihren, vermutlich unbezahlten, Einsatz. Und so befragten sie gemeinsam die Bewohner des Hauses Tjustgatan 9 und des gegenüberliegenden Hauses, in dem es durchaus jemanden geben konnte, der etwas gesehen hatte. Gemeinsam gingen sie von Haus zu Haus, um Informationen über die nackte Frau zu bekommen und herauszufinden, wo John Gideon sich aufhalten könnte.

Doch niemand kannte die Frau.

Niemand hatte gesehen, wie sie das Haus betreten hatte, weder bekleidet noch unbekleidet.

Niemand konnte Angaben über den Aufenthaltsort von John Gideon machen, aber es gab diverse mehr oder weniger fantasievolle Theorien. Und ganz allmählich nahm das Bild dieses rätselhaften Mannes Konturen an.

»Er könnte auf Tournee sein. Ich glaube, er spielt in einer Schlagerband.«

»Freundlich. Hilfsbereit. Er trägt das Herz an der rechten Stelle, ist aber ein sehr zurückhaltender Typ. Ja, beinahe geheimnisvoll.«

»Vielleicht tritt er irgendwo auf? Er ist doch Konzertpianist.«

»Haha, tja, das ist nicht die erste junge Dame, die unten bei Gideon aufgetaucht ist.«

»Er besucht bestimmt seine alte Mutter. Ich glaube, sie lebt in Uppsala.«

»Ständig gehen dort Jugendliche ein und aus. Aber nur Mädchen, soviel ich weiß.«

»Er hat bestimmt einen Auftrag. Gideon ist Klavierstimmer. Meins hat er hin und wieder auch gestimmt. Eine warmherzige und angenehme Person.«

»Er ist ein Frauenschwarm, dieser Gideon, obwohl er schon so alt ist.«

»Er ist so was wie ein Klaviertechniker, und die wachsen heutzutage ja nicht auf Bäumen. Seine Kunden sind, soweit ich verstanden habe, übers ganze Land verteilt.«

»Ich glaube, das ist so eine Art Playboy Mansion bei ihm. Nichts dagegen einzuwenden. Aber leider hat er mich nie eingeladen, haha.«

»Wenn sie schon nicht in die Wohnung dürfen, dann räuchern sie ihn doch aus. Er sitzt bestimmt da drinnen und schämt sich für das, was er diesem Mädchen angetan hat. Oder besser gesagt dafür, dass *wir herausbekommen haben*, was er getan hat.«

»Wenn ich ganz ehrlich sein soll, hatte ich schon lange den Verdacht, dass dieser Gideon so eine Art Zuhälter ist. Mit einem ganzen Haufen junger Mädchen im Stall. Am Freitagabend habe ich mindestens zwei Männer gesehen, die bei ihm zu Besuch waren.«

»Echt miese Vibes bei diesem Mann. Also richtig.«

»Ganz offensichtlich fühlte er sich zum anderen Geschlecht hingezogen. Und zwar zu den jüngeren Vertreterinnen.«

»Ich habe nie ein Wort mit dem Mann gewechselt, aber eins kann ich Ihnen sagen: Das Durchschnittsalter seiner Besucherinnen – und das sind nicht wenige – liegt deutlich unter achtzehn Jahren. Es würde mich nicht wundern, wenn sich herausstellen würde, dass er … na, Sie wissen schon.«

»Sie war nicht das erste junge Mädchen, das vor dieser Tür stand. Vorsicht, Pädo!, würde ich mal sagen.«

»Ich habe eine Antenne für so etwas, und ich sagen es Ihnen gleich: Der Mann ist pädophil. Davon können sie ausgehen.«

»John Gideon. Ja, den sollte man an seinen Eiern aufhängen. Das habe ich schon immer gesagt.«

»Hm«, sagte Westman, als sie zu Fuß zur Polizeistation zurückgingen, nachdem sie diejenigen von Gideons Nachbarn vernommen hatten, die zu Hause gewesen waren.

»Im Sinne von …?«

»Im Sinne von ›Donnerwetter‹.«

»Ja, das war mehr Information, als man zu hoffen gewagt hatte«, stimmte Hamad ihr zu. »Aber auch weniger. Im Grunde wissen wir immer noch gar nichts.«

»Na ja, ein paar Puzzleteile fallen langsam auf ihren Platz«, meinte Westman. »Kaum zu glauben, dass so viele Menschen mit so festen Überzeugungen nicht den Mut haben, etwas gegen solche Dinge zu unternehmen.«

»Ihn an den Eiern aufhängen, zum Beispiel?«

»Der Polizei oder den Sozialbehörden einen Hinweis geben. Die Leute sind echte Würstchen, wenn es um so was geht. Sie laufen rum und jammern und haben jede Menge Meinungen, aber gleichzeitig kriegen sie den Arsch nicht hoch, wenn sie irgendwo eingreifen können.«

»Andererseits ist man vielleicht auch vorsichtig, bevor man mit solch ernsthaften Beschuldigungen daherkommt, wenn man seiner Sache nicht absolut sicher ist.«

»Ich fand, sie wirkten sehr überzeugt«, erwiderte Westman säuerlich.

Die Allhelgona-Kirche tauchte links hinter den Bäumen auf, und sie beschlossen, durch den Helgalunden zur Götgatan abzukürzen.

»Klar, aber irgendwelchen Mist zu erzählen«, meinte Hamad, »ist etwas ganz anderes, als jemanden anzuzeigen. Da braucht man ein bisschen mehr als den üblichen Tratsch unter Nachbarn, um mich zu überzeugen, dass dieser Gideon ein Pädophiler oder ein Zuhälter ist. Oder meinetwegen so eine Art Hugh Hefner.«

Das Letztere fügte er mit einem Lächeln hinzu, biss sich aber gleich auf die Zunge, als er sah, wie sich Westmans Miene verdüsterte.

»Wer zum Teufel ist denn Hugh Hefner?«, fragte sie misstrauisch.

»Das willst du gar nicht wissen.«

»Du solltest über so was keine Witze machen.«

»Mach ich nicht. Es gehört zum Job, kritisch zu denken.«

»Dann mach das doch einfach«, sagte Westman. »Seit wie vielen Jahren bist du Polizist?«

»Zehn.«

»Und wie oft bist du in dieser Zeit auf eine nackte Frau mitten in der Stadt gestoßen? Die sich an nichts erinnert, nicht einmal an ihren Namen?«

»Darüber wissen wir nichts, Petra. Du solltest keine vorschnellen Schlussfolgerungen ziehen. Aber um deine Frage zu beantworten: So etwas habe ich natürlich noch nie erlebt.«

»Genau. Und sie wird vor einer Wohnung gefunden, in der nach Aussage aller Nachbarn ein Pädophiler wohnt oder ein ...«

»Was in diesem Fall aber keine Rolle spielt, weil sie kein Kind mehr ist«, warf Hamad ein.

Westman blieb stehen und schaute ihn scharf an. Er spürte, dass sie langsam ärgerlich wurde.

»Sie wird vor einer Wohnung gefunden, in der nach Aussage aller Nachbarn ein Pädophiler oder ein Zuhälter wohnt«, fuhr sie mit erhobenem Zeigefinger fort, damit er sie nicht noch einmal unterbrach. »Wie auch immer, ein ziemlich ekelhafter Typ. Was schließt du daraus, Jamal? Du reagierst doch sonst immer so allergisch auf Zufälle.«

»›Nach Aussage aller Nachbarn‹? Soweit ich mich erinnere, waren etliche Leute darunter, die überhaupt nichts Besonderes über Gideon zu sagen hatten oder nur gute Sachen. Ich schlage vor, dass wir unsere Ermittlungen professionell und vorurteilsfrei fortsetzen, dann werden wir schon sehen, was dabei herauskommt. Und es ist durchaus möglich, dass du recht hast, Petra, aber wir sollten abwarten, bis wir die Fakten kennen, bevor wir uns eine Meinung bilden.«

Alles, was mit Vergewaltigung zu tun hatte, war für Petra ein heißes Thema, und damit auch für ihn selbst. Und noch heikler wurde es natürlich, wenn Kinder im Spiel waren. Aber das änderte nichts an der Tatsache, dass man klar denken und strukturiert arbeiten musste. Außerdem waren in diesen Fall bislang keine Kinder verwickelt, sodass man das Wort Pädophilie nicht in den Mund nehmen sollte. Dieselben Menschen, die bisher vor jeder sexuellen Straftat konsequent die Augen verschlossen hatten, schienen seit einiger Zeit hinter jedem freundlichen Mann einen Pädophilen zu vermuten, sobald er ein Kind auch nur ansprach.

Er sah, wie Petra die Tränen in die Augen stiegen, und spürte plötzlich nichts anderes als Zärtlichkeit in sich aufwallen. Er hatte zu heftig argumentiert. Er stand zwar für jedes Wort, was er gesagt hatte, aber er hätte nicht so unsensibel sein dürfen.

»Du meinst also, dass ich unprofessionell bin, weil ich ernst nehme, was die Leute zu sagen haben? Das sind Augenzeugen, verdammt noch mal!«, rief sie, und ihre Augen blitzten. »Wenn eine gewisse Anzahl von Zeugen – eigentlich würde schon einer reichen – sagt, dass der Mann ein Pädophiler ist oder sich an jungen Mädchen vergeht oder sogar junge Mädchen *verkauft*, dann ist es unsere verdammte Pflicht, diese Aussagen ernst zu nehmen! Sonst wären wir genau dieselben schweigenden Idioten wie die, die wir gerade getroffen haben!«

Hamad ging zu ihr und nahm sie in den Arm.

»Liebes«, sagte er und strich ihr über das Haar. »So war das nicht gemeint. Entschuldige, dass ich so hart geklungen habe. Ich versuche einfach nur, methodisch vorzugehen. Mich von meinen Gefühlen für dich und von meiner Abscheu gegenüber diesen perversen Schweinen, die solche Verbrechen begehen, nicht beeinflussen zu lassen.«

Er hob ihr Gesicht und küsste sie auf die Lippen. Es war Juni. Die Zeit der Hoffnung und der Versöhnung. Ganz Stockholm stand in Blüte. Der Fliederduft füllte die Nasen, und die Vögel zwitscherten wie besessen in den Bäumen um sie herum.

»Wir spielen doch im selben Team«, sagte er mit einem besänftigenden Lächeln. »Vergiss das nicht.«

Und wenn du wüsstest, welches riskante Spiel ich deinetwegen spiele, dachte Hamad.

An Rut

Ich hatte gedacht, dass ich so beginnen könnte: »Du erinnerst dich vielleicht nicht an mich«, aber das wäre eine Lüge gewesen. Ja, geradezu der reinste Hohn in Gestalt einer falschen Demut. Natürlich erinnerst du dich an mich. Wahrscheinlich hast du mich in den vergangenen vierzig Jahren jeden Tag in deinen Gedanken gesehen. Und ich weiß, dass du mich verachtest, dass du mich vielleicht sogar hasst. Zu Recht.

Ich flehe nicht um Vergebung oder Verständnis, ich möchte es einfach nur erzählen. Denn ich finde, das hast du verdient. Und ich glaube, dass auch Marianne gewollt hätte, dass du die Wahrheit erfährst. Die Wahrheit, so wie sie sich für mich darstellt, zumindest. Sie selber ist schließlich nicht hier und kann nichts davon bestätigen oder dementieren. Aber ich glaube, dass Mariannes Wahrheit sich nicht allzu sehr von meiner unterscheidet.

Als ich ihr das erste Mal begegnete, war sie nur eine neugierige Oberstufenschülerin, die sich erkundigte, warum ich jeden Samstag vor dem Alkoholgeschäft stand und das Vietnambulletin verkaufte. Sie war jung, hübsch und ein bisschen frech, ich war sieben Jahre älter, eitel und zynisch. Im selben Augenblick, in dem sie mich ansprach, beschloss ich, sie zu erobern, bevor der Tag zu Ende war. Ich kann nicht behaupten, dass ich ihrer Intelligenz verfallen war, weil es, glaube ich, nicht die Wahrheit ist. Aber ihre Art, mich intellektuell herauszufordern – sie ging mich viel schärfer an, als man es von einem Teenager erwartet hätte –, feuerte mich an. Ich wollte sie haben, koste es, was es wolle. Dass sie die Polemik der

FNL-Bewegung infrage stellte, spielte mir in die Hände. Ich hatte gut durchdachte und eingeübte Antworten auf jede Frage parat, die von einem belesenen, konservativ eingestellten Passanten gestellt werden konnte. Vor einem siebzehnjährigen Mädchen zu glänzen, das noch keinen eigenen Standpunkt hatte, war ein Kinderspiel. Sie war ein begabtes, selbstbewusstes Mädchen, und sie war sich dessen bewusst. Im Gegensatz zu ihr war mir allerdings von Beginn an klar, dass sie auch naiv und gutgläubig war. Es gibt keine Siebzehnjährige, die davon überzeugt ist, über alles Bescheid zu wissen, und Marianne war keine Ausnahme. Sie war zu alt für ihre Altersgenossen, aber zu jung, um sich mit uns messen zu können, die wir älter und erfahrener waren. Diese Schwäche konnte ich zu meinem Vorteil nutzen.

Bevor am Abend die Glocken der Domkirche zehn schlugen, hatte ich ihr die Unterschiede zwischen einer Einheitsfront und einer Volksfront erklärt, und warum diejenigen, die im Gegensatz zu den Frontorganisationen eine trotzkistische Linie verfolgten, aus der FNL-Bewegung ausgeschlossen werden mussten, zumindest in Uppsala. Ich hatte sie dazu gebracht, sich zum Maoismus zu bekennen und Hasch zu rauchen. Und ich hatte sie flachgelegt. Ohne mit der Wimper zu zucken.

Für mich war sie nur eine Trophäe. Eine weitere Beute. Eine sehr leichte Beute.

Das ist schmerzhaft für dich, Rut, aber das war alles, was sie für mich war. Damals.

Sonntagabend

Kurz nach sechs kam der Bericht von der Kriminaltechnik. Hamad und Westman hatten ihre Arbeit beendet und waren nach Hause gegangen, als Bella Hansson anrief. Sie teilte mit, dass es ihnen mit großer Mühe gelungen war, Fingerabdrücke auf dem Ring zu sichern, den die vergewaltigte Frau getragen hatte, und dass diese Abdrücke von einer Person stammten, die der Polizei tatsächlich bekannt war, nachdem er zu acht Monaten Jugendstrafe wegen des Versuchs der schweren Vergewaltigung verurteilt worden war. Das Opfer war ein Mädchen gewesen, dem 84 200 Kronen Schmerzensgeld zugesprochen worden waren. Sie war zum Zeitpunkt der Tat fünfzehn Jahre alt, genau wie der Täter. Sein Name war Karl Engström, und mittlerweile war er zwanzig.

Hamad und Westman, die sich gerade zum Abendessen an den Tisch gesetzt hatten, als das Telefon klingelte, schauten abwechselnd das Essen und einander an.

»Wir müssen ihn festnehmen«, seufzte Westman.

Hamad nickte niedergeschlagen.

»Ja, wir können schließlich kaum bis morgen warten, wenn das Mädchen im Krankenhaus liegt und niemand weiß, wer sie ist. Selbst wenn er es schlichtweg abstreitet, wird er irgendetwas zu erzählen haben, was uns in die richtige Richtung führt.«

»Wenn er leugnet, dann braucht er eine sehr gute Erklärung dafür, wie seine Fingerabdrücke auf ihren Ring gekommen sind.«

»Vielleicht arbeitet er ja in einem Juweliergeschäft«, sagte Hamad müde und griff nach dem Besteck.

»Oder er hat das Mädchen an die Hand genommen und zufällig den Ring berührt. Komm, wir essen etwas und dann fahren wir«, sagte Westman und nahm sich auch etwas von der Carbonara.

Eine halbe Stunde später standen sie auf einem Parkplatz in einer Mietshaussiedlung in Björkhagen. Hier gab es Gras, Sträucher und Bäume, aber nicht so viele, dass Westman die trübe Vorortsstimmung hätte abschütteln können. Ein Bauwagen auf dem Parkplatz erzählte davon, dass irgendwo in den umliegenden Immobilien Renovierungsarbeiten durchgeführt wurden. Und wenn man sich umschaute, fielen einem auch die alles andere als diskreten Müllcontainer auf, die aus irgendeinem Grund orange gestrichen waren. Auf den Rasenflächen standen Bretterstapel und alte Haushaltsgeräte.

Westman und Hamad schauten zum dritten Stock eines tristen Vierzigerjahre-Hauses am Åhusvägen hinauf. Die Fenster starrten sie seelenlos an, große, quadratische Öffnungen ohne Sprossen. Wind kam auf. Der Staub auf dem trockenen Asphalt umwehte sie, und das monotone Flattern einer schlecht befestigten Plane hallte zwischen den Hauswänden. Das angekündigte Tiefdruckgebiet hielt offensichtlich Einzug. Westman legte ihre Hand auf die Dienstwaffe. Sie hatte kein gutes Gefühl. Der Ort und die Situation wirkten zwar nicht bedrohlich, und dennoch war die Atmosphäre unheimlich.

Dann betraten sie das Treppenhaus und stiegen in das oberste Stockwerk hinauf. Es roch nach gebratenem Schweinefleisch. Westman dachte an die halb gegessene Pasta in ihrer Wohnung und hoffte, dass sich das hier nicht allzu lange hinziehen würde. Warum sollte es auch? Natürlich war Engström der Schuldige. Wie groß war die Wahrscheinlichkeit, dass der schon einmal verurteilte Vergewaltiger wirklich in einem Juweliergeschäft arbeitete, wie Hamad vermutet hatte? Sie würden ihn zur Polizeistation mitnehmen, ihn über seine Rechte belehren, weiter nach der Identität des Opfers suchen und im besten Fall die Angehörigen des Mädchens verständigen müssen. Also kein ruhiges und entspanntes Abendessen in absehbarer Zeit.

Sie blieben vor der Wohnung stehen und lauschten, meinten Stimmen hinter der Tür zu hören. Als Hamad auf die Klingel drücken wollte, wurde plötzlich die Tür geöffnet. Ein etwa fünfzigjähriger, sonnengebräunter Mann mit kahlem Schädel und einem gepflegten, grauen Bart tauchte in der Öffnung auf. Aufgekrempelte Hemdsärmel, eine ansehnliche Wampe und kräftige Hände. Er schaute sie verwundert an.

»Wir sind von der Polizei«, informierte ihn Hamad und stellte sich und Westman vor.

Der Mann warf einen Blick auf ihre Ausweise und änderte seinen Gesichtsausdruck. Eine misstrauische Furche legte sich zwischen seine Augenbrauen.

»Darf ich um Ihren Namen bitten?«, sagte Hamad.

»Torbjörn Engström«, antwortete der Mann. »Ich wohne hier.«

»Wir suchen einen Karl Engström, der ebenfalls unter dieser Adresse gemeldet ist«, fuhr Hamad fort.

»Und warum, wenn ich fragen darf?«, entgegnete der Mann mit einem leicht verärgerten Unterton.

Eine Frau tauchte hinter ihm auf. Sie schien im selben Alter zu sein wie der Mann, hatte sich aber besser gehalten. Das dicke, kastanienfarbene Haar hatte sie zu einem Pferdeschwanz zusammengebunden und die Ärmel ebenfalls aufgekrempelt.

»Darüber wollen wir zuerst mit ihm sprechen«, antwortete Hamad. »Sind Sie Karls Eltern?«

Die Frau nickte vorsichtig.

»Ich bin Rita Engström«, stellte sie sich vor.

»Wir möchten mit Ihrem Sohn sprechen«, wiederholte Hamad. »Ist er zu Hause?«

Herr und Frau Engström schauten einander an.

»Er ist zu Hause«, antwortete die Frau, »aber wir würden trotzdem gerne vorher wissen, worum es geht.«

»Er ist doch volljährig«, wandte Westman ein. »Vielleicht möchte er ja lieber, dass wir uns ungestört mit ihm unterhalten?«

Torbjörn Engström hielt mit einer Handbewegung seine Frau, die gerade den Mund öffnen wollte, vom Reden ab.

»Spukt jetzt schon wieder dieses verdammte Urteil durch unser Leben?«, fauchte er, wie um zu vermeiden, dass die Worte durch das Treppenhaus hallten. »Er war damals erst fünfzehn, verdammt noch mal! Seitdem hat er keiner Fliege mehr etwas zu Leide getan!«

»Das haben wir ebenfalls festgestellt«, sagte Hamad so freundlich wie möglich. »Aber wir haben starke Hinweise darauf, dass Karl in einen Fall verwickelt ist, in dem wir gerade ermitteln, oder dass er zumindest wichtige Hinweise geben kann.«

»Und um welche Art von Verbrechen handelt es sich?«

»Eine Vergewaltigung.«

»Nein, nicht schon wieder«, seufzte die Mutter und sah unglücklich aus.

»Das kann ich mir nur sehr schwer vorstellen«, widersprach der Vater entschlossen. »Er hat damals seine Lektion gelernt. Er hat acht Monate in der Jugendstrafanstalt abgesessen, was alles andere als schön für ihn war. Er würde so etwas niemals wieder tun.«

»Wir müssen trotzdem mit ihm sprechen«, sagte Hamad.

»Wann soll diese Vergewaltigung denn stattgefunden haben?«, fragte der Vater.

»Am Freitagabend. Oder eher in der Nacht zwischen Freitag und Samstag.«

Der Mann warf seiner Frau einen kurzen Blick zu, bevor er zu lächeln begann.

»Da war er mit uns auf dem Land. Wir sind gerade erst zurückgekommen. Ich war gerade auf dem Weg zum Auto, um das restliche Gepäck zu holen.«

»Ich werde Kalle sagen, dass Sie hier sind«, sagte die Frau und verschwand in der Wohnung.

»Wir sind das ganze Wochenende auf dem Land gewesen«, fuhr Torbjörn Engström fort. »Wir sind am Freitagnachmittag gefahren und gerade eben zurückgekommen. Er hat also nichts damit zu tun. So viel ist sicher.«

»Und wo sind Sie gewesen?«, fragte Westman.

»Auf Ingarö.«

»Er könnte doch in die Stadt gefahren sein, ohne dass Sie es bemerkt haben? Während Sie schliefen, zum Beispiel? Von dort fahren doch auch Busse nach Stockholm?«

»Das stimmt, aber Kalle war die ganze Zeit bei uns, und einen Führerschein hat er nicht. Wo genau soll diese Vergewaltigung denn passiert sein?«

Westman bemerkte, dass Hamad zögerte. Wahrscheinlich wollte er dem Mann nicht zu viele Details verraten. Zum einen, weil der Sohn schon volljährig war und die Eltern gar nicht eingebunden werden mussten, zum anderen, weil es selten gute Gründe dafür gab, mehr als nötig zu erzählen. Aber weil die Umstände außergewöhnlich waren, entschied er sich offensichtlich, die Frage zu beantworten. Die Wahrheit modifizierte er allerdings ein wenig, wie Westman feststellte.

»Das wissen wir nicht genau. Die betroffene Frau kann die Ereignisse nur sehr vage beschreiben. Aber wir haben Fingerabdrücke auf einem Gegenstand gesichert, den sie während der Vergewaltigung bei sich trug.«

Rita Engström erschien wieder in der Tür. Sie sah immer noch ein wenig beunruhigt aus, was Westman erstaunte. Wenn der Sohn ein Alibi für die Tatzeit hatte, gab es keinen Grund, sich Sorgen zu machen.

»Ich habe Kalle jetzt auf das ... Verhör vorbereitet. Sie müssen behutsam an die Sache herangehen, er ist ein bisschen anders. Kommen Sie doch herein.«

»Anders?«, sagte Westman und trat in den Flur. »Inwiefern?«

Hamad folgte ihr und zog die Wohnungstür hinter sich zu, während die Eltern erneut Blicke wechselten.

»Kalle hat eine neuropsychiatrische Funktionsstörung«, sagte Rita Engström und seufzte. »Sie wissen mit diesem Begriff wahrscheinlich nichts anzufangen.«

Westman schüttelte den Kopf.

»Er hat eine Mehrfachdiagnose, das heißt, er hat mehrere unterschiedliche Behinderungen. Bis jetzt hat man jedenfalls das Asperger-Syndrom und ADHS bei ihm festgestellt. Außerdem gibt es Anzeichen dafür, dass er bipolar ist. Aber er ist hochbegabt, intelligent und sehr lernfähig. Er hat zum Beispiel schnell begriffen, dass er sich von Gefängnissen und schlechten Mädchen fernhalten sollte.«

»Schlechte Mädchen?«, musste Westman unwillkürlich fragen.

Dieser Ausdruck aus dem Munde der Eltern eines Jungen ließ sie immer Übles ahnen.

»Das Mädchen, das ihm die versuchte Vergewaltigung angehängt hat, hat ihn vorher schon lange gemobbt. Sie ist so ein Typ Mensch, der seine Freude aus dem Leiden anderer bezieht. Und Kalle hat eine ziemlich kurze Lunte, also kam es, wie es kommen musste. Er hat immer schnell die Fäuste ins Spiel gebracht, obwohl wir in den vergangenen Jahren sehr daran gearbeitet haben.«

»Die Fäuste?«, rutschte es Westman erneut heraus, aber sie biss sich im selben Augenblick auf die Zunge.

Es gab keinen Grund, zynisch zu sein, die Situation war problematisch, und die Eltern schienen aufrichtig zu sein. Hamad sagte nichts, aber sie spürte instinktiv, dass er nicht mochte, wie sie sich verhielt. Aber Rita Engström schien sich nicht provozieren zu lassen.

»Er ist wütend geworden. Vollkommen außer sich war er. Und er hatte jeden Grund dafür. Aber die Art, die er wählte, um seinen Zorn auszudrücken ... das gehört zu diesem ADHS-Problem. Diese Wutausbrüche. Und das Mädchen machte dauernd sexuelle Anspielungen. Kleidete sich aufreizend. Kalle kommt mit so etwas nicht zurecht. Nein, ich kann jetzt nicht weiter darüber sprechen.«

Naja. »Sexuelle Anspielungen«? »Aufreizende Kleidung«? Zwei nicht besonders gute Gründe für eine Vergewaltigung, wenn man es milde ausdrücken wollte. Aber Westman riss sich zusammen. Vater Engström hatte eine ganze Weile schon nichts mehr gesagt. Er hatte die Arme vor der Brust verschränkt und schaute auf irgendeinen Punkt oben auf der Hutablage.

»Ich denke, dass wir jetzt ein paar Worte mit Kalle wechseln sollten«, übernahm Hamad das Gespräch.

Er unterstrich seine Absicht, indem er einen weiteren Schritt in die Wohnung machte.

»Natürlich«, seufzte die Mutter und führte sie nach links einen Flur hinunter.

Sie kamen an einem Zimmer vorbei, das gleichzeitig als Schlaf- und Arbeitszimmer zu dienen schien. Ein großer Raum in hellen Farben mit einem Wandschrank, einem Doppelbett und einem Schreibtisch. Gepflegte Grünpflanzen auf der Fensterbank und Bücher auf dem Nachttisch. Hinter einer geschlossenen Tür das Badezimmer und schließlich ein weiteres Schlafzimmer – das des Sohnes. Die beiden Polizisten blieben mit offenen Mündern stehen, noch bevor sie die Schwelle erreichten. Der Anblick war überwältigend: Schlösser und Burgen, Züge, Boote, Autos, Motorräder und Flugzeuge, Bauernhöfe, Schulen, Feuerwachen und Krankenhäuser vom Boden bis unter die Decke. Im wahrsten Sinn des Wortes. In diesem ansonsten ziemlich unansehnlichen Zimmer gab es eine eigene Welt aus Lego. Und mitten auf dem Boden saß der Meister selbst und baute an einer Konstruktion, die wie ein Raumschiff aussah.

Westman konnte ein leises »Wow« nicht unterdrücken. Hamad musste laut lachen, was alles andere als angemessen war, wenn der Zweck ihres Besuchs darin bestand, den Verdächtigen in einem Vergewaltigungsfall zu verhören. Aber die Umstände waren so außergewöhnlich, dass Westman sie als Entschuldigung gelten ließ.

Der Junge, der natürlich kein Junge, sondern ein erwachsener Mann war, schaute auf, ohne das Raumschiff abzustellen. Er war kräftig und muskulös mit einem markanten Kinn, und obwohl er saß, konnte Westman erkennen, dass er mindestens eins neunzig groß war. Aber die Körperhaltung, die Beschäftigung und die neugierigen blauen Augen machten einen kindlichen Eindruck.

»Karl«, sagte seine Mutter, »diese Polizisten möchten dir gerne ein paar Fragen stellen. Möchtest du aufstehen und sie begrüßen?«

»Nein.«

Kurz und bündig. Die Mutter machte eine enttäuschte Geste. Für sie war er ein eigensinniges Kind, aber wir müssen ihn wie einen Mann behandeln, dachte Westman. Wie einen potenziellen Vergewaltiger, der bereits für eine versuchte Vergewaltigung verurteilt worden war.

»Was haben Sie zwischen, sagen wir, fünf Uhr nachmittags

am Freitag und fünf Uhr morgens am Samstag gemacht?«, fragte Hamad.

»Zwischen fünf Uhr nachmittags am Freitag und fünf Uhr morgens am Samstag war ich mit Mama und Papa draußen auf Ingarö«, antwortete Karl Engström.

Ehrliche blaue Augen. Plötzlich fiel Westman auf, dass die Mutter sofort in der Wohnung verschwunden war, nachdem der Vater erklärt hatte, dass der Sohn das Wochenende mit den Eltern verbracht habe. Sie hätte ihm diese Worte in den Mund legen können. Schlechte Polizeiarbeit – wie konnte ihnen das bloß passieren? Eben weil die Umstände außergewöhnlich waren. Weil der Mann ein Junge mit einer neuropsychiatrischen Funktionsstörung war und weil die Eltern sie möglicherweise auf eine geschickte Art manipuliert hatten. Eins zu null für die Familie Engström. Falls er tatsächlich schuldig war.

»Ich habe niemanden vergewaltigt«, fuhr er fort. »Wen soll ich den vergewaltigt haben? Warum sollte ich sie vergewaltigt haben? Ich will nicht im Gefängnis sitzen.«

»Möchten Sie, dass wir dieses Gespräch in Anwesenheit Ihrer Eltern führen?«, fragte Hamad. »Oder würden Sie lieber unter vier Augen mit uns sprechen?«

»Ich ziehe es vor, dieses Gespräch in Anwesenheit meiner Eltern zu führen«, antwortete Karl Engström ruhig, ohne einen einzigen Blick mit ihnen zu wechseln.

»Wir wissen nicht, wer die Frau ist«, begann Hamad, aber bevor er weitersprechen konnte, wurde er schon unterbrochen.

»Sie wissen nicht, wer die Frau ist? Sie wissen nicht, wer die Frau ist, die vergewaltigt wurde, aber Sie wissen, dass ich sie vergewaltigt habe? Woher wissen Sie, dass ich eine Frau vergewaltigt habe, von der Sie gar nicht wissen, wer sie ist? Ich bin mit meinen Eltern auf dem Land gewesen. Ich habe keine Frau vergewaltigt, von der niemand weiß, wer sie ist. Ich will nicht im Gefängnis sitzen.«

Er sprach monoton, sodass kein Unterschied zwischen Frage und Behauptungen zu erkennen war, aber er verstand offensichtlich, worum es ging, und er war in der Lage, auf ihre Fragen zu antworten. Er war hochbegabt. Und gleichzeitig funktionsgestört.

»Es ist uns gelungen, Ihre Fingerabdrücke auf einem Gegenstand nachzuweisen, den die Frau bei sich hatte«, antwortete Hamad. »Daraus ziehen wir die Schlussfolgerung, dass Sie uns zumindest erklären können, wer sie ist.«

»Ist sie tot?«, fragte Karl Engström, ohne dass es wie eine Frage klang.

»Nein, sie ist nicht tot. Aber sie ist verletzt und nicht in der Lage, unsere Fragen zu beantworten. Sie liegt im Krankenhaus und hat uns weder erzählen können, was passiert ist, noch wer sie ist. Wir glauben, dass es ihr besser gehen würde, wenn sie ihre Angehörigen treffen könnte. Sie ist jung und hat bestimmt Eltern, die sich Sorgen um sie machen.«

»Auf welchem Gegenstand, den die Frau bei sich hatte, befinden sich meine Fingerabdrücke?«

Er konstruierte seine Sprache, als wäre sie aus Lego. Er nahm die Teile, die er fand, und setzte sie zu voll verständlichen, aber etwas seltsamen Sätzen zusammen.

»Auf einem Ring. Können Sie sich erinnern, ob Sie in letzter Zeit einen Ring berührt haben?«

Die Eltern wirkten enttäuscht. Ihr Sohn suchte ihre Hilfe nicht, sondern bestritt das Gespräch aus eigener Kraft. Auf eine etwas eigenartige, aber zureichende Art.

»Ich erinnere mich, dass ich in letzter Zeit einen Ring berührt habe. Wenn Sie mir den Ring beschreiben, dann kann ich Ihnen sagen, ob ich einen solchen Ring berührt habe.«

Hamad warf Westman einen auffordernden Blick zu, die ein

Bild des Rings gesehen hatte und jetzt versuchte, ihn so gut wie möglich zu beschreiben.

»Ein Siegelring, wenn Sie wissen, was das ist?«

»Ich weiß, was ein Siegelring ist«, antwortete Karl Engström.

»Es handelt sich um einen silbernen Siegelring, in den eine Art Emblem eingraviert ist: eine Urne mit einer Flamme. Sagt Ihnen das etwas?«

»Nein, das sagt mir nichts. Aber ich weiß, wem der Ring gehört und warum meine Fingerabdrücke darauf sind.«

Dann beugte er sich wieder über seine Lego-Konstruktion, setzte ein Teil auf den richtigen Platz und schien über die Angelegenheit nicht mehr sprechen zu wollen. Rita Engström schaute ängstlich von ihrem Mann zu den Polizisten und zurück.

»Er hat Angst bekommen«, flüsterte sie, als könnte der Sohn sie nicht hören. »Ich werden versuchen, ein bisschen mehr herauszubekommen.«

»Karl, mein Liebling«, sagte die Mutter mit sanfter Stimme. »Denk an das Mädchen, das im Krankenhaus liegt und ganz alleine ist. Sag der Polizei, wer sie ist, damit sie ihre Eltern anrufen können.«

»Sie müssen nicht anrufen«, murmelte der Sohn, ohne von seinem Raumschiff aufzuschauen.

»Was meinst du damit, Kalle? Bitte, erzähl ihnen, wer das Mädchen ist.«

Ohne den Blick von seinem Bauwerk abzuwenden, sagte er widerwillig, worum er gebeten worden war. Und genau wie die Mutter gesagt hatte, machte er einen ängstlichen Eindruck.

»Ich meine, dass die Polizei die Eltern des Mädchens nicht anrufen muss. Ein Ring mit der Urne und der Flamme. Das ist Veronicas Ring.«

Danach brach Chaos aus. Die Mutter begann zu weinen und lief aus dem Zimmer. Der Vater rannte ihr nach, fluchend und schreiend. Westman begriff erst einmal gar nichts, aber nachdem auch Hamad das Zimmer verlassen hatte, um die beiden Eltern zu beruhigen, hockte sie sich neben den jungen Mann, um sich zu erkundigen, was passiert war. Er zuckte zusammen, als sie ihm näher kam, und sofort wurde ihr klar, dass er Körperkontakt nicht mochte. Was bei einem Mann, der wegen versuchter Vergewaltigung im Jugendgefängnis gesessen hatte, ein wenig seltsam erschien. Aber es gibt solchen und solchen Körperkontakt, dachte sie. Also richtete sie sich wieder auf und trat ein paar Schritte zurück. Vorsichtig schloss sie die Tür, um wenigstens ein bisschen Ruhe in dem Zimmer zu schaffen.

»Wer ist Veronica?«, fragte sie, woraufhin Karl sie erneut ansah, mit einem Blick, den sie nur schwer deuten konnte.

Vielleicht wusste er es nicht einmal selbst, vielleicht versuchte er etwas auszudrücken, das er eigentlich nicht fühlte, etwas, das seine Umgebung von ihm erwartete.

»Veronica ist meine Schwester«, antwortete er. »Meine kleine Schwester. Sie ist achtzehn Jahre alt und hat über das Wochenende bei einer Freundin geschlafen. Wir teilen uns das Waschbecken, und sie zieht den Ring ab, wenn sie schläft. Jeden Morgen, wenn ich mich rasieren will, muss ich ihn weglegen, damit er nicht in den Abfluss fällt.«

Eine Erklärung, die glaubhaft klang. Die vergewaltigte Frau hatte einen Namen und eine Adresse bekommen. Eine Familie. Und das war eine große Erleichterung. Aber es fühlte sich auch so an, als müsste diese Familie viel mehr Leid ertragen müssen, als gerecht war.

»Ich habe Veronica nicht vergewaltigt«, sagte Karl Engström. »Veronica ist meine kleine Schwester. Ich habe meine Schwester nicht vergewaltigt.«

Aus einem anderen Teil der Wohnung war ein lang gezogenes Heulen zu hören. Die Angst, die der Verdacht gegen den Sohn mit sich gebracht hatte, verwandelte sich gerade in etwas viel Schlimmeres.

Montagvormittag

Um neun Uhr am Montagvormittag traf sich das Ermittlungsteam unter Conny Sjöbergs Leitung im blauen ovalen Besprechungsraum. Außer ihm selbst, Hamad und Westman waren auch Jens Sandén, Hedvig »Gäddan« Gerdin, Odd Andersson und Staatsanwalt Hadar Rosén anwesend, der formal die Verantwortung für die Ermittlungen in diesem Fall trug. Sjöberg ließ Hamad und Westman über die Ereignisse des Wochenendes Bericht erstatten.

»Und als wir sie gestern Abend besuchten, gemeinsam mit den Eltern, gab es keinerlei Anzeichen dafür, dass sie sie erkannt hätte«, beendete Hamad die Zusammenfassung. »Sie scheint das Gedächtnis verloren zu haben.«

»Kann man mit ihr kommunizieren?«, wollte Rosén wissen. »Versteht sie Schwedisch, meine ich?«

»Als ich das erste Mal bei ihr war, fragte ich sie, ob sie Schmerzen hätte«, sagte Westman. »Sie nickte, also ging ich davon aus, dass sie Schwedin ist. Vorher wussten wir ja noch nicht einmal das. Seitdem hat sie auf nichts mehr reagiert. Auch als die Eltern bei ihr waren, hat sie keine Regung gezeigt.«

»Was sagen die Ärzte?«, fragte Sjöberg. »Ist das normal?«

»Normal wäre wohl zu viel gesagt«, antwortete Westman, »aber es ist eine mögliche psychische Reaktion auf ein traumatisches Erlebnis. Alternativ eine physische Reaktion auf eine Gewalteinwirkung gegen den Kopf. Aber das Erste ist wahrscheinlicher, weil weder das EEG noch die Computertomografie eine Schädelverletzung andeuten.«

»Eine Gehirnerschütterung vielleicht?«, fragte Andersson.

»Als ich vom Fahrrad gefallen war, konnte ich mich mehrere Tage lang an gar nichts erinnern.«

»Das hatte vielleicht eher mit dem Alkohol als mit dem Fahrrad zu tun?«, warf Sandén ein und zwinkerte Andersson zu.

»Sowohl eine Gehirnerschütterung als auch ein Alkoholrausch können einen Gedächtnisverlust verursachen, aber nicht auf diese Weise«, sagte Westman, die sich weigerte, den Sacherhalt mit Scherzen zu überspielen. »Veronica hat vergessen, wer sie ist.«

»Hatte sie denn einen nennenswerten Rausch?«, erkundigte sich Rosén.

Westman nickte.

»0,9 Promille um sieben Uhr morgens. Wenn sie das letzte Glas um ein Uhr getrunken hat, hätte sie zu diesem Zeitpunkt zwei Promille im Körper gehabt. Es könnte ein bisschen mehr oder weniger gewesen sein, aber betrunken war sie auf jeden Fall. Wodurch das Verbrechen nicht weniger schwerwiegend wird.«

Da konnte Sjöberg ihr natürlich nur zustimmen, auch wenn er nicht begriff, warum sie das noch einmal betonen musste.

»Aber es machte sie auf jeden Fall zu einer leichteren Beute«, wagte er einzuwerfen.

»Den Gedächtnisverlust erklärt es allerdings nicht«, sagte Hamad daraufhin. Es ist keine klassische Erinnerungslücke, über die wir hier sprechen. Ich glaube, dass es psychische Ursachen hat. Posttraumatischer Stress oder so etwas.«

»Oder es ist ein Fake«, sagte Gerdin.

Hamad hob die Arme.

»Natürlich. Absolut möglich. Aber warum will sie dann nichts mit ihrer Familie zu tun haben?«

»Weil vielleicht doch der Bruder der Schuldige ist. Ihr habt doch gesagt, dass das Alibi, das ihm die Eltern gegeben haben, ziemlich zweifelhaft war.«

»Hätten sie das nicht zurückgenommen, wenn es auch nur den geringsten Verdacht gegeben hätte, dass der eigene Sohn hinter der Vergewaltigung steckt?«, meinte Sjöberg.

»Vielleicht betrachten sie es als Familienangelegenheit. Was hättest du gemacht, Conny, wenn du vor einem solchen Dilemma gestanden hättest?«, fragte Gerdin auf ihre unverblümte Art.

Für den Bruchteil einer Sekunde versuchte er sich in die Situation zu versetzen, dass einer seiner Söhne sich an einer seiner Töchter vergangen hätte, aber schon die Idee war vollkommen absurd. Nicht zuletzt, weil noch keines seiner Kinder ein entsprechendes Alter erreicht hatte.

»Das ist zwar eine vollkommen abwegige Vorstellung, Gäddan, aber klar. In dem Fall könnten sie beschlossen haben, das Ganze unter sich auszumachen. Und das könnte auch das Schweigen von Veronica erklären. Sie möchte der Familie keine Probleme bereiten, aber gleichzeitig wendet sie sich auch von ihr ab. Und trotzdem glaube ich nicht wirklich, dass der Junge über seine eigene Schwester hergefallen ist. Was meint ihr, ihr habt die Familie doch kennengelernt?«, fragte er an Westman und Hamad gewandt.

»Schwer zu sagen«, meint Hamad. »Aber die Eltern wirkten vollkommen normal.«

»Karl hat natürlich den alten Fall in seiner Akte, aber ich glaube es auch nicht. Seine Erklärung für den Fingerabdruck auf dem Ring ist absolut glaubwürdig. Und ich hatte das Gefühl, dass er seine Schwester mag.«

»Und Hansson?«, fragte der Staatsanwalt knapp.

»Hat nichts Neues zu berichten«, antwortete Hamad. »Die Spermaspuren und die Reste unter den Nägeln sind zur Analyse beim SKL, Bella untersucht gerade die Haare und diesen Ring.«

»Was ist das eigentlich für ein Ring? Ist er teuer? Wie sah er aus? Das Mädchen war doch nicht etwa verlobt?«

»Das glaube ich nicht«, antwortete Westman. »Es war ein Siegelring aus Silber, in das eine Darstellung eingraviert war. Ich habe ihn hier.«

Sie legte ihn auf das Smartboard des Besprechungsraums, damit alle ihn sehen konnten.

»Eine Urne mit einer Flamme. Vielleicht ein bestimmtes Symbol? Kennt es jemand von Euch?«

Niemand meldete sich.

»Wie machen wir also weiter?«, fragte der Staatsanwalt.

»Gäddan, du findest alles über diesen Gideon heraus«, sagte Sjöberg. »Und über die Familie Engström. John Gideon muss so schnell wie möglich gefunden werden. Schaut euch alle Telefonverbindungen an. Die von Veronicas Handy. Von Gideon, und so weiter.«

Gerdin nickte und schrieb mit.

»Lasst ein paar Beamte diesen Park vor Gideons Wohnung durchsuchen, wie heißt er gleich?«

»Skånegläntan. Rosenlundspark.«

»Falls sie dort vergewaltigt worden ist, könnten ihre Kleidung oder anderes Eigentum noch dort liegen. Ich denke, dass du, Petra, weiter den Kontakt zu Veronica halten solltest. Früher oder später wird sie anfangen zu reden, selbst wenn sie sich an nichts erinnert. Hamad, du und ich werden den Rest der Familie Engström noch einmal gründlich verhören, und zwar jeden für sich. Wenn dort etwas nicht stimmt – was ich bezweifle –, dann stimmen ihre Versionen vielleicht nicht ganz überein. Jens und Loddan, ihr macht das Mädchen ausfindig, bei dem Veronica angeblich das Wochenende verbracht hat. Vielleicht weiß sie ja alles, was uns noch fehlt.«

»Sie heißt Madelene Hallberg und wohnt im Smedjevägen in Hästhagen«, warf Westman ein und schob eine handschriftliche Notiz über den Tisch.

»Hästhagen – ist das nicht in Nacka?«, fragte Andersson.

»Ja, da wohnt sie nun mal, auch wenn du dort nicht tot am Zaun hängen möchtest«, antwortete Sandén und erntete dieses Mal von allen versammelten Polizisten Gelächter.

Rosén, der das Treffen als beendet betrachtete, stand auf, und für den Bruchteil einer Sekunde glaubte Sjöberg, dass der fast zwei Meter lange, todernste Mann tatsächlich vorhatte, Sandén eine zu verpassen. Ein vollkommen wahnwitziger Gedanke, aber zu seiner unfassbaren Erleichterung stellte Sjöberg kurz darauf fest, dass selbst der Staatsanwalt die Mundwinkel hochzog.

*

Andersson fuhr den Wagen, Sandén saß neben ihm und döste. Andersson beobachtete, dass sein Kollege sich wirklich anstrengte, wach zu bleiben – ohne größeren Erfolg. Immer wieder nickte er ein, und es sah wirklich komisch aus, wie er dabei erst das Kinn sacken ließ, bevor der ganze Kopf auf die Brust fiel. Und jedes Mal lief ein Speichelfaden aus dem Mundwinkel über das Kinn, und jedes Mal wurde er mit dem Handrücken wieder weggewischt.

Andersson war neununddreißig Jahre alt und Teilzeitvater eines quirligen Neunjährigen namens Mercury. Sandén war vierundfünfzig und hatte ein sechs Monate altes Enkelkind zu Hause, das Majken hieß und ganz gewiss das süßeste, charmanteste und begabteste Menschenwesen war, das diesen Planeten je betreten hatte, aber andererseits war sie auch ein echter Satansbraten. Sie war nämlich unglaublich neugierig und ungeduldig, wie ihr stolzer Großvater zu berichten wusste. Wenn sie wach war, konnte sie nicht einen Moment lang einfach fröhlich plappernd auf ihrer Krabbeldecke liegen bleiben, während derjenige der drei erziehungsberechtigten Erwachsenen der gerade die Aufsicht hatte, beispielsweise unter der

Dusche stand oder Kartoffeln schälte. Nein, die Kleine musste unterhalten werden, bis der Arzt kam. Sie musste herumgetragen oder auf die eine oder andere Weise betüddelt werden. Bis zu dem Tag, als sie sich, im Alter von fünf Monaten, aus reiner Verzweiflung am Sofa hochzog und an Wänden und Möbeln entlangzuhangeln begann. Sie hatte, kurz gesagt, die Krabbelphase übersprungen und stattdessen eine Anwendung für ihre Füße gefunden. Was noch mehr Aufmerksamkeit erforderte, weil das Kind zum Selbstmord neigte, indem es zum Beispiel in den offenen Kamin hineinkletterte oder die Finger in die Steckdose steckte. »Das ist die Strafe für meine Sünden«, pflegte Sandén zu sagen, mit einem so breiten Lächeln, dass sein Gesicht zwischen den Ohren auseinanderzubrechen drohte. »Aus ihr wird auch noch was werden. Zu ihrem ersten Geburtstag schenke ich ihr ein Tattoo«, antwortete Andersson, woraufhin Sandén finster dreinblickte und ihm mit der Faust drohte.

Als Andersson den Wagen vor dem Gymnasium in Kärrtorp parkte, weilte Sandén wieder unter den Lebenden.

»Wir werden hineingehen und das Sekretariat suchen. Die sollen sie einfach für uns aus dem Unterricht rufen«, beschloss er. »Dann nehmen wir sie mit nach draußen, damit wir ungestört mit ihr reden können und nicht jede Menge neugierige Schulkameraden um uns herumstehen.«

»Sollen wir uns etwa ins Auto setzen?«, wunderte sich Andersson.

»Nein, wir stellen uns hier auf den Rasen. Das ist ein angenehmeres Umfeld, und sie wird sich leichter öffnen. Und du führst das Gespräch, Loddan. Die Mädchen scheinen dich ja besonders zu mögen.«

»Hm«, meinte Andersson.

In aller Bescheidenheit. Aber er wusste, dass das stimmte.

Der stellvertretende Schulleiter, ein Mann in den Fünfzigern, der alles andere als cool rüberkam, erkannte Andersson sofort, da er dank seiner ziemlich erfolgreichen Teilnahme beim *Idol 2009* zu einer Art Promi geworden war. Er fühlte sich damit eigentlich gar nicht wohl, aber das war der Preis, den man bezahlen musste, wenn man in der Popmusik-Branche vorwärts kommen wollte. Wie auch immer, der stellvertretende Direktor strahlte über das ganze Gesicht und war äußerst hilfsbereit. Bereits ein paar Minuten später stand Madelene Hallberg vor dem Sekretariat, und sie lotsten sie nach draußen auf die Rasenfläche neben dem Parkplatz.

»Was ist denn eigentlich genau passiert?«, fragte sie ängstlich und schaute vom einen zum anderen.

Im Unterschied zum stellvertretenden Schulleiter und zu seiner großen Erleichterung schien sie Andersson nicht zu kennen. Achtzehnjährige Gymnasiastinnen hatten freitagabends offenbar interessantere Dinge vor, als mit ihren Eltern und den kleinen Geschwistern vor der Glotze zu sitzen und das Leben anderer Menschen zu leben. Das hatte er schon mehr als einmal festgestellt.

»Wir dachten, dass du uns das vielleicht erzählen könntest«, antwortete Andersson.

»Veronicas Vater hat erzählt, dass sie vergewaltigt worden ist und im Krankenhaus liegt. Ich habe überhaupt keine Ahnung, was passiert ist.«

Madelene Hallberg sah aufrichtig besorgt aus, als sie vor ihnen stand und zu ihnen hinaufschaute. Sie war klein, blond und mollig, mit großen, blauen Augen in einem herzförmigen Gesicht und beinahe unwirklich langen, gebogenen Wimpern, von denen Andersson annahm, dass sie künstlich waren.

»Sie selbst erinnert sich gar nicht daran, was passiert ist?«, fragte sie.

»Sie spricht kein einziges Wort. Wir vermuten, dass sie das Gedächtnis verloren hat.«

Madelene Hallberg sah aus, als würde sie jeden Augenblick in Tränen ausbrechen.

»Wir möchten, dass du uns alles erzählst, was du über Veronicas Tun und Lassen am Freitagabend weißt.«

Ein bisschen formell ausgedrückt, aber sie vertraten schließlich eine Behörde, deren Zweck eben auch war, den Leuten Respekt einzuflößen.

»Veronica wollte das ganze Wochenende bei mir bleiben. Am Nachmittag sind wir beim Abitursumzug auf dem Anhänger mitgefahren. Ein paar Jungs aus der Zwölften hatten uns eingeladen.«

»Und die hießen?«

»Jonas Eklund und Teodor Ferm.«

»Enge Freunde?«

»Von uns? Nein, nicht direkt. Eher Bekannte, könnte man sagen.«

»Wie kommt es dann, dass sie euch eingeladen haben?«

»Das weiß ich gar nicht genau. Wir haben uns ein paarmal miteinander unterhalten, auf dem Schulhof und so. Veronica und ich waren jedenfalls froh, dass wir mitmachen durften. Es waren schließlich auch eine ganze Menge aus der Elf dabei. Also, nicht auf dem Anhänger, aber abends bei der Fete.«

»Wir machen es lieber schön der Reihe nach, Madelene. Ist am Nachmittag irgendetwas Besonderes passiert? Auf dem Anhänger vielleicht?«

»Nicht dass ich wüsste. Es war lustig. Ein bisschen verrückt. Alle hatten Spaß.«

»Kein Rumgeknutsche oder so?«, fragte Andersson unverblümt.

Madelene Hallberg sah verlegen aus. Sie dachte nach, schüttelte aber schließlich den Kopf.

»Nein, wir haben nur getanzt. Jeder mit jedem, sozusagen.«

Sie blieb kurz bei dem Gedanken hängen, schien sich gerne daran zu erinnern. Aber nur für einen Augenblick, dann hatte sie der Ernst der Situation wieder eingefangen.

»Dann sind wir zu mir nach Hause gefahren und haben uns wieder hübsch gemacht. Ich wohne in Hästhagen.«

»Das wissen wir. Habt ihr viel getrunken?«

Wieder ein verlegener Blick. Sie war achtzehn Jahre alt und brauchte sich nicht zu schämen, weil sie Alkohol auf einer Abiturfeier getrunken hatte. Immer diese verdammte Bevormunderei, dachte Andersson. Dann fiel ihm ein, dass er Polizist war und das Gesetz vertreten sollte, welches besagte, dass Achtzehnjährige alkoholhaltige Getränke ausschließlich in Restaurants zu sich nehmen durften.

»Ich will ja nicht wissen, wo ihr den Alkohol herbekommen habt«, fügte er milde hinzu. »Wir versuchen nur, uns ein Bild von den Umständen dieser Vergewaltigung zu machen.«

Madelene Hallberg sah schon ein bisschen weniger bedrückt aus.

»Wir haben Wein getrunken. Wir haben uns eine Flasche geteilt, die ich von meinen Eltern bekommen habe. Oder genommen, sollte man wohl eher sagen.«

»Und danach?«

»Dann gab es ein großes Picknick am Söderbybad. In der Nähe des Golfplatzes von Björkhagen im Naturschutzgebiet von Nacka. Wir sind zu Fuß dorthin gegangen, so weit ist es ja nicht. Es gab Steaks und Kartoffelsalat. Wir haben jede Menge Wein getrunken. Ich glaube, Kalle hatte ihn für Veronica gekauft. Also ihr Bruder, der ist ja schon alt genug. Aber das dürfte sie ihren Eltern nicht sagen. Sie wären verrückt geworden. Veronica darf keinen Alkohol trinken, deswegen wollte sie auch bei mir schlafen. Und Kalle darf keinen für sie kaufen. Vermute ich jedenfalls. Weil er ja schon mal ... verurteilt wurde. Also ...«

Ihre Blicke flackerten unruhig hin und her. Vielleicht wusste sie nicht so recht, was sie erzählen und worüber sie besser schweigen sollte, aber irgendwie schien sie doch entschlossen zu sein, den beiden Polizisten so viele Informationen wie möglich über diesen Abend zu geben.

»Und Kalle war nicht dort?«, warf Sandén plötzlich ein. »Auf diesem Fest?«

»Nein, er kommt nie mit. Er möchte wohl Veronica nicht den Spaß verderben. Es wissen doch alle, was passiert ist. Er hat praktisch keinen einzigen Freund.«

Sandén zog das Handy aus der Hosentasche. Andersson vermutete, dass er Sjöberg über Karl Engströms Alkoholschieberei informieren wollte.

»Okay, was ist danach passiert?«, setzte Andersson die Befragung fort. »Ihr habt euch betrunken?«

»Alle waren betrunken«, verteidigte sie sich. »Wir haben getanzt, und es wurde dunkel. Veronica hat eine Weile mit Gabriel Eklund getanzt, dann habe ich bemerkt, dass sie gemeinsam weggingen.«

Andersson blickte auf seine Aufzeichnungen.

»Noch ein Eklund«, stellte er fest. »Sind das Brüder, Gabriel und Jonas?«

»Ja, Gabriel ist im selben Alter wie wir und geht in eine Parallelklasse.«

»Und wohin sind sie gegangen?«

»Zum Café hinauf. Mehr weiß ich nicht, danach habe ich sie nicht mehr gesehen.«

»Du hast gesagt, dass es dunkel war«, sagte Sandén, während er sein Telefon wieder in die Tasche steckte. »Was meinst du, um welche Uhrzeit sie ungefähr aufgebrochen sind?«

»Die Frage kann ich ganz genau beantworten«, sagte Madelene Hallberg und zog ihr eigenes Handy aus der Handtasche. »Wir haben uns nämlich noch ein paar SMS geschickt, nachdem sie gegangen war.«

Sie hielt Sandén das Telefon vor die Augen, der laut vorlas, damit Andersson mitschreiben konnte. Um 23.41 Uhr hatte sie die Mitteilung »Hab euch gesehen! Auswärtsspiel?« an Veronica verschickt, die unmittelbar darauf mit »Haha. Komm später drauf zurück. Wenn ich es schaffe ...« antwortete. Um 23.43 hatte Madelene dann gesimst: »Lucky You!«, und damit war der Dialog beendet.

»Auf deine letzte SMS hat sie also nicht mehr geantwortet?«, fragte Sandén.

»Nein«, bestätigte das Mädchen. »Und da dachte ich mir, dass es tatsächlich zu einem ... Auswärtsspiel gekommen war. Wenn Sie wissen, was ich damit meine.«

Andersson schielte neugierig zu seinem Kollegen hinüber und musste sich eingestehen, dass er selbst auch neugierig auf dessen Antwort war. Wenn man die starken sandénschen Familienbande bedachte, konnte er sich nur schwer vorstellen, dass Sandén in den letzten dreißig Jahren ein echtes Auswärtsspiel erlebt hatte. Man konnte zwar nicht in die Leute hineingucken, aber in diesem Fall war er sich ziemlich sicher. Andersson selbst dagegen war am frühen Morgen bei einer zweiundzwanzigjährigen Brünetten in Sundbyberg aufgewacht, die in einer Konditorei arbeitete. Wie sie hieß, daran konnte er sich nicht erinnern, und den Zettel mit ihrer Telefonnummer hatte er in einen Papierkorb geworfen, sobald er wieder unten auf der Straße war. Woran er sich dagegen erinnerte, war eine furchtbare blütengemusterte Bettdecke in Grün und Braun und das Piercing an ihrer Oberlippe – ein Hufeisen mit einem Kegel aus Titan. Und dass sie ihm, als er ging, einen Tortenkarton in die Hand gedrückt hatte. »Diese Sandwichtorten hängen mir echt zum Hals raus«, hatte sie erklärt.

»Danke der Nachfrage. Mein Wortschatz ist noch auf dem Laufenden«, antwortete Sandén trocken.

»Ich habe mir überhaupt keine Sorgen gemacht«, fuhr Madelene Hallberg fort. »Gabriel ist ein guter Junge. Ordentlich, clever. Gut in der Schule. Man konnte ihr eigentlich nur gratulieren. Es ging ja im Grunde wohl nur um einen One-Night-Stand, und von da aus ist der Schritt zu einer Vergewaltigung ...«

»... schon ziemlich groß, ja«, ergänzte Sandén. »Hast du versucht, sie später am Wochenende noch einmal zu erreichen?«

»Immer wieder. Das können Sie auch auf meinem Handy sehen«, sagte sie und gab es ihm. »Noch in derselben Nacht habe ich sie angerufen, aber ich bin immer wieder auf der Mailbox gelandet. Allerdings habe ich mir auch deswegen keine Sorgen gemacht. Aber als ich das ganze Wochenende nichts mehr von ihr hörte, kam es mir schon ein bisschen seltsam vor.«

»Und was hast du daraufhin unternommen?«

»Gar nichts. Jetzt im Nachhinein sehe ich ein, dass ich die Sache ernster hätte nehmen müssen. Aber ich habe mich nicht getraut, Gabriel anzurufen, und ...«

»Warum nicht?«, warf Andersson ein.

Madelene Hallberg seufzte und schüttelte den Kopf, ohne eine genauere Erklärung abzuliefern, aber er war sich sicher, dass er sie trotzdem verstanden hatte.

»Und Veronicas Eltern anzurufen, war völlig undenkbar. Die sind so was von streng und hätten Himmel und Hölle in Bewegung gesetzt. Ich wäre die Letzte, die ihnen gegenüber petzt, dass Veronica getrunken hatte und mit einem Jungen verschwunden war. Sie glauben bestimmt, dass sie immer noch Jungfrau ist und noch nie einen Tropfen Alkohol angerührt hat. Damit musste sie schon selber fertig werden. Ich dachte, dass sie vielleicht immer noch bei Gabriel und der Akku leer war. Oder dass sie ihr Handy verloren hatte. Dass sie spätestens dann anrufen würde, wenn sie ihre Sachen brauchte, die bei mir zu Hause standen.«

Mit einer geübten Bewegung führte sie die Hände hinter den Kopf, fasste ihren blonden Haarschopf zu einem fiktiven Pferdeschwanz zusammen und ließ ihn unmittelbar danach wieder auseinanderfallen.

»Aber du glaubst nicht, dass Gabriel Eklund sie vergewaltigt haben könnte?«, fragte Sandén.

»Nein, warum hätte er das tun sollen? Es sah nicht so aus, als wäre Veronica schwer zu überreden gewesen.«

Sie stockte und machte ein betretenes Gesicht.

»Ich meine natürlich nur bei dieser Gelegenheit. Sie sahen einfach süß aus, als sie Hand in Hand weggingen. Er zerrte sie nicht gerade an den Haaren hinter sich her oder so«, fügte sie sicherheitshalber hinzu.

»Und was wurde heute so in der Schule erzählt?«, fragte Sandén weiter. »Wissen die Leute darüber Bescheid?«

»Ich glaube nicht«, antwortete sie mit einem leichten Kopfschütteln. »Und ich habe nur gesagt, dass Veronica krank ist.«

»Also keine Andeutungen über ihre und Gabriels eventuelle Affäre am Söderbybad?«

»Nicht, soweit ich gehört habe. Aber ich gehe ja nicht in dieselbe Klasse wie Gabriel, und heute ist auch kein richtiger Schultag. Übermorgen fangen die Ferien an, die Leute laufen wild durch die Gänge, räumen ihre Schränke aus und so etwas.«

»Wir möchten, dass du eine Liste mit allen Leuten zusammenstellst, die auf diesem Fest waren«, bat Andersson und gab ihr seine Karte.

»Aber da waren so viele Leute …«

»Das spielt keine Rolle. Schreib einfach alle auf, an die du dich erinnerst. Für Veronica.«

»Im Jahrbuch stehen alle Adressen und Telefonnummern …«, fing sie an, aber Sandén unterbrach sie.

»Das haben wir auch«, sagte er. »Du gibst uns die Namen und die Klassen, den Rest finden wir alleine raus. Du kannst jetzt wieder reingehen. Danke für deine Hilfe.«

»Meinen Sie, dass ich Veronica im Krankenhaus besuchen sollte?«

»Tu das«, meinte Sandén. »Du solltest ihr zeigen, dass sie dir am Herzen liegt. Auch wenn sie dich vielleicht nicht wiedererkennt.«

Die beiden Polizisten gingen zum Auto zurück. Doch Madelene Hallberg machte keine Anstalten, sich von der Stelle zu rühren. Sie trat von einem Fuß auf den anderen und schaute ihnen mit ihren großen, fast unnatürlich blauen Augen unschlüssig nach. Linsen, dachte Andersson. Sie trug natürlich gefärbte Kontaktlinsen. So blaue Augen gibt es gar nicht. Alles aus Plastik. Linsen und Augenwimpern. Sie war zwar irgendwie süß, aber nicht auf die Weise, die ihn ansprach.

*

Rita Engström saß im Söder-Krankenhaus und wachte am Bett ihrer Tochter, also musste Sjöberg seine Pläne ändern und Westman dieses Verhör überlassen. Er selbst würde zusammen mit Hamad Veronicas Vater und ihren Bruder vernehmen, die gleichzeitig auch Arbeitskollegen waren. Torbjörn Engström hatte eine Gartenbaufirma, in der der Sohn angestellt war, seit er die Schule verlassen hatte. Ein Arrangement, mit dem sich beide wahrscheinlich wohlfühlten. Sjöberg musste an Jenny denken, Sandéns geistig leicht behinderte Tochter, für die Sjöberg einen Job an der Rezeption der Polizeiwache organisiert hatte. Es war eine Erleichterung für ihren Vater gewesen, der sie bei Lotten, ihrer warmherzigen Rezeptionistin, in guten

Händen wusste, denn Lotten stand nicht nur mit beiden Beinen auf dem Boden, sondern verfügte auch über pädagogisches Geschick und eine Engelsgeduld. Jenny bekam zwar nur ein kleines Gehalt, aber es war ihr eigenes Geld, und sie hatte das Gefühl, eine nützliche Aufgabe zu verrichten.

An diesem Vormittag arbeiteten Karl und Torbjörn Engström im Garten eines Einfamilienhauses in Huddinge. Es war warm und sonnig. Als die beiden Polizisten den Garten betraten, schob Karl mit nacktem Oberkörper einen Rasenmäher vor sich her. Er war, so könnte man sagen, ein athletischer Typ, mindestens eins neunzig groß und auf eine nicht übertriebene Weise muskulös. Ein junger Mann, dessen vorteilhaftes Aussehen von der Natur mit einer, oder besserer gesagt mehreren neuropsychiatrischen Funktionsstörungen kompensiert worden war. Sein Vater kniete auf dem Rasen und stach mit einem ausgeklügelten Werkzeug Löwenzahn aus. Der Garten war klein, und Sjöberg fragte sich, warum man eine Gartenfirma brauchte, um das etwa 700 Quadratmeter große, flache und einigermaßen unkompliziert zu pflegende Grundstück in Schuss zu halten.

»Der Besitzer ist verreist«, sagte Torbjörn Engström, als hätte er Sjöbergs Gedanken gelesen. »Irgendwann haben wir diesen Garten für ihn angelegt, und jetzt halten wir ihn in Schuss. Kalle!«, rief er und gab seinem Sohn ein Zeichen, dass er mit der Arbeit aufhören sollte.

»Wir möchten uns mit ihnen beiden allein unterhalten«, sagt Sjöberg, als das Motorengeräusch verstummt war.

Der Sohn kam auf sie zu, machte aber keine Anstalten, sie zu begrüßen.

»Hallo, Kalle«, sagte Sjöberg und streckte die Hand aus, woraufhin der junge Mann einen Schritt zurückwich.

»Er mag keinen Körperkontakt«, erklärte der Vater.

»Dann bitte ich um Entschuldigung«, sagte Sjöberg. »Können wir uns vielleicht bei den Sträuchern dort drüben unterhalten? Unter vier Augen?«

»Das sind Rhododendren.«

»Ja, natürlich. Sehr hübsch.«

»Es ist wichtig, dass der pH-Wert der Erde um die 4,5 liegt. Man muss ungekalkten Torf unter die Erde mischen, bevor man ihn einpflanzt.«

»Verstehe«, sagte Sjöberg und begann auf die Sträucher zuzugehen.

Karl Engström folgte ihm. Sjöberg spürte den Blick des Vaters im Rücken.

»Ich würde gern von Ihnen wissen, was sie am Wochenende gemacht haben«, sagte Sjöberg schließlich mit so leiser Stimme, dass er am anderen Ende des Gartens schwerlich gehört werden konnte.

»Am Wochenende war ich auf Ingarö mit meinen Eltern. Wir sind gestern Abend nach Hause gekommen, als er zu uns gekommen ist.«

Ein Zeigefinger richtete sich auf Hamad.

»Wann sind Sie dorthin gefahren?«

»Wir sind am Freitag dorthin gefahren. Am Nachmittag. Nach der Arbeit.«

»Und Veronica, warum ist sie nicht mitgekommen?«

»Veronica sagt, dass es auf dem Land langweilig ist. Sie wollte bei Madde übernachten.«

»Sonst nichts? Wollte Veronica sonst niemanden treffen?«

»Veronica wollte viele Menschen treffen. Sie wollte auf eine Abiturfeier. Danach wollte sie bei Madde übernachten, aber das hat sie nicht getan. Veronica liegt im Krankenhaus.«

Sjöberg dachte ein paar Sekunden nach. Wie sollte man mit dem jungen Mann reden? Er wiederholte die Frage jedes Mal in seiner Antwort, das war für ihn vielleicht eine Methode,

Struktur in das Gespräch zu bringen. Aber woran konnte man festmachen, ob er sich an die Wahrheit hielt? Alles, was er sagte, klang eingeübt. Aber vielleicht musste man sich von seiner monotonen Ausdrucksweise nicht irritieren lassen und sich auf den Inhalt konzentrieren. Falls das überhaupt möglich war. Sein Handy piepste, und plötzlich ergab sich eine Gelegenheit herauszufinden, wie sich der junge Mann benahm, wenn er log. Oder besser gesagt die Gelegenheit festzustellen, dass er überhaupt nicht lügen konnte.

»Wissen Sie, ob Veronica auf diesem Fest auch Alkohol trinken wollte?«, fragte Sjöberg.

»Das weiß ich nicht«, lautete die Antwort, die nun zum ersten Mal nicht die Frage mit beinhaltete.

»Wissen Sie, ob sie manchmal Alkohol trinkt?«

»Ich weiß nicht, ob sie manchmal Alkohol trinkt.«

Subjekt, Prädikat.

»Aber vielleicht gehen Sie manchmal ins Monopolgeschäft, um Alkohol für sie zu kaufen?«

»Ich gehe manchmal in dieses Geschäft, aber ich weiß nicht, ob ich dort für Veronica einkaufe.«

Was war das denn?

»Dann müssen Sie mir erklären, warum Sie dort einkaufen, Kalle. Wenn Sie nicht wissen, für wen Sie einkaufen.«

»Ich kaufe dort ein, weil Veronica mich darum bittet. Mama sagt, dass Veronica keinen Wein trinkt. Veronica sagt, dass sie keinen Wein trinkt. Vielleicht kaufe ich also Wein für Madde?«

Aha, Haarspalterei. Man sollte seine Fragen so genau wie möglich stellen. Aber zumindest hatte er Kalle Engström dazu gebracht zuzugeben, dass er illegalerweise Alkohol für seine Schwester kaufte, vielleicht lag es nicht in seiner Natur zu lügen. Vielleicht tat er aber auch nur die Dinge, auf die er programmiert war – wenn man zynisch sein wollte, was Sjöberg sich zumindest in seinen Gedanken gelegentlich erlaubte. Veronica hatte ihn vielleicht lediglich gebeten, *den Eltern* nichts von seinen Einkäufen im Alkoholgeschäft zu verraten. So gesehen konnten seine Eltern ihn also auch darauf programmiert haben, die Unwahrheit darüber zu sagen, wo er sich am Wochenende aufgehalten hatte. Hamad und Westman schienen jedenfalls davon überzeugt zu sein. Aber in der SMS, die er gerade von Sandén bekommen hatte, stand, dass Kalle nicht im Söderbybad gesehen worden war, was bedeutete, dass er seine Schwester zu Hause vergewaltigt haben müsste. Und dort wollte sie ja gar nicht hin. Diese Theorie war also vollkommen abwegig. Es war durchaus möglich, dass Karl Engström seine Eltern nicht aufs Land begleitet hatte, aber dass er seine Schwester vergewaltigt haben sollte, schien eine absolut haltlose Annahme zu sein. Sjöberg beschloss, einen ganz anderen Weg einzuschlagen:

»Wissen Sie, ob Veronica einen Freund hat?«

Die Antwort kam schnell, Karl Engström musste selten länger nachdenken.

»Ich weiß nicht, ob Veronica einen Freund hat. Irgendwann hatte sie vielleicht mal einen, aber jetzt nicht.«

»Aha, wann war das denn, als sie vielleicht diesen Freund hatte?«

»In einem Sommer vor ein paar Jahren – 2008 – könnte sie vielleicht gebumst haben.«

Sjöberg stutzte, war tatsächlich ein bisschen peinlich berührt von diesem unerwartet vulgären Ausdruck. Reflexartig drehte er sich um und warf einen Blick auf Torbjörn Engström. Aber der schien auf die Worte seinen Sohns nicht zu reagieren, sondern hatte ihnen den Rücken zugewandt und redete ungerührt weiter.

»Hat Veronica davon erzählt?«, fragte Sjöberg.

Mittlerweile war er ein bisschen amüsiert, musste er zugeben, denn die Antwort hatte eigentlich nicht die geringste Relevanz.

»Nein«, antwortete Karl Engström. »Veronica hat mir erzählt, dass sie nicht mit Ted gebumst hat. Aber Ted hat vielen Leuten erzählt, dass er mit ihr gebumst hat.«

»Wer ist Ted?«

»Ted ist der Sohn von Freunden meiner Eltern. Wir haben uns auf einem Fest auf Gotland im Sommer 2008 kennengelernt.«

»Okay«, sagte Sjöberg und ließ das Thema fallen, weil es ihm zu privat vorkam.

Ihm fielen keine weiteren Fragen ein, aber Hamad schien immer noch jede Menge mit Veronicas Vater zu besprechen zu haben, also musste Sjöberg das Gespräch irgendwie in Gang halten. Es störte ihn nicht, sondern machte ihm sogar Spaß, sich mit dem jungen Mann zu unterhalten. Trotz seiner Vorstrafe machte er einen sympathischen Eindruck. Er war offensichtlich gut erzogen worden, was bei dieser Art der Behinderung allerdings auch ein absolutes Muss war. Die Eltern mussten unendlich viel Zeit geopfert haben, ihn zu diesem hochbegabten Individuum zu formen, das er allen Anzeichen nach war.

»Die Schule«, sagte Sjöberg. »Wie lief es in der Schule, nachdem Sie aus dem Jugendarrest zurückgekommen sind?«

»Ich habe an einer neuen Schule angefangen. Mama und Papa haben eine neue Schule für mich hier in Huddinge gefunden. Der Mann, der in diesem Haus wohnt, war für Unterrichtsdienstleistungen zuständig, die von anderen Gemeinden gekauft wurden. Deswegen konnte ich in einer Schule beginnen, in der es eine besondere, gemeindeübergreifende Integrationsklasse gab, in der Schüler mit ADHS, ADS, Asperger oder Tourette-Syndrom aus ganz Huddinge unterrichtet wurden. Diese Schule habe ich sehr gemocht.«

Manchmal klang er wie ein Nachschlagewerk, und Sjöberg konnte ein Lächeln nicht unterdrücken. Aber das Erstaunlichste war, dass Karl Engström zum ersten Mal in diesem Gespräch ein Gefühl zum Ausdruck gebracht hatte.

*

Das Gespräch am entgegengesetzten Ende des Gartens nahm ganz andere Wege. Der Vater, der am Tag zuvor vor allem ärgerlich gewesen war, sah heute traurig aus. Und erschöpft. Er schien in der vergangenen Nacht kaum geschlafen zu haben.

»Sie müssen ihn in Frieden lassen«, sagte er müde. »Ich bin mir ganz sicher, dass Kalle nichts mit dieser schrecklichen Sache zu tun hat, die Veronica zugestoßen ist.«

Hamad fragte sich, was für die Eltern am wichtigsten war, dass Veronica eine Art von Gerechtigkeit widerfuhr oder dass ihr Bruder von jedem Verdacht befreit wurde.

»Das glauben wir auch nicht«, sagte Hamad, um ein bisschen Druck von dem Mann zu nehmen. »Aber vielleicht weiß er etwas, das uns weiterhelfen könnte. Deswegen müssen wir mit ihm sprechen.«

»Er würde seiner Schwester niemals wehtun. Kalle würde für die wenigen Menschen, denen er vertraut, durchs Feuer gehen, und er vertraut Veronica absolut. Er ist eine treue Seele. Wie ein Hund. Und inzwischen würde er auch niemand anderem mehr schaden wollen. Kalle hat die Strafanstalt gehasst. Er weiß, was passiert, wenn er noch mehr Dummheiten macht.«

»Wie gesagt, wir haben ihn nicht in Verdacht. Allerdings hatten meine Kollegin und ich das Gefühl, dass er vielleicht doch nicht mit Ihnen aufs Land gefahren war. Dass es nur eine Behauptung war, die Sie schnell in den Raum gestellt haben, um ihn zu beschützen.«

Torbjörn Engström schluckte.

»Das war schließlich, bevor Sie wussten, dass das Opfer Ihre Tochter war«, fuhr Hamad fort. »Ich hätte volles Verständnis dafür, dass sie in dieser schwierigen Lage zu einer solchen Maßnahme gegriffen haben, aber in der jetzigen Situation ist es besser, wenn die Wahrheit ans Licht kommt. Wie ich schon sagte, wenn Karl in der Stadt geblieben ist, hat er vielleicht etwas gesehen, was uns bei den Ermittlungen weiterhelfen könnte.«

Engström schloss die Augen und wischte sich mit der Hand über den kahl rasierten Schädel, der schweißnass in der Vormittagssonne glänzte.

»Kalle ist das ganze Wochenende mit uns auf Ingarö gewesen«, sagte er schließlich.

Er betonte jedes einzelne Wort. Es war deutlich, dass er nicht die Absicht hatte, seine Aussage zu ändern. Hamad überzeugte es nicht.

»Können Sie das beweisen? Gibt es vielleicht irgendwelche Zeugen?«

»Können Sie das Gegenteil beweisen? Dann können Sie gerne wiederkommen.«

Eine Sackgasse. Torbjörn Engström gab nicht nach. Möglicherweise, weil er tatsächlich die Wahrheit gesagt hatte.

»John Gideon«, sagte Hamad, um dem Gespräch eine neue Richtung zu geben. »Klingt dieser Name bekannt?«

»Nie gehört«, antwortete Engström. »Das habe ich doch schon gestern gesagt. Ist er verdächtig?«

»Nein, aber weil Veronica vor seiner Tür gefunden wurde, möchten wir gerne mit ihm sprechen.«

»Das verstehe ich, aber ich kann Ihnen nicht helfen.«

Engström schüttelte den Kopf und rieb sich die Augen.

»Warum hat das Kind uns nicht angerufen, verdammt noch mal?«, fragte er mit gebrochener Stimme.

Hamad legte eine Hand auf seine Schulter.

»Weil sie ihr Handy nicht mehr hatte. Weil es so früh am Morgen war, dass es niemanden mehr gab, der ihr helfen konnte. Tut mir leid.«

»War Veronica betrunken? Hatte sie Drogen genommen? Ich will es wissen. Ist sie von einer oder mehreren Personen vergewaltigt worden? Warum geben Sie uns keine Details?«

Eine ganze Reihe von Fragen, und Hamad konnte keine einzige davon beantworten.

»Das muss sie selbst erzählen, wenn es ihr wieder besser geht. Wir geben solche Informationen nicht heraus, das wissen Sie doch.«

»Aber sie hat doch nur uns! Wir müssen es doch wissen!«

Hamad verstand ihn, aber es war eine schwierige Situation. Es war überhaupt nicht klar, ob Veronica, wenn sie wieder selbst über ihr Leben bestimmen konnte, ihre Eltern in jede Einzelheit einweihen wollte. Er selbst hätte das in dem Alter ganz gewiss nicht gewollt. Und heute im Übrigen auch nicht.

»Veronica ist volljährig. Sie hat das Recht, selbst darüber zu bestimmen, was andere Leute über das erfahren, was ihr zugestoßen ist.«

»Leute! Verdammt noch mal, wir sind doch keine Leute, wir sind ihre Eltern!«

»Tut mir leid. Wirklich. Aber wir müssen uns an die Regeln halten. Und in diesem Fall tun wir es für Veronica.«

Hamad reichte ihm die Wasserflasche, die er eine Weile zuvor auf den Rasen geworfen hatte.

»Trinken Sie etwas, Torbjörn«, sagte er. »Kühlen Sie sich ab. Es ist ein warmer Tag.«

Engström schüttelte den Kopf, tat aber, was ihm gesagt wurde. Er trank ein paar Schluck aus der Flasche und kippte sich etwas Wasser in den Nacken.

»Macht es Ihnen Sorgen, dass Veronica vielleicht Alkohol

trinkt?«, fragte Hamad sanft, als die schlimmste Aufregung sich gelegt hatte.

»Nein, ich mache mir keine Sorgen. Ich gehe davon aus, dass sie es tut. Sie ist achtzehn Jahre alt und geht bestimmt vernünftig damit um. Wie mit allen anderen Dingen. Aber ich könnte mir vorstellen, dass es ihrer Mutter am liebsten wäre, wenn sie in ein Kloster gehen würde.«

Angesichts dessen, was passiert war, eine nicht wirklich glückliche Wortwahl. Vielleicht würde Veronica genau das tun, wenn sie ins Leben zurückkehrte. Bildlich gesprochen.

»Wie ist es mit Jungs? Hat sie einen Freund?«

»Nein, nicht dass ich wüsste. Vielleicht hatte sie ein paar unschuldige, kleine Romanzen, aber nichts Ernstes.«

»Diese Madelene Hallberg – kennen Sie ihre Eltern?«

»Nur oberflächlich. Sie machen einen vernünftigen Eindruck. Der Vater ist Bauingenieur.«

Bauingenieur. Ein Qualitätsstempel für Torbjörn Engström, aber nicht unbedingt für Hamad.

»Aha. Und die Mutter?«

»Hausfrau, glaube ich. Angenehme Leute.«

»Können Sie mir ihre Handynummern geben?«

Engström zog sein Handy aus der Tasche, suchte die beiden Nummern heraus und las sie vor, damit Hamad mitschreiben konnte.

»Aber Sie haben sie im Laufe des Wochenendes nicht angerufen, um zu hören, ob alles in Ordnung war?«, fragte er anschließend.

Er beabsichtigte nicht, es wie einen Vorwurf klingen zu lassen, und so schien es auch nicht anzukommen. Torbjörn Engström hatte sich abgekühlt.

»Wir verlassen uns auf Veronica. Sie ist volljährig und hat immer verantwortungsvoll gehandelt. Ich glaube, meine Frau hat sie ein paarmal auf dem Handy angerufen, ohne sie zu erreichen. Sie dachte wahrscheinlich, dass der Akku leer war und Veronica vergessen hatte, das Ladegerät mitzunehmen. Sie übernachtete schließlich bei ihrer besten Freundin, also gab es keinen Grund, sich Sorgen zu machen. Wenn etwas passiert wäre, hätte sie von sich hören lassen. Dachten wir. Verdammte Scheiße.«

Torbjörn Engström sah verzweifelt aus. Alles war so furchtbar schiefgelaufen. Hamad beschloss, dieses verminte Gelände zu verlassen und das Gespräch auf neutraleren Boden zu verlegen. Es gab keinen Grund für den Vater, sich selbst und seiner Frau die Schuld zu geben.

»Ist das eine gute Schule in Kärrtorp?«, erkundigte sich Hamad.

»Absolut. Und Veronica fühlt sich dort richtig wohl. Von ihrer Grundschule konnte man das nicht unbedingt sagen.«

»Ist damals etwas Besonderes passiert?«

»Nein, eher das Gegenteil. Es ist gar nichts passiert. Sie ist damals ziemlich einsam gewesen. Aber seit sie auf dem Gymnasium ist, hat sie jede Menge Freundinnen.«

»Und ihre Klasse – wie sieht es damit aus?«

»Sie hat sich für die gesellschaftswissenschaftliche Richtung entschieden, es ist also eine ganz bunte Mischung. Eine angenehme Klasse, nette und anständige Jungs. Eine ordentliche Schule, kein asoziales Pack. Eine großartige Gemeinschaft.«

Hamad drückte sämtliche Daumen, dass er damit recht hatte. Ansonsten würde Veronicas Rückkehr zu einer echten Qual werden. Wenn es ihnen bis dahin nicht gelang, den Täter zu finden, und das gelang ihnen bei Weitem nicht jedes Mal. Oft stand Aussage gegen Aussage. Ein seltsamer Gedankengang angesichts des Schicksals eines Mannes, dessen Tochter Opfer einer schweren Vergewaltigung geworden war – vermutlich durch einen Schulkameraden – und dessen Sohn wegen einer vergleichbaren Tat im Jugendgefängnis gesessen hatte. Hamad musste die ganze Zeit an diesen merkwürdigen Umstand denken. Er mochte nämlich keine merkwürdigen Umstände. Ganz und gar nicht.

*

Veronica hatte, seit Westman im Zimmer war, regungslos im Bett gelegen. Auf dem Rücken und mit geschlossenen Augen und auf der Brust verschränkten Armen. Sie sah beinahe trotzig aus: »Glaubt ja nicht, dass ich mit euch reden werde.« Aber vermutlich schlief sie. Laut ihrer Mutter reagierte sie nicht auf Berührung und auch nicht auf ihren Namen. Westman fand das ein bisschen seltsam, denn als sie das Mädchen das erste Mal besucht hatte, war sie nicht so unkommunikativ gewesen. Sie war sicher, dass Veronica bei dieser Gelegenheit sowohl genickt als auch den Kopf geschüttelt hatte, um ihre Fragen zu beantworten – hatte sie die Bewegungen möglicherweise falsch gedeutet, nur das gesehen, was sie sehen wollte? Oder hatte sich Veronicas Zustand verschlechtert?

Westman fragte Rita Engström, ob sie gemeinsam in der Cafeteria etwas trinken könnten. Es hätte sich seltsam angefühlt, die Fragen, die sie stellen musste, in Veronicas Anwesenheit zu stellen. Als wäre sie blöd, taub und begriffsstutzig.

»Wann darf Veronica nach Hause?«, fragte sie vorsichtig, sobald sie sich mit einer Tasse Tee an einen Tisch gesetzt hatten.

»Sie muss noch ein paar Tage hier bleiben. Sie versuchen immer noch herauszufinden, was genau ihr fehlt. Die körperlichen Verletzungen verheilen gut. Sie geben ihr keine Schmerzmittel mehr.«

Die Frau sah aus, als hätte sie geweint. Westman dachte daran, wie die Zeit nach der Vergewaltigung bei ihr selbst ausgesehen hatte. Sie hatte nicht eine einzige Träne deswegen vergossen, aber ihre Eltern ... Sie wagte kaum daran zu denken, wie sie reagiert hätten, wenn sie davon erfahren hätten – aber sie hatte ihnen nichts gesagt. Es war nicht schlimmer für Außenstehende, aber anders. Es fiel ihnen leichter, auf normale Reaktionen wie Zorn oder Trauer zurückzugreifen.

»Bekommt sie Beruhigungsmittel?«

Rita Engström schüttelte den Kopf. Sie war ungeschminkt und verweint, sah aber trotzdem gut aus.

»Das könnte sich negativ auf den psychischen Heilungsprozess auswirken. Auf die Erinnerung. Und Veronica ist ja ruhig. Sie bewegt sich ja kaum und starrt nur vor sich hin. Oder schließt die Augen.«

»Haben Sie es mit Musik versucht?«, schlug Westman vor.

»Das sollten wir vielleicht versuchen. Lesen will sie jedenfalls nicht. Morgen kommt ein Psychologe, der sich, glaube ich, ein Bild von ihrem Erinnerungsvermögen und ihrer psychischen Gesundheit machen soll. Und ich darf nicht dabei sein«, fügte sie mit einer gewissen Bitterkeit in der Stimme hinzu.

»Es ist sicherlich am besten, wenn solche Tests ohne die Angehörigen durchgeführt werden«, sagte Westman diplomatisch.

»Aber Veronica hat doch keine Geheimnisse vor mir!«, protestierte die Mutter.

»Das hat sie bestimmt nicht, aber was ihr zugestoßen ist, kann sich für sie sehr privat anfühlen. So privat, dass sie es nicht einmal mit Ihnen teilen möchte.«

»Sie haben viel zu kurze Röcke, diese Mädchen von heute«, sagte Rita Engström ungefragt. »Damit ziehen sie das Unglück nur an.«

Westman blieb die Sprache weg. Sie versuchte, ihre Augen nicht allzu weit aufzureißen, aber sie fragte sich, wie alt diese

Frau eigentlich war. Obwohl sie die Antwort wusste. Rita Engström sah aus wie eine Vierzigjährige, dachte offensichtlich wie eine Neunzigjährige und war in Wirklichkeit fünfzig. Westman atmete tief durch, bevor sie antwortete.

»Es ist nicht leicht, dem wechselnden Diktat der Mode zu widerstehen«, sagte sie ruhig. »Kleidung und sexuelle Gewalt haben nichts miteinander zu tun. Bei Vergewaltigung geht es um Gewalt, und nicht um Sex. Um Gewalt und um Macht. Ich glaube, dass Sie weder ihr noch sich selbst einen Gefallen tun, wenn Sie mit Veronica über die Länge ihres Rockes sprechen. Das ist meine feste Überzeugung und ein gut gemeinter Rat.«

Dann hob sie die Tasse an den Mund und richtete den Blick auf einen Punkt hinter der Kasse. Sie spürte, wie sie errötete und ihr Puls galoppierte. Sie wollte bei diesem sensiblen Gespräch auf keinen Fall einen Fehler machen. Sie saß einer schwer geprüften Frau gegenüber, die mehr als genug zu tragen hatte, aber wenn Veronica nicht für sich selbst sprechen konnte, dann musste eben Westman es tun. Auf eine besonnene und taktvolle Weise. Bis jetzt war sie noch nicht ins Fettnäpfchen getreten, aber … Kein Wunder, dass das Mädchen den Mund nicht aufgemacht hatte, seit die Mutter aufgetaucht war, wenn sie sich solche Dinge anhören musste. Je mehr sich das Mädchen daran erinnerte, was passiert war, und je mehr sie zuhörte und begriff, was die Mutter sagen wollte, desto eher würden solche Aussagen Schamgefühle in ihr hervorrufen und einen Dialog eher verhindern.

»Ja«, seufzte Rita Engström, »wahrscheinlich haben Sie recht. Ich wollte ihr nur helfen. Mein armes, kleines, wunderbares Kind … Sie muss sich jetzt sehr einsam fühlen.«

Und dann brach sie in Tränen aus. Vergrub das Gesicht in den Händen und weinte leise vor sich hin. Und Westman tat sie plötzlich ganz furchtbar leid. Aber vor allem tat ihr Veronica leid. Ihre Mutter hatte zweifellos einen wichtigen Punkt angesprochen. Einsamkeit in Gesellschaft anderer Menschen war mit Abstand die schlimmste Form der Einsamkeit.

*

Hedvig Gerdin war an diesem Morgen zur Arbeit geeilt, ohne vorher nach Hause zu fahren und die Kleidung zu wechseln. Sie sah ungepflegt aus und fühlte sich auch so, aber sie war so gut wie sicher, dass keiner der Kollegen es bemerkt hatte. Sie war nämlich fest davon überzeugt, dass sie im Büro sowieso der Meinung waren, dass sie aussah wie etwas, das die Katze ins Haus geschleppt hatte, ganz egal, was sie trug.

Die Nacht hatte sie bei einem ihrer beiden Liebhaber verbracht, dem Jüngeren. Er war Norweger, sechsundvierzig Jahre alt und hatte knallrote Haare. Tagsüber fuhr Helge Moland U-Bahn, abends stand er auf verschiedenen Stand-up-Comedy-Bühnen und in der Freizeit studierte er Religionsgeschichte und theoretische Philosophie. Sie hatten sich vor der Walpurgisnacht in einem Sessellift in Åre kennengelernt und hatten sich seitdem sporadisch getroffen. Eine unverbindliche und sehr unterhaltsame Beziehung, die genau das Gegenteil von der langen Ehe war, die sie hinter sich hatte. Dreißig zählebige und erschöpfende Jahre in Genf als Hausfrau und Gattin eines Diplomaten, dessen seelischen Zustand man beinahe als narzisstische Persönlichkeitsstörung bezeichnen konnte. Glücklicherweise lebte er nicht mehr, und so war sie einige Jahre zuvor nach Schweden zurückgekehrt. Das ging natürlich nur, weil die Kinder bereits aus dem Haus waren. Alle drei lebten mittlerweile im Ausland, und der Vater schien bei seiner Nachkommenschaft zum Glück keine tieferen Spuren hinterlassen zu haben.

Der zweite Liebhaber war ein paar Jahre älter als sie und eine alte Jugendliebe aus der Zeit, in der sie, noch bevor sie zur

Polizei ging, Jura in Uppsala studiert hatte. Diese Beziehung war wesentlich komplizierter, weil Bill Kvarnström verheiratet war. Aus diesem Grund und für ihr seelisches Wohlbefinden verteilte Gerdin ihre Aufmerksamkeit auf beide Herren. Und an diesem Vormittag lag es also an dem rothaarigen Norweger, dass sie ihre Morgentoilette vernachlässigt hatte.

Aber Gerdin brauchte nicht viel Schlaf. Sie spürte keine Müdigkeit und arbeitete auch unter schwierigsten Bedingungen systematisch. Während die übrigen Mitglieder des Teams unterwegs waren und Veronica Engström und ihrer nächsten Umgebung auf den Zahn fühlten, was ein vernünftiger Ansatz zu sein schien, hatte Sjöberg sie vor dem Computer platziert. Das passte ihr eigentlich ausgezeichnet, auch wenn sie ein wenig das Gefühl hatte, außen vor zu sein, was die menschlichen Dimensionen dieses Falls betraf. Das war schade, aber es konnte auch ein Vorteil sein, die Menschen, die Gegenstand ihrer Ermittlungen waren, vorher nicht getroffen zu haben. Man konnte vorurteilsfrei arbeiten und ließ dem sogenannten gesunden Menschenverstand einen größeren Spielraum, was Gerdin besonders wichtig war.

Es war eine kleine, überschaubare Ermittlung, verglichen damit, wie es sonst aussah. Oft mussten sie an mehreren Fällen gleichzeitig arbeiten, hatten lange Arbeitstage und waren chronisch unterbesetzt. Aber in diesem Jahr waren die letzten Maiwochen verhältnismäßig ruhig verlaufen. Es war regnerisch und ziemlich kalt gewesen, was weniger Gewalt in der Stadt bedeutete. Sonne und Wärme waren zwar immer ein Anlass zur Freude, aber bei den lebhafteren Mitbürgern sorgten sie auch für mehr Aggression und somit Arbeit.

Zunächst rief sie John Gideon an, erst den Festnetzanschluss, dann das Handy – erneut ohne Erfolg.

Danach forderte sie die Verbindungsnachweise bei der Telia an. Listen über ein- und ausgehende Gespräche von Veronicas

Handy sowie von John Gideons beiden Anschlüssen. Weil eine Vergewaltigung bei solchen Anfragen keineswegs als Grund für höchste Priorität galt, bekam sie den Bescheid, dass es bis zu einer Woche dauern konnte, bis sich die Telia zur Übersendung der fraglichen Listen bequemen würde, und daran war nicht viel zu ändern. Und sie glaubte sowieso nicht recht, dass die Verbindungsnachweise von Veronica etwas Brauchbares beinhalteten. Schließlich hatten der oder die Vergewaltiger sie wohl kaum vorher angerufen, um sie zu warnen. John Gideons Telefonate interessierten sie dagegen schon mehr. Nicht zuletzt, um die hässlichen Gerüchte, dass er ein Bordell oder etwas noch viel Schlimmeres betrieben hätte, zu überprüfen. Aber wie gesagt, das durfte noch eine Woche warten, und mit ein bisschen Glück hätten sie bis dahin schon einen Täter gefasst.

Dass Karl Engström vorbestraft war, war keine Neuigkeit, aber nachdem sie im ASP nachgeschlagen hatte, dem internen Fahndungsregister der Polizei, erfuhr sie, dass er auch ein Held war. Er hatte nämlich als Sechzehnjähriger bei einem brutalen Überfall eingegriffen, als ein Lehrer seiner Schule mit Tritten und Schlägen von ein paar betrunkenen Ex-Schülern angegriffen wurde. Der Zwischenfall ereignete sich vor einer Wurstbude in Segeltorp, bei der Karl sich zufällig gerade aufhielt, und weil der schon damals groß gewachsene Junge dazwischenging, gab es weder ernsthafte Folgen noch eine Anklage, weil sich alle Beteiligten im Guten einigten. Nicht zuletzt, weil der Lehrer mit den jeweiligen Diagnosen der Jugendlichen vertraut war und wusste, dass die Symptome durch die Einnahme von Alkohol verstärkt wurden.

Darüber hinaus war kein Mitglied der Familie Engström im ASP oder im Kriminalregister verzeichnet. Was im Übrigen auch für John Gideon galt.

Nachdem sie mit dem Einwohnermeldeamt Kontakt aufgenommen hatte, konnte Gerdin feststellen, dass es keine Unstimmigkeiten hinsichtlich der Wohn- und Verwandtschaftsverhältnisse innerhalb der Familie Engström gab. Bei John Gideon ging es dagegen deutlich bunter zu.

Gideons Mutter stammte aus Norwegen und war kurz nach dem Krieg nach Schweden eingewandert, wo sie kurz darauf einen Sohn zur Welt brachte, dessen Vater laut Auskunft der Mutter Joshua Gideon hieß und Amerikaner war. Sie hatte später einen Schweden geheiratet, der verstarb, bevor der Junge drei Jahre alt war. Als John Gideon sechs Jahre alt war, verstarb auch die Mutter, und der Junge wurde in mehreren Kinderheimen und Pflegefamilien großgezogen. John Gideon hatte keine Kinder, aber er war zwei Mal verheiratet gewesen und beide Male zum Witwer geworden. Die erste Ehe wurde 1972 geschlossen und endete 1974. Die andere dauerte von 1987 bis zum Tod der Frau 1999. Er war während seines vierundsechzigjährigen Lebens unter nicht weniger als zweiundzwanzig Adressen gemeldet gewesen, was bedeutete, dass er im Durchschnitt jedes dritte Jahr umgezogen war.

Dieses auf dem Papier recht bunte Bild weckte Gerdins Neugierde, und nachdem sie in mehreren Registern nachgeschlagen und einige Telefongespräche geführt hatte, hatte sie herausgefunden, dass John Gideon nach seinem Abitur in Mariestad und dem Wehrdienst in Linköping von 1966 bis 1976 Staatswissenschaften, Geschichte, Russisch und Nordische Sprachen an der Universität Uppsala studiert hatte. Allerdings hatte er nicht einmal einen Magisterabschluss zustande gebracht. Ende der Siebzigerjahre und Anfang der Achtziger hatte er sich in Leksand aufgehalten, wo er sich zum Klaviertechniker ausbilden ließ. In diesem Beruf hatte er seitdem freiberuflich gearbeitet.

Was um alles in der Welt tut ein Klaviertechniker, fragte sich Gerdin. Eine Minute später hatte sie die Antwort vor sich auf dem Computerbildschirm. Ein Klaviertechniker führt Holzarbeiten und Reparaturen an Klavieren und Flügeln aus. Er tauscht Saiten aus, pflegt und justiert die Mechanik und stimmt das Instrument. Ein qualifizierter Fachmann also, mit einer jahrelangen Ausbildung und Berufserfahrung und ganz bestimmt eine äußerst musikalische Person. Solche Leute beeindruckten Gerdin, und sie dachte, wie schade es war, wenn das alles von solch unschönen Gerüchten überlagert wurde. Sie musste lächeln, als sie sich daran erinnerte, dass einer der Nachbarn ihn für einen Musiker gehalten hatte, der in einer Schlagerband spielte, der vermutlich gerade auf Tournee und deshalb nicht zu Hause anzutreffen war. Selbstverständlich war es denkbar, dass er in einem rosa Bus, auf dem *John Gideonz* stand, durch die Lande tourte, aber sie konnte sich nur sehr schwer vorstellen, dass ein Mann von seinem Kaliber sich damit begnügen würde, von blauen Augen und roten Rosen zu singen.

Dann dachte Gerdin, dass jemand anderes in Gideons Treppenhaus die Auffassung vertreten hatte, er sei Konzertpianist. Das konnte sie sich schon eher als Nebentätigkeit eines Klaviertechnikers vorstellen. Oder war es vielleicht sogar andersherum, war er in erster Linie Pianist, der die technischen Dienstleistungen nur nebenbei betrieb? Wie auch immer, es war möglich, dass er auf Konzertreise war, und die einfachste Methode, so etwas herauszufinden, war natürlich die Internetsuche.

Sie googelte »Gideon«. Fünfzig Millionen Treffer. »John Gideon«. Zweiundsiebzigtausend. »John Gideon, Piano«. Jetzt war sie bei zweitausend Treffern. »John Gideon, Konzert.« Sechs Treffer, davon nur einer auf Schwedisch. Und der hatte die Überschrift: »Der berühmte Konzertpianist John Gideon – was macht er heute?«

Natürlich fand sich das auf *Flashback*. Dieses gelinde gesagt unorthodoxe Diskussionsforum, dessen schön formulierte Zielsetzung darin bestand, der Öffentlichkeit einen Raum zu geben, in dem sie sich frei und geschützt über nicht selten tabuisierte Themen austauschen konnte. In der Praxis bedeutete das allerdings nichts anderes, als dass man dort sagen konnte, was man wollte, über wen auch immer man wollte, ohne eine Anklage wegen übler Nachrede zu riskieren. Flashback war also eine Klatschseite, in der strafrechtlich Relevantes und die freie Meinungsäußerung fließend ineinander übergingen.

John Gideon war kein berühmter Konzertpianist. Wenn er einer gewesen wäre, hätte sie weitere Hinweise darauf im Internet gefunden. Warum also diese Überschrift? Tja, weil Personen, die nicht als Personen des öffentlichen Lebens galten, nach den Regeln von Flashback keinen eigenen Thread bekommen konnten. Ein solcher Thread würde sofort von einem Administrator oder Moderator gelöscht werden. Die Bezeichnung »der berühmte Konzertpianist« diente nur dazu, die Administratoren zu täuschen, und das war dem Starter des Threads gelungen, zumindest fürs Erste. Und bald war Gerdin auch klar, warum er das tat.

Karl-Alfred: *Wie die Überschrift schon sagt: Kennt hier jemand diesen »kinderlieben« Pianisten?*

Hebbe: *Ich glaube nicht, dass er noch viel Klavier spielt. Er sitzt wohl eher vorm Kinderprogramm und schwingt den Taktstock …*

Sizzler: *Da wohnt einer mit dem Namen in der Tjustgatan 9 in Stockholm. Meint ihr den? Er ist wirklich sehr »kinderlieb«. Viele kleine Mädchen kommen bei ihm zu Besuch. Ich frage mich schon, ob der Kerl nicht irgendwelche »Dienstleistungen« verkauft.*

Karl-Alfred: *Das kommt hin. Er wohnt an der Skånegläntan, mit dem Kinderspielplatz direkt vor der Tür. Unheimlich praktisch für den Nachschub …*

Iwo9000:	*Soweit ich gehört habe, ist er ein verurteilter Pädophiler. Kann einer von Euch einen Link zum Urteil setzen?*
Karl-Alfred:	*Da dreht sich einem der Magen um, wenn man von solchen Burschen hört. Abschussprämien sollte es für diese Schweine geben.*

Sechs Beiträge von vier verschiedenen Nutzern. Vierzehnhundert Aufrufe. Er war nicht verurteilt, dachte Gerdin. Er war noch nicht einmal Gegenstand von Ermittlungen in dieser Richtung gewesen. Flashback zeigte sich von seiner schlechtesten Seite. Irgendein Idiot wollte John Gideon an den Pranger stellen, und er machte es auf diese Weise. Clever, aber geschmacklos. Im Zeitalter des Internetklatschs war der Mensch rechtlos. Name und Adresse wurden vierzehnhundert neugierigen und möglicherweise hasserfüllten Personen auf dem Silbertablett serviert. Wenn nur einer von ihnen die Neigung verspürte, das Gesetz in die eigenen Hände zu nehmen, konnte John Gideon in echte Schwierigkeiten geraten. Was vielleicht auch die Hoffnung desjenigen war, der den Thread aufgemacht hatte.

Gerdin schickte den ganzen Dialog, der auf eine Seite passte, an den Drucker und formulierte eine Nachricht an den Moderator, dass er den Thread löschen solle, weil John Gideon keine Person des öffentlichen Interesses sei. Aber kurz bevor sie die Mail abschicken wollte, überlegte sie es sich anders. Schließlich gab es immer noch die Möglichkeit, dass jemand etwas Interessantes schrieb, das ihnen helfen konnte, John Gideon zu finden. Oder sich ein besseres Bild von ihm zu machen. Widerwillig gestand sie sich ein, dass dieses Bild möglicherweise jetzt schon Kontur gewann. Vielleicht wussten diese Menschen genau, was sie taten, und schwärzten Gideon an, weil es ihre einzige Möglichkeit war, sich Gehör zu verschaffen, weil er sich der Gerichtsbarkeit so lange entzogen hatte, obwohl so viele wussten, was er tat. So wie es jetzt aussah, hagelten förmlich Kuppelei- und Pädophilievorwürfe von überall auf ihn herab. Selbstverständlich mussten sie diese Beschuldigungen ernst nehmen.

Noch einmal griff Gerdin nach dem Hörer und wählte Gideons Handynummer. Immer noch keine Antwort. Sie rief seine Festnetznummer an, ebenso erfolglos.

Als sie sich kurz darauf über die Tastatur beugte, um den Text zu löschen, den sie geschrieben hatte, tauchte plötzlich ein neuer Beitrag in John Gideons Flashback-Thread auf. Es war der Moderator, der endlich zum Leben erwacht war:

Moderator: *Die fragliche Person ist weder Konzertpianist noch berühmt. Darum wird dieser Thread geschlossen und in den Papierkorb verschoben.*

Und schon war er verschwunden. Genau so, wie sie es sich eigentlich gewünscht hatte. Trotzdem war sie froh darüber, dass sie ihn entdeckt hatte, bevor er verschwand.

Sie schaltete den Bildschirm aus und dachte ein paar Minuten darüber nach, wer dieser John Gideon eigentlich war. Welches Bild sah sie vor sich, wenn sie sämtliche Informationen zusammensetzte, die sie bekommen hatte. Ein elternloser Junge, der erst im Erwachsenenalter einen Platz in der Gesellschaft gefunden hatte. Der von Stadt zu Stadt zog, von Familie zu Familie und von einer Institution zur nächsten. Als Kind anscheinend nicht besonders geschätzt, als Student gescheitert. Als junger Mann hatte er eine Frau geheiratet, die ihm nach kurzer Zeit wieder genommen wurde. Warum? Dann hatte er viele Jahre gewartet, bevor er eine neue, ernsthafte Beziehung eingegangen war. Dazwischen hatte er eine lange und anspruchsvolle Ausbildung absolviert, nachdem er schließlich, so schien es, seine Heimat in der Musik gefunden hatte. Und nach zwölf Jahren endete die zweite Ehe, und er war wieder einsam. Das Leben hatte für John Gideon wahrlich schwierige Prüfungen bereitgehalten.

Aber vielleicht gehörte er auch zu der Sorte Mensch, die das Unglück förmlich anzog. Jemand, der die Menschen in seiner Umgebung mit hinabzog. Die Familie und die Frauen. Mädchen, die sensibel und verletzlich waren wie Veronica Engström. Gerdin war ihr noch nicht begegnet, aber sie hatte Fotos von ihr gesehen und hatte das Bild einer jungen Frau vor Augen, die wütend an John Gideons Tür hämmerte. Nackt, nur mit einem Ring bekleidet.

Der Ring, ja. Es könnte sich lohnen, ein bisschen Zeit in ihn zu investieren. Sie durchsuchte ihre Papiere, bis sie das Bild fand. Genau wie sie ihn in Erinnerung hatte: ein silberner Siegelring mit einem Emblem, das aus einer Urne mit einer Flamme bestand. Sie schaltete den Bildschirm wieder ein und blieb mehrere Stunden vor ihm sitzen, ließ ihre Blicke über eine Homepage nach der anderen wandern, auf der man Ringe und alle möglichen Schmuckstücke verkaufte. »Und ich suchte den goldenen Ring in jedem Juweliergeschäft«, summte sie. Ein alter Hoola-Bandoola-Song, der sich in ihrem Kopf festgesetzt hatte.

Aber wo sie auch suchte, nirgendwo im Internet fand sie einen Ring, der so aussah wie der von Veronica Engström, der beinahe ein bisschen naiv in seiner Ausführung war. Als wäre der Ring selbst von einem professionellen Silberschmied hergestellt worden, das Emblem dagegen von einem Amateur. Einem Kind beispielsweise.

Am Ende musste sie sich geschlagen geben und begab sich stattdessen auf die Internetseite der ICA-Supermarktkette.

An Rut

Es ist mir schon immer leichtgefallen, Frauen dorthin zu bekommen, wo ich sie haben will. Sie mögen meine äußere Erscheinung und meinen selbstsicheren und respektlosen Stil. Der Ausdruck »nach oben bücken und nach unten treten« traf auf mich nie zu. Ich trat nach oben und nach unten. Ich trat auf dir herum und ich trat auf Marianne herum. Sie war stark, als wir uns kennenlernten, sie war eine größere Herausforderung für mich, als ich gewohnt war. Aber ich war stärker. Und es war wichtig für mich, es sowohl ihr als auch den anderen in der Bewegung zu zeigen. Was dazu führte, dass sie mich nur noch mehr liebte, dass sie mich umso mehr verehrten.

Ich liebte Marianne nicht. Ich spielte mit ihr. Führte ein langes psychologisches Experiment durch, in dessen Verlauf sie abhängig wurde. Von mir und vom Rauschgift. Von dem Geld, dass ihre Sucht finanzierte. Sie stahl von dir, Rut, aber das wusstest du auch damals schon. Du musst verzweifelt gewesen sein, als du spürtest, wie sie dir aus den Händen glitt.

Ich erinnere mich, wie wir einmal an deinem Küchentisch saßen. Du hattest uns wie üblich zum Essen eingeladen, hast nie eine Gegenleistung verlangt. Wir waren verkatert und in miserabler Verfassung, und Marianne brauchte einen Upper. Oder doch vielleicht eher einen Downer. Vergiss nicht, es war Marianne, die dieses Bedürfnis hatte, nicht ich. Ich brauchte keine Drogen, aber ich nahm sie dankbar an, wenn sie mir angeboten wurden. Marianne fragte, ob sie sich Geld leihen konnte, du sagtest Nein, sie würde es nur für die falschen Dinge ausgeben. Du hattest sie natürlich längst durchschaut. Uns beide. Sie rannte aus der Küche und ins Badezimmer, knallte die Tür hinter sich zu. Du nahmst die Gelegenheit wahr, griffst liebevoll – daran erinnere ich mich besonders gut, und der Gedanke schmerzt – nach meinen Händen und flehtest mich an, behutsam mit deiner geliebten Tochter umzugehen. Ich sollte ihr nicht schaden, sie nicht verletzen und sie nicht ins Verderben stürzen. Es brauchte großen Mut, das zu tun, was du dort tatest. Ich erinnere mich, dass ich zurückgelehnt auf dem Küchenstuhl saß und dich mit einem verächtlichen Lächeln anschaute. Wer warst du schon, dass du Forderungen an mich stellen konntest? Ich hatte niemals jemandem erlaubt, sich über mich zu stellen, niemals sogenannte Autoritäten respektiert. Ich hatte nicht vor, jemandem die Macht über mein Handeln zu geben, und schon gar nicht so einer alten Sozi-Tante aus Gränby. Du betrachtetest mich eine Weile mit feuchten Augen, dann bist du aufgestanden und gingst ins Schlafzimmer. Ich vermutete, dass du geweint hast, aber es berührte mich nicht. Marianne kam aus dem Badezimmer, zwinkerte mir zu, als sie den Fünfziger aus deiner Handtasche nahm. Dann gingen wir, ohne für das Essen zu danken oder uns zu verabschieden.

Das war der Abend, an dem wir Heroin kennenlernten. Und wir kauften es von deinem Geld, Rut.

Montagnachmittag

Andersson lud aus unerfindlichen Gründen im blauen, ovalen Besprechungsraum zu einer Sandwichtorte ein, und das späte Mittagessen wurde damit zu einem informellen Treffen.

»Geburtstag?«, fragte Westman.

»Nein, um Himmels willen. Damit habe ich schon vor langer Zeit aufgehört.«

»Verkatert?«, vermutete Sandén.

Andersson fingerte etwas zerstreut an dem Ring in seinem Ohr herum und schien nachzudenken.

»Ja, aber das ist nicht der Grund, warum ich zu einer Sandwichtorte einlade«, antwortete er schließlich.

»Aber vielleicht hast du deswegen Appetit auf eine Sandwichtorte?«, schlug Gerdin vor.

»Damit hast du verdammt nochmal recht«, antwortete Andersson mit einem schiefen Lächeln und wechselte das Gesprächsthema. »Ich habe gerade eine Mail bekommen. Von Veronicas bester Freundin, Madelene Hallberg. Sie enthielt eine Liste aller Leute, die auf dem Fest waren. Oder genauer gesagt, aller Leute, an die sie sich erinnern kann. Ich glaube, wir sollten mit ihnen sprechen.«

»Mit allen?«, sagte Sjöberg. »Das muss doch eine riesige Menge von Leuten sein?«

»Sie hat zweiundzwanzig Personen aufgelistet und zu jedem von ihnen noch ein paar Notizen. Wie sie zueinander in Beziehung stehen und so.«

»Das ist ja vortrefflich«, antwortete Sjöberg. »Aber wir wissen ja noch nicht mal, ob sie auf dem Fest vergewaltigt worden ist. Es gibt eigentlich nichts, was darauf hindeutet, weil sie sehr weit davon entfernt gefunden wurde. Jamal und ich sind heute Vormittag zum Söderbybad hinausgefahren, und wir haben keinen Hinweis darauf gefunden, dass das Verbrechen dort begangen wurde. Es ist ein riesiges Gelände: der Badeplatz, der umgebende Wald und ein Golfplatz. Aber ganz abgesehen davon kann ich mir nur schwer vorstellen, wann wir mit all diesen Leuten reden sollen – sagtest du zweiundzwanzig? Zumal Veronica selbst sich an nichts erinnert. Ich glaube kaum, dass wir auf diese Weise zu einem Geständnis kommen.«

»Aber irgendjemand hat doch bestimmt irgendetwas gesehen«, beharrte Andersson. »Irgendjemand wird wissen, wohin Veronica aufgebrochen ist und mit wem.«

»Ja, dass sie zusammen mit Gabriel Eklund verschwunden ist, haben wir ja schon herausgefunden. Und mit ihm werden wir selbstverständlich reden. Aber solange Veronica noch nicht helfen kann, sollten wir uns damit begnügen.«

»Ich muss dir recht geben, Conny«, sagte Westman mit entschlossener Miene. »Bis jetzt wissen nur die engste Familie und Madelene Hallberg, was passiert ist. Wenn ich in Veronicas Haut stecken würde, wäre es schlimmer als der Tod für mich, wenn die Polizei in die Schule kommen und herausposaunen würde, was mir zugestoßen ist, und dazu noch jeden meiner Schulkameraden regelrecht verhören und verdächtig machen würde. Nein, danke. An dieser Front sollten wir uns ruhig verhalten, bis sie zu reden anfängt.«

Und Petra weiß mehr darüber als die meisten hier am Tisch, dachte Sjöberg, der sich daran erinnerte, wie sie seinerzeit den Vorschlag des Staatsanwalts zurückgewiesen hatte, selbst Anzeige wegen ihrer eigenen Vergewaltigung zu erstatten. Aus Angst davor, Gegenstand der Ermittlungen ihrer eigenen Arbeitskollegen zu werden. Aber vielleicht hatte sie sich noch mehr davor gefürchtet, als Opfer betrachtet zu werden.

»Natürlich werden wir Gabriel Eklund vernehmen«, gab Hamad ihr recht. »Aber ich möchte auch ihren Bruder genauer aufs Korn nehmen.

»Den Bruder und John Gideon«, warf Westman ein. »Der eine ein vorbestrafter Sexualtäter, und der andere zumindest in den Augen seiner Nachbarschaft.«

Sie warf Hamad einen kurzen, fast trotzigen Blick zu und schaute dann auf den Teller, schnitt sich ein Stück mit Krabben von der Torte und steckte es sich in den Mund. Hamad zeigte mit keiner Miene, was er dachte, aber Sjöberg meinte, in seinen Augen ablesen zu können, dass er nicht hundertprozentig derselben Meinung war wie seine Partnerin. Aber er wusste nicht, woran genau das liegen konnte.

»Ich bin mehr und mehr überzeugt davon, dass der Vater etwas verbirgt«, fuhr Hamad ungerührt fort. »Ich glaube nicht, dass ihr Sohn mit auf dem Land war. Ich glaube, dass die Eltern sich durchaus vorstellen können, dass der Sohn die Tochter vergewaltigt haben könnte, und dass sie das Ganze in der Familie halten wollen.«

»Und es würde mich nicht wundern, wenn die Mutter die Schuld auf Veronica schiebt«, ergänzte Westman. »Sie hat schon mehrere Male eine eher mittelalterliche Einstellung gezeigt, was die Rolle der Frau bei einer Vergewaltigung betrifft. Schlechte Mädchen und kurze Röcke und alles, was sonst noch dazu gehört. Dass sie von ihrem eigenen Bruder misshandelt und vergewaltigt wurde und dass die Eltern dann den Deckel drauflegen. Mir wird ganz schlecht, wenn ich nur daran denke.«

»Dazu kann ich sagen, dass ich weitere Indizien dafür gefunden habe, dass Vater und Mutter Engström lügen«, sagte Gerdin, die bislang nur zugehört hatte.

Alle Blicke richteten sich jetzt auf sie. Es gab mittlerweile niemanden mehr, der ihre Einfälle leichtfertig abtat. Als Gerdin neu war, war das noch so gewesen, dachte Sjöberg betreten. Auch er selbst war ein ganz schlechter Zuhörer gewesen, ein ganz schlechter Menschenkenner, was Hedvig Gerdin betraf. Aber sie war auch ein ziemlich bunter Vogel, ähnelte niemandem, dem er bisher in seinem Leben begegnet war. Mittlerweile betrachtete er es als eine Gnade, mit einer so eigenwilligen und scharfsinnigen Person zusammenarbeiten zu dürfen. Ihm war durchaus bewusst, dass sie im Grunde genommen viel besser geeignet und qualifiziert war als er selbst für den Posten als Kommissar und Ermittlungsleiter, doch er hatte das Gefühl, dass sie wenig Interesse an Personalverantwortung hatte. Sie war vollkommen zufrieden damit, Anweisungen auszuführen, und ansonsten ging sie ihrer eigenen Wege.

»Gibt es ein Mitglied der Familie Engström, das Vegetarier ist?«, fragte sie die versammelten Kollegen, die sie mit großen Augen betrachteten.

Dann schauten sie einander an, zuckten mit den Schultern und schüttelten die Köpfe.

»Keine Ahnung«, sagte Westman. »Warum ist das wichtig?«

»Ich habe mir angesehen, wo die Familie Engström normalerweise einkauft, und es stellte sich heraus, dass sie sowohl eine ICA-Karte als auch eine Coop-Karte haben. Aber für das Abendessen am Freitag haben sie mit der VI-Karte eingekauft. Genauer gesagt in einem Laden, der Ingaröhallen heißt und natürlich auf Ingarö liegt.«

»Und ...?«, fragte Sjöberg ungeduldig nach.

»Dort hat Rita Engström am Freitagnachmittag um 17.12 Uhr unter anderem zwei gut abgehangene schwedische Rindersteaks gekauft. Einzeln verpackt. Ein Abendessen für zwei Personen. Und zwei Hähnchenschenkel, vielleicht das Mittagessen am Samstag? Vierhundertsechzehn Gramm Lachsfilet am Stück, passend für ein weiteres Abendessen für zwei Personen. Das beweist natürlich nichts, aber es überzeugt zumindest mich davon, dass es nicht mehr als zwei Personen waren, die das Wochenende auf Ingarö miteinander begingen.«

Begingen. Sjöberg musste ein Lächeln unterdrücken. Das war ein typisch Gerdinscher Ausdruck, den heutzutage kein moderner Mensch mehr benutzen würde. Ihr Schwedisch hatte dreißig Jahre lang unten in der Schweiz geschlummert, und gelegentlich klang es wie eine alte Wochenschau.

»Ausgezeichnet«, sagte er. »Kontrolliert die Verkehrskameras, oder sprecht mit den Nachbarn dort draußen, falls es welche gibt. Du, Petra, kannst ja sicherheitshalber nachfragen, ob einer von ihnen tatsächlich Vegetarier ist. Aber geschickt verpackt.«

Westman nickte.

»Ich persönlich glaube ja, dass dieser John Gideon eine ziemlich interessante Person ist«, sagte Sandén. »Es hört sich vielleicht unprofessionell an, aber ich muss zugeben, dass ich üblem Tratsch gerne aufmerksam zuhöre. Und ein Mann mit einer nackten Frau vor der Tür weckt meine Neugierde, es ...«

»Aber wie können die Aussagen von Leumundszeugen in einer polizeilichen Vernehmung Tratsch sein?«, unterbrach ihn Westman.

Eine rhetorische Frage. Sie warf einen verstohlenen Blick in Hamads Richtung. Sie hatten sich darüber gestritten, schloss Sjöberg, dank eigener Erfahrung mit ehelichen Konflikten. Naja, in diesem Fall eher eheähnlichen.

»Leumundszeugen?«, sagte Hamad trocken, ohne den Blick zu heben, und widmete sich anschließend der Sandwichtorte, ohne ein weiteres Wort zu verlieren.

»Wenn wir den Kerl endlich finden würden, dann könnten wir uns ein eigenes Urteil bilden«, fuhr Sandén fort. »Wenn diese Anklagen gegen ihn keine Grundlage haben, dann geht es ihm bestimmt nicht allzu gut. Aber andererseits: Kein Rauch ohne Feuer ... Irgendeine Wahrheit wird wohl hinter diesen ganzen Gerüchten stecken, oder?«

»Es ist schlimmer als nur ein bisschen Tratsch im Treppenhaus«, warf Gerdin ein. »Zu John Gideon gibt es einen Thread auf Flashback.«

»Du machst Witze«, sagte Sandén, ohne einen Moment daran zu glauben.

»Genauer gesagt, es gab einen Thread«, korrigierte sich Gerdin und gab Sjöberg den Ausdruck. »Er wurde entfernt, weil er keine Person des öffentlichen Interesses ist. Aber es ist ganz offensichtlich, dass eine oder mehrere Personen ihn an den Pranger stellen wollen.«

»Das ist ja Wasser auf meine Mühlen«, sagte Sandén zufrieden.

»Vermutlich sind es mehrere Personen«, fuhr Gerdin fort, ohne Sandéns Kommentar zur Kenntnis zu nehmen, »die Antworten kamen so schnell, nachdem der erste Beitrag gepostet worden war. Alternativ könnte es sich um ein und dieselbe Person handeln, die unterschiedliche Benutzerkonten verwendet.«

»Und welche Schlussfolgerungen ziehst du daraus, Gäddan?«, erkundigte sich Sjöberg und reichte das Papier an Andersson weiter, der neben ihm saß.

»Dass John Gideon jemand ist, der polarisiert. Vierzehnhundert Personen haben diesen Thread gelesen und wissen also auch, wie er heißt und wo er wohnt. Und wir wissen alle, wie viele Idioten da draußen herumlaufen, die keine Hemmungen haben, das Gesetz in die eigenen Hände zu nehmen. Und derjenige, der den Thread gestartet hat, weiß es auch. Ich glaube, John Gideon ist in Gefahr.«

»Was meinst du, ist er getürmt?«, fragte Sandén. »Hat er sich eine Auszeit genommen?«

»Keine Ahnung, aber das ist durchaus möglich«, antwortete Gerdin.

»Dann liegt er bestimmt an einem Strand in Pattaya«, sagte Westman ohne jedes Lächeln im Gesicht.

Sandén dagegen strahlte wie ein Honigkuchenpferd und lachte laut, was Sjöberg irritierte. Für Westman hatte er ein gewisses Verständnis, aus nachvollziehbaren Gründen, aber wenn sich Sandén von seiner allerschlechtesten Seite zeigte, dann berührte ihn das ziemlich unangenehm.

»So«, sagte er und hob die Hand zu einer unmissverständlichen Geste. »Jetzt beruhigen wir uns wieder ein bisschen. Wir haben es mit einer bedeutend aggressiveren Handlung zu tun als einem böswilligen Tratsch im Treppenhaus. Gibt es eine Möglichkeit, den Urheber dieses Flashback-Threads zu finden?«

»Nein. Da bräuchten wir schon eine Bombendrohung gegen eine Schule oder etwas Vergleichbares, damit der Forenbetreiber *vielleicht* bereit wäre, uns zu helfen. Das kannst du vergessen.«

»Wie sieht es mit den Verbindungsnachweisen aus?«, fragte Andersson.

»Es wird eine Woche dauern, bis wir von der Telia etwas kriegen«, antwortete Gerdin.

»Hier geht es um eine Vergewaltigung, nicht um einen Mord«, verdeutlichte Sjöberg. »Wir können nur hoffen, dass Veronica Engström bald zu reden beginnt.«

»Und dass ihr Gedächtnis funktioniert«, fügte Westman hinzu. »Du glaubst also an Gideon als Vergewaltiger, Gäddan?«

Gerdin dachte ein paar Sekunden nach, bevor sie antwortete.

»Tja, es spricht einiges dafür, aber es gibt auch den einen oder anderen Anhaltspunkt für ein Familiendrama«, sagte sie schließlich und warf Hamad einen Blick zu. »Ich habe, ehrlich gesagt, keine Ahnung.«

Familiendrama, dachte Sjöberg. Gerdin war diplomatisch. Sie hatte dasselbe bemerkt, was ihm vorhin aufgefallen war, dass die Stimmung zwischen Westman und Hamad etwas angespannt war.

»Auch wenn ich riskiere, mich zu wiederholen, aber ich möchte darauf hinweisen, dass wir das Offensichtliche nicht übersehen sollten«, sagte Andersson. »Veronica ist vor Kurzem achtzehn geworden und befand sich an einem Freitagabend mit vielen anderen Jugendlichen auf einem Fest draußen im Wald. Musik, Alkohol, leicht bekleidete Mädchen und testosteronschwangere Jungen. Ein Milieu, das sich meiner Ansicht nach beispielsweise hervorragend für eine Massenvergewaltigung eignet. Ich glaube nicht, dass es komplizierter ist. Ich setze einen Hunderter auf die netten Jungs vom Kärrtorp-Gymnasium.«

Als Andersson fertig war, wurde es eine Weile still. Eine Minute zum Nachdenken. Aber wie zum Teufel war sie dann nach Södermalm gekommen, zerbrach sich Sjöberg den Kopf. Ohne Kleidung und auf bloßen Füßen? Jemand musste sie dorthin gefahren haben, aber wer und warum? Wieso ist sie ausgerechnet vor John Gideons Wohnung gelandet? Und wo steckte der Mann?

»Was meinst du, Conny?«, fragte Gerdin schließlich.

Die Fragen schwirrten durch seinen Kopf, aber er hatte keine Antworten.

»Ich habe nicht den leisesten Schimmer«, sagte Sjöberg. »Aber eine Sache weiß ich: dass Internet-Mobbing eine der miesesten Erfindungen unserer Zeit ist. Und danke für die Sandwichtorte, Loddan.«

*

Hamad mochte Petras Einstellung nicht, mit der sie an diese Fragen heranging. Sie begann undifferenziert und polemisch zu argumentieren, wodurch sie an Glaubwürdigkeit verlor. Er wollte nicht, dass sie wie eine gereizte Furie jeden Mann verdächtigte, ein potenzieller Sexualverbrecher zu sein. Im Fernsehen hatte er ein Interview mit einer dänischen Schriftstellerin gesehen, die behauptete, dass alle Männer die ganze Zeit nur an Sex dachten. Dass alles, was im Gehirn eines Mannes vorgeht, allein darum kreist. Eine erstaunliche und erschreckende Aussage, der niemand widersprach, obwohl der Moderator ein saures Gesicht machte und – auf eine Weise, die scherzhaft wirken sollte, bei aufmerksamer Betrachtung aber todernst gemeint war – erklärte, dass dieses Klischee von der männlichen Weltbevölkerung ihn zumindest nicht einschließe.

Hamad wollte nicht, dass die Frau, mit der er sein Leben teilte, so wurde. Dass sie alle Männer über einen Kamm scherte und kollektiv für die Verbrechen verantwortlich machte, die nur wenige begingen. Er wollte nicht, dass Petra denselben vulgären Denkmustern verfiel, wie sie hinter allen Ressentiments steckten. Und schon gar nicht, dass sich solche Vorurteile auf ihre Arbeit auswirkten. Dass Sandén ein leichtgläubiger Vogel war, der erst sprach und dann nachdachte, war eine Sache, aber von Petra erwartete er mehr. Zum Beispiel, dass sie eine Ansammlung von Biedermännern im Schlafrock nicht zu Leumundszeugen erklärte und sie definieren ließ, wer John Gideon war. Er hoffte, dass es eine vorübergehende Phase war, dass Petra sich beruhigen würde, sobald sich der Staub gelegt hatte, der durch das Verbrechen aufgewirbelt worden war, das man an ihr verübt hatte.

Er zog die unterste Schreibtischschublade heraus, die sein persönliches Archiv beherbergte, und zog einen Stapel abgegriffener Papiere heraus. Die Kopie eines Dokuments, auf das außer ihm sehr wahrscheinlich noch niemand einen Blick geworfen hatte. Es gehörte zu einem ganz anderen Fall und offiziell betrachtet gehörte es nicht einmal wirklich dazu. Das Dokument gehörte zu dem Material, das nicht zu den Akten genommen worden war, als sie wegen des Mordes an dem Bankangestellten und Familienvater Sven-Gunnar Erlandsson ermittelt hatten. Oder eher wegen seiner Hinrichtung. Ein Schuss in den Nacken während eines nächtlichen Spaziergangs durch einen Wald bei Herrängen. Hamad hatte nebenher eigene Ermittlungen durchgeführt und aus diesem Grunde dafür gesorgt, dass er selbst die Verantwortung für die Auswertung aller Telefondaten bekam.

Vor allem die Kontakte eines der Beteiligten hatten es ihm angetan. Aus dem einfachen Grund, weil sich herausgestellt hatte, dass es sich bei dem Mann um einen Vergewaltiger handelte, und sich die Telefonnummern von mindestens zwei weiteren Männern unter seinen Kontakten befanden, die laut Hamads Informationen ebenfalls Vergewaltiger waren. Wahrscheinlich waren es sogar noch mehr. Keine der Nummern war mit einem Namen oder anderen Informationen versehen, lediglich mit einem Alias, der den Beruf der Männer spiegelte. Die meisten besaßen anonyme Prepaid-Konten, allerdings nicht der »Stadtrat«, der sich tatsächlich als Stadtrat entpuppt hatte. Genauer gesagt war er Stadtrat in Huddinge und hieß Lars Karlsson. Er stand damals unter dem Verdacht, Sex mit Minderjährigen zumindest angestrebt zu haben. Gemeinsam mit einem Unterstufenlehrer, von dem Hamad vermutete, dass er mit dem »Magister« identisch sein könnte, der ebenfalls in den aufschlussreichen Kontaktdaten verzeichnet war.

Aber die spektakulärste Person war der »Polizeichef«, und diese Entdeckung hatte den Stein erst richtig ins Rollen gebracht. Der »Polizeichef« war niemand anderes als der stellvertretende Polizeidirektor im Polizeibezirk Hammarby, Gunnar Malmberg. Der andere Mann. Der in einer dunklen Nacht vor vier Jahren gemeinsam mit einem ebenso renommierten Anästhesisten Petra unter Drogen gesetzt und vergewaltigt hatte. Und diese relativ neue Erkenntnis über Malmbergs heimliche Telefonnummer bestärkte Hamad in der Überzeugung, dass er den stellvertretenden Polizeidirektor früher oder später zu Fall bringen würde.

Es handelte sich also um einen Vergewaltigungsring, dessen war sich Hamad sicher. Eine Gruppe von respektierten Mitbürgern, deren perverses Hobby darin bestand, Frauen zu vergewaltigen – und in gewissen Fällen wohl auch Mädchen. Ihm war es gelungen, drei von diesen Schweinen zu identifizieren, und jetzt hatte er vielleicht ein weiteres im Visier.

Torbjörn Engström hatte während des Gesprächs im Garten berichtet, dass der Vater von Veronicas bester Freundin, Madelene Hallberg, Bauingenieur war. Hamad stutzte, als er das Wort hörte. Je mehr Mitglieder dieses Vergewaltigungsrings er – oder die Polizisten, die sich eigentlich um diese Art von Verbrechen kümmerten – einkreisen konnte, desto größer waren die Aussichten, Gunnar Malmberg in der Hölle brennen zu sehen. Denn genau das sollte die Strafe dafür sein, was er Petra angetan hatte. Für das, was er all den Frauen angetan hatte, die in diesen widerwärtigen Filmen gezeigt wurden, die man im Haus des Anästhesisten beschlagnahmt hatte. Jetzt galt es, kühlen Kopf zu bewahren, auf den richtigen Zeitpunkt zu warten. Ruhig auf der Lauer zu liegen, und erst zum Angriff überzugehen, wenn die Gelegenheit gekommen war.

Hier eröffnete sich vielleicht eine Möglichkeit, die Schlinge noch ein bisschen enger zu ziehen. Wenn sich herausstellte, dass die Telefonnummer von Madelene Hallbergs Vater mit der des »Baumeisters« identisch war, wären sie dem Ende dieser Geschichte wieder einen Schritt nähergekommen.

Aber so war es nicht. Natürlich war es nicht so. Es musste Hunderte von Bauingenieuren allein in der Stockholmer

Gegend geben, und warum sollte ausgerechnet dieser derjenige sein, den er suchte?

Hamad seufzte. Er starrte eine Weile auf Hallbergs Nummer. Dann auf die des »Baumeisters«. Die übliche Mobilvorwahl, dann 5822958. Eine hübsche Symmetrie, leicht zu merken, wenn man die Ziffern auf eine bestimmte Weise anordnete. 58 2 29 58. Zweimal neunundzwanzig ist achtundfünfzig.

Er schüttelte diesen bedeutungslosen Gedanken ab und kehrte zu der ursprünglichen Frage zurück. Gab sich selbst eine Antwort. Ja, denn es handelte sich um einen Vergewaltigungsfall. Es gab jeden Grund, die Nummern der unbekannten Vergewaltiger aus der Kontaktliste mit denen zu vergleichen, die in einem Fall wie diesem auftauchten. Aber der Bauingenieur war nicht der »Bauingenieur«, mehr gab es dazu nicht zu sagen.

Dann fiel ihm ein, dass sich in der Kontaktliste ja tatsächlich auch Personen finden könnten, die mit Namen, Adresse und allem anderen aufgeführt waren, aber trotzdem zu diesem Vergewaltigungsring gehörten, von dessen Existenz er überzeugt war. Weil es eine andere, unverfängliche Verbindung zwischen ihnen gab als diejenige, die im Verborgenen existierte.

Mit frischem Elan ging er die ganze Liste durch, einen Eintrag nach dem anderen, um zu sehen, ob er nicht einen neuen Bekannten finden konnte.

Unter dem Buchstaben K wurde er fündig. K wie »Klavierstimmer«.

*

Sandén und Andersson trafen Gabriel Eklund zu Hause an. Seine Mutter führte sie in sein Zimmer, wo er mit zwei anderen Jungen im selben Alter vor dem Computer saß. Oder jungen

Männern, dachte Andersson. Sie besitzen das Wahlrecht oder würden es bald bekommen.

»Sandén und Andersson von der Polizei in Hammarby«, sagte Sandén und hielt seinen Ausweis hoch. »Wir würden gerne mit Gabriel ungestört ein paar Worte wechseln.«

»Die Polizei?«, sagte einer der Jungs. Es war Gabriel, wie sich herausstellte.

Die beiden anderen schauten einander an, und einer von ihnen erklärte, dass sie ohnehin gerade gehen wollten. Sie verließen den Raum, und Andersson schloss die Tür.

»Ich weiß nicht, ob du weißt, was passiert ist?«, eröffnete Sandén das Gespräch.

»Passiert?«, fragte Gabriel Eklund. »Nein, keine Ahnung.«

Vielleicht ein unruhiges Flackern in den Augen, aber das konnte auch die Neugier gewesen sein.

»Veronica Engström. Wie wir gehört haben, warst du am Freitagabend eine ganze Weile mit ihr zusammen?«

Gabriel Eklund schien zu überlegen, was Andersson sofort misstrauisch machte. Sie wussten schließlich, dass es so gewesen war, und der Junge wäre dumm, wenn er es verleugnen würde.

»Ja, das kann man so sagen«, antwortete er schließlich.

»Was heißt, das kann man so sagen?«, hakte Sandén nach. »Das klingt ein bisschen schwammig.«

Eklund seufzte und schaute erst Sandén und dann Andersson an.

»Okay, ich war am Freitagabend eine ganze Weile mit Veronica zusammen.«

»In welcher Weise zusammen? Habt ihr miteinander geschlafen?«

Volltreffer. Aber es war richtig, direkt zur Sache zu kommen, fand auch Andersson. Eklund lächelte verwundert und wand den Blick ab. Die markanten Sehnen an seinem Hals spannten sich. Er sah sportlich aus, trug weiße Shorts und ein Oberhemd. Veronica und ihre Freundinnen hielten ihn sicherlich für gut aussehend. Als er Sandéns Blick erneut begegnete, war es mit einer gewissen Resignation.

»Worum geht es eigentlich? Muss ich diese kranken Fragen wirklich beantworten?«

»Ja«, antwortete Sandén knapp.

Und dagegen hast du bestimmt nichts einzuwenden, dachte Andersson. Ich kenne deinen Typ, du gehörst zu denen, die junge Damen reihenweise flachlegen und anschließend vor den Kumpels damit angeben.

»Klar«, sagte Gabriel Eklund mit einem Achselzucken. »Ich habe mit Veronica geschlafen. So what? Wir waren ineinander verliebt.«

Sandén warf Andersson einen Blick zu.

»Ihr *wart* verliebt? Es ist also schon wieder vorbei?«

»Ich weiß nicht, welche Gefühle sie für mich hat, denn wir haben uns seitdem nicht mehr gesehen. Sie war heute auch nicht in der Schule. Krank anscheinend.«

»Und wie sieht es mit deinen Gefühlen für sie aus?«, bohrte Sandén weiter.

Eklund sorgte für eine kleine Überraschung.

»Ein bisschen verliebt bin ich schon«, antwortete er mit ernster Miene. »Falls es das ist, was Sie wissen wollen. Aber ich glaube, dass ich für Veronica nur ein kleines Abenteuer war.«

Entweder öffnete der Junge sein Herz, oder er spielte seine Karten plötzlich überraschend gut. Bei Andersson sank das Misstrauen nach dieser Aussage jedenfalls beträchtlich. Wenn er das Gegenteil behauptet hätte, wäre er jedenfalls in einer ganz anderen Schublade gelandet.

»Können Sie mir nicht erzählen, was passiert ist?«, bat Gabriel Eklund mit einer Sorgenfalte zwischen den Augenbrauen. »Langsam mache ich mir wirklich Sorgen.«

Sandén schaute zu Andersson hinüber und nickte auffordernd.

»Es ist wichtig, dass du es für dich behältst und nicht weitererzählst, Gabriel«, sagte Andersson. »Zu Veronicas Bestem möchten wir nicht, dass es die ganze Welt erfährt.«

Gabriel Eklund nickte ängstlich.

»Veronica ist vergewaltigt worden. Ziemlich brutal, sie wurde darüber hinaus noch misshandelt.«

Eklund stockte der Atem.

»Sie liegt im Söder-Krankenhaus und spricht kein Wort. Sie erkennt ihre Familie nicht wieder, erinnert sich nicht an ihren eigenen Namen.«

»Oh, verdammt.«

Eklund legte die Hand in den Nacken und schüttelte traurig den Kopf.

»Das ist ja furchtbar«, sagte er schließlich und sah aus, als meinte er es ernst.

»Deswegen möchten wir, dass du uns erzählst, was an jenem Abend passiert ist. Und zwar bis ins Detail.«

»Natürlich«, sagte Gabriel Eklund nachdenklich. »Ich werde alles erzählen, an das ich mich erinnere.«

»Du kannst damit anfangen, wie ihr euch kennengelernt habt«, schlug Sandén vor.

»Wir kannten uns eigentlich gar nicht so gut. Sie ist in meiner Parallelklasse, sie geht in Richtung Gesellschaftswissenschaften und ich habe den naturwissenschaftlichen Schwerpunkt. Aber wir haben uns ab und zu mal unterhalten, auf dem Schulhof oder so. Und wir haben zusammen Spanisch. Ich habe Veronica schon immer gemocht. Sie ist cool drauf. Gut in Spanisch.«

Er beschrieb, wie der Nachmittag auf dem Anhänger im Abitursumzug des großen Bruders verlaufen war und wie sich der Abend im Söderbybad entwickelt hatte. Ein Bild von euphorischen und wahrscheinlich ziemlich angeheiterten Abiturienten nahm in Anderssons Vorstellung Gestalt an, und er lauschte all dem mit nostalgischen Gefühlen. Es war bereits zwanzig Jahre her, dass er selbst sich an diesem Punkt des Lebens befunden hatte, aber es fühlte sich an wie gestern. Was für eine Freude, was für ein Freiheitsgefühl war mit dieser Zeit verbunden. Die schreckliche Schulzeit und die trostlose Jugend im Ziegelsteinbungalow in Järfälla gingen dem Ende entgegen. Er erinnerte sich, wie sie am Tag vor der Abschlussfeier betrunken Frisbee gespielt hatten. Er hatte danebengegriffen und die Scheibe an den Mund bekommen. Das ziemlich schlechte Abschlusszeugnis hatte er mit einer dicken Lippe und einem üblen Kater entgegengenommen.

»Nachdem wir eine Weile getanzt hatten, entfernten wir uns von dem Trubel, um ein bisschen zu chillen«, fuhr Gabriel Eklund fort. »Die Musikanlage war so laut, dass man froh war, wenn man eine Weile wegkam. Ja, und dann kam das eine zum anderen. Sie verstehen schon.«

Ein etwas verschämtes Achselzucken, ein leicht betrübter Ausdruck im Gesicht, es gab keine Gründe, seine Erzählung anzuzweifeln.

»Wohin seid ihr gegangen?«, fragte Andersson.

»Zu einem Schuppen oben beim Café, in dem jede Menge Rasenmäher standen.«

»Und dort hattet ihr also Sex?«, fragte Sandén, mit einem etwas schärferen Tonfall als Andersson.

Eklund nickte, beinahe ein bisschen verlegen. Selbst wenn es in Anderssons Augen nichts gab, wofür man sich schämen musste.

»Und ihr hattet beide gleich viel Freude daran?«, setzte Sandén die Befragung fort.

»Ich glaube schon. Woher sollte ich das denn wissen?«, antwortete Eklund matt und hob die Hände in einer ratlosen Geste.

»Mein Kollege hier würde gerne wissen, ob Veronica es auch gewollt hat«, erläuterte Andersson.

»Natürlich wollte sie es auch! Ich brauche doch nicht ...«

Da. Da war es wieder, diese Arroganz, die Andersson zu Beginn des Gesprächs schon einmal ausgemacht hatte. Aber warum auch nicht? Gabriel Eklund war hübsch und gut gebaut. Redegewandt. Natürlich wusste er, dass er auf dem Fleischmarkt ein attraktives Angebot war.

»Ich würde niemals ...«

Die beiden Polizisten betrachteten ihn schweigend, was er sicherlich als äußerst unbehaglich empfand. Er war gezwungen, den Satz abzuschließen.

»Ich würde einem Mädchen niemals Gewalt antun«, sagte er. »Niemals.«

»Habt ihr Verhütungsmittel benutzt?«, fuhr Sandén ungerührt fort.

Eklund schüttelte den Kopf.

»Das bedeutet, dass wir eine DNA-Probe von dir nehmen müssen, damit wir deine Spuren von denen des Vergewaltigers unterscheiden können.«

»Okay.«

»Du hast nichts dagegen?«

»Nein. Mein Gewissen ist rein.«

»Wart ihr betrunken?«

»Ich hatte am nächsten Tag jedenfalls einen furchtbaren Kater.«

»Und Veronica?«

»Sie auch, würde ich schätzen. Sie hat einen großen Teil von meinem Wein getrunken, und vorher hat sie bestimmt auch schon einiges gehabt. Ich denke, dass alle, die auf dem Fest waren, ziemlich betrunken waren.«

»Aber sie war nicht irgendwie bewusstlos?«

»Nein, nein. Sie hatte richtig gute Laune.«

»Und als ihr fertig wart – wohin seid ihr dann gegangen?«

»Wir wollten nicht zusammen auf dem Fest wieder auftauchen, also ...«

»Nein? Warum denn nicht?«, fragte Sandén scharf nach.

Gabriel Eklund raufte sich die Haare. Andersson fand, dass Sandén jetzt vielleicht ein bisschen zu rücksichtslos vorging. Der Junge schien die Wahrheit zu sagen.

»Tja, weil ... Weil die Leute sonst reden würden. Es würde jede Menge Gerüchte geben.«

»Ist es das nicht wert, wenn man verliebt ist?«

Eklund antwortete mit einem Achselzucken und dann sagte er nur:

»Ihre Fragen sind echt schwer, so intim.«

»Das ist mein Job«, erwiderte Sandén. »Wer von euch ist zuerst gegangen?«

»Ich.«

»Und wie spät war es da?«

»Weiß nicht. Halb eins vielleicht. Eins.«

»Gibt es jemanden, der das bestätigen kann? Waren zu der Zeit noch Leute auf dem Fest?«

»Ja, jede Menge. Mein Bruder zum Beispiel. Wir waren eine ganze Gang, die zusammen nach Hause gegangen ist.«

»War Madelene Hallberg eine von ihnen?«

»Nein, sie war nicht mehr da. Außerdem wohnt sie in der anderen Richtung.«

»Veronica?«

»Nein, Sie ist tatsächlich nicht wieder aufgetaucht.«

»Und was hast du dir dabei gedacht?«

Gabriel Eklund ließ sich Zeit. Ließ seine Augen nervös durch den Raum wandern, während er nachdachte, schließlich blieben sie an dem Bücherregal hängen. Eine Formelsammlung. Bücher über Eishockey. Der Herr der Ringe. Alte Jugendbücher mit grünen Rücken, die wahrscheinlich noch von den

Großvätern stammten. Ein paar Modellflugzeuge und ein Labyrinthspiel.

»Ich dachte, dass sie vielleicht einfach nach Hause wollte«, antwortete er schließlich. »Weil sie zu viel getrunken hatte oder zu müde war, um auf dem Fest zu bleiben. Vielleicht hatte sie es auch bereut, das mit mir.«

»Bereut?«, hakte Sandén nach.

»Ja, vielleicht hatte sie es sich noch einmal überlegt. Vielleicht wollte sie nicht zusammen mit mir gesehen werden, falls jemand uns vorher zusammen gesehen hatte. Sie fand vielleicht, dass ich nicht gut genug für sie war. Deswegen habe ich am Wochenende auch nicht versucht, mit Veronica zu sprechen. Wenn sie nicht einfach so verschwunden wäre – ohne sich zu verabschieden –, hätte ich sie bestimmt angerufen.«

Bescheidenheit. Andersson fragte sich, ob sie gespielt oder echt war. Aber so, wie das Gespräch sich entwickelt hatte, neigte er zu der zweiten Vermutung.

*

Hamad riss die Papiere an sich und eilte aus dem Raum, lief durch den Korridor zu Sjöbergs Büro. Sjöberg schaute verwundert von seinen Akten auf und betrachtete ihn neugierig und beinahe amüsiert, als er außer Atem hineinstolperte und die Tür mit einem Knall hinter sich zuzog. Sjöberg ließ normalerweise die Tür immer offen stehen, wenn er arbeitete. Ihm war also klar, dass es hier um ein Gespräch unter vier Augen gehen musste, und daher wusste er auch, worum es ungefähr gehen musste. Sjöberg war der Einzige, der das ganze Bild hatte, weil er Hamad vor einem guten Jahr genötigt hatte, ihm alles zu erzählen.

»John Gideon«, sagte Hamad und warf sich in den Besucherstuhl. »Ich habe seinen Namen in dem Material zum

Erlandsson-Fall gefunden, das damals nicht zu den Akten genommen wurde.«

»Oh, verdammt«, sagte Sjöberg, der jetzt hellwach war. »In welchem Zusammenhang?«

»In der Liste mit den Kontakten. Ich habe nach dem ›… Baumeister‹ gesucht, um zu sehen, ob seine Nummer möglicherweise mit der von Madelene Hallbergs Vater identisch war, der offensichtlich Bauingenieur ist. Das war nicht der Fall, aber stattdessen habe ich John Gideon gefunden, der namentlich aufgeführt war unter der Bezeichnung ›Klavierstimmer‹.«

Sjöberg zog die Augenbrauen zusammen und betrachtete nachdenklich einen Punkt an der Wand irgendwo hinter Hamads Kopf. Ein paar Sekunden Stille, dann antwortete er.

»Das kann durchaus sein. Ich kann mich deutlich an ein Klavier im Wohnzimmer erinnern. Aber das war wahrscheinlich nicht das, was du hören wolltest?«

»Ich glaube nicht, dass das irgendeine Bedeutung hat. Vielleicht haben sie sich kennengelernt, als das Klavier gestimmt werden musste. Aber das eine schließt das andere ja nicht aus. Ihre Beziehung kann zu Anfang rein beruflich gewesen sein, bevor sie später anfingen, gemeinsam Vergewaltigungen zu begehen.«

»Das ist denkbar. Aber es könnte auch sein, dass Gideons Daten einfach nur in den Kontakten auftauchten, weil er bei ihnen zu Hause das Klavier gestimmt hat.«

»Klar«, meinte Hamad enttäuscht, »die Möglichkeit gibt es natürlich. Aber ich bezweifle es. In der Familie hat niemand Klavier gespielt.«

»Warum bist du dir da so sicher?«, widersprach Sjöberg.

Hamad seufzte. Er hatte gehofft, dass diese neuen Informationen mehr Begeisterung auslösen würden.

»Missversteh mich bitte nicht falsch«, sagte Sjöberg. »Ich

versuche nur sachlich zu bleiben. Man muss die Fakten aus allen Richtungen betrachten. Soweit ich mich erinnere, ist das normalerweise auch deine Herangehensweise, Jamal. Hat sich das geändert?«

»Absolut nicht«, antwortete Hamad mit Nachdruck.

Die Voraussetzungen hatten sich geändert.

»Es geht ja um die Frage, ob Gideon in diesem Vergewaltigungsfall der Schuldige ist. Wenn ich es richtig verstanden habe, wollte Petra diese Spur verfolgen, während du eine andere Meinung hattest.«

War das so deutlich?, dachte Hamad. Aber schließlich war Sjöberg auch ein guter Menschenkenner.

»Ja, ich habe meine Meinung geändert«, antwortete Hamad. »Selbstverständlich ist Gideon auf die eine oder andere Art in die Sache verwickelt. Wenn man in dieser Kontaktliste auftaucht und dazu noch nackte und vergewaltigte Frauen vor seiner Tür hat, dann stimmt etwas nicht. So viel ist klar.«

»Ich neige dazu, dir recht zu geben«, sagte Sjöberg.

»Aber ich glaube immer noch, dass Engström lügt, wenn er behauptet, dass sein Sohn am Wochenende mit ihnen auf dem Land war«, fügte Hamad hinzu. »Dieser Geschichte müssen wir ebenfalls auf den Grund gehen.«

»Wahrscheinlich wollten die Eltern nur auf Nummer sicher gehen«, vermutete Sjöberg. »Sie beschützen ihren Sohn, für den Fall der Fälle. Wenn Veronica wieder spricht, wird sich herausstellen, dass der Bruder nichts mit der Sache zu tun hat, und dann werden sie ihre Aussage auch ändern.«

»Vermutlich ist es so«, gab ihm Hamad recht. »Aber Lügen gehört sich nicht.«

Sjöberg lächelte sanft.

»Für seine Kinder ist man bereit, alles Mögliche zu tun. Du glaubst also, dass Gideon zu derselben Herrenrunde gehört wie unser stellvertretender Polizeidirektor?«

Hamad nickte bedächtig.

»Das glaube ich. Und wenn es hinter diesen ganzen bösartigen Gerüchten einen Kern der Wahrheit gibt, dann liegt er darin, dass Gideon die übrigen Mitglieder dieses Vergewaltigungsrings mit Mädchen versorgt. Jungen Mädchen, wenn man den halbwegs übereinstimmenden Behauptungen glauben darf. Leicht zu überreden und mit Geld zu locken.«

»Du meinst, dass Gideon die Nabe ist, um die sich der ganze Betrieb dreht?«

»Ja«, antwortete Hamad überzeugt. »Die Schlüsselperson.«

»Und wie funktioniert das Ganze?«, fragte Sjöberg.

»Ich habe mit Loddan darüber diskutiert. Er hat ja vorher für die Citywache gearbeitet. Meistens ist es wohl so, dass derjenige, der den Kontakt mit den Mädchen herstellt – in der Regel ein Zuhälter –, von einem der Männer kontaktiert wird, der seine speziellen Wünsche formuliert. Dann werden die passenden Mädchen für den Event gebucht. Dabei kann es sich zum Beispiel um Kinder handeln, um Teenager, Jungen oder Mädchen, Gangbang, SM oder, wie in diesem Fall, Vergewaltigung. Und das passiert in der Regel zusammen mit Gleichgesinnten. Für gewöhnliche Prostitution braucht man keine besonderen Netzwerke, hier geht es um Männer mit außergewöhnlichen Neigungen.«

»Vergewaltigung von Prostituierten«, sagte Sjöberg grimmig. »Ein seltsamer Gedanke.«

»In der Tat. Die Mädchen glauben, dass es sich um einen gewöhnlichen Job handelt, aber wenn sie dort auftauchen, werden sie vergewaltigt. Sie bekommen ihr Geld, aber werden bestimmten Dingen gegen ihren Willen ausgesetzt. Gewalt, gleichzeitige Penetration durch mehrere Männer – Dinge, mit denen sie einfach nicht gerechnet haben. Vielleicht werden sie unter Drogen gesetzt. Und es kommt nur sehr selten vor, dass solche Fälle bei der Polizei landen, weil die Mädchen ja ohnehin schon ein sehr lichtscheues Gewerbe betreiben. Sie glauben, dass eine Anzeige wegen Vergewaltigung von einer Prostituierten nicht ernst genommen wird, und damit haben sie zum Teil wohl auch recht. Außerdem bekommen sie es gut bezahlt, was ja eine gewisse Kompensation für die Schmerzen ist, selbst wenn sie es freiwillig nicht noch einmal tun würden.«

»Hm«, sagte Sjöberg. »Es ist schon eine seltsame Welt, in der wir leben. Wie kommunizieren sie miteinander innerhalb eines solchen Netzwerks?«

»Manchmal durch verschlüsselte E-Mails, aber in den meisten Fällen über Telefongespräche oder SMS. Die Kommunikation über SMS ist wohl die sicherste Methode, und wenn man solchen zwielichtigen Aktivitäten nachgeht, sollte man darüber hinaus ein Prepaid-Handy haben, dessen Spuren man nicht verfolgen kann. Das hatte dieser Lars Karlsson verpennt, du weißt schon, der Stadtrat aus Huddinge, von dem ich dir erzählt habe. Der wegen Sex mit Minderjährigen verhaftet wurde.«

»Und der steht auch auf der Liste?«

»Ja«, bestätigte Hamad.

»Und wie ist es bei ihm gelaufen?«, wollte Sjöberg wissen. »Ist er verurteilt worden?«

»Das habe ich nicht verfolgt, aber ich werde mich um die Sache kümmern.«

»Aber Gideons Handy ist doch nicht anonym?«, warf Sjöberg ein.

»Nein, das ist es allerdings nicht«, gab Hamad zu. »Aber vielleicht ist er auch nicht der Hellste im Kopf. Er hat zehn Jahre in Uppsala studiert, ohne irgendein Examen zu machen. Und er scheint ja auch kein Geheimnis daraus zu machen, dass bei ihm zu Hause die Mädchen ein und aus gehen.«

»Vielleicht hat er mächtige Beschützer?«, grummelte Sjöberg.

»Genau«, pflichtete Hamad ihm bei und deutete mit dem Zeigefinger schräg nach oben.

Wenn man der gedachten Linie weiter durch ein paar Decken und Fußböden folgte, landete man im obersten Stock des Polizeigebäudes. Dort, wo die Polizeiführung residierte. Darunter auch der stellvertretende Polizeidirektor Gunnar Malmberg.

*

Veronica lag auf dem Rücken im Krankenhausbett, die Augen hatte sie geschlossen. Sie tat so, als würde sie schlafen oder sich zumindest ausruhen. Das Fenster war einen Spalt geöffnet, und die Gardine flatterte im Windzug. Aus der Ferne hörte sie zum vierten Mal an diesem Nachmittag lärmende Jugendliche, Musik und schweres Basswummern. Die Stimmen der Mädchen waren am deutlichsten zu hören, sie schienen ihre Freude herauszukreischen, und ihre Schreie stachen wie Messer in ihren Ohren. Aber sie hatte keine Sehnsucht, den Schulabgängern auf ihren Festzügen Gesellschaft zu leisten. Ein Anhänger voller lärmender Abiturienten würde für Veronica nie wieder dasselbe sein.

Seit ihrer Kindergartenzeit hatte sie dem Tag entgegengefiebert, an dem sie mit einer Studentenmütze auf dem Kopf dort oben stehen und singen und Bier verspritzen würde. Mama hatte sie mit Mathematik desillusioniert. Noch fünfzehn Jahre, dann erst bist du an der Reihe, meine Kleine, hatte sie gesagt, und Veronica war untröstlich gewesen.

Jetzt waren vierzehn Jahre dieses beinahe unendlichen Zeitraums vergangen, vierzehn weggeworfene Jahre des Wartens und Sehnens. Denn sie dachte nicht mehr daran, ihren Abschluss zu machen, nicht auf diese Weise. Wenn sie es schaffte, wenn sie irgendwann wieder auf die Beine kam, dann würde sie ihren Unterricht anstandslos absolvieren. Sie würde ruhig und gesammelt auftreten – anscheinend unberührt – und sich ansonsten zurückhalten. Sich zeigen, wenn es um die Noten ging, aber sozial unauffällig bleiben. Man musste nicht *populär* sein, man musste sich nicht unter diejenigen mischen, die am meisten gesehen und gehört wurden. Es funktionierte ausgezeichnet, sich zu einer kleinen, grauen Maus zu machen, die an den Wänden entlangschlich, nur um von einem Unterrichtsraum in den anderen zu kommen.

Es war ein befreiender Gedanke. Man musste sich nicht mehr um die richtige Kleidung, das richtige Aussehen bemühen, um den Stil und das Image, sondern konnte einfach nur sein. Man durfte sein, wer man war, ohne Schnörkel und Schleifchen. Man musste sich für die Jungen und die Freundinnen nicht mehr verstellen.

Das würde Mama gefallen. Sie hatte sich immer eine Tochter wie aus dem vorletzten Jahrhundert gewünscht, die ihre Freizeit zu Hause verbrachte, im Schein der Leselampe über Bücher gebeugt oder mit einer Handarbeit auf einem Stuhl im Wohnzimmer. Ein ungeschminktes Mädchen in sittsamen Kleidern, das Spitzen häkelte oder klassische Stücke auf dem Klavier spielte. Mama hatte Veronicas Freundinnen nie gemocht, sie hatte nicht einmal gemocht, dass sie überhaupt Freundinnen hatte. Freundinnen waren wie Viren, Eindringlinge, die sich unbemerkt in der Familienidylle einnisteten und deren schädliche Auswirkungen man erst später sah. Grundlegende Werte wurden hinterfragt, zum Beispiel, dass man Süßigkeiten nur am Samstag aß. Ein Virus, der nach einer Weile mutierte, um noch wichtigere Prinzipien anzugreifen: Kleidungsvorschriften und die Einstellung zu Schimpfwörtern, Schminke, Alkohol, Jungen und Zeiten.

Veronica hatte revoltiert. Eine stille Revolte im Verborgenen, die so vorsichtig verlief, dass sie beinahe nicht zu bemerken war. Ein beinahe untadeliges Benehmen zu Hause, ansonsten aber eine offene Haltung. Nachzudenken und sich ein eigenes Urteil darüber zu bilden, ob man etwas mitmachte oder lieber sein ließ. Weder zu viel noch zu wenig. Bis jetzt. Als sie mitgemacht hatte, obwohl sie es besser sein gelassen hätte.

Mama hatte die ganze Zeit recht gehabt. Alles, wofür sie gearbeitet hatte, alle ihre Ermahnungen und ihre ganze Fürsorge hatten hierhin geführt. Veronica lag wie ein kraftloses Paket in einem Krankenhausbett, mit Würgemalen und Unterleibsschmerzen.

Eine Hure.

Mamas schlimmste Befürchtungen hatten sich bewahrheitet, ihre Tochter war betrunken und leichtsinnig gewesen, und das wurde sofort bestraft. Wenn es einen Gott gab, dann stand er offensichtlich auf Mamas Seite. Alkohol war ein Laster, das die Urteilskraft verdunkelte, und als Frau sollte man seinen Platz kennen und vor den Schwächen der Männer auf der Hut sein. Sich nicht betrinken, feilbieten oder ihre Lust wecken.

Wie sollte Veronica ihrer Mutter jemals wieder in die Augen schauen können? Und was noch unvorstellbarer war: Wie sollte sie jemals erzählen können, was passiert war?

Ihre Mutter war den ganzen Tag hier herumgeschlichen, triefend vor Mitleid und voller erstickender Erwartungen. Immer wieder versuchte sie, sanft auf Veronica einzureden, ihre Schmerzen zu lindern. Obwohl sie nicht begriff, warum es wehtat und dass Veronica gar keinen Trost verdiente. Ahnungslos verbreitete sie ihre überspannten Forderungen, der Raum schrumpfte und lief förmlich über von ihnen. »Du musst anfangen zu reden, Veronica, sonst können wir dir nicht helfen.« »Erzähl deiner Mutter, was passiert ist, wenn die Wahrheit heraus ist, wird es dir besser gehen.« »Schau mich einfach nur an, damit ich weiß, dass du mich wiedererkennst.« »Die Polizei stellt jede Menge Fragen, das belastet die Familie. Du weißt doch, dass du dich auf uns verlassen kannst, Veronica? Du brichst uns das Herz.«

Als ob die Familie ein gemeinsames Herz hätte.

Die Mutter versuchte, ihr mit einer widerlich flehenden Stimme unter die Haut zu kriechen. Sie fasste sie an, streichelte ihre Wange oder ihr Haar. In Veronica wuchs der Zorn. Die Mutter erhob Anspruch auf ihren Körper, auf ihre Gedanken. Ein Eindringling in das Allerprivateste, den heiligen Raum tief in ihrem Inneren, und die einzige Art, sich zu wehren, war zu schweigen, um die kalten Finger, die ihre Wange streichelten, und den schwülen Atem, der aufdringliche Fragen in ihr Haar flüsterte, ignorieren zu können. Zu versuchen, die Augen und die Ohren zu schließen und die Verbindung zur Außenwelt zu demontieren.

Jetzt saß Madde hier und starrte sie an. Sobald sie ins Zimmer kam, hatte die Mutter es verlassen. Ob sie die Gelegenheit wahrnehmen wollte, sich etwas zu essen zu besorgen, oder ob sie die Anwesenheit der Freundin unerträglich fand, wusste Veronica nicht. Aber sie wusste, dass sie sich Madde gegenüber genauso verhalten musste wie gegenüber allen anderen Menschen. Im Augenblick blieb es ihr erspart, mit ihren Eltern, der Polizei, dem Krankenhauspersonal und diesem unangenehmen Psychologen zu reden, der ebenfalls an Veronicas innerstem Raum schnüffelte. Wenn sie diesen Plan fallen lassen und auch nur den kleinsten Händedruck mit Madde austauschen würde, bräche der ganze Schutzpanzer, den sie mühevoll um sich errichtet hatte, zusammen. Und das durfte nicht passieren. Noch nicht. Nicht, bevor sie sich eine gut durchdachte Strategie zurechtgelegt hatte, wie sie sich aus dem Elend befreien konnte, in das sie sich selbst gebracht hatte.

Veronica empfand Mitleid mit Madde, die traurig und ein bisschen verloren im Besucherstuhl saß. Sie wirkte so unbeholfen in dieser Situation, die von ihr verlangte, schon in so jungen Jahren wie eine Erwachsene handeln zu müssen. An einem Krankenbett zu wachen. Kluge und heilende Worte zum richtigen Zeitpunkt zu finden, um die bedrückende Stille des Raums auszufüllen.

»Gabriel hat mich angerufen«, sagte sie jetzt. »Er hat gefragt, wie es dir geht. Als ich ihm erzählte, dass ich dich besuchen würde, bat er mich, dich herzlich zu grüßen.«

Gabriel wusste also, dass sie hier lag. Wusste er noch mehr als das? Bedeutete das, dass er auch darüber informiert war, dass Veronica keine Erinnerungen an das Geschehen mehr hatte, dass sie nicht sprach und ihre Familie nicht wiedererkannte? Wie hatte er das, was er eventuell wusste, überhaupt herausgefunden? Hatten es die Eltern allen möglichen Leuten erzählt? Oder hatte Madde sich verplappert? Wusste inzwischen die ganze Schule, was Veronica zugestoßen war und in welchem Zustand sie sich befand?

Sie spürte, wie die Angst sie erfasste, wie ihre ganze Existenz, ihre ganze Hoffnung auf ein Leben danach zusammenbrach. Sie hätte Madde gerne gefragt, was geredet wurde, was Madde selbst den Leuten erzählte, aber so, wie die Lage im Augenblick aussah, war das nicht möglich. Sie würde noch eine ganze Weile stumm und unerreichbar bleiben müssen. Bis alle Teile auf ihren Platz gefallen waren und sie wusste, wie sie weitermachen sollte.

»Die Polizei ist heute Morgen in der Schule aufgetaucht«, sagte Madde. »Sie wollte wissen, wer sonst noch alles auf dem Fest am Söderbybad war. Ich habe ihnen eine Liste mit den Namen gegeben, an die ich mich erinnern konnte. Wer mit wem zusammen war und so. Danach haben sie anscheinend auch mit Gabriel gesprochen.«

Die Polizei hatte mit Gabriel gesprochen? Nur mit Gabriel oder mit allen, die auf dem Fest waren? Wie viel hatte Gabriel seinen Schulkameraden erzählt? Alles, was er wusste, oder nur ausgewählte Teile? War Veronica jetzt in aller Munde? Drehten sich jetzt alle Gespräche an der Schule nur um sie, war sie jemand, über den in jeder Ecke getuschelt und geflüstert wurde? Finstere Aussichten.

»Gabriel macht sich Sorgen um dich«, fuhr Madde ahnungslos fort. »Er hofft, dass es dir bald wieder besser geht.«

Veronica wünschte sich, dass Madde einfach nur den Mund hielt. Oder noch besser: dass sie einfach verschwand, damit sie mit ihren Gedanken alleine sein konnte.

Montagabend

Als Sjöberg nach der Arbeit nach Hause kam, herrschte dort vollkommenes Chaos. Die mittlerweile fünfjährigen Zwillinge tobten unkontrolliert im Fernsehzimmer herum. Der zwölfjährige Simon hatte sich mit seinem geliebten Computer in seinem Zimmer eingeschlossen, und Åsa saß im Mädchenzimmer mit einer untröstlichen Zehnjährigen im Arm. Maja, die zwei Jahre jünger war, saß daneben und hörte zu. Auch sie hatte Tränen in den Augen.

Das Ganze war eine seltsame und sehr unangenehme Geschichte, die in der vorhergehenden Woche begonnen hatte und mittlerweile neue Höhen erreichte. Zuerst war Sara, ihre zehnjährige Tochter, als eines von zwei Mädchen in der Klasse nicht zu Jasmins Geburtstagsfeier eingeladen worden. Obwohl zwischen Lehrern und Eltern abgesprochen worden war, dass in dieser Altersstufe zu einer Geburtstagsfeier entweder nur einige Kinder aus der Klasse oder alle eingeladen werden sollten. Also nicht, wie in diesem Fall, zwölf von vierzehn Mädchen.

Jasmin war eine sehr entschlossene junge Dame, die mit allen erdenklichen Methoden versuchte, ihren Willen durchzusetzen. Sie war nicht besonders begabt, eher das Gegenteil, aber ihre Fantasie kannte keine Grenzen, wenn es darum ging, Menschen in ihrer Umgebung das Leben zur Hölle zu machen. Sara und Jasmin waren bis vor Kurzem beste Freundinnen gewesen. Sjöberg und seine Frau hatten Jasmin bereits von der ersten Klasse an verabscheut und Sara ermahnt, sich von ihr fernzuhalten. Aber so wie die Dinge jetzt aussahen, hatten sie umgedacht. Sie konnten sich im Grunde nur bei ihr bedanken, wenn an der Weisheit etwas dran war, dass man seine Freunde in der Nähe, seine Feinde aber noch näher bei sich haben sollte. So hatten es sich jedenfalls die Eltern Sjöberg überlegt, ohne eine Ahnung davon zu haben, was sie erwartete.

Denn nachdem Jasmin Sara fallen gelassen hatte – für eine andere beste Freundin, die angeblich noch viel besser war, was Sjöberg so deutete, dass sie ein noch gefügigerer Lakai mit noch geringerer Integrität war –, brach die Hölle los. Um nicht noch mehr Nägel in den Sarg zu schlagen und sich die Möglichkeit zur Rückkehr in den erlauchten Kreis offenzuhalten, versuchte Sara, den ganzen Tag zu Diensten zu sein. Während sie sich abends in den Schlaf weinte.

Jasmin arbeitete auf diese Weise: Bei einer Gelegenheit hatte sie Sara gebeten, ihr zweihundert Kronen zu leihen, und Sara hatte sie ihr leichtfertig überlassen. Als Sara das Geld später zurückforderte, bekam sie die kalte Schulter gezeigt. Jasmins Vater hatte Sara nämlich mit ins Restaurant eingeladen, als Jasmin Geburtstag hatte, und so meinte Jasmin, Sara sei ihr Geld schuldig und nicht umgekehrt. Jasmin beschuldigte Sara, die Kopfhörer ihres MP3-Spielers geliehen zu haben – was nicht stimmte –, und meinte deswegen, ohne Weiteres ihre Kopfhörer in Beschlag nehmen zu dürfen, weil ihre eigenen nicht da waren. Jasmin verbreitete ein Gerücht nach dem anderen über Sara, bis alle hinter ihrem Rücken lachten. Sie ließ sie vollständig abblitzen, während sie gleichzeitig verlangte, Saras Hausaufgaben abschreiben und sich von ihrem Frühstücksbrot bedienen zu dürfen. Und so weiter.

Vermutlich wagte sonst niemand, sich gegen dieses tonangebende und dominante Monsterkind aufzulehnen, das seine Nahrung aus dem Unglück der anderen zog. Aber im Augenblick stand Sara im Kreuzfeuer. Und sie verbot natürlich ihren Eltern, irgendetwas zu unternehmen, zum Beispiel mit Jasmin oder ihren Eltern zu reden. Schließlich würde das die Situation nur schlimmer machen.

Diese Sorgen hatten die Familie Sjöberg in den letzten Monaten begleitet. Und sie waren von ihrer zehnjährigen Tochter, die es nicht besser wusste, mehr oder weniger zum Stillhalten verurteilt. Und vielleicht wusste sie es ja tatsächlich besser. Als allerdings in der vergangenen Woche, zur selben Zeit, als die Einladungen verteilt wurden, eine Gruppe bei Facebook auftauchte, die sich »Wir hassen Sara Sjöberg« nannte und, als Sara sie entdeckte, bereits vierunddreißig Mitglieder hatte, war das Fass übergelaufen.

Sie hatten – obwohl Sara vehement dagegen war – mit Jasmins Vater gesprochen, der sich unwissend gestellt und Jasmins Beteiligung daran geleugnet hatte. Jasmin sei nicht als Admin eingetragen – auch niemand anderes – und sie würde so etwas niemals tun. Sie selbst sei aus der Gruppe ausgetreten und ohnehin nur kurze Zeit Mitglied gewesen. Es sei nur die Rache dafür gewesen, dass Sara sie in der Schule gemobbt habe, das könnten mehrere andere Kinder bezeugen. Es war vollkommen sinnlos, einen konstruktiven Dialog mit einem solchen Scheuklappenvater führen zu wollen, wie Åsa, die selbst Lehrerin war, solche Typen nannte.

Die Lehrerin wiederum hatte gelacht, als Åsa sie angerufen hatte. »Die Kinder«, meinte sie, »sind in diesem Alter sehr impulsiv. Jasmin und Sara haben ein kleines Zerwürfnis, und Jasmin zahlt es ihr eben ein bisschen heim. Das ist nichts, womit man sich auseinandersetzen müsste. Sara sollte es als eine Art Sandkastenspiel betrachten.« Åsa war wütend geworden, und Sjöberg ebenso. Dass die Lehrerin eine Idiotin war, wussten sie schon seit vier Jahren, und in ein paar Tagen wären sie sie endlich los.

Wie auch immer, die Facebook-Gruppe war auf wundersame Weise verschwunden, aber Sara wurde dafür den ganzen

Tag an der Schule schlecht behandelt. Unter anderem hatte es einen Orientierungslauf gegeben, bei dem zwei Schüler eine Mannschaft bildeten. Weil es eine ungerade Zahl von Schülern in ihrem Jahrgang gab, musste ein Schüler den Orientierungslauf alleine absolvieren, und das war natürlich Sara.

Die, wenn man glaubte, was im Internet stand, von vierunddreißig anderen Kinder gehasst wurde.

Sjöberg setzte sich neben seine drei Mädchen aufs Bett und hob Maja auf sein Knie, schaukelte sie sanft hin und her, küsste eine Träne von ihrer Wange. Dann schaute er liebevoll seine ältere Tochter an, ohne dass ihm etwas Vernünftiges einfiel, was er sagen konnte. Ein gelungeneres Kind konnte man sich kaum vorstellen. Clever, lustig, erfindungsreich und angenehm im Umgang. Wer um alles in der Welt konnte sie nicht mögen?

»Auf welchen Platz bist du denn gekommen?«, fragte er. »Beim Orientierungslauf?«

»Auf den vierten«, antwortete Sara mürrisch. »Wenn ich bei der letzten Kontrolle aufgepasst hätte, hätte ich sogar gewonnen.«

»Ist das dein Ernst?«, antwortete Sjöberg. »Du hast ganz allein über vierzig Mannschaften abgehängt? Mehr als achtzig Kinder?«

Sara nickte mit einem beginnenden Lächeln in ihrem verweinten, kleinen Gesicht. Sie hob die Hand und klatschte ihren stolzen Vater ab.

»Das ist ja Wahnsinn! Echt krass, Sara!«

Krass war das Wort, dachte Sjöberg. Das Leben war manchmal krass, und das Internet hatte es auf manche Weise noch schlimmer gemacht. Normales, altmodisches Mobbing war schlimm genug, aber wenn es sich exponentiell verbreitete, konnte es eine Katastrophe von astronomischem Ausmaß werden.

Aber kleine Kinder, kleine Sorgen, dachte er schließlich.

Wie sollte es erst in ein paar Jahren werden? Und wie jedes Mal, wenn er diesen Gedanken hatte, musste er an seine besten Freunde, die Familie Sandén, denken. Jens und Sonja, die eine Tochter hatten, die niemals aufhören würde, ein Kind zu sein. Ein sehr großes Kind mittlerweile, mit ihren siebenundzwanzig Jahren.

Im Leben der Familie Sandén hatte es immer wieder enorme Probleme gegeben. Das letzte Mal, als sie ihren unwissenden Eltern zum Trotz die Verhütungsmittel abgesetzt hatte und schwanger geworden war. Vater unbekannt, wie es schien. Sandén war vollkommen außer sich gewesen und hatte zwanzig rabenschwarze Jahre vor sich gesehen. Denn Jenny konnte sich nicht allein um ein Kind kümmern, sodass ihre Eltern die Erziehungsverantwortung für das Kind übernehmen mussten. Was sollte man anderes tun?

Aber auf irgendeine Weise waren sie schnell über die erste Enttäuschung und die zerstobenen Zukunftspläne hinweggekommen. Die Familie hatte etwas geschafft, was nach dreißig Ehejahren vollkommen unmöglich schien: Sie hatten von vorne angefangen. Sie hatten, mit einer seelischen Stärke, die Sjöberg zutiefst beeindruckte, alles neu gedacht und das Negative in etwas Positives gewendet. Und das schon weit vor der Geburt. Das Kind war deshalb hochgradig willkommen, als es das Licht der Welt erblickte. Und jetzt war Majken das kleine Maskottchen der Familie. Und auch das der Polizeistation, denn sie kam oft zu Besuch. Ein verrücktes, lustiges Baby, das von allen geliebt wurde.

Ein Gedanke, den man in sich tragen sollte, wenn Saras Hölle noch eine Weile weitergehen sollte: Das Leben konnte sich auf vollkommen unerwartete Weise ganz plötzlich ändern.

*

Jenny Sandén zögerte. Das tat sie häufiger. Es war wichtig, dass man Routinen hatte, dass man die Dinge immer wieder auf die gleiche Weise tat. Das machte das Leben leichter, machte es leichter, das Richtige zu tun. Aber manchmal halfen diese Routinen nicht, denn das Leben war oft zu schwierig dafür. Die ganze Zeit tauchten neue und unerwartete Situationen auf, und dann musste man sich auf seine Intuition oder den gesunden Menschenverstand verlassen.

Jenny wusste nicht, was Intuition bedeutete, so etwas hatte sie ganz bestimmt nicht. Jenny glaubte allerdings auch nicht, dass sie besonders viel gesunden Menschenverstand besaß. Sie war nämlich geistig behindert. Aber nur leicht, wie Mama und Papa nicht müde wurden zu ergänzen. Sie fanden nämlich, dass es entscheidende Unterschiede gab zwischen einer schweren und einer leichten geistigen Behinderung. Das fand Jenny auch, natürlich war leichter besser. Sie konnte ein fast normales Leben führen und fand, dass sie ganz gut aussah. Die anderen konnten nicht ordentlich reden, sabberten und ekelten sich, und oft waren sie ein bisschen dick oder schielten oder sahen wie Chinesen aus. Jenny war vielleicht ein bisschen mollig, aber nicht fett. Sie hatte blondes, lockiges Haar und ein süßes Gesicht, und sie wurde fröhlich, wenn sie in den Spiegel sah.

Aber das spielte keine Rolle, sagten ihre Eltern immer. Es spielte keine Rolle, wie man aussah. Das Wichtigste war, dass man sich wohlfühlte und mit Respekt behandelt wurde. Und Respekt bedeutete auch, dass man nett zueinander war. Im Großen und Ganzen. Das hatten Mama und Papa gesagt. Und genau wegen dieser Sache mit dem Respekt fanden sie, dass es in vielerlei Hinsicht einfacher war, wenn man eine schwere Behinderung hatte und keine leichte, denn alle respektierten ein Kind mit Down-Syndrom. Irgendwie in dem Stil.

Jenny war anderer Meinung. Beinahe alle respektierten sie. Lotten auf der Arbeit am Empfang der Polizeiwache. Alle

Polizisten außer Holgersson, aber der respektierte zum Beispiel auch Petra nicht, und sie war normal. Pontus, Jennys Ex-Freund, hatte sie respektiert. Ein paarmal hatte er sie geschlagen, und das war vielleicht nicht so respektvoll, aber ansonsten war er sehr nett und liebevoll gewesen. Und die ganzen Männer, zu denen er sie geschickt hatte, waren auch sehr nett gewesen und hatten ihr viel Liebe gegeben. Viel Respekt. Auch wenn Papa das anders sah.

Papa sagte, dass Jenny einen gesunden Menschenverstand habe, sie müsse nur lernen, ihn zu benutzen. Dass es sehr wichtig sei, ordentlich nachzudenken, wenn sie in unbekannte Situationen gerate. »Stell dir folgende Frage, Jenny«, sagte er immer. »Wie fühlt es sich für mich an? Und wenn es sich nicht gut anfühlt, dann musst du etwas dagegen unternehmen. Sag Nein. Geh weg. Ruf zu Hause an. Tu etwas, wodurch es sich besser anfühlt.« »Wenn du dich entscheiden musst«, sagte er auch noch, »dann denk so: Was kann passieren, wenn ich das eine mache? Fühlt es sich gut an? Was kann passieren, wenn ich mich anders entscheide? Fühlt es sich besser an? Und dann entscheidest du dich für das, was sich besser anfühlt, ganz einfach. Dann folgst du dem gesunden Menschenverstand.«

Obwohl Papa meinte, dass Jenny gesunden Menschenverstand besaß, so reichte er trotzdem nicht dafür, dass sie sich allein um Majken kümmern konnte. Das war an und für sich gut, denn es war anstrengend, sich um einen Säugling zu kümmern. Aber gleichzeitig war es ja nicht deren Kind, sondern ihr eigenes, und Jenny hielt sich an die Routinen und machte alles richtig. Trotzdem verließen sie sich nicht richtig auf sie. Sie waren auf die Idee gekommen, dass sie vier Tage in der Woche bei ihnen zu Hause im Öskeringsvägen wohnen sollten, damit sie sich die Verantwortung teilen konnten. Drei Tage pro Woche erlaubten sie ihr, mit Majken in der eigenen Wohnung am Brommaplan zu wohnen. Und selbst das war ihnen zu viel, das merkte man ihnen an. Denn sie kamen ständig zu Besuch, vermutlich um zu kontrollieren, ob sie alles richtig machte. Und Blase, oder Modesty Blaise, wie Jennys dreijähriger Silken Windhound eigentlich hieß, wohnte, seit Majken geboren war, ganz im Haus der Eltern. Ansonsten wäre es zu anstrengend für Jenny, meinten sie.

Jetzt stand Jenny vor der Pizzeria im Klädesvägen und zögerte. Sie hatte zwar bei den Eltern schon zu Abend gegessen, hatte aber trotzdem noch Appetit auf etwas Leckeres. Wunderbare italienische Gerüche strömten aus dem Restaurant in den Sommerabend hinaus. Majken war total erschöpft, nachdem sie sich den ganzen Tag an den Möbeln entlanggehangelt hatte, und war schon eingeschlafen, der Abend würde also ruhig werden. Eine Quattro Stagioni vor dem Fernseher war ein guter Abschluss für einen guten Tag. Ein guter Anfang für ihre drei eigenen Tage mit Majken. Scheißegal, sie sollte es eigentlich nicht tun, aber sie wollte es auf jeden Fall.

Die Pizzeria lag im Untergeschoss eines gewöhnlichen Wohnhauses. Eine halbe Treppe hinunter, und dann musste sie versuchen, den Kinderwagen zu drehen und durch eine enge Tür zu bugsieren, die zu allem Überfluss auch noch geschlossen war. Dafür hatte sie nicht die Energie. Majken würde vielleicht aufwachen und schreien und danach nicht wieder einschlafen. Darauf hatte sie auch keine Lust. Darum stellte sie den Kinderwagen oben vor der Treppe ab, direkt vor dem Schild, auf dem das Angebot des Tages stand. Eine Pizza nach Wahl und ein großes Bier oder ein Glas Wein für achtundneunzig Kronen. Das hätte sie gerne angenommen, wenn sie alleine hier gewesen wäre. Aber heute hatte sie die kleine Majken dabei, also hieß es einkaufen und nach Hause gehen.

Aber solange sie wartete, konnte sie ja ein Bier trinken, fiel ihr ein, als sie vorsichtig die Decke unter Majkens Kinn zog und das Mückennetz spannte, damit sie nicht gestochen wurde. Sie stillte nur noch in Ausnahmefällen. Als sie den Blick hob, sah sie, dass sich einige Leute auf der Straße bewegten, obwohl es langsam spät wurde. Auf der anderen Straßenseite ging ein junges Paar mit einem Zwergschnauzer an der Leine und Zigaretten im Mund vorüber. Vor dem Alkoholgeschäft standen zwei Säufer auf wackeligen Beinen und unterhielten sich lautstark. Sie ging die Treppe hinunter, öffnete die Tür und warf einen Blick zum Kinderwagen hinauf, bevor sie das Restaurant betrat.

Es waren keine anderen Gäste im Lokal. Hinter einer Theke aus roten Ziegelsteinen arbeitete der Pizzabäcker an einem großen Ofen. Ein anderer Mann saß an einem der Tische und schaute zu dem Fernseher an der Wand hinauf. Das Programm, das gezeigt wurde, kannte Jenny gut: »The Biggest Loser«. Aber sie wollte trotzdem eine Pizza haben. Als die Tür hinter ihr zuschlug, stand der Restaurantbesitzer auf und lächelte sie an. Jenny lächelte zurück.

»Hallo«, sagte er freundlich. »Wie kann ich der Dame helfen?«

Er nannte sie immer »Dame«, und Jenny mochte die Bezeichnung. Statt der Pizza, die sie ursprünglich kaufen wollte, wählte sie sich eine Calzone mit extra Zwiebeln und schwarzen Oliven. Und ein großes Bier, das sie während der fünfzehn Minuten trinken konnte, die sie auf die Pizza warten musste.

»Das macht dann hundert Kronen«, sagte der Mann.

Jenny reichte ihm einen Hunderter. Er stopfte ihn in die Kasse und holte zwei Münzen heraus, die er in ihre Hand legte.

»Und zwei Kronen zurück für die kleine Dame.«

Er zeigte Respekt, dachte Jenny und lächelte ihn dankbar an. Er hatte bemerkt, dass sie nicht so gut rechnen konnte, und machte es ihr leicht. Sie verließ sich auf ihn, rechnete nicht noch einmal genau nach. Sie setze sich auf einen der Barhocker und schaute zu, wie er das Bier für sie zapfte. Sie nahm das Glas entgegen und bedankte sich. Trank einen Schluck, stand auf und ging zum Fenster. Kein Regen, der Kinderwagen stand noch da.

Ein kleines Mädchen tauchte auf dem Bürgersteig auf. Sie warf einen Blick in den Kinderwagen, bevor sie die Treppe hinunterkam. Jenny ging zu ihrem Hocker zurück und setzte sich wieder. Die Tür wurde geöffnet und das Mädchen kam herein. Sie begrüßte zuerst den Restaurantbesitzer und anschließend Jenny. Jenny grüßte zurück.

»Wie kann ich der jungen Dame helfen?«, fragte der Restaurantbesitzer munter.

Immer freundlich. In einer Welt voller Damen.

»Die Pizzas«, sagte das Mädchen. »Ich bin hier, um die Pizzas abzuholen, die ich vorhin bestellt habe.«

»Eine Napolitana und eine mit Rinderfilet und Béarnaise?«

»Genau, ich habe das Geld passend.«

Das Mädchen grub in ihrer Hosentasche und warf schließlich ein paar Scheine und Münzen auf den Tresen. Schnell rechnete sie das Geld zusammen, während der Restaurantbesitzer zuschaute.

»Hundert, hundertfünfzig, hundertsiebzig, fünf, sechs, sieben und acht.«

»Einhundertachtundsiebzig Reichstaler«, sagte der Mann. »Perfekt! Guten Appetit, kleines Fräulein!«

Dann reichte er ihr die Tüte mit den Pizzen über den Tresen, woraufhin das Mädchen schnell hinauslief. Jenny trank einen Schluck Bier und verspürte ein kleines bisschen Eifersucht. »Das kleine Fräulein« war nur ein Kind – wie alt mochte sie sein? Zehn? Vielleicht elf? Und so tüchtig, so flink. Vollgestopft mit gesundem Menschenverstand und Intuition. In ein paar Jahren würde Majken dort stehen. In dieser Pizzeria vielleicht, mit einer Menge unterschiedlicher Geldscheine und

Münzen in der Tasche. Es war ein ebenso schöner wie erschreckender Gedanke.

Aber das Bier nahm ihren Gedanken die Schärfe. Den Rest ihrer Wartezeit widmete sie den unglaublich dicken Menschen auf TV4. Als die Pizza im Karton lag, trank sie die letzten Tropfen aus dem Glas, bedankte sich und ging.

Als sie auf die Straße kam, ging sie in die Hocke und schob den Karton in den Korb unter dem Kinderwagen, stand wieder auf und löste die Bremse. Als sie gerade losrollen wollte, warf sie gewohnheitsmäßig einen Blick in den Wagen, aber konnte nicht genau sehen, weil das Mückennetz im Weg war. Sie löste das Netz und hob es hoch. Majken musste mit dem Kopf unter das Tuch gerutscht sein, und das war nicht gut. Sie war erkältet gewesen und ihre Nase immer noch ein bisschen verstopft. Jenny zog die Baumwolldecke hinunter, aber der Kopf des Kinds tauchte nicht auf. Schließlich riss sie die ganze Decke fort und blieb mit ihr in der Hand stehen. Ihr Kopf war vollkommen leer.

Es dauerte eine ganze Weile, bis sie sich gesammelt hatte. Bis sie sich umschaute und nach ihrer Tochter Ausschau hielt. Als wäre Majken plötzlich aus ihrem tiefen Schlaf erwacht, hätte sich aus den Gurten gelöst, die sie im Wagen festhielten, wäre unter dem Mückennetz herausgekrochen und auf den Bürgersteig hinabgeklettert. Und dann weggegangen.

So war es natürlich nicht gewesen, das war Jenny klar. Ihr Blick war leer, und es brannte irgendwo ganz tief im Magen.

Was war also passiert? Irgendetwas musste schließlich passiert sein, alles war ganz verkehrt und es fühlte sich nicht gut an. Sie brauchte keinen gesunden Menschenverstand, um das zu begreifen.

Die Tür zur Pizzeria wurde geöffnet, und der Restaurantbesitzer schaute heraus.

»Alles klar?«

Die Kohlensäure aus dem Bier wollte heraus, aber sie durfte nicht aufstoßen. Nur Kleinkinder und Idioten stießen auf, wenn Leute in der Nähe waren. Sie musste es ein paarmal herunterschlucken, bevor sie antworten konnte.

»Alles gut«, sagte sie mit einem gespielten Lächeln.

Sie musste das alles erst richtig durchdenken, bevor sie Alarm schlug.

»Sicher? Sie haben nichts vergessen?«

Jenny schüttelte den Kopf.

»Ich mache jetzt zu, heute Abend kamen nicht so viele Leute. Schönen Abend noch.«

»Tschüs.«

Und dann zog er die Tür zu.

Was sollte sie jetzt tun?

Der gesunde Menschenverstand, der gesunde Menschenverstand, murmelte sie wie ein Mantra vor sich hin. Redete sie jetzt schon mit sich selbst, mitten auf dem Bürgersteig? Noch so eine Sache, von der sie gelernt hatte, dass man sie nicht tun sollte, wenn einen die Leute nicht für einen Idioten halten sollten. Sie hörte sofort auf und hörte die Stimme ihres Vaters: »Benutze den gesunden Menschenverstand in ungewohnten Situationen.« Woraufhin sie sich fragte: Wie fühlt es sich für mich an?

Schlecht, war die Antwort. Es fühlte sich richtig schlecht an. Was sollte sie also tun? Zu Hause anrufen? Ja, vielleicht. Von hier weggehen? Vielleicht. Aber wohin und warum?

Wenn ich Mama und Papa anrufe, was passiert dann?, dachte Jenny.

Die Antwort darauf war einfach. Wenn sie zu Hause anrufen und erzählen würde, dass sie ihr Kind verbummelt hatte, würden sich alle furchtbar aufregen. Sie würden weinen und schreien und fragen, wie sie den Kinderwagen ohne Aufsicht oben auf der Straße stehen lassen konnte. Sie würden sich fragen, wie sie so dumm sein konnte, ein Bier zu trinken, statt auf Majken aufzupassen. So verantwortungslos. Papa würde die ganze Polizei alarmieren, damit sie nach Jennys verlorener Tochter suchte, und alle würden erfahren, was für eine schlechte Mutter sie war. Die an der Theke saß und trank, während draußen auf den Straßen Diebe herumliefen und nach kleinen Kindern ohne Mama und Papa suchten.

Und danach, wenn Papa und Conny und Petra und Jamal und alle anderen das Baby gefunden hatten, wären sich alle darin einig, dass sie nicht mehr Majkens Mama sein könnte. Jenny war zu dumm, um sich um ein Kind zu kümmern. Sie war zu verrückt, als für das Kind und sie selbst gut war. Frauen mit leichten geistigen Behinderungen waren als Mütter ungeeignet, und jemand anderes würde Majken übernehmen. Es spielte keine Rolle, ob es Mama und Papa oder ihre kleine Schwester Jessica oder irgendjemand anderes sein würde. Majken wäre dann nicht mehr Jennys Kind, das war das Einzige, was man sicher sagen konnte.

Darum war es eine schlechte Idee, zu Hause anzurufen. Gab es jemand anderen, den sie um Hilfe bitten konnte? Conny vielleicht? Er war wie ein zusätzlicher Papa für Jenny. Nicht, dass sie jemals einen anderen gebraucht hätte als den, den sie schon hatte, aber Conny war wie ein zweiter Papa, sie kannte ihn schon ihr ganzes Leben. Aber wenn sie Conny anrief, würde er gleich mit Papa sprechen. Sie hatten keine Geheimnisse voreinander, das hatte Papa gesagt. Das ging also auch nicht.

Jamal? Er war ihr Lieblingspolizist, und er hatte schon früher geholfen, wenn sie in Bedrängnis geraten war. Und er hatte ihr versprochen, dass er immer für sie da wäre, wenn sie Hilfe bräuchte. Vielleicht könnte sie im Notfall ja ihn anrufen.

Aber zuerst musste sie entscheiden, ob es wirklich ein Notfall war.

Sie begann zu gehen. Langsam, langsam bewegte sie sich nach Hause. Es war ein seltsames Gefühl, den Kinderwagen vor sich herzuschieben, ohne dass ein Baby darin lag. Ihre eigene geliebte kleine Tochter war spurlos verschwunden. Wie sollte sie ohne Majken zurechtkommen? Es war unmöglich. Jenny spürte, wie die Welt um sie herum zusammenschrumpfte. Alles um sie herum wurde dunkel, außer dem Bürgersteig, auf dem sie ging, und in ihr wuchs ein großes, schwarzes Loch heran. Der Gehweg schien ihr unendlich, wie ein langer Tunnel, der sie durch all die Schwärze in ein unbekanntes Land führte. Weg von allem, was sie kannte und mochte, hinein in das Unbekannte. Direkt ins leere Nichts.

Statt eines kleinen Kinds lag jetzt eine Pizza im Wagen. Eine Calzone mit extra Zwiebeln und schwarzen Oliven. Und sie war überhaupt nicht mehr hungrig.

Ein Gefühl der Übelkeit überwältigte sie. Sie musste stehen bleiben, den Kopf zur Seite werfen und sich übergeben. Ein Schwall aus saurem und abgestandenem Bier spritzte aus ihr heraus. Der Alkohol ist die Wurzel allen Übels, pflegte ihre Großmutter zu sagen. Vermutlich hatte sie recht.

Jenny fühlte sich in diesem Augenblick unendlich einsam.

Dienstagvormittag

Sjöberg kam an diesem Tag etwas später, aber als sie um Viertel vor elf seine leicht erkennbaren Schritte auf dem Korridor hörte, ging Westman direkt in sein Büro.

»Guten Morgen, Herr Kommissar«, sagte sie fröhlich.

»Ach, du bist es«, seufzte Sjöberg. »Da kann man ja nur gratulieren.«

»Was ist denn passiert?«, fragte Westman.

»Ach, nur ein bisschen Familienkummer, könnte man sagen.«

»Ich will mich ja nicht einmischen …«, begann Westman, konnte ihren Satz aber nicht beenden.

»Nicht so etwas«, warf Sjöberg hastig ein. »Die verdammten Kleinen sind nur so gemein zueinander.«

»Deine?«, sagte Westman verwundert. »Das kann ich mir gar nicht vorstellen.«

Sjöbergs Kinder waren von der pflegeleichten Sorte. Wenn es Probleme gab, dann ging es meistens um die beiden Jüngsten. Die Zwillingsjungen, die sie adoptiert hatten und die sich an der Grenze zur Hyperaktivität befanden. Aber vielleicht waren es auch nur normale Jungs. Oder eben die Kleinsten in einer großen Geschwisterschar.

»Nein, nein«, antwortete Sjöberg niedergeschlagen. »Sara hat Probleme mit ein paar Mädchen in der Schule. Ich war heute Vormittag eine Weile mit ihr dort. Als Eltern hat man das Recht, sein Kind hin und wieder einen Tag lang zu begleiten. So viel Zeit habe ich natürlich nicht, und Åsa auch nicht. Aber ich war zumindest bis zur Mittagspause dort.«

»Das ist aber ein frühes Mittagessen«, sagte Westman,

zog eine Augenbraue hoch und warf einen Blick auf die Uhr.

»Ich weiß. Total krank. Wie auch immer, diese süßen kleinen Püppchen haben eine Facebook-Gruppe namens ›Wir hassen Sara Sjöberg‹ angelegt.«

Westman glaubte ihren Ohren nicht. Zehnjährige?

»So viel zur weiblichen Solidarität …«, meinte sie enttäuscht.

»Oh, sie halten schon zusammen, diese kleinen Biester. Gegen Sara. Ich begreife nicht, warum sie immer jemanden brauchen, auf dem sie herumhacken können.«

»Weil der Hass eine Quelle der Gemeinschaft ist.«

»Ja, so wird es wohl sein. Heute Morgen waren sie alle jedenfalls kleine Engel, und Sara wurde genauso wie alle anderen behandelt. Vielleicht sogar ein bisschen besser.«

»Die kleinen Schleimer«, bemerkte Westman.

»Natürlich. Aber jetzt bin ich nicht mehr da, und alles ist wieder wie vorher. Sara wird sich wohl wieder in den Schlaf weinen müssen, wie immer.«

»Das ist doch Wahnsinn.«

»Vierunddreißig Mitglieder waren in dieser verdammten Gruppe«, sagte Sjöberg und schüttelte den Kopf. »Ich persönlich würde mich nicht besonders wohl fühlen, wenn ich meinen ganzen Tag an einem Arbeitsplatz verbringen müsste, an dem vierunddreißig Personen ausdrücklich gesagt haben, dass sie mich hassen.«

Westman wurde von einem plötzlichen Bedürfnis erfasst, ihn zu umarmen. Er sah schrecklich müde aus. Es musste schlimm sein, dabei zuzusehen, wie die eigenen Kinder litten, und nichts dagegen unternehmen zu können. Sjöberg war stets für alle von ihnen da, wenn es darauf ankam, wann bekam er eigentlich jemals etwas zurück? Aber sie hielt sich zurück.

»Das geht vorbei«, sagte sie stattdessen mit einem mitfühlenden Lächeln. »Der Wind dreht sich schnell.«

»Ich hoffe, dass du recht hast. Bei Simon hatten wir nie solche Probleme.«

»Mit Jungs ist es anders. Sie streiten sich nicht auf diese Weise. Sie prügeln sich einfach, damit kann man besser umgehen.«

»Und was treibt euch Frauen dazu, es so zu machen?«, fragte Sjöberg mit einem Schimmer von Streitlust in den Augen.

Er versuchte, die schlechte Stimmung abzuschütteln, und war wieder auf dem Weg zu sich selbst.

»Es ist wohl eine Etappe im Kampf gegen die männliche Unterdrückung«, antwortete Westman im gleichen Tonfall. »List gegen Gewalt.«

»Ihr trainiert also schon während der Kindheit?«, meinte Sjöberg.

»Yes. Wir sind Kindersoldaten. Und der Krieg geht das ganze Leben weiter.«

Es tat gut, Sjöberg wieder lachen zu sehen. Er lehnte sich zurück und legte die Hände hinter den Nacken. Ein paar ausdrucksvolle blaue Augen unter dem mittlerweile leicht ergrauten Pony, der immer etwas widerspenstig war, schauten sie an, und der Raum fühlte sich plötzlich wärmer an.

»Ist in diesem Gebäude heute auch gearbeitet worden, oder hast du nur militärische Strategien ausgearbeitet?«, fragte Sjöberg.

»Loddan ist zu Hause und kümmert sich um sein krankes Kind. Aber ich habe Detektiv gespielt«, frotzelte Westman. »Ich habe Papa Engström angerufen und ihn gefragt, ob jemand in der Familie Vegetarier ist. Ich habe ihn einfach überfallen, damit er keine Zeit hatte, darüber nachzudenken. Er antwortete ganz ahnungslos, dass es bei ihnen keinen Vegetarier gebe, und damit ließ ich es gut sein. Er hat bestimmt immer noch keinen Schimmer, worauf ich hinauswollte.«

Sjöberg nickte nachdenklich, und Gerdin tauchte in der Tür auf.

»Diskutiert ihr über Karl Engström?«, fragte sie neugierig. »Habe ich gerade etwas von Vegetariern gehört? Ich kann euch mitteilen, dass der gute Kalle sich am Freitagabend um 22.54 Uhr nicht auf Ingarö befand. Zu der Zeit war er nämlich damit beschäftigt, 1500 Kronen aus einem Bankautomaten zu ziehen. Und dafür haben wir einen Bildbeweis.«

»Ha!«, rief Sjöberg aus.

»Got ya«, sagte Westman. »Wo denn?«

»Im Einkaufszentrum Orminge.«

»Orminge?«, sagte Sjöberg erstaunt. »Was um alles in der Welt wollte er denn da?«

»Sag du's mir. Aber zu der Zeit kommt dort tatsächlich ein Bus aus Ingarö an. Man muss umsteigen, aber trotzdem. Es ist durchaus möglich, dass er am späten Abend nach Orminge hineinfuhr, ohne dass die Eltern davon wussten.«

»Er fuhr wohl eher nach Orminge hinaus«, präzisierte Sjöberg. »Mit oder ohne Wissen der Eltern.«

»Von Björkhagen, meinst du?«, sagte Gerdin.

Sjöberg nickte.

»Weil für ihn ohnehin kein Mittagessen geplant war. Sie lügen also. Aber es ist ein gutes Stück von Orminge zum Söderbybad. Und von Orminge zur Tjustgatan. Ich glaube jedenfalls, dass Karl Engström unschuldig ist.«

»Das glaube ich auch«, sagte Westman. »Ich *will*, dass es so ist. Ansonsten wäre es zu schrecklich. Aber die Eltern sind nicht so ganz überzeugt, und deshalb lügen sie. Gideon ist für mich der Schuldige. Auf die eine oder andere Weise.«

»Da sind wir uns, glaube ich, alle einig«, verkündete Sjöberg unerwartet.

Wir alle? Sogar Gerdin nickte zustimmend. Wie kam das denn, dachte Westman. Bis vor Kurzem war ich die Einzige. Hatte Gerdins neuer Beweis dafür, dass Karl Engström hinsichtlich der Tatnacht gelogen hatte, ihn milder gestimmt? Hatten Sjöbergs gegenwärtig schlechte Erfahrungen mit Internet-Mobbing ihn geneigter gemacht, diesen Mist zu glauben? Unbegreiflich. Aber gut. Weil Westman vollkommen davon überzeugt war, dass John Gideon hinter der Vergewaltigung von Veronica Engström steckte.

»Willst du heute noch einmal versuchen, mit Veronica zu sprechen?«, fragte Sjöberg.

»Das hatte ich vor«, antwortete Westman.

»Es wäre schon ziemlich praktisch, wenn sie bald anfangen würde zu sprechen, dann müssen wir uns nicht mehr ständig in reinen Spekulationen ergehen.«

»Sie könnte auch tot sein«, sagte Gerdin.

Eine ihrer kryptischen Bemerkungen.

»Wir sollten vorurteilsfrei an die Sache herangehen, ob sie nun den Mund aufmacht oder nicht«, setzte Gerdin ihre Überlegung fort. »Wenn es eine Mordermittlung wäre, hätten wir niemanden, den wir fragen könnten. Ich glaube, dass wir uns nicht allzu viel erhoffen sollten. Und wir sollten das, was Veronica dann sagt, auch nicht unbedingt für bare Münze nehmen. Falls sie überhaupt beschließt, mit uns zu sprechen.«

Westman erinnerte sich, dass Gerdin schon in einer frühen Phase vermutet hatte, dass Veronica ihren apathischen Zustand möglicherweise nur spielte. Das war zwar denkbar, aber Westman fand es wenig glaubhaft. Um nicht zu sagen unglaubhaft. Aber klar, wenn es entgegen allen Vermutungen doch der Bruder war, der sie vergewaltigt hatte, könnte es einen Grund für sie geben, den Mund zu halten. Wenn es dagegen mit Gideon, einem Schulkameraden oder einem ganz fremden Mann zu tun hatte, gäbe es keinen offensichtlichen Grund, irgendetwas zu verschweigen, wenn ohnehin bekannt war, dass eine Vergewaltigung stattgefunden hatte. Und genau das unterschied dieses stille Opfer von einem Mordopfer. Veronica lebte und kannte die Wahrheit. Sie würde ihnen helfen, das Schwein zu finden und hinter Gitter zu bringen, das dieses Verbrechen begangen hatte.

»Das werden wir ja sehen« kommentierte Sjöberg Gerdins Einwand. »Wir werden es in Erwägung ziehen. Aber dieser Fall ist ein richtiger Mist. Die eine sagt gar nichts, der Nächste lügt wie gedruckt. Mit manchen wollen wir reden, sollten es aber besser lassen, mit anderen sollten wir reden, können es aber nicht. Und geografisch gesehen, passt nichts zueinander. Wir haben Ingarö und das Naturschutzgebiet von Nacka, Orminge, Björkhagen und Stockholm City.«

»Ihr habt doch beide mit Kalle gesprochen, oder?«, fragte Gerdin.

Das hatten sie.

»Hat einer von euch ihn gefragt, ob er Gideon kennt?«

Westman und Sjöberg schauten einander an und schüttelten die Köpfe.

»Als ich mit ihm gesprochen habe, war er sehr emotional«, entschuldigte sich Westman. »Er hatte gerade erfahren, dass seine Schwester Opfer eines schweren Verbrechens geworden war und im Krankenhaus lag. Das war nicht die richtige Situation für eine Vernehmung.«

»Ich hätte natürlich daran denken müssen, diese Frage zu stellen«, gestand Sjöberg. »Aber ich habe es nicht getan. Ich werde ihn anrufen müssen.«

Ohne ein kleines Lächeln verbergen zu können, stellte Westman fest, wie Sjöberg, der immer eine minutiöse Ordnung in seinen Unterlagen hatte, mit nur einem Griff das gesuchte Papier aus einem der Stapel auf dem Schreibtisch zog. Auf einem Post-it notierte er, dass er Karl Engström anrufen müsste, schrieb dessen Nummer dazu und befestigte den Zettel an der Tastatur seines Computers.

Im selben Augenblick betrat Hamad den Raum, mit diesem Eifer im Blick, den sie bei ihm nur bei ganz besonderen Gelegenheiten sah. Er sah entschlossen aus, nahm keine Notiz davon, dass er in ein Gespräch hineinplatzte, als er sie anwies, sofort alles stehen und liegen zu lassen.

»Jetzt gehen wir in Gideons Wohnung«, sagte er und verließ den Raum genauso schnell, wie er hereingekommen war.

Erst Sjöberg und Gerdin, dachte Westman, und jetzt auch noch Jamal. Warum waren plötzlich alle so überzeugt davon, dass Gideon der Schuldige war? Wie konnte es sein, dass Jamal, der bislang so widerstrebend gewesen war, jetzt plötzlich seinen Standpunkt geändert hatte und auf ihre Linie eingeschwenkt war?

Petra Westman war zufrieden, aber verstanden hatte sie nichts.

An Rut

Marianne wurde ein bisschen verrückt von den Drogen. Das stand ihr gut. Ich begann sie zu vermissen, wenn sie nicht da war. Um sie herum passierten Dinge. Sie wurde gesprächig, philosophisch, poetisch, witzig. Sie belebte die Debatte mit überraschenden Beiträgen und sorgte für Wirbel. Die Drogen brachten sie dazu, einen höheren Gang einzulegen, und sie erregte Aufsehen. Wenn sie mitten in der Nacht baden wollte, brach sie ins Fyrisbad ein, kletterte auf den Sprungturm und warf sich ins Becken. Wenn sie etwas wollte, dann nahm sie es. Schlug ein Autofenster ein oder klaute es in einem Geschäft. Wenn sie geil wurde, sorgte sie dafür, dass sie ficken konnte. Egal wann und fast egal wo.

In dieser Zeit entdeckte ich, dass ich tatsächlich Gefühle für sie hatte. Je mehr sie dazu überging, auch mit anderen Männern ihren Spaß zu haben, desto weniger interessierte ich mich für andere Frauen. Ich blieb in ihrer Nähe, sorgte dafür, dass ich die Zügel nie zu locker ließ. Ich begann sie zu bewachen, aus Angst, dass sie die Grenze überschreiten und mit einem der anderen schlafen könnte.

Ihre zunehmender Drogenmissbrauch spielte mir also in die Hände. Vor allem mithilfe der schweren Drogen wurde das Band zwischen uns gestärkt. Im tiefsten Rausch war sie am anhänglichsten. Längst nicht alle in der FNL-Bewegung experimentierten mit Drogen, aber der Kreis um Marianne und mich tat es. Wir waren ungefähr ein Dutzend, die Hasch rauchten, und fünf nahmen stärkere Sachen. Die Politik nahm immer weniger Platz in unserem Leben ein, am Ende war sie nur noch ein Deckmantel dafür, dass wir wie Bohemiens lebten, und für unsere liberale Einstellung zu Drogen, Sex und allen anderen Konventionen, gegen die wir revoltierten. Der Kampf der Völker Indochinas gegen den US-Imperialismus war nur ein Vorwand, um sich zu treffen, zu singen, Gitarre zu spielen und den Spießern den Mittelfinger zu zeigen. Im Vollrausch. Von uns fünf bin ich der Einzige, der noch am Leben ist. Ich wusste, dass sie sich umbrachten, und trotzdem tat ich nichts, um es zu verhindern. So wollte ich es nämlich haben. Ich kontrollierte sie alle. Ich selbst konnte jederzeit aufhören.

An einem Abend, als sich Marianne mit einem Upper in künstliche Hochform gebracht hatte, kam ihr die Idee, dass wir heiraten sollten. Ein verrückter Einfall, aber sie ließ den Gedanken an eine Hochzeit nicht mehr los, bis es so weit war. Ihr Enthusiasmus steckte mich an und ich ließ mich erweichen, gegen besseres Wissen. Unter den gegebenen Voraussetzungen würden wir niemals eine dauerhafte Beziehung führen können.

Marianne brannte die Kerze an beiden Enden ab, ich nur an einem. An dem, das für ewig mit Marianne verbunden ist.

Dienstagnachmittag

Es war der Nachbar direkt nebenan, ein älterer Mann namens Levin, der die Polizei verständigt hatte. Nachdem er zusammen mit dem Briefträger konstatiert hatte, dass die widerlichen Gerüche, die aus John Gideons Briefklappe strömten, Grund genug waren, die Polizei zu verständigen, rief er die Nummer des Beamten an, der ihm vor einigen Tagen seine Karte gegeben hatte, Kriminalassistent Hamad von der Hammarby-Polizei.

Der Verstorbene – man ging davon aus, dass es sich um den Mieter der Wohnung handelte – lag auf dem Badezimmerboden. Er trug eine Jeans, die vorne aufgeknöpft war, sein Hemd fand man im Wohnzimmer. Sämtliche Knöpfe waren abgerissen und lagen verstreut auf dem Boden, und Sandén schloss daraus, dass dem Verunglückten das Hemd vom Leib gerissen worden war, entweder war er es selbst gewesen oder jemand anderes. An der Stirn hatte er eine Wunde und am Hinterkopf eine weitere. Im Gesicht sah man mehrere blaue Flecke.

Das Ganze sah aus, als wäre ein sexueller Akt außer Kontrolle geraten, und wenn man bedachte, dass in der Nacht zum Sonntag ein nacktes Mädchen draußen vor der Tür gefunden worden war, schien es nicht ausgeschlossen, dass sie mit der Sache etwas zu tun hatte.

Ansonsten war die Wohnung sauber und ordentlich. Das Bett war gemacht, mitsamt Überdecke und Zierkissen. Die Spüle war leer und die Geschirrablage stand voller längst getrockneter Gläser und Teller. Der Inhalt des Kühlschranks war noch frisch, aber umfangreicher, als man bei einem alleinstehenden Vierundsechzigjährigen vermuten würde. Wurst, Margarine und vier Liter Milch, die ihr Mindesthaltbarkeitsdatum erst heute erreichte. In einem Korb auf dem Küchentisch lagen mehrere Tüten mit altem, teilweise verschimmeltem Brot.

John Gideon war ein Mann, der sich von Milch und Butterbroten ernährte, dachte Sandén. Oder er hatte viel Besuch, allerdings nicht zum Abendessen. Das stimmte ganz mit dem überein, was seine Nachbarn erzählten. Dagegen fand man keine sichtbaren Spuren dieser Gäste. Keine Frauenkleidung in den Schränken, keine Tampons oder extra Zahnbürsten im Badezimmer. Es war offensichtlich, dass John Gideon allein hier wohnte.

»Die Jalousie ist heruntergelassen«, stellte Westman fest. »Nicht im Schlafzimmer, aber hier.«

Sie standen im Wohnzimmer der Zweizimmerwohnung. Ein Fenster zum Rosenlundspark, eines zur Straße.

»Als Sichtschutz«, vermutete Sandén. »Die Sache ist passiert, bevor er zu Bett gegangen ist. Vom Park kann man nicht hineingucken, aber …«

»… vom Haus gegenüber«, ergänzte Westman. »Und die Straße ist ziemlich schmal. Entweder tat er gerade etwas Privates, oder es war der mutmaßliche Mörder, der die Jalousie hinuntergezogen hat.«

Mit einem Stück Hemdsärmel zwischen Daumen und Zeigefinger hob sie die Jalousie an. Es wurde bedeutend heller in dem Zimmer.

Vor dem Fenster stand ein niedriger, rechteckiger Tisch, und an jeder Seite des Tisches drei ausgeleierte Sessel. Ein vierter Sessel hatte keinen Platz gefunden, aber drei waren auch schon zwei zu viel. Mitten auf dem Tisch standen ein paar Teelichthalter, Iittala oder billige Kopien. Ein frostweißer und ein schwarzer. Die Farben der Unschuld und des Todes. Gideon war tot, aber Sandén zweifelte daran, dass er unschuldig war. Er ließ den Finger über den Couchtisch gleiten, aber besonders viel Staub hatte sich nicht angesammelt, seit John Gideon das Zeitliche gesegnet hatte.

An der Wand, direkt neben dem Fenster zum Park, stand ein Klavier. Ein schönes Stück, das Sandén, ohne irgendeine Ahnung auf dem Gebiet zu haben, für ziemlich alt hielt. Auf dem Notenbrett standen ein paar A4-Bögen in einer Reihe nebeneinander. Eric Woolfson & Alan Parsons, er kannte das Stück nicht, aber es sah avanciert aus.

Vor der Tür zur Küche, an der Innenwand des Zimmers, war ein kleiner Arbeitsplatz eingerichtet. Ein abgewetzter, alter Sekretär, auf dessen ausgeklappter Schreibplatte ein Computer stand. Ein Notebook, über das sich Hamad unter Sjöbergs Aufsicht mit Eifer hermachte, nur Sekunden, nachdem sie die Wohnung betreten hatten. Als die Kriminaltechnik die Wohnung betrat, schnellte Hamad aus dem Bürostuhl hoch. Durch die heftige Bewegung geriet der Stuhl in Bewegung und rollte weg. Hamad hob die Hände zu einer abwehrenden Geste, als er schuldbewusst in die strengen Augen der Chefkriminaltechnikerin Gabriella Hansson schaute.

»Was machst du denn da?«, fragte sie ohne die geringste Spur von Nachsicht.

»Ich musste nur schnell etwas kontrollieren«, antwortete er verschämt. »Ich trage Handschuhe, siehst du?«

Es vibrierte in der Tasche, und Sandén zückte sein Handy. Jenny – das Gespräch nahm er lieber an.

»Zwei Sekunden, meine Liebe. Ich muss nur ein Stück weggehen«, sagte er und begann zur Tür zu gehen.

Er warf einen amüsierten Blick auf Hamad, der die Hände gehoben hatte, als fürchtete er um sein Leben. Aber das Komische an der Situation währte nur für einen Augenblick. Denn auf dem Sekretär, direkt neben Hamad, stand eine eingerahmte

Fotografie, die Sandén bereits studiert hatte, gleich nachdem sie gekommen waren. Ein Bild im Verfall, trostlos gebleicht vom Zahn der Zeit, auf dem eine junge Frau zu sehen war. Beim ersten Betrachten hatte er allerdings nicht bemerkt, dass oben in der linken Ecke eine Haarsträhne hing und dass diese Strähne von einer rostroten Substanz am Platz gehalten wurde, die verdächtig nach Blut aussah.

»Hier hast du vielleicht die Mordwaffe, Bella«, sagte er und nickte zu der Fotografie hinüber. »Blut und Haare sind am Rahmen hängen geblieben.«

Dann drängte er sich an Hanssons Gefolge und dessen großen Taschen vorbei nach draußen und ging die Treppe zur Straße hinunter. Das Treppenhaus und ein kleines Areal um den Hauseingang waren schon mit einem blau-weißen Plastikband abgesperrt worden. Ein junger, uniformierter Polizist, den er nicht kannte, stand vor der offenen Tür und bewachte sie, und sie nickten einander zu, als er das Telefon ans Ohr hob.

»So, jetzt bin ich wieder da. Entschuldige bitte.«

Am anderen Ende war es still.

»Bist du da, Jenny?«

»Was für Blut?«, flüsterte sie.

»Ich bin an einem Tatort«, lachte er. »Du bist bei der Polizei angestellt, da wirst du doch keine Angst vor Blut haben?«

»Darüber habe ich noch nicht nachgedacht«, meinte Jenny kleinlaut. »Es klang eklig, was du gesagt hast. Das von dem Haar und dem Blut.«

Arme Jenny. Manchmal eine sehr entschlossene junge Frau, und kurz darauf wieder ein kleines Kind. Aber vielleicht war es auch ein bisschen gespielt. Manchmal tat sie es, um einen ganz besonderen Wunsch erfüllt zu bekommen. Aber auch das war natürlich sehr kindlich.

»Wolltest du etwas Bestimmtes, meine Kleine?«

»Ich habe keine Zeit, heute mit dir zu Mittag zu essen. Ich schaffe es nicht zur Arbeit.«

Oh, verdammt. Dieses Mittagessen hatte er ganz vergessen, aber jetzt hätte es ohnehin keine Möglichkeit mehr gegeben, sich Zeit dafür zu nehmen. Was zu Anfang wie ein etwas anderer, aber doch ziemlich normaler Vergewaltigungsfall ausgesehen hatte, hatte sich mir nichts, dir nichts in eine ausgewachsene Mordermittlung verwandelt.

»Schade«, sagte Sandén, spürte aber eigentlich eine gewisse Erleichterung darüber, dass er nicht derjenige war, der absagen musste. »Wir machen es ein anderes Mal. Was hast du stattdessen vor?«

Er verstand nicht, was sie antwortete, aber er war auch etwas abgelenkt, weil gerade zwei junge Männer auf den uniformierten Polizisten zukamen und ihn mit Fragen bombardierten. Er konnte es nicht lassen, diesem Gespräch mit einem Ohr zu folgen.

»Das muss doch ein Mord sein, wenn hier so viel los ist?«

»Ich kann Ihnen keine Informationen geben, tut mir leid.«

»Aber war hier nicht vor ein paar Tagen auch schon abgesperrt?«

»Darüber habe ich keine Informationen.«

»Darf man das Haus nicht betreten?«

»Im Augenblick nicht.«

»Und wenn man dort wohnt? Spendieren Sie den Leuten dann ein Hotel?«

Ein geduldiges Lächeln, das mit stoischer Ruhe serviert wurde. Er hielt sich wacker. Freundlich, aber bestimmt. Aber kurz war er unaufmerksam, übersah fast das kleine Mädchen, das hinter ihm unter der Absperrung hindurchschlüpfen wollte. Das Plastikband blieb zwischen ihrem Nacken und dem Kragen der Daunenweste hängen, und sie musste sich mit beiden Händen daraus befreien.

»Und wenn wir jetzt unseren Opa besuchen wollen, der in dem Haus wohnt, was sagen Sie dann?«

»Was sagtest du, Jenny?«, sprach Sandén ins Telefon und legte gleich darauf die Hand aufs Mikrofon.

Dann ließ er ein »Pst!« hören, gefolgt von einem lauten Pfiff in Richtung des Uniformierten. Er zeigte auf das Mädchen. Der Polizist drehte sich überrascht um und entdeckte das Kind, das mittlerweile bis zur Tür gekommen war.

»Los, Kleine!«, feuerte es einer der beiden jungen Männer mit einer gewissen Schadenfreude in der Stimme an. »Du bist schneller als er!«

»Hallo? Wollt ihr ins Familienzentrum?«, rief Sandén in das Handy.

»Warum schreist du so?«, sagte Jenny.

Das Mädchen flitzte durch die Tür, der Polizist direkt hinterher.

»Entschuldige, hier ist es gerade ein bisschen unruhig. Ich mache mehrere Sachen gleichzeitig.«

Jetzt kam der Streifenpolizist wieder heraus. Er hielt das Mädchen am Arm fest. Sie sah enttäuscht und ein bisschen besorgt aus. Sie schaute auf die Hand des Mannes, als ob sie überlegte, ihn wegen Misshandlung anzuzeigen, wenngleich sie viel zu jung war, um auf einen solchen Gedanken zu kommen. Sandén fand, dass der Kollege seine Autorität ein bisschen zu sehr ausspielte, wo es sich doch nur um ein Kind handelte.

»Wollt ihr ins Familienzentrum?«, wiederholte Sandén seine Frage.

Das Mädchen wand sich aus dem Griff des Polizisten, der trotz allem nicht besonders fest zu sein schien. Dann verschwand sie flink wie ein Wiesel unter dem Absperrband hindurch und rannte schnell davon.

»Ja«, sagte Jenny, »ins Familienzentrum.«

»Warum durfte sie denn reingehen?«, stichelte einer der jungen Männer.

»Das durfte sie nicht«, antwortete der Streifenpolizist mit der Ruhe eines buddhistischen Mönchs.

Sandén sah ein, dass es doch einen ganzen Mann brauchte, um ein abgesperrtes Gebiet zu bewachen und dabei keinen Ärger aufkommen zu lassen.

»Ich muss jetzt wieder reingehen, Jenny. Viel Spaß dann, und wir sehen uns am Donnerstag. Das ist ja schon übermorgen, schön! Ich sehne mich nach euch. Küsschen.«

»Bis übermorgen. Küsschen.«

Die forschen jungen Männer warfen einen letzten, sehnsuchtsvollen Blick zum Haus hinauf und verließen den Ort, ohne besonders traurig auszusehen. Bevor Sandén wieder unter dem Band hindurchschlüpfen konnte, tauchten Sjöberg und der Rest des Teams in der Haustür auf. Sie hatten genug vom Tatort gesehen, und die Kriminaltechniker wollten in Ruhe arbeiten.

*

Als Sjöberg in sein Büro kam, nachdem er sich auf dem Weg von der Tjustgatan einen trockenen und halb verbrannten Hamburger einverleibt hatte, lag eine Mappe auf seinem Schreibtisch. Sie enthielt einen vorläufigen Bericht des SKL zum Fall Veronica Engström mit der Information, dass eine Typbestimmung in erster Linie anhand des Spermas durchgeführt wurde, das man aus den Vaginal- und Analproben isoliert hatte, allerdings hatte man noch nicht ausreichend reine Proben herstellen können. Die Proben waren dermaßen kontaminiert, dass man noch nicht einmal unterscheiden konnte, ob die eigene DNA des Opfers in das Sekret mit einging, das man analysiert hatte.

Ein Mischbild also. Veronica Engströms nackter Körper enthielt einen wahren Sperma-Cocktail. Ein Mischbild bedeutet per Definition, dass der Beweiswert nur gering ist. Höher wäre er nur, wenn die DNA des Opfers nur mit der eines Einzeltäters vermischt wäre, aber so verhielt es sich in diesem Fall offensichtlich nicht.

So ein Mist. Was hatten sie bloß mit ihr gemacht? Eine Gruppenvergewaltigung? Oder eine Reihe von Vergewaltigungen durch unterschiedliche Männer? Ein Gangbang von einer Horde milchbärtiger Teenager, oder waren es distinguierte Herren der besseren Gesellschaft? Oder handelte es sich um einen Einzeltäter? Ein Verrückter, der einem frisch verliebten Mädchen Gewalt angetan hatte, kurz nachdem sie sich von ihrem Freund verabschiedet hatte? Das konnte schon reichen, um das DNA-Bild unverwertbar zu machen. Wie auch immer, es handelte sich um einen oder mehrere Männer mit sadistischen Neigungen.

Also nichts. Sie hatten immer noch nichts, was sie auf wissenschaftlicher Grundlage einer Lösung näherbringen konnte. Und Veronica schwieg. Und John Gideon schwieg. Und es würde dauern, bestimmt einen Tag oder zwei, bis sie ein vorläufiges Ergebnis zur Todesursache aus der Rechtsmedizin bekommen würden.

Selbstverständlich hing die Vergewaltigung von Veronica Engström mit dem Mord an John Gideon zusammen. Alles andere schien unwahrscheinlich, zumal die Nachbarn meinten, dass er einer kriminellen Betätigung sexueller Art nachging. Und so viel Erfahrung hatte Sjöberg in seiner fast dreißigjährigen Polizeikarriere gesammelt, dass er sehen konnte, ob jemand umgebracht worden oder auf eine andere Weise ums Leben gekommen war. Gideon war keines natürlichen Todes gestorben. Es sah so aus, als hätte ihn ein Schlag gegen den Kopf ins Jenseits befördert, denn dass er sich selbst mit einem ziemlich schweren, metallenen Bilderrahmen erschlagen haben könnte, war wenig wahrscheinlich. Es war ebenfalls kaum vorstellbar, dass er sich mit dem Kopf voran freiwillig gegen das Klavier geworfen hatte – dort hatte man ebenfalls Spuren von Haaren und Blut gefunden. Es gab bedeutend einfachere, sicherere und angenehmere Methoden, Selbstmord zu begehen.

John Gideon hatte ein paar Tage tot in der Wohnung gelegen, das war ebenfalls offensichtlich. Sjöberg war allerdings nicht kompetent genug zu entscheiden, ob es drei Tage waren oder eine Woche. Aber nach seinem Gespräch mit Levin, dem Nachbarn, vor einigen Stunden, sah es so aus, als wäre Gideon seit Freitag nicht mehr gesehen worden. Und wenn man ganz exakt sein wollte, war er auch an diesem Tag nicht gesehen worden, sondern es waren nur Stimmen in seiner Wohnung zu hören gewesen. Männerstimmen.

Sjöberg beugte sich über den Schreibtisch und zog die Abschriften der Aussagen von Gideons Nachbarn heraus, den Hamad und Westman am Sonntag vernommen hatten. Sjöberg war sie vorher schon mehrere Male durchgegangen und erinnerte sich vage daran, dass einer der Zeugen ausgesagt hatte, dass Gideon am Freitagabend von zwei Männern besucht worden sei. Er überflog die Papiere, bis er fand, was er suchte. Keine besonderen Details wurden genannt, aber es verhielt sich tatsächlich so, dass eine der Bewohnerinnen des gegenüberliegenden Hauses am Fenster gestanden hatte, als die zwei Männer bei Gideon aufgetaucht waren. Jetzt wäre es an der Zeit, die Frau um eine umfangreichere Beschreibung dieser beiden Männer zu bitten. Sie hieß Birgitta Wallin und war 1934 geboren worden.

Das meiste deutete darauf hin, dass Gideon zwischen dem Zeitpunkt des Besuchs und 4.30 Uhr am Samstagmorgen gestorben war. Veronica, die Nachbarn und die Polizei hatten erfolglos versucht, Gideon zum Öffnen der Tür zu bewegen, man hatte ihn angerufen, ohne dass er ans Telefon gegangen wäre. Niemand hatte gesehen, dass er die Wohnung verlassen hätte, und der Akku seines Telefons war leer. Wie lange schon, war nur schwer herauszufinden, aber Hamad und Westman hätten die Klingelsignale aus der Wohnung gehört, wenn es noch funktioniert hätte.

Ein toter Klaviertechniker, eine nackte Achtzehnjährige und zwei fremde Männer.

Ein toter Zuhälter, eine Prostituierte und zwei Freier? Zwei Freier zu Besuch beim Kuppler Gideon, der eine junge Frau besorgt hatte, die die Arme ihres Geliebten verlassen hatte, um sich ein bisschen dazuzuverdienen. Ohne allerdings zu ahnen, dass Vergewaltigung das Thema des Abends sein würde. Die Freier fliehen im Schutz der Dunkelheit. Die Frau schlägt den Zuhälter halb tot, der sie hinauswirft und später an seinen Verletzungen stirbt.

Aber die Frau muss doch irgendetwas getragen haben, als sie kam, und ihre Kleider wurden nicht in der Wohnung gefunden. Sjöberg musste umdenken.

Die Frau schlägt den Zuhälter halb tot, der sie hinauswirft. Die Freier sehen, wie er an den Folgen seiner Verletzungen stirbt. Sie verschwinden und nehmen die Sachen der Frau mit sowie vielleicht anderes Beweismaterial, das unter Umständen gegen sie verwendet werden könnte.

Oder:

Die Freier sind aus irgendwelchen Gründen unzufrieden mit ihrem Lieferanten für zwielichtige Dienstleistungen und bringen ihn um. Das Mädchen ist Augenzeugin, man droht ihr, sie umzubringen, zum Beispiel, indem man sie beinahe erwürgt – offensichtlich hatte sie entsprechende Spuren am Hals –, und wirft sie aus der Wohnung, während die Täter mit ihrer Kleidung und ihrer Handtasche verschwinden.

Sjöberg seufzte und stand auf. Er ging zum Fenster und schaute auf den Hammarby-Kanal hinaus. Er blieb eine Weile stehen und betrachtete ein paar Möwen, die über dem Wasser kreisten. Auch heute war es sonnig und warm. Ein bisschen windig, aber angenehm. Man sollte draußen in einem Biergarten sitzen und den Sommer genießen. Ein paar neue Restaurants waren am Kai auf der anderen Seite aufgetaucht. Aber er hatte nie die Energie aufgebracht, über die Brücke zu gehen. Wenn er hungrig wurde, fand er es aus irgendeinem Grunde immer einfacher, die Östgötagatan bis nach Skanstull hinaufzugehen. Warum eigentlich? Hammarby Sjöstad war auf seine Art viel schöner. Aber es kam ihm viel zu weit vor. Man könnte natürlich dorthin ziehen. Die Kinder in eine neue Schule schicken. Aber warum sollte Sara umziehen? Sollen doch die ganzen anderen Gören stattdessen umziehen.

Sjöberg seufzte noch einmal. Das Leben war ungerecht, aber man durfte sich damit trösten, dass es Leute gab, denen es schlimmer erging. Ein achtzehnjähriges Mädchen im Söder-Krankenhaus, das aufgehört hatte, mit der Umwelt zu kommunizieren. Da konnte man von Einsamkeit sprechen.

Aber das war kaum ein Trost.

Wie auch immer, er sah dem Resultat von Bella Hanssons Arbeit in Gideons Wohnung mit Spannung entgegen. Dort musste etwas auftauchen, das sie der Wahrheit näherbringen würde.

*

Das Wasser war fünfzehn Grad warm, und die Erfahrung sagte ihm, dass das vollkommen ausreichte, damit die Heringe laichten. In dieser Zeit des Jahres pflegten die großen Schwärme an der Insel vorbeizuziehen, aber ein Echolot zu benutzen, um sie zu orten, kam ihm unsportlich vor. Das Fischen sollte ein reiner und einfacher Sport sein, kein Schnickschnack oder faule Tricks. Außerdem hatte er alle Zeit der Welt. Er hatte den ganzen Nachmittag freigenommen und war auf den Fang nicht angewiesen. Wenn er Fische fing, würde er sich freuen, wenn er keine fing, hatte er auf jeden Fall eine schöne Zeit in der Sonne mit ein paar Bier und Butterbroten.

Es duftete nach Meer. Hier gab es zwar nicht den ausgeprägten, beinahe aufdringlichen Geruch nach Tang wie an der Westküste, wo er aufgewachsen war, aber dort in Bohuslän gab es auch keinen Hering. Und die Ostsee hatte noch mehr Vorteile. Hier waren die Schären und die Inseln üppig bewachsen und einladend, und er brauchte die grünen Farben für sein Wohlbefinden. Die kargen Granitfelsen der Westküste hatten zweifellos ihren Charme, aber einen ganz anderen, als die Ostsee bieten konnte. Auf den Inseln vor Stockholm fühlte er sich aufgehoben in der Natur, vor Bohuslän fühlte er sich einsam und verlassen.

Und hier roch es auch nach Meer. Die Möwen kreischten in der Luft, die Sonne strahlte von einem klaren blauen Himmel und der Wind spielte in seinem Haar. Was wollte man von einem Freitagnachmittag mehr? Er ruderte gegen den Strom und um die Landzunge herum bis zu dem Platz, an dem er im vorigen und vorvorigen Sommer so unglaublich viel Hering gefangen hatte. Als er dort angekommen war, zog er die Ruder ein und überließ dem Wind und den Strömungen das Kommando über das kleine Boot. Er griff nach dem Heringspaternoster. Eine Schnur mit fünf blanken Haken, mehr brauchte man nicht, um Hering zu fangen. Er glaubte weder an Farben, Federn oder Leuchtperlen, sondern hielt sich an die ehrlichen, glänzenden Haken. Einfach und billig. Und so umwerfend vergnüglich, denn man bekam richtig große Mengen Fisch, wenn überhaupt gebissen wurde. Denn ein Hering kam selten allein, sondern hatte die ganze Verwandtschaft dabei.

Außerdem hängte er statt eines Senkbleis einen Barschpilker an das Ende der Schnur. Auch der Barsch liebte den Hering, und deswegen stand er nicht selten unter dem Schwarm und spekulierte auf einen oder zwei silberfarbene Happen. Im besten Fall konnte man also mit einem Ruck fünf Heringe und eine Barsch anlanden, und warum sollte man nicht das Allerbeste aus der Zeit herausholen, die man auf dem Wasser verbrachte?

Er ließ die Schnur mit den Haken herunter, bis er spürte, dass er auf Grund stieß. Es mochten so fünfzehn Meter sein, das Wasser hier war nicht besonders tief. Dann zog er ein paarmal an, meinte eine Bewegung an der Schnur zu spüren und saß ein paar Sekunden still, um noch mehr Fischen die Chance zum Beißen zu geben und vielleicht sogar den zu nehmen, den er bereits am Haken hatte. Als er die Schnur einholte, fühlte es sich schwerer als normalerweise an. Vielleicht zog er ein bisschen Seegras vom Boden hoch, oder ein großer Barsch hatte am Pilker angebissen. Aber es ging wirklich bedeutend schwerer als sonst, die Rute bog sich zum Wasser herunter. Einmal hatte er einen Zweikilohecht aus dem Wasser gezogen, der einen schon angehakten Hering gebissen hatte. Es schien fast so, als wäre das schon wieder passiert, diese Hechte konnten stark sein. Voller Hoffnung sah er ins Wasser, als sich die Haken dem Boot zu nähern begannen. Bald würde es an der Wasseroberfläche von zappelnden Fischen glitzern, und er würde den ersten Fang des Jahres an Bord hieven.

Aber die Heringshaken waren leer, und was sich am Barschpilker verhakt hatte, war kaum silberglänzend und schon gar nicht lebendig. Ein paar Meter Maschendraht, die um eine Plastiktüte mit unbekanntem Inhalt gewickelt waren. Dem Mann war allerdings wohlbekannt, was ein in Maschendraht gewickeltes Paket vom Meeresgrund normalerweise enthielt.

Was ihm allerdings erst nach ein paar Sekunden bewusst

wurde, war die Frage, wie eine Angelschnur und ein Barschpilker das alles halten konnten. Und wie es in eine ganz gewöhnliche Plastiktüte hineinpasste.

*

Als Westman kam, nahm Rita Engström die Gelegenheit wahr, ein paar Dinge zu erledigen, und verließ das Krankenzimmer. Trotzdem wollte die Krankenschwester nichts über Veronicas psychischen Zustand sagen. Es war eben, wie es sein sollte, das Personal hielt sich an die Schweigepflicht. Westman war ohnehin nicht besonders interessiert daran, was der Psychologe über den seelischen Zustand der Patientin zu sagen hatte; sie war hier, um Veronica zum Sprechen zu bringen. Ganz unabhängig von den Gründen für ihr langes Schweigen. Seit mehr als drei Tagen lag sie nun hier im Krankenbett und starrte vor sich hin. Oder schlief. Westman war absolut davon überzeugt, dass es sich besser und weniger einsam anfühlen würde, dieses schreckliche Erlebnis mit jemandem zu teilen. Bei ihr selbst war es so gewesen. Sie war zu Anfang äußerst widerwillig gewesen, aber aus verschiedenen Gründen war sie schon in einem frühen Stadium gezwungen gewesen, einem Menschen, den sie kaum kannte, von dem Ereignis zu erzählen, Håkan Carlberg vom SKL. Und es war gut gegangen, es hatte sich in Ordnung angefühlt. Die Welt war nicht untergegangen.

Selbst wenn sich Veronica an nichts erinnerte, sie litt. Es gab also auf jeden Fall etwas, worüber man sprechen sollte.

»Hast du Schmerzen, Veronica?«, fragte Westman und nahm Veronicas Hand.

Es hatte beim ersten Mal funktioniert, aber diesmal nicht. Und vielleicht tat es körperlich ja auch nicht mehr weh. Die blauen Flecken am Hals und an den Handgelenken hatten die Farbe geändert. Sie gingen jetzt eher ins Braune.

»Wir wissen, dass du vergewaltigt worden bist, Veronica. Und wer es auch war, der dieses Verbrechen begangen hat, wir werden ihn dingfest machen ... Aber du musst mit uns sprechen. Wir brauchen deine Hilfe.«

Keine Reaktion. Um ihre Hilfe zu bitten, funktionierte auch heute nicht. Wie wäre es mit Logik?

»Als ich dich das erste Mal besucht habe, hast du mir geantwortet, erinnerst du dich? Nicht mit Worten, aber du hast genickt und den Kopf geschüttelt. Seitdem hast du überhaupt nicht mehr gesprochen. Mit niemandem. Ich weiß, dass du kannst, wenn du willst. Willst du mir helfen, ein paar einfache Fragen zu beantworten?«

Nicht die geringste Reaktion. Hörte sie überhaupt zu? Es musste enorme Selbstbeherrschung erfordern, gegen alles zu verstoßen, was man über das richtige Benehmen und den Umgang zwischen Menschen gelernt hatte. Veronica hatte auf der anderen Seite Gelegenheit gehabt, das aus nächster Nähe an ihrem älteren Bruder zu studieren, der genau damit zu kämpfen hatte. Westman kam eine Idee. Wenn weder Bitten noch Logik halfen, dann musste sie vielleicht mit Veronicas Gefühlen spielen.

Sie zögerte einen Moment, betrachtete das ausdruckslose Gesicht der jungen Frau und spürte ihren Puls in der eigenen Handfläche. Langsam, regelmäßig. Westman saß ganz still und dachte darüber nach, wie sie die Worte wählen sollte.

»Wie du dir denken kannst, wundern wir uns ein bisschen darüber, dass du überhaupt nicht mit deiner Familie sprechen möchtest.«

Das Wort »wir« hatte größeres Gewicht, klang gewichtiger als »ich«. Westman repräsentierte mehr als sich selbst. Eine Behörde. Die gesamte Polizei.

»Als du mit mir gesprochen hast«, fuhr sie fort, »beim ersten Mal, als ich hier war, war ich ein vollkommen fremder Mensch für dich. Das brachte uns auf die Idee, dass wir uns deine Familie vielleicht ein bisschen genauer anschauen sollten.«

Keine Veränderung im Verhalten des Mädchens.

»Einige von uns sind überzeugt davon, dass es dein Bruder war, der dir Gewalt angetan hat. Wenn man bedenkt, was er vorher schon angestellt hat.«

Eine Bewegung. Westman konnte schwören, dass sich die Sehnen in der Hand plötzlich angespannt hatten.

»Ich verstehe, dass es sehr schwer für dich sein muss, deinen Bruder im Gefängnis zu sehen. Deinen Bruder ins Gefängnis zu *bringen*«, fuhr Westman mit ihrer sanftesten Stimme fort. »Aber du kannst ja auch nicht für den Rest deines Lebens hier liegen bleiben. Welche Gründe auch immer du dafür haben solltest. Hast du Angst, deinen Eltern wehzutun, oder fürchtest du dich davor, deinem großen Bruder wiederzubegegnen?«

Veränderte sich gerade etwas in ihren Augen? Ihr Blick begann anwesender zu wirken, hinter dem versteinerten Gesicht begannen sich Gedanken zu regen.

»Du brauchst nichts zu sagen, Veronica. Aber wir tragen die Beweise zusammen, analysieren alle Proben, die die Ärzte von dir genommen haben. Und es gibt gewisse Umstände, die gegen deinen Bruder sprechen.«

»Nein«, sagte Veronica Engström. »Nicht Kalle.«

Westman zuckte zusammen, so unvorbereitet war sie auf plötzliche Geräusche in diesem Zimmer gewesen. Sie drückte etwas fester zu, um ihre Wertschätzung und ihre Unterstützung auszudrücken.

»Wenn es nicht Kalle war, wer hat dich dann vergewaltigt?«, fragte Westman.

Sie war sich bewusst, dass Veronicas Worte möglicherweise nichts anderes bedeuteten, als dass sie nicht *wollte*, dass es Kalle war. Sie könnte das ganze Ereignis schließlich auch verdrängt haben. Oder vielleicht war sie so betrunken gewesen, das sie sich an überhaupt nichts mehr erinnerte. Die Hauptsache war, dass sie Veronica dazu gebracht hatte, den Mund aufzumachen und damit zuzugeben, dass sie weder das Sprechen verlernt noch ihren Namen vergessen hatte. Das alleine war schon ein kleiner Sieg.

»Nicht Kalle«, wiederholte Veronica.

»Erinnerst du dich an die Vergewaltigung?«, fragte Westman weiter.

Aber Veronica antwortete nicht mehr. Westman nahm Veronicas Hände und hielt sie fest.

»Ich weiß, wie es dir jetzt geht, Veronica«, sagte sie. »Ich bin selbst dort gewesen. Und es ist besser, darüber zu sprechen. Glaub mir. Ich möchte dir nur helfen. Wo hat die Vergewaltigung stattgefunden?«

Keine Antwort, natürlich.

»War es auf dem Fest?«

Veronica schüttelte den Kopf. Gut, sie tauschten Mitteilungen aus.

»In John Gideons Wohnung?«

Nein.

»Hat Gideon dich vergewaltigt?«

Noch ein Kopfschütteln. So ging das nicht. Sie musste sie zum Reden bringen.

»Ich glaube, dass John Gideon dir das angetan hat«, sagte Westman.

Ruhig und mit Nachdruck. Sie betonte jede Silbe in einem weiteren, trostlosen Versuch, dem Mädchen klarzumachen, dass es sich besser fühlen würde, wenn die Wahrheit ans Licht kam, wenn sie das traumatische Erlebnis mit einem anderen Menschen teilen konnte.

»John Gideon oder einer seiner ›Freunde‹.«

»Nein«, sagte Veronica.

»Hast du Angst vor Gideon?«

Zum ersten Mal drehte Veronica den Kopf und schaute ihr in die Augen.

»Nein. Ich habe keine Angst vor Gideon.«

Ein ganzer Satz. Und sie sah aus, als wäre sie aufrichtig. Aber indem sie seinen Namen nannte, gab sie zu, dass sie Gideon kannte. Sie hatte sich nicht vor seiner Wohnung befunden, weil es zufällig die erste Tür war, die sie gefunden hatte.

»Wer hat dich dann vergewaltigt?«

»Nicht Gideon.«

»Ein Bekannter von ihm?«

»Das Ganze hat nichts mit Gideon zu tun.«

Sie war eine tüchtige Schauspielerin. Aber die Angst war auch eine fantastische Motivation.

»Du musst keine Angst haben, Veronica. John Gideon ist tot.«

Veronica schaute sie mit großen Augen an. Schluckte. Dachte nach. Westman spürte, wie der Puls des Mädchens anstieg. Wie die Temperatur zunahm. Sie wollte den Gedanken erst richtig einsinken lassen und sagte deshalb erst einmal nichts. Die Luft im Zimmer vibrierte. Schließlich war sie bereit, das Schweigen zu brechen, um der Botschaft noch mehr Glaubwürdigkeit zu verleihen.

»John Gideon ist tot, Veronica. Er wurde heute Vormittag tot in seiner Wohnung gefunden. Du brauchst keine Angst mehr vor ihm zu haben.«

Mit einer heftigen Bewegung zog Veronica die Hand zurück und steckte sie unter die Bettdecke, richtete ihren Blick erneut an die Decke und atmete, sodass Westman sehen konnte, wie sich ihr Brustkorb hob und senkte. Sie wusste nicht, wie sie die Reaktion deuten sollte, aber sie nahm an, dass es sich um Erleichterung handelte. Dann begann Veronica wieder zu sprechen. Mit zitternder Stimme.

»Es war Gideon, der mich vergewaltigt hat«, sagte sie. »Ich

wollte nicht … Ich habe mich nicht getraut, es zu erzählen, aber jetzt … Ich wusste nicht, dass er … Es war Gideon, der mich vergewaltigt hat. Seid ihr jetzt zufrieden? Gideon hat mich vergewaltigt.«

Sie drehte sich im Bett um, legte sich auf die Seite mit dem Rücken zu Westman, die das Mädchen am liebsten so liegen gelassen hätte, damit sie sich ausruhen, ihren Frieden haben konnte. Achtzehn Jahre alt, gerade erst erwachsen geworden. Was für ein beschissener Start ins Leben. Missbraucht und misshandelt von einem perversen Alten, der kurz vor der Pensionierung stand. Und vielleicht noch von vielen mehr.

Aber es gab Fragen, die sie noch stellen musste. Fragen, die so schnell wie möglich beantwortet werden mussten. Wegen eines Verbrechens, das in den Augen der Öffentlichkeit und des Rechtswesens als bedeutend schlimmer betrachtet wurde als eine Vergewaltigung. Ganz unabhängig davon, was dazu geführt hatte.

Deshalb blieb Westman sitzen.

*

Birgitta Wallin war eine überraschend muntere Sechsundsiebzigjährige. Sie nahm ihn an der Tür mit wachen, interessierten Augen und einem Lächeln in Empfang, das eine Reihe gepflegter Zähne entblößte. Hamad war ihr vorher noch nicht begegnet, am Sonntag hatte Westman die Bewohner des zweiten Stocks im Haus gegenüber vernommen.

»Darf ich Sie zu einer Tasse Kaffee einladen?«, fragte sie.

»Nein danke, ich habe nur ein paar kurze Fragen«, antwortete Hamad.

»Die Maschine ist gerade durchgelaufen, Sie können sich jederzeit anders entscheiden«, entgegnete sie mit einem Lächeln, und Hamad ließ sich erweichen.

Wohlerzogen zog er die Schuhe auf der Türmatte aus, bevor er ihr in die Küche folgte. Sie bewegte sich leichtfüßig und mit federnden Schritten, sah jünger aus, als sie war. Die Küche hatte Fenster in zwei Richtungen, auf den Park an der schmalen Seite des Hauses und auf die Tjustgatan hinaus. Hell und gemütlich, und nach dem wenigen, was er bislang gesehen hatte, war der Grundriss viel ansprechender als in Gideons Wohnung. Die Einrichtung war moderner. Sie bat ihn, am Küchentisch Platz zu nehmen, und stellte eine Tasse und einen Teller mit Keksen vor ihm auf den Tisch.

»Singoalla!«, lachte Hamad. »Diese Kekse habe ich seit Ewigkeiten nicht mehr gegessen.«

Er nahm sich einen und machte es so, wie er es immer getan hatte: Er trennte die beiden Doppelkekshälften, aß die mit dem Loch zuerst und sparte sich das Stück mit der Creme und der Marmelade bis zum Schluss auf.

»Wie ich gehört habe, ist in dem Haus gegenüber jemand gestorben«, sagte die Frau mit einer ernsten Furche zwischen den Augenbrauen. »Es wird wirklich immer schlimmer.«

»Da haben Sie leider recht«, stimmte Hamad ihr zu, »und die Umstände sind immer noch unklar. Den Aufzeichnungen meiner Kollegin entnehme ich, dass Sie zwei Männer gesehen haben, die am Freitagabend eine der Wohnungen im ersten Stock besuchten.«

»Ja, die rechte.«

»Können Sie mir vielleicht beschreiben, wie diese Männer aussahen? Und um welche Uhrzeit das war?«

Die Frau dachte nach. Zuckte schließlich mit den Schultern.

»Schwer zu sagen. Um elf vielleicht. Aber es könnte auch später gewesen sein.«

»Wann sind Sie zu Bett gegangen?«, erkundigte sich Hamad. »Erinnern Sie sich daran?«

»Gegen eins, denke ich.«

»Also irgendwann zwischen elf und eins?«

»Ja, damit sind wir wohl auf der sicheren Seite.«

Hamad stand auf und ging zum Fenster. Ein paar Azaleen und ein üppiger Bubikopf in einfachen, weißen Töpfen. Er fragte sich, wie sie es schaffte, den Bubikopf am Leben zu erhalten, ihm war das noch nie für längere Zeit gelungen. Unten an der Straße hatte man einen Garten nach englischer Art vor dem Haus auf der anderen Seite angelegt. Eine Reihe von ausgewachsenen Mehlbeerbäumen stand direkt am Bürgersteig und war im Sommer ein effektiver Sichtschutz. Aber hier oben, direkt am Rosenlundspark, füllte ein Wendehammer den ganzen Raum zwischen den Häusern. Dadurch waren die Wohnungen heller, aber auch leichter einsehbar für die Nachbarn von der anderen Straßenseite.

»Warum ist es Ihnen überhaupt aufgefallen?«, fragte Hamad. »Und wie können Sie sich so sicher sein, dass sie in genau diese Wohnung gegangen sind?«

»Ich wurde gestört«, sagte Birgitta Wallin. »Sie waren laut. Ich saß im Wohnzimmer und habe Fernsehen geschaut, das Küchenfenster war gekippt, und dann habe ich Stimmen von der Straße gehört. Wenn ich ehrlich sein soll, dann bin ich vielleicht vor dem Fernseher eingeschlafen. Aber es störte mich, und ich war natürlich auch ein bisschen neugierig«, fügte sie mit einem Lächeln hinzu. »Also ging ich zum Fenster in der Küche, um nachzusehen, was für Typen da so herumkrakeelten. Zu dem Zeitpunkt gingen sie gerade zur Tür hinein. Das Licht im Treppenhaus wurde angeschaltet, und wie Sie sehen, kann man die Treppenabsätze zwischen den Stockwerken von hier aus sehen. Bis zum ersten sind sie nicht gekommen.«

Hamad folgte dem Treppenhaus mit den Augen, von der Straße bis zum obersten Stockwerk. Jeder Absatz hatte seinen eigenen Balkon. Genau wie jede der Wohnungen, außer Gideons und Levins.

»Anderthalb Treppen hinauf, also?«

»Genau. Außerdem habe ich gesehen, wie weiter hinten in der rechten Wohnung im ersten Stock ein Licht eingeschaltet wurde, also ging ich davon aus, dass sie dorthin wollten.«

Eine plausible Vermutung. Der Flur der Wohnung war von außen nicht einsehbar.

»Und dann?«

»Dann ging ich zurück zum Fernseher.«

»Sie haben also nichts von dem gesehen, was in der Wohnung passiert ist?«

Die Frau schüttelte den Kopf.

»Nein, die Jalousie war heruntergezogen.«

Wie konnte sie dann gesehen haben, dass im Flur das Licht eingeschaltet wurde?, dachte Hamad. Das war nicht möglich.

»Oder besser gesagt«, korrigierte sie sich, »jemand ließ die Jalousie herunter. Das war das Letzte, was ich gesehen habe.«

Das erklärte die Sache.

»Jemand?«

»Wer es war, habe ich nicht gesehen. In dem Zimmer war es dunkel und draußen auch. Aber ich habe gesehen, wie die Jalousie herunterging.«

Das könnte stimmen. Die Jalousie war heruntergelassen, als sie Gideon fanden.

»Wie sind sie ins Haus gekommen?«, fragt er. »Haben Sie das gesehen?«

»Sie müssen den Türcode gewusst haben, es ging ja sehr schnell.«

»Aber das wissen Sie nicht sicher?«

»Ich bin mir sicher, dass es schnell gegangen ist. Die Tür könnte natürlich auch offen gestanden haben.«

Birgitta Wallin schien eine glaubwürdige Zeugin zu sein. Sie wirkte patent und schien nicht auf den Kopf gefallen zu sein. Hamad setzte sich wieder an den Tisch und nahm sich noch einen Keks.

»Die scheinen ja gut anzukommen«, meinte die Frau mit einem Augenzwinkern.

Hamad nickte zufrieden und biss den Keks in der Mitte durch, fing die Krümel mit der anderen Hand auf und kippte sie in die Kaffeetasse, obwohl sie nicht leer war.

»Und wie sahen sie aus, diese Männer?«, fragte er, als sein Mund wieder leer war. »Was trugen sie? Wie alt waren sie ungefähr?«

Birgitta Wallin schloss die Augen und dachte laut.

»Ich sehe ja mittlerweile nicht mehr so gut, und es war ziemlich dunkel ... Aber der eine war wohl ein bisschen jünger. Um die dreißig vielleicht. Er war groß und schlank, und der andere klein und dick. Zwischen vierzig und fünfzig. Ich fürchte, genauer geht es nicht. Ich meine, sie hätten Hemden getragen.«

Hamad zog die Augenbrauen hoch.

»Flanell«, verdeutlichte sie. »Diese karierten Arbeiterhemden, Sie wissen schon. Mit aufgekrempelten Ärmeln.«

Kein weißes Hemd mit Schlips also. Hamad wusste eigentlich nicht, was er erwartet hatte, ob das gute oder schlechte Neuigkeiten waren. Aber es war plausibler, dass Gideon von zwei Männern in Freizeitkleidung zu Tode geprügelt worden war als von Anzugträgern.

Auf der anderen Seite kam es ihm gelinde gesagt verrückt vor, einen solchen Lärm auf der Straße zu veranstalten, wenn man vorhatte, kurz darauf jemanden zu erschlagen. Was dafür sprach, dass es sich eher um Totschlag als um einen geplanten Mord gehandelt hatte.

»Und das Mädchen haben Sie nicht gesehen?«, fragte er weiter.

»Nein, da habe ich geschlafen und den ganzen Rummel verpasst. Gott sei Dank. Ich habe es von ein paar Nachbarn gehört, also wusste ich davon, als Ihre Kollegin hier war. Aber mehr auch nicht. Zu dem Thema kann ich nichts Interessantes beitragen, fürchte ich. Abgesehen von dem, was ich schon erzählt habe.«

»Nämlich, dass Sie«, so las Hamad von seinen Unterlagen ab, »schon lange den Verdacht hatten, dass dieser Gideon eine Art Bordell betrieben habe. Mit einem ganzen Haufen junger Mädchen im Stall.«

Vielleicht konnte er seinen Widerwillen gegen solche Aussagen nicht verbergen, jedenfalls begegnete ihm Birgitta Wallin, als er von seinen Papieren aufschaute, mit einem scharfen Blick.

»Das klang ja so, als würden Sie mich für jemanden halten, der böse Gerüchte in Umlauf setzt. Aber da irren Sie sich, junger Mann. Wenn einem Mädchen etwas Schreckliches zustößt und die Polizei mich fragt, ob ich etwas weiß, dann betrachte ich es als meine Schuldigkeit, sie über das zu informieren, was ich weiß. Also keine solchen Insinuationen, bitte.«

Hamad sah sich genötigt, um Entschuldigung zu bitten. Dieser Dame entging wirklich nichts.

»Entschuldigen Sie«, sagte er kleinlaut. »Es war nicht meine Absicht, ironisch zu klingen. Aber Sie glauben wirklich, dass dort drüben Sex verkauft wurde?«

Sie betrachtete ihn eine Weile schweigend und schien dann zu beschließen, ihren Ärger hinunterzuschlucken.

»Ob da jetzt mit Sex gehandelt wurde oder nicht«, antwortete sie mit scharfem Blick. »Irgendetwas Ungebührliches wird es jedenfalls gewesen sein. Ich weiß nicht, was man sonst glauben sollte. Da sind im Laufe der Jahre unzählige junge Mädchen ein und aus gegangen. Daraus können Sie Ihre eigenen Schlussfolgerungen ziehen. Aber es wundert mich nicht, dass es schlecht für ihn geendet ist. Obwohl eine Anzeige bei der Polizei meiner Meinung nach natürlich besser gewesen wäre.«

Hamad bedankte sich, stand auf und ging. In dieser Frage konnte er nur zustimmen.

*

Westman dachte lange darüber nach, wie sie den Rest des Gesprächs gestalten sollte. Ob sie es überhaupt wagen sollte, jetzt weiterzumachen. Auf der einen Seite hatte Veronica Engström nach tagelangem Schweigen gerade wieder begonnen zu sprechen und Gideon beschuldigt, sie vergewaltigt zu haben. In dieser Lage wäre es vielleicht ein bisschen rücksichtslos, sie um nähere Details über das zu bitten, was der Vergewaltigung vorangegangen war. Auf der anderen Seite war es notwendig, diese Fragen zu stellen – je früher, desto besser. John Gideon war umgebracht worden, und Veronica wusste mit Sicherheit einiges, was sie weiterbringen könnte.

Obwohl Handys verboten waren, hatte Westman ihres erneut nicht abgeschaltet. Sie war dienstlich hier und musste erreichbar sein. Sie hatte die Lautstärke auf null gedreht und den Vibrationsalarm angestellt. Der meldete sich jetzt. Sie ging aus dem Zimmer und nahm das Gespräch draußen auf dem Flur an. Es war Hamad. Westman berichtete ihm von ihrem Durchbruch bei Veronica Engström, dann lieferte er ihr eine kurze Zusammenfassung der Zeugenvernehmung von Birgitta Wallin. Nach dem Gespräch war Westman klar, wie sie weitermachen musste.

Als sie ins Zimmer zurückkam, hatte Veronica ihre Position geändert. Sie lag wieder auf dem Rücken und starrte an die Decke.

»Wie fühlst du dich, Veronica?«, fragte Westman sanft.

»Ein bisschen besser vielleicht. Aber ich möchte nicht mehr darüber reden.«

»Das verstehe ich. Aber es geht jetzt nicht mehr nur um das Verbrechen, das an dir begangen wurde, sondern auch um Mord. Deswegen muss ich dir noch ein paar weitere Fragen stellen. Es tut mir leid für dich, aber so ist es nun einmal. Gideon mag ein Schwein gewesen sein, aber vor dem Gesetz sind alle gleich.«

Veronica seufzte. Wie sollte sie das emotional verarbeiten?

»Ich muss wissen, wie die Vergewaltigung abgelaufen ist«, ging Westman die schwere Aufgabe an. »Noch keine Details heute, aber in groben Zügen. Ich muss wissen, wo es passiert ist, kannst du darauf antworten?«

Schweigen.

»Fand die Vergewaltigung in Gideons Wohnung statt?«

Veronica nickte.

»Nachdem du das Fest verlassen hattest?«

Natürlich, aber eine Frage, die leicht zu beantworten war.

»Ja«, sagte Veronica. »Nach dem Fest.«

»Wir wissen, dass zwei Männer in Gideons Wohnung zu Besuch waren. Bist du ihnen begegnet?«

Veronica schüttelte den Kopf.

»Bist du dir da sicher, Veronica? Bist du dir sicher, dass sie sich nicht unter Gideons Aufsicht an dir vergangen haben?«

Veronica antwortete nicht, Tränen stiegen ihr in die Augen. Es war unvorstellbar anstrengend für sie, sie wollte alles einfach nur vergessen, und jetzt war sie gezwungen, all diese Fragen zu beantworten, die die schrecklichen Erinnerungen zum Leben erweckten. Sie befand sich an der Grenze dessen, was sie ertragen konnte und was Westman noch gerade so für vertretbar hielt.

»Ein junger Mann, groß und schlank, und ein älterer, kleiner, dicker Mann. Beide in karierten Flanellhemden.«

Jetzt drehte Veronica ihr den Kopf zu und schaute sie mit einem wilden, tränenreichen Blick an.

»Wir glauben, dass sie etwas mit dem Mord zu tun haben könnten«, fuhr Westman nichtsahnend fort.

»Nein!«, schrie Veronica. »Ich habe Nein gesagt! Ihr verdammten ... Hört jetzt auf! Da waren keine Männer, es war Gideon, der mich vergewaltigt hat. Allein! Kapierst du das endlich?«

Zuerst begriff Westman nicht, wovon die Rede war, aber nach ein paar Sekunden fiel der Groschen. In Veronicas Ohren passte die Beschreibung der beiden Männer genau auf ihren Vater und ihren Bruder. Westman brach der kalte Schweiß aus, und sie schämte sich wie ein Hund. Wenn sie Jamals Worte wirklich bis in ihr Bewusstsein hätte vordringen lassen, hätte sie ein Bild von den Männern vor Augen gehabt und Veronica nicht so brutal damit konfrontiert. Ihr wurde klar, dass sie ihre Karten vollkommen falsch ausgespielt hatte, dass sie das gesamte Gespräch an die Wand gefahren hatte, vielleicht sogar die ganze Ermittlungsarbeit. Das Risiko bestand, dass Veronica das Vertrauen in sie verlieren könnte oder schon verloren hatte. Das Mädchen konnte jederzeit beschließen, nichts mehr über die Sache zu sagen.

Die unerwartete Wendung, die das Gespräch genommen hatte, war Grund genug, alles noch einmal zu überdenken, aber Westman hatte keine Zeit. Sie musste die Fragen stellen, die sie sich bis zum Schluss aufgehoben hatte, die wichtigsten Fragen.

»Tut mir leid, Veronica«, sagte sie und hob die Hände in einer entschuldigenden Geste. »Ich meinte nicht ... Du hast das falsch verstanden ... *Ich* habe es falsch verstanden, es war nicht meine Absicht, dass ... es so klingen sollte. Wir haben gar nicht den Verdacht, dass sie ...«

Veronica schaute sie mit tiefer Verachtung an. Sie musste

sich hintergangen fühlen. Enttäuscht. Verdammt, ich habe es total vergeigt, dachte Westman.

»Vergiss, was ich gerade gesagt habe, Veronica. Denk nicht an deine Familie in diesem Zusammenhang. Ich wollte eigentlich nur wissen, ob andere Männer an der Vergewaltigung beteiligt waren. Oder ob es Gideon selbst war, der dich so misshandelt hat.«

»Darauf habe ich doch schon geantwortet«, fauchte Veronica sie an. »Es war Gideon alleine.«

»Immer?«

»Wie, immer?«

»Ja, es war doch nicht das erste Mal, dass Gideon dich in eine schlimme Situation gebracht hat?«

Keine Reaktion. Nur ein Blick, der töten konnte. Sie musste versuchen, das Vertrauen wiederherzustellen. Aber das würde ihr mit der letzten und wichtigsten Frage an diesem Tag nicht gelingen. Ein Balance-Akt auf einer schlaffen Leine. Es war zum Scheitern verurteilt.

»Du warst vielleicht die Letzte, die ihn lebend gesehen hat, Veronica. Deine Zeugenaussage wird die wichtigste sein, wenn wir diesen Fall bearbeiten. Weißt du, wer es getan hat? War es Absicht? Ein Unglück? Notwehr?«

Veronica würdigte sie keines Blicks, sondern schloss einfach die Augen und drehte sich weg. Sie wandte allen aufreibenden Fragen den Rücken zu. Und auch Westman. Wahrscheinlich für immer.

Vorhang.

*

»Tut mir leid«, sagte Westman betrübt, nachdem sie von ihrem ebenso erfolgreichen wie havarierten Besuch im Söder-Krankenhaus berichtet hatte. »Ich weiß, dass ich mich blamiert habe.«

Sie hatten sich auf ihren Wunsch im Konferenzraum versammelt, wo sie die ganze Geschichte erzählt hatte. Sjöberg konnte es nicht lassen, heimlich zu beobachten, wie Hamad auf Westmans Bericht reagierte. Sie war eine tüchtige Polizistin, aber Sjöberg fand, dass sie gerade in diesem Fall ein wenig eindimensional war. Sie hatte ihre eigenen Vorstellungen und hatte Signale aus anderen Richtungen vielleicht nicht genau genug beachtet. Und er glaubte, dass Hamad der gleichen Meinung war. Im Augenblick studierte er seine Aufzeichnungen, ohne irgendwelche Reaktionen auf Westmans Ausführungen zu zeigen. Was an sich schon eine Reaktion war.

»Drei Tage lang habe ich an ihrer Seite gesessen. Ich habe sie getröstet, beruhigt. Ich habe Vertrauen aufgebaut. Und jetzt bricht alles wegen ein paar unbedachten Worten zusammen. Es ist vorbei. Ich kann dort nicht mehr hingehen.«

»Ich denke, dass wir stattdessen Loddan auf sie ansetzen«, schlug Sandén vor. »Er hat ein gutes Händchen mit Mädchen.«

Westman lächelte matt, alle anderen gar nicht.

»Das war ernst gemeint«, fügte Sandén sicherheitshalber hinzu. »Er kann gut mit Leuten umgehen. Besonders mit Mädchen.«

»Eine ausgezeichnete Idee«, sagte Sjöberg. »So machen wir das. Ist er morgen wieder zurück? Weiß das jemand?«

»Ich meine, er hätte so etwas gesagt«, meinte Westman. »Aber ich bin keine besonders gute Zuhörerin.«

Sandén lachte und gab ihr einen Klaps auf den Rücken.

»Komm schon, Petra«, sagte er. »Jetzt schauen wir nach vorne. Immerhin hast du sie dazu gebracht, den Mund aufzumachen. Vergiss alles andere.«

Sjöberg fand, dass es an der Zeit war, das Thema zu wechseln.

»Wer waren diese beiden Männer? Was meint ihr?«

»Es könnten natürlich Torbjörn und Karl Engström gewesen sein«, sagte Gerdin, »aber dann muss man sich natürlich fragen, warum. Klar, sie glaubten oder wussten vielleicht, dass Gideon Veronica auf irgendeine Weise ausgenutzt hat, und wollten ihn bedrohen oder verprügeln. Aber ich habe den Eindruck, dass du da anderer Meinung bist, Jamal?«

»Sie sind im falschen Alter. Der Jüngere soll um die dreißig gewesen sein, der Ältere zwischen vierzig und fünfzig. Karl Engström ist zwanzig, sein Vater zweiundfünfzig. Die Zeugin meint allerdings, dass sie im Dunkeln nicht so gut sehen könne, also kann sie durchaus danebenliegen, was das Alter betrifft. Aber es könnte jeder gewesen sein, der Gideon ans Leder wollte.«

»Irgendeiner von den Typen, die diesen Thread auf Flashback gelesen haben«, ergänzte Gerdin. »Oder sein Urheber.«

»Und Kalle war um elf Uhr in Orminge«, fuhr Hamad fort. »Der Vater kann natürlich auch dort gewesen sein, aber warum sind sie dorthin gefahren und nicht nach Slussen, wenn sie zu Gideon wollten?«

»Vergessen wir nicht, dass sie lügen«, bemerkte Sjöberg. »Denn das wissen wir sicher. Irgendetwas ist an der ganzen Sache also faul.«

»Aber sie fahren nicht zu Gideon und finden dort Veronica, schlagen den Mann tot, werfen das Mädchen nackt ins Treppenhaus und verschwinden wieder?«, warf Sandén ein. »Das wäre doch vollkommen absurd.«

»Dann stimmen die Zeiten auch nicht«, sagte Gerdin. »Die Flanellburschen sind spätestens um eins bei Gideon aufgetaucht, vermutlich früher. Veronica war seit zwanzig vor zwölf mit diesem Gabriel Eklund beschäftigt. Wenn es ein echter Schnellschuss war, dann war sie um zwölf fertig.«

Sjöberg spürte, dass er rot wurde. Es war kindisch, aber es fiel ihm schwer, solche Begriffe aus dem Mund einer Frau zu hören, die außerdem noch älter war als er selbst. Vermutlich war er in dieser Hinsicht ein Chauvinist, aber so war es eben. Sandén strahlte stattdessen wie ein Honigkuchenpferd. Und Gerdin fuhr ganz unverblümt mit ihren Ausführungen fort.

»Dann müsste sie sich angezogen haben, irgendwo hingegangen sein, wo sie ein Taxi genommen, und nach Söder gefahren sein müsste, und das alles in weniger als einer Stunde. Da habe ich so meine Zweifel. Alternativ könnte sie von einem Auto mitgenommen worden sein. Wir werden ja bald herausfinden, ob sie um diese Uhrzeit mit ihrem Handy telefoniert hat.«

»Alles in allem ist es also fast unmöglich, dass Veronica diese Männer getroffen haben könnte«, fasste Sjöberg zusammen.

»So gut wie ausgeschlossen«, pflichtete ihm Gerdin bei.

»Dann muss eine der Alternativen zutreffen«, warf Hamad ein. »Weil Veronica später nachweislich am Ort des Verbrechens aufgetaucht ist, selbst wenn es wahrscheinlich nach ein Uhr war, hat sie entweder nichts mit dem Verbrechen zu tun, aber die Männer, oder die Männer haben nichts damit zu tun, aber sie, oder keiner von ihnen hat etwas damit zu tun.«

»Oder jemand lügt«, sagte Sjöberg. »Veronica oder die Zeugin aus dem Haus gegenüber.«

»Dann würde zumindest dieser Levin auch lügen«, bemerkte Hamad. »Er hat nämlich auch erwähnt, dass Gideon am Freitagabend männlichen Besuch hatte.«

»Dann musst du das noch einmal mit ihm abchecken, damit wir das Zeitfenster verkleinern können.«

Westman fasste Mut und mischte sich wieder in die Diskussion ein.

»Wenn Veronica lügt, dann stünden wir wieder ganz am Anfang.«

»Unsinn«, meinte Sjöberg. »Es gibt viele Gründe für sie, in bestimmten Punkten zu lügen. Sie möchte nicht über die Sache reden, sie vereinfacht Dinge oder lässt gewisse Details aus. Sie hat Angst, dass ihr Bruder etwas damit zu tun haben könnte oder dass wir so etwas glauben könnten. Sie möchte nicht, dass die Eltern von ihrem Umgang mit Gideon erfahren. Falls er der Vergewaltiger ist.«

»Du meinst, dass sie auf den Strich geht?«, sagte Gerdin.

»Tja, oder dass sie nur dieses eine Mal in einer solchen Situation gelandet ist. Es könnte sich um ein Internetdate oder so etwas gehandelt haben. Was sagst du, Jamal? Geht es so zu?«

»Nach Loddans Worten, ja. Sie könnten sich in einem Chat getroffen und sich verabredet haben. Als sie schließlich auftaucht, wird sie von einem oder mehreren Männern misshandelt und vergewaltigt. Vielleicht hat sie Geld dafür bekommen, vielleicht auch nicht.«

»Wie auch immer, Veronica will jedenfalls nicht, dass ihre Eltern davon erfahren«, fasste Sjöberg zusammen.

»Das ist ja auch nachvollziehbar«, sagte Westman. »Ihre Mutter ist so reaktionär, dass man es kaum glauben mag. Sie könnte der einzige Grund dafür sein, dass Veronica bisher geschwiegen hat. Es wäre interessant, einmal Mäuschen zu spielen und zuzuhören, wie es jetzt in ihrem Zimmer zugeht. Conny, hast du übrigens Kalle angerufen und gefragt, ob er Gideon kennt?«

»Nein, das habe ich vergessen. Danke, dass du mich erinnerst. Könnte es noch andere Gründe geben, warum Veronica lügt?

»Ja, um die Wahrheit zu verbergen«, sagte Sandén, woraufhin der ganze Raum in Lachen ausbrach.

Dienstagabend

Gerdin hatte die Rückenlehne zurückgekippt und die Füße lässig auf dem Schreibtisch platziert. Es war ihr Favorit unter den Arbeitshaltungen, er sorgte für gute Ideen und Schmerzen im Rücken. Und im Steiß. Im Augenblick gab es einiges, worüber sie nachdenken musste, also opferte sie gerne ihre körperliche Gesundheit für ihr geistiges Wohlbefinden.

Hamads und Sjöbergs plötzlicher Meinungsumschwung im Vergewaltigungsfall hatte die ganze Zeit in ihrem Hinterkopf rumort, aber sie hatte noch nicht die Zeit und die Ruhe gehabt, darüber nachzudenken. Stattdessen hatte sie eine Ahnung, woran diese Skepsis liegen könnte. Aus diesem Grund – und weil sie beide für vernünftige und verlässliche Leute hielt – hatte sie mitgespielt. Ihr war klar, dass sie etwas wussten, was sie nicht wusste, und das durfte eigentlich nicht sein.

Westman war die ganze Zeit davon ausgegangen, dass Gideon der Schuldige war. Warum war Gerdin nicht ganz klar, aber sie ahnte, dass es mit Westmans Sympathie mit den Schwachen der Gesellschaft zu tun hatte – Kindern, Frauen und Behinderten – und ihrer ziemlich undifferenzierten Verachtung derjenigen, die für die Unterdrückung dieser Gruppen verantwortlich waren, die Männer. Es war zwar nicht so, dass Westman sämtliche Männer verabscheute, aber sie war, wie gesagt, in dieser Hinsicht ein bisschen eindimensional, und wenn sie sich zwischen einem Behinderten – beispielsweise einem bipolaren jungen Mann mit ADHS und Asperger – und einem Mann – wie zum Beispiel einem vierundsechzigjährigen Eigenbrötler mit schlechtem Ruf – entscheiden musste, wenn es um eine Vergewaltigung ging, dann war die Wahl einfach. Sie wollte schlicht und ergreifend nicht, dass Karl Engström seine Schwester vergewaltigt hatte, und da kam der alte Knabe Gideon, der perfekt in ihr traditionelles Bild eines Vergewaltigers passte, genau richtig. Eine unseriöse Herangehensweise, fand Gerdin, aber klar, in neunundneunzig von hundert Fällen hätte Westman damit wahrscheinlich richtig getippt, und das war gut genug.

Glücklicherweise gab es andere Polizisten mit einer kreativeren Sicht auf die Dinge, und dazu gehörten Hamad und Sjöberg. Und Gerdin selbst. Darum störte es sie ganz gewaltig, dass da irgendetwas im Busch war, von dem sie nichts wusste.

Sie hatte allerdings einen starken Verdacht, in welcher Richtung sie suchen musste. Zum ersten Mal bemerkte sie, dass Dinge hinter ihrem Rücken geschahen, als Hamad sie nach den Ermittlungen im Erlandsson-Fall im Krankenhaus besuchte. Sie hatten sich damals nicht besonders gut verstanden, aber das war nicht das Entscheidende. Er war ziemlich schwammig, sogar ziemlich unsachlich gewesen, als es um Details hinsichtlich der Telefondaten ging. Das war untypisch für ihn, denn ansonsten war er sehr schlau und gut informiert. Sjöberg, der ebenfalls nicht auf den Kopf gefallen war, hatte die Ermittlungen wie immer auf vorbildliche Weise geleitet. Er hielt sich wie immer stets über alles auf dem Laufenden, was passierte, und so dumm konnte er gar nicht sein, dass er nicht bemerkt hätte, wenn einige Puzzleteile nicht richtig zusammenpassten. Und zwar solche, die mit den Telefondaten zu tun hatten. Folglich hatten Hamad und Sjöberg eine heimliche Übereinkunft, die darauf hinauslief, dieses Etwas, das dahintersteckte, zu verdunkeln.

Weil Gerdin ein neugieriger Mensch war und ganz offensichtlich nicht in dieser Verschwörung willkommen, hatte sie die Sache in die eigenen Hände genommen. In ihrer Freizeit war sie sämtliches Material durchgegangen, das es zum

Erlandsson-Fall gab, und zu dem Schluss gekommen, dass es sich bei dem fehlenden Teil um – genau – die Telefondaten handelte.

Es war so klar und so einfach: ein einzelnes, kleines Grasbüschel mit dem Potenzial, einen riesigen Heuwagen zu Fall zu bringen. Ganz ungestört, ganz ohne die Einmischung der Polizeiführung, der Verwaltung und der Massenmedien waren Sjöberg und Hamad dabei, auf einem unsichtbaren Kreuzzug die Mächte der Finsternis zu bezwingen. Und auf ihrem Weg dorthin hatte es ihnen nicht die geringsten Schwierigkeiten bereitet, dem riesigen bürokratischen Apparat diese beiden brandheißen Dokumente unterzujubeln, die aus einer Liste mit Verbindungsdaten und einer Liste mit Kontakten bestanden. Die Verbindungsdaten fand sie genau dort, wo sie hingehörten, im öffentlichen Material, das für jeden zugänglich war, der sich dafür interessierte. Die Kontaktliste dagegen – wer sollte sich jemals dafür interessieren? Niemand. Das Dokument existierte, aber sie hatten es dem Vergessen anheimgegeben und in dem Material begraben, das bei den Erlandsson-Ermittlungen nicht zu den Akten genommen worden war.

Und worin bestand die revolutionäre Information, die sich in diesen Papieren versteckte? Nun, in nicht weniger als der Tatsache, dass der stellvertretende Polizeidirektor Gunnar Malmberg einer Gruppe angehörte, die allem Anschein nach ein Vergewaltigungsring war. Eine Vereinigung, der anscheinend noch ein Lehrer, ein IT-Guru, ein Bauingenieur und ein Stadtrat angehörten. Der Stadtrat war nach Gerdins Informationen mittlerweile wegen versuchten sexuellen Missbrauchs von Minderjährigen verurteilt worden und saß aus diesem Grund eine Gefängnisstrafe im Zuchthaus von Norrtälje ab. Der Unterstufenlehrer, der an dem Verbrechen ebenfalls beteiligt gewesen war, war wegen Beihilfe zu einer geringeren Haftstrafe verurteilt worden.

Als Gerdin klar wurde, dass sie hinter Malmberg her waren, sah sie die Sache in einem anderen Licht. In dieser Situation war es richtig, sie und alle anderen außen vor zu halten. Sie waren gezwungen, in dem Takt zu arbeiten, den die Umstände erlaubten, mit so wenig Beteiligten wie möglich. Aber ein bisschen tat es trotzdem weh, das musste sie sich eingestehen. Gerdin befand sich gern im Zentrum der Ereignisse, mit weniger war sie nicht zufrieden. Also versuchte sie still und heimlich, ihr Scherflein beizutragen, und hielt sich auf dem Laufenden, so gut es eben ging, wenn man kein Teil dieser verdeckten Ermittlungen war.

Ein Vergewaltigungsring also. Ein paar Tarnnamen mit geheimen Telefonnummern. Eine alte Liste mit Kontakten, die in einer vergessenen Ablage steckte. Damit arbeitete Gerdins Gehirn jetzt, und mit den Füßen auf dem Tisch und einer eigenen Kopie des Dokuments in der Hand kam ihr die Idee, in der Liste nach Gideons Telefonnummer zu suchen.

Bingo. Da war sie. Gideon stand unter dem Buchstaben K wie »Klavierstimmer«, wodurch das Bild für Gerdin etwas klarer wurde. Das war der Grund dafür, dass Hamad und Sjöberg plötzlich die Spur gewechselt hatten und nunmehr Gideon für den Vergewaltiger von Veronica Engström hielten. Allerdings war er in der Kontaktliste unter seinem richtigen Namen und mit seiner offiziellen Nummer aufgeführt, weshalb nicht auszuschließen war, dass er für den ursprünglichen Besitzer der Kontaktliste niemand anderes war als ein Klavierstimmer. Ein Klavier meinte Gerdin nämlich damals gesehen zu haben.

Deshalb gab es schwerwiegende Gründe dafür, auch jetzt nicht zu eingleisig zu denken. Sich nicht davon blenden zu lassen, dass Gideons Name im Zusammenhang mit diesem Vergewaltigungsring auftauchte. Man sollte nicht in Schubladen denken, wie man plötzlich zu sagen pflegte, als sie nach dreißig Jahren aus der Schweiz zurückgekommen war. Besonders dann nicht, wenn sich Sjöberg und Hamad darauf beschränkt hatten, ihre Vergewaltigungsmutmaßungen allein auf Gideon zu richten. Damit machten sie es sich zu leicht, zumal der Kerl schon tot war.

Dieser Umstand könnte Veronica Engström möglicherweise erst dazu bewegt haben, ihn als Täter zu identifizieren, damit sie der Wahrheit nicht in die Augen schauen muss.

Dieser Gedankengang veranlasste Gerdin dazu, ihre Aufmerksamkeit auf jemand anderen als Gideon zu richten, und auch der kleine Stachel, der immer noch ein wenig schmerzte. Der Stachel, der sie immer wieder daran erinnerte, dass etwas Großes und Wichtiges vor sich ging, bei dem sie nicht mitmachen durfte. Dieser kleine Widerhaken, der eigentlich nicht gegen sie persönlich gerichtet war, aber den sie trotzdem nicht abschütteln konnte.

Also begann sie ein bisschen intensiver über den armen Karl Engström nachzudenken. Das Leben musste kompliziert sein für einen Menschen, der an einer neuropsychiatrischen Funktionsstörung litt und zudem noch bipolar war. Selbst wenn er hochbegabt und intelligent war und Sachen schnell lernen konnte. Zum Beispiel, sich von Gefängnissen und schlechten Mädchen fernzuhalten, wie die Mutter laut Westman gesagt hatte.

Sowohl Sjöberg als auch Westman hatten bezeugt, dass Kalle seltsam sprach, die Fragen in seinen Antworten wiederaufnahm und seine Sätze nach einem sehr einfachen Muster bildete, das beinahe nur Subjekt und Objekt zuließ. Wenn man sich die Symptombilder von Asperger und ADHS anschaute – was Gerdin im Internet getan hatte –, dann konnte Karl Engström als ein junger Mann bezeichnet werden, der ein großes Bedürfnis nach Routinen hatte, dessen Sprachfähigkeit sich spät entwickelt hatte und der die Tendenz hatte, sich bei bestimmten Wörtern oder Sätzen zu wiederholen oder aufzuhängen. Es hieß, das er nur begrenzt fähig war, seine Umwelt zu deuten, zu verstehen, wie andere denken, oder sich in andere Menschen hineinzuversetzen. Es fiel ihm vermutlich schwer, einen Dialog zu führen und zwischen den Zeilen zu lesen. Darüber hinaus hatte er möglicherweise eine schlechte Impulskontrolle, ein schlechtes Zeitgefühl und Einschlafstörungen. Und er hatte begrenzte und einförmige Interessen. Zum Beispiel Gartenpflege und Lego-Konstruktionen, denen er sich mit erstaunlicher Ausdauer hingab.

Gerdin sah das Bild von Karl Engström in seinem Zimmer vor sich, wie Westman es beschrieben hatte. Wie er auf dem Boden saß, ein sehr großes Kind, umgeben von seinen geliebten Spielsachen. Autos, Züge, Boote, Raumschiffe, Ritterburgen, Bauernhöfe, Krankenhäuser und ganze Städte. Alles konstruiert aus den pfiffigen, kleinen, dänischen Bausteinen namens Lego, aus denen Karl Engström auf meisterliche Weise ganze Welten erschaffen konnte.

Eine plötzliche Eingebung traf sie wie ein Blitz aus heiterem Himmel. Gerdin spürte, wie ihr Herz einen Hüpfer machte. Mit einer so heftigen Bewegung, dass sie einen der Ordner vom Schreibtisch stieß, nahm sie die Füße herunter und steckte sie in ihre Schuhe. Der Ordner knallte mit einem metallischen Laut auf den Boden, aber sie nahm kaum Notiz davon. Stattdessen streckte sie den Rücken durch und ließ ihren Blick über die abgegriffene Kopie aus dem Material wandern, das nicht zu den Akten genommen worden war, bis sie den Eintrag fand, nach dem sie gesucht hatte. Anschließend verließ sie mit raschen Schritten den Raum und ging zu Sjöbergs Büro hinüber. Er war nicht auf seinem Platz – was sie bereits wusste, weil er kurz zuvor bei ihr gewesen war und einige Worte mit ihr gewechselt hatte, um dann nach Hause zu gehen. Sie brauchte nur einen kurzen Blick auf den gelben Zettel neben der Tastatur zu werfen, um ihren Verdacht zu bestätigen. Ohne zu zögern, riss sie ihn an sich, ging die paar Schritte zu Hamads Büro hinüber und klebte das Post-it mitten auf den Computerbildschirm, sodass er ihn kaum übersehen konnte, wenn er am nächsten Morgen zur Arbeit kam. Auf den ersten Blick war es vielleicht nur die Anweisung des Chefs, einen Anruf zu tätigen. Aber da sie wusste, welches unglaubliche Zahlengedächtnis Hamad besaß, verließ Gerdin den Raum in der Gewissheit, dass er auf die Botschaft genauso reagieren würde, wie sie es berechnet hatte. Was natürlich etwas ganz anderes war, als dieser Aufforderung nachzukommen: »Karl Engström anrufen: 070–5 82 29 58.«

*

Jenny ging es wirklich schlecht. Die Kopfschmerzen hämmerten hinter den Augen, und sie hatte sich im Laufe des Tages mehrere Male übergeben müssen. Nichts als Galle, sonst hatte der Körper nichts mehr, was er loswerden konnte. Sie hatte kaum etwas gegessen, seit es passiert war, und trotzdem war sie nicht hungrig. Aber sie wusste, dass sie etwas essen musste, also wärmte sie ein Stück der unberührten Pizza von gestern auf, in der Hoffnung, dass ein bisschen Essen die Übelkeit lindern und ihr neue Energie, neue Ideen geben würde.

Nachdem sie am vorhergehenden Abend mehr oder weniger ins Bett gefallen war, sobald sie die Tür hinter sich geschlossen hatte, war sie früh am Morgen aus einem Zustand der Bewusstlosigkeit erwacht. Sie war noch eine Weile im Bett geblieben und hatte sich hin und her gewälzt, bis sie schließlich aufgestanden war, um sich der Situation zu stellen. Das bedeutete zu suchen. Was gab es sonst zu tun, unter diesen Umständen? Es war undenkbar, die Polizei anzurufen, und ebenso unmöglich, mit ihren Eltern darüber zu sprechen. Jenny musste das Problem selbst lösen, und das bedeutete zuallererst, das Gebiet um den Brommaplan abzusuchen, wo sie sich befunden hatte, als Majken verschwunden war.

Dafür hatte sie viele Stunden geopfert. Sie war an allen Straßen entlanggelaufen, hatte in Geschäfte und Restaurants geschaut, hatte sich in Hauseingänge geschlichen und auf Kindergeschrei gelauscht, hatte in jeden Kinderwagen hineingeschaut, dem sie begegnet war. Alles ohne Erfolg. Sie hatte viele Kinder gesehen, viele kleine Mädchen, aber keines von ihnen war Majken. Schließlich hatte sie sich in die U-Bahn gesetzt und war mit der Linie 19 mehrere Male hin- und zurückgefahren. Den ganzen Weg zwischen Hässelby und Hagsätra hatte sie abgesucht, ohne ein einziges Kind zu finden, das wie ihr eigenes aussah.

Zur Mittagszeit hatte sie ihren Vater angerufen und das geplante gemeinsame Essen abgesagt. Zum Glück war er ziemlich gestresst gewesen, denn Jenny konnte nur schlecht lügen. Er hatte gefragt, ob sie und Majken zum Familienzentrum wollten, und es war viel leichter gewesen, einfach mit Ja oder Nein zu antworten, als eine ganze Geschichte zu erfinden. Der ganze Betrieb um Papa herum hatte dazu geführt, dass er ihre Besorgnis gar nicht wahrgenommen hatte, die Beklemmung, die ihr den Hals allmählich zugeschnürt hatte, als sie hörte, wie er von Mord und Haar und Blut gesprochen hatte, hatte er einfach weggelacht.

Den Rest des Tages war sie planlos durch die Straßen in der Innenstadt gelaufen. Sie hatte unzählige Läden, Cafés, Hotelrezeptionen und Parkhäuser besucht sowie alle großen Warenhäuser. Sie wusste, dass Stockholm noch viel größer war. Warum sollte derjenige, der Majken genommen hatte, sich ausgerechnet in Bromma aufhalten? Sogar Jenny wusste, wie unwahrscheinlich es war, dass sich Majken überhaupt noch in Stockholm befand. Und deswegen gab sie ihre sinnlose Suche schließlich auf und ging nach Hause.

Dort saß sie nun einsam am Küchentisch. In ihrer geliebten kleinen Wohnung, der Privatsphäre, nach der sie sich immer so gesehnt hatte, die sie schließlich bekommen und dann – zusammen mit Majken – zu ihrer eigenen Traumwohnung gemacht hatte. Mit weichen Farben und Textilien, mit Lichtern, die den Duft von Lavendel und Vanille verbreiteten, und mit einer teuren Espressomaschine auf der Küchenplatte. Am schmalen Ende des Tischs stand der Hochstuhl und sah verlassen aus. Kraftlos kaute Jenny viel zu lange auf der teigigen Masse herum, bevor sie sie hinunterschluckte. Trotzdem kam ihr alles beinahe sofort wieder hoch. Schnell spülte sie es mit Wasser hinunter, riss sich am Riemen und zwang sich, noch ein bisschen mehr zu essen. Für Majken. Und für sich selbst.

Wo konnte Majken bloß sein? Und bei wem? Jenny hoffte, dass die Person, die Majken hatte, sich mit den Routinen auskannte, die Jenny so mühsam hatte lernen müssen. Füttern, baden, Windeln wechseln, schlafen. Ein bisschen spielen. Mit dem Kinderwagen nach draußen gehen, frische Luft war wichtig. Mit der Sicherheit durfte man auch nicht nachlässig sein, man brauchte dem Kind nur kurz den Rücken zudrehen, und schon war ein Unglück passiert. Kleine Kinder brauchten all das, und dann brauchten sie Liebe. Ganz viel Liebe.

Jenny hoffte, dass derjenige, der Majken genommen hatte, sie lieben würde.

Ein sehr seltsamer Gedanke. Sie wollte nicht, das irgendjemand anders als sie selbst Majkens Mama war, aber wenn es nun einmal so sein sollte, dann wollte sie, dass die neue Mama Majken liebte. Wirklich. Das fühlte sich für sie sehr wichtig an.

Aber wer konnte jemand anderem das Kind wegnehmen? Sie selbst hätte sich niemals ein anderes Baby vorstellen können als ihr eigenes. Dass sein Leben als ein kleines Zellklümpchen begonnen hatte und in ihrem eigenen Bauch zu einem ganzen Menschen herangewachsen war. Ein Kind war auch nicht austauschbar, man konnte es nicht durch ein anderes Kind ersetzen. Jenny konnte nicht einfach mit den Achseln zucken und ein neues Kind bekommen. So funktionierte es nicht. Sie wollte Majken haben, sonst niemanden. Es war natürlich eine andere Sache, wenn man keine Kinder bekommen konnte. Dann konnte man ja eines adoptieren und lernen, das Kind zu lieben, das man bekam.

War das vielleicht passiert? Könnte es so sein, dass eine Frau, die keine Kinder bekommen konnte, Majken entführt hatte? Dass sie sich Geld und Zeit gespart und sich einfach ein Kind von der Straße genommen und zu ihrem eigenen gemacht hatte? Das konnte man sich vorstellen.

»Hauptsache, sie gibt meinem kleinen Mädchen die Liebe, die es braucht«, murmelte Jenny.

Dann begann sie zu weinen. Erst still und leise, aber als sie erst begonnen hatte, konnte sie die Tränen nicht mehr zurückhalten, die ihre Wangen hinunterströmten, auf das ungenießbare und mittlerweile kalte Pizzastück auf ihrem Teller fielen. Sie legte das Gesicht in die Hände und ließ mit zitternden Schultern ihren ganzen Schmerz heraus und weinte laut und lange.

Irgendwann sehr viel später kamen keine Tränen mehr, Hals und Nacken taten ihr weh und sie starrte nur noch leer vor sich hin. Da klingelte ihr Handy. Schnell griff sie nach dem Telefon, in der Hoffnung, dass das Gespräch einen Ausweg für das Unglück, in das sie geraten war, bringen könnte, dass alles vielleicht nur ein Missverständnis war. »Das Kind ist hier, entschuldigen Sie, ich habe zufällig das falsche Kind genommen.« Aber es war nur ihre Mutter, die anrief. Wahrscheinlich wollte sie nur kontrollieren, dass alles in Ordnung war, dass Jenny keine Hilfe brauchte, oder sie wollte wissen, ob sie heute Nacht nicht vielleicht lieber bei ihnen schlafen wollte. Dieses

Gespräch konnte sie nicht annehmen. Sie konnte sich die Ermahnungen und das fröhliche Geplapper ihrer Mutter jetzt nicht anhören. Sie war nicht in der Lage, diejenigen anzulügen, die ihr am nächsten standen, wenn sie am liebsten einfach nur in Mamas sichere Umarmung gekrabbelt wäre. Deshalb warf sie das Telefon auf den Tisch und ließ es klingeln, bis das Gespräch an die Mailbox weitergeleitet wurde.

Aber ihrer Mutter war es immerhin gelungen, ihr neues Leben einzuflößen. Jenny stand auf und öffnete das Küchenfenster, sie brauchte frische Luft in der Wohnung, musste durchatmen. Eine Krähe flog vorbei und krächzte so laut und unheilschwanger, dass sie zusammenzuckte. Ein Zeichen, dachte Jenny. Meinem Kind ist ein Unglück widerfahren, und ich sitze hier und bemitleide mich selbst. Sie konnte doch nicht einfach aufgeben, sie musste etwas unternehmen. Übermorgen war die Zeit abgelaufen, dann waren die drei Tage in Freiheit vorüber und sie musste am Abend wieder zu den Eltern zurückziehen. Wenn Majken dann immer noch nicht zurück war, wäre die Hölle los. Und ganz egal, wie es ausging, sie würde die Verantwortung für das Kind verlieren. Sie würde keine Mutter mehr sein dürfen.

Jenny ging in das Zimmer hinüber, das groß, hell und gemütlich war und gleichzeitig als Wohn- und Schlafzimmer diente. Sie betrachtete das leere Kinderbett, das hellblaue Nestchen mit den Teddybären, das Mobile mit den bunten Clowns, den Kuscheligel. Dann spürte sie plötzlich den Zorn in sich aufwallen. Jemand wollte ihr etwas ganz Böses antun. Jemand hatte ihr das Wichtigste in ihrem Leben fortgenommen. Da fiel Jenny ein, dass es ja tatsächlich möglich sein könnte, dass das Kind irgendwo aufgetaucht war. Dass jemand es bei der Polizei oder in einem Krankenhaus abgegeben hatte. Wie konnte sie das herausfinden? Sie hatte Majken nicht als vermisst gemeldet. Es würde natürlich in der Zeitung stehen.

Wenn man ein Kind gefunden hatte, das niemand vermisste, dann fahndete man nach den Eltern und setzte eine Meldung in die Zeitung. Sie setzte sich in den Sessel und klappte das Notebook auf dem Couchtisch auf. Dann klickte sie sich bis zur Homepage des *Aftonbladet* und begann methodisch alle Artikel nacheinander durchzuklicken.

Sie brauchte nicht lange zu suchen, dann trat ihr der Schweiß auf die Stirn und die ganze Welt schien stehen zu bleiben. »Angler zieht Babyleiche aus dem Wasser«, lautete die grauenerregende Überschrift.

*

»Es ist nichts Schlimmes passiert, Petra«, sagte Hamad.

»Doch, das ist es.«

»Du hast Veronica zum Reden gebracht, und das hat vor dir niemand geschafft.«

»Ich habe sie zum Sprechen genötigt. Wir können uns nicht sicher sein, dass irgendeines ihrer Worte wahr ist.«

Sie saßen am Küchentisch mit dem Sushi, das sie auf dem Weg vom Kino nach Hause gekauft hatten. Hamad hatte vorgeschlagen, dass sie sich nach der Arbeit eine Liebeskomödie anschauen könnten, und gehofft, dass sie beide dadurch auf bessere Gedanken kämen. Je stärker Petras Schuldbewusstsein wurde, desto milder wurde Hamad. Sie alle begingen Fehler, und Petras seien nicht schlimmer als die der anderen. Außerdem sei ihr etwas gelungen, was weder das Krankenhauspersonal noch Veronicas Familie geschafft habe, und das sei ein großer Schritt nach vorne gewesen. Dass sie anschließend ein bisschen übereifrig geworden und zu wild vorgeprescht sei, sei schade, aber absolut verständlich. Er selbst hätte es in dieser Situation nicht einmal halb so gut gemacht. Hamad hatte sich also eines Besseren besonnen. Ein bisschen Demut von seiner

Seite konnte ja nicht schaden. Außerdem teilte er mittlerweile Petras Meinung und hielt Gideon auch für den mutmaßlichen Vergewaltiger.

»Nein, das können wir nicht«, antwortete er. »Aber wir können auch nicht einfach davon ausgehen, dass Veronica lügt, selbst wenn es theoretisch möglich ist. Wir halten uns alle Türen offen, aber John Gideon ist tot, und für den Mord muss es ein Motiv geben.«

»Wirklich überzeugt bin ich nur davon, dass Veronica ihn nicht umgebracht hat. Denn dann hätte sie niemals erzählt, dass er sie vergewaltigt hat. Sie hätte lieber weiter geschwiegen als sich zur Hauptverdächtigen zu machen.«

»Warum?«, fragte Hamad und breitete die Arme aus. »Ungefähr zu der Zeit, zu der der Mord begangen wurde, befand sie sich vor John Gideons Tür. Sie wusste, dass man sie verdächtigen würde, und erzählt es nur, um für den Fall, dass ihr oder einem Mitglied der Familie der Mord angehängt werden sollte, sodass sie dann auf mildernde Umstände plädieren könnte.«

»Hm«, sagte Petra und tunkte eine California Roll in die Sojasauce, bevor sie sie in den Mund steckte.

Sie kaute nachdenklich, trank ein bisschen Wasser und führte dann ihren Gedanken weiter.

»Ich glaube jedenfalls nicht, dass Veronica zu so einem Verbrechen fähig ist.«

Hamad lachte.

»Bist du sicher, dass du sie so gut kennst?«

Petra zog eine mürrische Grimasse, aber sie nahm es auf die richtige Weise. Hinter der grimmigen Miene versteckte sich ein Lächeln, und es war schön zu sehen, dass sie sich langsam erholte. Er hatte den ganzen Nachmittag mit ihr gelitten.

»Es wäre wahrscheinlich kein geplanter Mord, wenn Veronica ihn begangen haben sollte«, fuhr er fort. »Es wäre ein klassischer Fall von Notwehr.«

»Sie ist achtzehn Jahre alt und ist wie alle anderen Mädchen in dem Alter auch. Sie hatte noch nie mit der Justiz zu tun. Frag mich nicht, warum«, sagte Petra, »aber für mich ist sie nicht der Typ, der schlägt. Nicht einmal zur Selbstverteidigung. Ich glaube, sie duckt sich und steckt alles ein.«

»Sich ducken und alles einstecken«, nahm Hamad den Gedanken auf und wollte ihn weiterentwickeln, als das Telefon klingelte.

Es war die ältere Dame aus dem Haus gegenüber, die er am Vormittag besucht hatte.

»Entschuldigen Sie, dass ich störe, aber mir ist eine Sache eingefallen, die sie bestimmt so schnell wie möglich wissen wollen. Der ältere der beiden Männer, die John Gideon am Freitagabend besuchten, trug einen Schnurrbart. Da bin ich mir ganz sicher. So einer, der fast wie ein Vollbart aussieht, nur dass das Kinn selbst rasiert ist. Ich glaube, man nennt es einen Schnäuzer.«

»Wie ... bei Stalin ungefähr?«, schlug Hamad vor.

Petra machte große Augen.

»Nein, ganz und gar nicht«, sagte Birgitta Wallin. »Mehr wie Hulk Hogan.«

»Aha«, sagte Hamad und musste lächeln. »Wie der Hulk. Weiß?«

»Nein, eher dunkel.«

»Schwarz?«

»Beinahe, ja.«

»Dann danke ich Ihnen vielmals«, sagte Hamad, woraufhin sie das Gespräch beendeten.

Petra betrachtete ihn mit gerunzelter Stirn.

»Was war das denn? Ein schwarzer Hulk?«

Hamad begann zu lachen. Ein herrliches, glucksendes Lachen,

das den ganzen Körper erfasste. Und es steckte Petra an, die kurz darauf ebenfalls zu lachen begann, bis die Tränen flossen. Als Hamad nach einer ganzen Weile schließlich wieder sprechen konnte, hatte sich alles gewendet. Sie hatten genug Trübsal geblasen, hatten sich gemeinsam durch diese Krise hindurchgearbeitet, und er hatte an Petras Seite gestanden und ihr geholfen, auf bessere Gedanken zu kommen. Genau so, wie es sein sollte.

»Das war die alte Dame aus dem Haus gegenüber von Gideons Wohnung«, erklärte er, während er sich die Tränen mit der Rückseite der Hand abwischte. »Ihr war eingefallen, dass der ältere der beiden Flanellhemdmänner, die ihn in der Mordnacht besucht hatten, einen Schnurrbart trug. Wie der Hulk, nur in Schwarz.«

»Aber das ist doch gut«, sagte Petra. »Dann können wir Karl und Torbjörn Engström ja ausschließen.«

»Ja, zumindest Torbjörn. Immerhin etwas. Aber dafür müssen wir jetzt einen Typen finden, auf den die Beschreibung passt, denn bislang sind wir auf niemanden gestoßen, der so aussieht.«

»Das wird schon werden«, meinte Petra optimistisch. »Der schwarze Hulk.«

Und sie mussten wieder lachen.

In dieser Stimmung befanden sie sich, als nach einer Weile erneut Hamads Handy klingelte. Er warf ein Auge auf das Display und nahm das Gespräch an, während er Petra zuzwinkerte.

»Hallo, Jenny! Wie geht es dir?«

»Hallo, Jamal. Du hast doch versprochen, mir zu helfen, wenn ich ein Problem habe.«

»Natürlich. Was ist denn passiert?«

»Das sage ich nur, wenn du Papa nichts davon erzählst.«

Hamad dachte einen Augenblick nach. Petra rollte mit den Augen.

»Hat es mit dem Computer zu tun?«, fragte er.

Er hoffte, dass dieser Begriff für Jenny auch Pornobilder im Internet umfasste, denn genau wie Petra war auch sie vor ein paar Jahren davon betroffen gewesen. Wenn es um so etwas ging, wollte er es ungern in Petras Anwesenheit besprechen.

»Nein«, antwortete Jenny knapp.

Also ging es um etwas anderes.

»Komm schon, Jenny. Erzähl mir, was passiert ist, dann werde ich sehen, was ich für dich tun kann.«

»Nur wenn du Papa nichts davon erzählst.«

»Das kann ich dir nicht versprechen, bevor ich weiß, worum es geht«, antwortete Hamad aufrichtig.

Petra schnaubte und stand auf, kniff ihn in die Wange – liebevoll und fordernd zugleich – und begann den Tisch abzuräumen.

»Dann kann ich ja direkt mit Papa sprechen«, sagte Jenny.

»Ja, das finde ich, wäre eigentlich das Beste. Papa ist doch immer für dich da?«

Jenny murmelte etwas, das er nicht verstehen konnte, und schwieg für ein paar Sekunden.

»Dann war es nichts«, sagte sie schließlich.

»Jetzt sei nicht kindisch, Jenny«, meinte Hamad. »Ich bin nur ehrlich zu dir. Ich hätte lügen und sagen können, dass ich deinem Vater nichts sagen werde, und dann wäre ich trotzdem zu ihm gegangen. Aber das habe ich nicht getan, sondern ich sage dir, wie es ist. Wenn ich finde, dass dein Vater davon wissen sollte, dann erzähle ich es ihm, ansonsten nicht. Okay?«

»Nein.«

»Das mache ich deinetwegen, Jenny. Ich möchte dir gerne helfen, aber nicht hinter dem Rücken von Jens, wenn ich ein schlechtes Gefühl dabei hätte. Okay?«

»Nein, habe ich gesagt. Dann löse ich es selbst.«

»Geht es um Geld?«, fiel ihm plötzlich ein. »Denn dann könnte ich dir helfen, ohne dass dein Vater davon erfährt.«

»Nein, es geht nicht um Geld. Aber kannst du mir versprechen, ihm nicht zu erzählen, dass ich angerufen habe?«

Jetzt ließ er sich erweichen.

»Doch, das kann ich dir versprechen«, antwortete er mit einem Lachen.

»Danke.«

»Keine Ursache, Jenny. Ich hoffe, du schaffst es trotzdem, und ...«

Aber sie hatte schon aufgelegt. Er konnte die Sache nicht ändern, und er hatte jedes Wort gemeint, das er gesagt hatte. Jenny war ein großes Kind, und er hatte ihr und Sandén gegenüber die Verantwortung eines Erwachsenen, darüber gab es nichts zu diskutieren. Er konnte nicht hinter dem Rücken eines Kollegen handeln, weil es ein launisches Kind gerade wollte. Selbst wenn er ihr gerne geholfen hätte.

Mit einem leichten Kopfschütteln und einem breiten Lächeln stand er auf und ging zu Petra, die an der Spüle stand, und kniff sie in den Nacken.

Mittwochvormittag

»Ist heute mein ›großer Tag‹, oder was?«, sagte Veronica Engström, sobald er zur Tür hereingekommen war.

»Was meinst du?«, fragte Andersson mit einem Lächeln.

»Das ist so eine Stiftung, die die Träume von schwer kranken Kindern verwirklicht. Ich hatte eigentlich auf Justin Bieber gehofft.«

»Soll das ein Witz sein? Ich dachte, du wärst achtzehn und nicht vierzehn.«

»Gute Antwort«, sagte Veronica mit der Andeutung eines Lächelns, wenn er sich nicht irrte. »Mir ist so schnell nichts anderes eingefallen.«

»Und was hättest du gesagt, wenn du nachgedacht hättest?«

»Foo Fighters.«

»Auch eine gute Antwort«, sagte Andersson.

Er drehte eine Runde durch das Zimmer, blieb am Fenster stehen und stellte fest, dass die Aussicht keine Reise wert war. Im Augenblick waren ein paar rauchende Schwestern unten im Garten das Interessanteste, was er entdecken konnte. Er ließ es langsam angehen, schaute sich die Schnittblumen in den Vasen an und beugte sich sogar hinunter, um an ihnen zu schnuppern. Derselbe Mist wie immer: teuer und schön, aber kein Duft. Er selbst bevorzugte weniger hochgezüchtete Rosen, Hauptsache, sie rochen gut.

Veronica saß auf dem Bett. Sie trug ihre eigene Kleidung und folgte ihm stumm mit ihren Blicken. Er setzte sich auf den Besucherstuhl und zog einen Skizzenblock und einen Kohlestift aus seiner Tasche. Begann das Zimmer in groben Zügen zu zeichnen, um es später mit Details zu füllen. Veronica schaute neugierig zu, aber für eine ganze Weile sagte niemand von ihnen etwas. Als sie schließlich wieder sprach, war der ganze Raum in groben Zügen auf das Papier gebannt, aber das Bett und das Mädchen fehlten noch.

»Ist das Manga?«, fragte sie.

»Äh, das weiß ich noch nicht so richtig. So was Ähnliches vielleicht.«

»Du kannst das gut.«

»Findest du? Danke.«

»Fehlt da nicht etwas?«

»Vielleicht.«

»Möchtest du mich nicht auf dem Bild haben?«

»Wärst du gerne drauf?«

»Warum nicht.«

»Ich weiß nicht, wer du bist.«

Sie schien über das, was er gesagt hatte, eine Weile nachzudenken, bevor sie den Mund wieder öffnete.

»Ich weiß nicht, wer *du* bist.«

»Alle nennen mich Loddan. Aber eigentlich heiße ich Odd.«

»Ja, danke, so viel weiß ich auch. Bist du Polizist?«

»Ja.«

»Wirst du zu Promi-Partys eingeladen?«

»Kommt vor.«

»Gehst du dann auch hin?«

»Manchmal. Mittlerweile nicht mehr so oft. Zu Anfang war es noch lustig.«

»Sind sie oberflächlich, diese Promis?«

»Da gibt es alle möglichen Sorten. Die meisten sind schon ziemlich betrunken von ihrer eigenen Prominenz.«

Dann wurde es wieder still. Andersson arbeitete an den Details, erschuf Schatten, indem er mit dem Zeigefinger die Kohle verwischte. Veronica ließ ihn nicht aus den Augen, folgte jeder kleinsten Bewegung, aber er hob seinen Blick nicht vom Skizzenblock, außer um die Inneneinrichtung des Zimmers zu studieren. Den Fall der Gardinen, ein hässliches und nichtssagendes Bild, Schalter, Türen, Leisten und Klinken. Die ganzen Blumen. Sie wirkten deplatziert in diesem Zimmer. Sie taten nur so, als wäre alles gut, als gäbe es einen Grund zum Feiern.

Auf der rechten Hälfte der Zeichnung gähnte eine große leere Fläche. Jetzt begann er sie mit den Konturen eines Betts zu füllen. Und einer leeren Grube in der Matratze, als läge dort ein unsichtbarer Körper. Dann wieder zurück zum Bett. Schrauben, Stangen, Lichtreflexe auf dem Metall.

»Bin ich das, da?«, brach Veronica das Schweigen. »Ein Schatten auf dem Laken?«

»You tell me.«

Sie dachte ein paar Sekunden nach und sagte dann mit ein bisschen Angst in der Stimme:

»Ich mag die Foo Fighters, das ist doch immerhin schon was.«

Andersson zog ein paar hastige Linien, die zu einem nachlässig gezeichneten Fuß am unteren Ende des Betts wurden. Mehr nicht. Veronica seufzte und legte sich hin, wandte ihm den Rücken zu. Andersson arbeitete weiter, ergänzte und verbesserte. Die Stille im Raum fühlte sich alles andere als quälend an, eher natürlich. Manchmal musste es auch still sein. Entspannte Stille baute auf gegenseitigem Verständnis.

Weitere zehn Minuten verflossen.

»Hast du Hunger?«, fragte Veronica.

»Nein, du?«

»Nur auf Süßigkeiten.«

»Soll ich dir etwas kaufen?«

»Nein, ich habe Süßigkeiten. Möchtest du etwas abhaben?«

»Nein«, sagte Andersson. »Ich esse nur Salzlakritz.«

»Ich habe nur Salzlakritz«, sagte Veronica und streckte die Hand nach dem Nachttisch aus.

Aus einer Schublade zog sie eine geöffnete Tüte Piratos, drehte sich im Bett um und gab sie ihm. Er schüttete sich ein paar Stück auf die Handfläche, während Veronica das Kissen gegen das Kopfende des Betts lehnte und sich wieder aufrecht hinsetzte.

»Danke«, sagte Andersson und zeichnete einen weiteren Fuß.

»Hast du schon mal einen Menschen getötet? Oder jemanden erschossen?«, fragte Veronica.

»Nein«, antwortete Andersson. »Aber vor einem guten Jahr hat mir jemand in die Hand gestochen. Ein Kollege schoss auf den Mann, aber er starb nicht, er hatte nur eine Schramme.«

»Und du? Was ist mit dir passiert?«

»Ich habe es auch gut überstanden. Hier kannst du es sehen«, sagte Andersson und streckte die Hand aus. »Eine hässliche Narbe, aber sonst nichts.«

Veronica studierte die Hand, ohne sie zu berühren. Dann widmete sich Andersson wieder der Zeichnung. Verfeinerte die Linien an den beiden Füßen, zeichnete Zehen und Nägel.

»Hast du Angst?«, fragte Veronica. »Dass so etwas wieder passiert?«

Andersson schüttelte den Kopf.

»So darf man nicht denken. Wir hatten es mit irgendwelchen Idioten zu tun. Gewalttätigen Idioten. Mit aufgeblasenen Egos voller Lust an der Macht. Junge Männer, die nicht weiter dachten als bis zur Nasenspitze.«

»Und du selbst?«, wollte Veronica wissen. »Wie warst du selbst in dem Alter?«

Andersson lachte freudlos.

»Ich war weder an Macht noch Gewalt interessiert. Aber weiter als bis zur Nasenspitze habe ich wohl auch nicht gedacht. So ist es wohl, wenn man jung ist. Man glaubt, dass man alles weiß, aber in Wirklichkeit hat man nicht den blassesten Schimmer von irgendwas. Im besten Fall ist man frühzeitig einigermaßen gut programmiert worden, sodass man den Unterschied zwischen gut und schlecht kennt und danach lebt, auch wenn der Kopf mal nicht richtig mitkommt.«

Er legte den Block und den Stift zur Seite und begegnete Veronicas Blick. Sie betrachtete ihn mit einem neu erwachten Funken in den Augen, den er noch nicht gesehen hatte, als er in das Krankenzimmer gekommen war.

»Ich kann natürlich nicht für die Mädchen sprechen«, fuhr er fort, »aber bei denen kann es bestimmt genauso schlimm sein. Aber unter uns Jungs ging es – zu meiner Zeit jedenfalls – vor allem darum, sich in Pose zu werfen und voreinander und vor den Mädchen eine Show abzuziehen. Seine Männlichkeit zu zeigen. Manche machten das mithilfe von Gewalt und Terror. Eine leichtere Methode, Punkte zu sammeln, bestand darin, mit all den Bräuten anzugeben, die man flachgelegt hatte. Ganz gleich, ob es stimmte oder nicht. Und der Jargon war oft ziemlich hart, da wurde keine Rücksicht auf die Mädchen genommen. Sie wurden meistens als Spielzeug betrachtet. Als Konsumwaren, wenn man so will. Etwas, womit man sich eine Weile amüsierte, bis es verbraucht war und man es wegwarf.«

Andersson verstummte und nahm den Block und den Stift wieder zur Hand. Veronica schien über das nachzudenken, was er gesagt hatte. Sie steckte sich ein paar Piratos in den Mund und schüttete weitere in Anderssons Hand.

»Warst du auch so?«, fragte sie nach einer Weile. »So einer, der mit allen Mädchen angab, die er ausgenutzt hatte?«

Andersson antwortete nicht sofort. Er musste erst über die Antwort nachdenken. War er auch so jemand gewesen? Er würde es sich ungern eingestehen. Er hatte es immer leicht bei den Mädchen gehabt, aber hatte er sie ausgenutzt? Nein, vielleicht hatten sie sich gegenseitig ausgenutzt, zumindest dann, wenn keine himmelhochjauchzenden Gefühle im Spiel waren. Hatte er mit ihnen angegeben? Ganz bestimmt nicht. Er hatte nie viel über sich selbst gesprochen, geschweige denn angegeben. Und er hatte sich selten von anderen beeinflussen lassen, sondern war seine eigenen, verschlungenen Wege gegangen.

Er ließ den Kohlestift der Vertiefung in der Matratze folgen. Auf dem Papier entstanden die vagen Konturen eines Körpers. Eines Frauenkörpers, aber noch ohne Arme und Gesicht.

»Ich glaube nicht. Hoffe ich jedenfalls«, antwortete er nur.

»Du kommst mir auch nicht wie ein Angeber vor.«

Andersson zuckte mit den Schultern, er hatte schon immer Schwierigkeiten gehabt, mit Lob umzugehen.

»Aber eines weiß ich«, sagte er, »dass man diesem Gruppendruck nur unheimlich schwer widerstehen kann. Wenn man vermeiden will, diesem Druck zum Opfer zu fallen, dann muss man viele Dinge genau durchdacht haben, bevor es brenzlig wird. Wenn man nicht von Beginn an klar vor Augen hat, wo man steht, kann es ganz leicht zur Katastrophe kommen. Man sollte seinem eigenen Gewissen folgen und sich nicht von irgendwelchen Idioten aus dem Bekanntenkreis in den Untergang ziehen lassen.

Er hob den Blick von der Kohlezeichnung und schaute Veronica an. Ihre Augen glänzten feucht. Aber sie wich nicht aus. Sie ließ ihn schauen, ohne sich hinter einem Rücken oder hinter einer Pose zu verstecken. Sie bewegte die Lippen, sah aus, als wollte sie etwas sagen. Aber anscheinend entschied sie sich anders, denn sie blieb stumm. Er schaute weiter in ihr Gesicht und hoffte, dass sie sich doch noch überwinden würde, aber es dauerte beinahe zwanzig Minuten, bis sie wieder sprach. Andersson sagte die ganze Zeit ebenfalls nichts. Stattdessen arbeitete er an der Kohlezeichnung. Zog dem

Mädchen im Bett ein helles Sommerkleid an und rahmte das Gesicht mit einem dunklen und hübschen Haarschopf ein.

Aber ein Gesicht zeichnete er noch nicht. Und keine Arme. Denn als Veronica schließlich den Mund öffnete und das Schweigen brach, legte er Block und Stift wieder weg, um seine ganze Aufmerksamkeit darauf zu richten, was sie erzählte und wie sie es erzählte.

»Es war nicht John, der mich vergewaltigt hat«, begann sie. »Ich habe gelogen, Entschuldigung.«

Sie suchte nach Mitgefühl in Anderssons Augen, aber er verhielt sich still und neutral. Aber er bemerkte, dass sie John Gideon beim Vornamen genannt hatte. Das hatte bisher noch niemand getan.

»Es war so einfach«, fuhr Veronica fort. »Ich wagte es nicht, die Wahrheit zu sagen, und dann erzählte mir diese Polizistin, dass John Gideon tot war. Es war furchtbar, John bedeutet mir sehr viel. Aber plötzlich sah ich einen Weg aus dieser Hölle und habe die Chance ergriffen. Wenn John tot war, konnte ich ihm ja nicht mehr schaden. Seine Eltern leben nicht mehr, und er hat keine Kinder oder Geschwister. Und um seinen Ruf hat er sich nie Gedanken gemacht«, fügte sie mit einem traurigen Lächeln hinzu.

Veronica machte eine Pause, griff nach der Wasserflasche auf dem Nachttisch. Andersson sagte nichts, wollte den Zauber nicht brechen oder ihr irgendwelche Impulse geben, ihre Geschichte zu ändern.

»Aber als ich John beschuldigt hatte, klang sie plötzlich so, als würdet ihr meinen Vater und meinen Bruder verdächtigen, ihn ermordet zu haben. Vollkommen absurd, vor allem, weil sie ihn kaum gekannt haben.«

Kaum, notierte Andersson. Aber er wollte nicht unterbrechen, die Fragen mussten auf eine spätere Gelegenheit warten.

»Und nach einer Weile begann sie von Notwehr zu sprechen«, fuhr Veronica fort. »Sie sagte, dass es sich um einen Totschlag handeln könnte, der aus Notwehr begangen worden war. Und weil ich vergewaltigt worden bin, musste sie ja glauben, dass ich ihn getötet habe. Da wurde es mir zu viel. Ich habe über John gelogen, um es mir leicht zu machen, aber als dann plötzlich die ganze Familie verdächtigt wurde, ist die Sache außer Kontrolle geraten. Ich hätte nicht lügen sollen«, sagte Veronica betrübt. »Ich hätte die Klappe halten sollen.«

Warum nicht einfach die Wahrheit sagen?, dachte Andersson. Aber er befürchtete, dass Veronica ihre Gründe hatte. Die Statistik bei der Aufklärung von Vergewaltigungsfällen war nicht besonders erhebend, also hatte sie vernünftigerweise keine große Hoffnung auf ein glückliches Ende dieser Geschichte. Und hieß es nicht: Reden ist Silber, Schweigen ist Gold? Ein altes Sprichwort, an das er in diesem Fall wirklich nicht glauben wollte. Wenn sie einfach nur erzählen würde, was passiert war, würde er selbst alles tun, was in seiner Macht stand, um die Schweine zu verhaften, die dieses Verbrechen begangen hatten.

»Aber jetzt ist es dafür zu spät«, sagte Veronica. »Jetzt habe ich schon so viel kaputt gemacht, nur weil ich den Mund aufgemacht habe. Also kann ich genauso gut die Wahrheit sagen, obwohl ich eine verdammte Angst davor habe.«

Andersson zog die Augenbrauen hoch. Er hatte geglaubt, dass sie ihre Aussage zurückziehen und es der Polizei überlassen würde, ihre eigenen Schlussfolgerungen zu ziehen. Aber sie war offensichtlich bereit, die Schuldigen zu nennen. Er hätte sie gerne beruhigt, ihr versprochen, dass sich alles in Wohlgefallen auflösen und der Vergewaltiger seiner Strafe zugeführt werden würde. Aber er wagte es nicht, wollte nicht zu viel versprechen. Die Kraft musste aus ihr selbst kommen.

»Es war ein einsamer Mann«, sagte Veronica. »Ich habe ihn noch nie zuvor gesehen.«

Aha, dachte Andersson. Besser geht es nicht? Sie machte es sich zu einfach, er hätte es kommen sehen müssen. Was sie jetzt sagte, bedeutete nur, dass es weder Gideon, noch der Bruder oder einer der Schulkameraden war. Es blieben also nur noch etwas drei Milliarden Menschen übrig. Herzlichen Dank.

»Und er hat mich bedroht«, fuhr Veronica fort, während ihr die Tränen in die Augen stiegen. »Er sagte, dass er wisse, wer ich sei, und dass er meiner Familie schaden würde, wenn ich verraten würde, wer er sei.«

»Und diese Drohung hast du ernst genommen?«, fragte Andersson, der tat, was er konnte, um seine Enttäuschung zu verbergen.

»Ja, natürlich. Er hat doch meine Handtasche genommen. Mit Führerschein, Handy und allem. Er wird sich rächen, es wird furchtbar werden.«

Dann begann sie zu weinen. In gewisser Weise wirkte es trotz allem befreiend, dass sie ihre Gefühle herausließ. Sie sah so klein aus, wie sie da mit angezogenen Beinen auf dem Bett saß und das Gesicht in den Händen vergrub. Jetzt hätte er sie wohl übers Haar streicheln oder eine tröstende Hand auf ihre Schulter legen sollen, aber das war nicht seine Art, er konnte sich nicht dazu überwinden. So saß er stattdessen nur stumm daneben und dachte über das nach, was sie gesagt hatte, und kam zu dem Ergebnis, dass es natürlich durchaus so geschehen sein konnte, wie sie es schilderte. Dass sie von einem einsamen und sehr bedrohlichen Mann vergewaltigt worden war, der ihr persönliches Eigentum an sich genommen hatte, um seine Drohungen zu unterstreichen. Veronica musste eine leichte Beute gewesen sein: jung, einsam und betrunken. Aber was der Mord an John Gideon damit zu tun haben sollte, konnte er sich nicht vorstellen. Andersson fühlte sich inzwischen ziemlich unsicher.

Er blieb bei ihr sitzen, bis sie sich wieder beruhigt hatte, bis die Tränen getrocknet waren und sie die Hände wieder vom Gesicht genommen hatte. Sie sagte nichts, schaute ihn nur an. Mit roten Augen und einem unendlich traurigen Blick. Für dieses Mal war es genug, Veronica brauchte Zeit, um sich zu erholen. Aber bevor er ging, musste er noch eine letzte Frage stellen. Mit seiner sanftesten Stimme.

»Veronica, wo bist du vergewaltigt worden?«

»Auf dem Ältavägen«, antwortete sie kleinlaut. »Als ich nach dem Fest auf dem Weg zu Madde war.«

Er stand auf und versprach ihr, sie wieder zu besuchen, vielleicht schon am Nachmittag.

»Ich habe Angst«, sagte Veronica. »Tut mir leid. Aber ich habe so furchtbare Angst.«

Vorsichtig schloss er die Tür und folgte den Schildern zum Ausgang. Über der Schulter hing die Tasche mit dem Skizzenblock, in dem sich eine Zeichnung von einem Zimmer in einem Krankenhaus befand. Im Zimmer ein Bett und im Bett ein Mädchen.

Aber ein Gesicht hatte sie immer noch nicht. Und keine Arme.

Der Zweifel nagte an ihm.

*

Hamad war am Morgen im Kraftraum im Keller gewesen und hatte trainiert. Als er in sein Zimmer kam, warf er die Tasche mit den nassgeschwitzten Sportsachen in die Ecke hinter der Tür, stellte die Mineralwasserflasche auf den Schreibtisch und setzte sich. Auf dem Bildschirm klebte ein gelbes Post-it mit Sjöbergs Handschrift, der ihn aufforderte, Karl Engström anzurufen. Aus welchem Grund, stand dort nicht, aber er nahm an, dass er ihn fragen sollte, ob er John Gideon kenne. Warum Sjöberg diese unbedeutende Aufgabe auf ihn abgewälzt hatte, statt es einfach selbst zu machen, war Hamad schleierhaft, aber es spielte ja auch keine Rolle, weil das Gespräch ohnehin nicht länger als eine Minute dauern würde.

Er warf einen Blick auf seine Armbanduhr und beschloss, seinen Arbeitstag lieber damit zu beginnen, seine Mails zu lesen. Er klebte das Post-it in die rechte untere Ecke des Bildschirms, schaltete den Rechner an, loggte sich ein und öffnete den Posteingang. Als er die Liste der eingegangenen Mails überflog, fand er etwas, das so seltsam aussah, dass er es für irgendeine Art von Spam hielt. Als er die Mail öffnete, war es in der Gewissheit, dass sie es nicht durch die Firewall geschafft hätte, wenn sie einen Virus enthielt. Die Mitteilung war kurz und merkwürdig, stammte vom Abend zuvor und war vermutlich von einem Kind oder einem Legastheniker geschrieben worden. Oder vielleicht von jemandem, der nur schlecht Schwedisch konnte. Unter dem Betreff »Wichtich, soford lesen« tauchte folgender Text auf dem Schirm auf:

Im Aftonbladet *steht es so. Angler zieht Babyleiche aus dem Wasser. Du must dich beeilen und rausfinden was fürn Kind das is. Das is bessa für dich, ich schwör.*

Es war nicht unterzeichnet, und die Mail-Adresse, die als Absender angegeben war, kannte Hamad nicht. Eine msn-Adresse, die nichts über die Person verriet, die sie benutzte. Buchstaben und Ziffern ohne Bedeutung, außer vielleicht für den Absender selbst: sjs15238@msn.com.

Trotz des naiven Tons weckte die Nachricht seine Neugier. Es konnte ein Tipp oder eine Bitte um Hilfe sein, vielleicht auch eine Drohung. Wie auch immer, es war jemandem wichtig, dass er in der Angelegenheit nachforschte, also beschloss er, dieser Sache direkt ein bisschen Zeit zu widmen. *Soford*, dachte er mit einem Lächeln.

Er surfte auf der Homepage des *Aftonbladet* und scrollte durch die Überschriften. Etwas weiter fand er tatsächlich den Artikel von gestern, auf den sjs15283 hingewiesen hatte. Er las ihn ein paarmal durch und suchte dann im Netz nach weiteren Artikeln oder Kommentaren zu dem Thema. Aber er bekam nichts weiter heraus, als dass ein Angler tatsächlich einen Säugling an den Haken bekommen hatte, als er vor Värmdö nach Heringen fischte.

Sehr seltsam. Hamad hatte nicht die geringste Ahnung, was das mit ihm selbst oder den Ermittlungen, an denen er im Moment oder früher beteiligt war, zu tun haben sollte. Aber jeder Tipp musste ernst genommen werden, auch schlecht formulierte. Falls es überhaupt ein Tipp war. Also nahm er den Hörer ab und wählte die Nummer einer alten Kurskollegin von der Polizeischule. Sie hieß June Sörensson und war mittlerweile im Polizeibezirk Nacka stationiert.

»Soweit ich verstanden habe, habt ihr ein Kind vor Värmdö aus dem Wasser gefischt«, sagte Hamad, nachdem sie ein paar höfliche Floskeln und den aktuellen Familienstand ausgetauscht sowie ein bisschen rumgefrotzelt hatten.

»Ja, schrecklich«, sagte Sörensson. »Hast du irgendeine Info, oder willst du nur ein bisschen quatschen?«

»Jemand hat mir den Tipp gegeben, dass ich mir die Sache etwas genauer ansehen soll«, antwortete Hamad aufrichtig, »aber ich habe nicht die geringste Ahnung, warum. Ich hatte also einfach gehofft, dass ich von dir ein bisschen mehr erfahren könnte.«

»Ja, interessant ist es allemal. Sehr viel interessanter jedenfalls, als die Presse glaubt. Wir haben ihnen nur die allernötigsten Informationen gegeben. Schließlich wissen wir noch gar nicht, wer das Kind ist.«

»Oh, verdammt. Ein Säugling, den keiner vermisst?«

»Ja, eine völlig unwirkliche Geschichte. Es ist ein kleines Mädchen, wir nennen sie Eivor.«

»Eivor«, wiederholte Hamad nachdenklich. »Kann es sich um einen Badeunfall handeln?«

»Ob sie ertrunken ist, weiß ich nicht, aber ein Unfall wird es kaum gewesen sein. Es geht um ein Kind im Alter von fünf, sechs Monaten. Aber es sieht aus wie der reinste Mafiamord. Sie ist erst in eine Plastiktüte gesteckt und dann in Maschendraht eingewickelt worden, bevor man sie im Nämdöfjärden versenkt hat. Kannst du dir das vorstellen? Maschendraht! Das ist doch total krank.«

Hamad konnte ihr nur recht geben. Maschendraht deutete auf Mord hin. Ohne den geringsten Zweifel. Es war nicht nur eine effektive Methode, einen Körper im Wasser loszuwerden, sondern auch ein Signal an die Umwelt: »So läuft es, wenn man sich nicht an die Regeln hält.« Und absolut kaltherzig gegenüber dem kleinen Wesen, selbst wenn es von all dem nichts mehr mitbekommen hatte.

»Wie lange hat sie schon im Wasser gelegen?«

»Nur ganz kurz«, antwortete Sörensson. »Höchstens einen Tag, nach der Auskunft des Rechtsmediziners. Sie war ziemlich ... unzerstört, wenn man das so sagen kann. Das Ganze ist wirklich eine deprimierende Geschichte.«

»Und ihr habt keine Theorien, wie sie umgebracht worden ist?«

»Noch nicht, nein. Das muss die Obduktion zeigen.«

»In was für einer Tüte hat sie gelegen?«, fiel Hamad noch ein zu fragen.

Wenn es eine übliche Lebensmitteltüte war, hatte sie wahrscheinlich eine Art von Werbeaufdruck, und das könnte ein Anhaltspunkt dafür sein, wo der Täter seine Einkäufe machte.

»Es war eine ICA-Tüte, glaube ich. Warte, ich sehe mal nach. Nein, eine VI-Tüte. Von der Ingaröhallen, genauer gesagt. Nichts Außergewöhnliches, da das Geschäft ziemlich nahe am Fundort liegt.«

Klar. Und wie viele Leute kauften nicht jedes Jahr in der Ingaröhallen ein? Es war nur so, dass die Ingaröhallen – ein Geschäft, von dem er bislang noch nie etwas gehört hatte – jetzt innerhalb kürzester Zeit zum zweiten Mal im Zusammenhang mit seiner Arbeit auftauchte. Reiner Zufall, könnte man vielleicht glauben, und das war vielleicht auch das Wahrscheinlichste. Aber Hamad mochte keine Zufälle. Allerdings war das nichts, worüber er jetzt mit June Sörensson diskutieren wollte.

»Und keine Kinder in dem Alter sind vermisst gemeldet worden?«, fragte er stattdessen.

»Nein, kein einziges Kind im Alter von null bis zwölf Monaten. In jüngerer Zeit.«

»In jüngerer Zeit? Was meinst du damit?«

»Vor neun Jahren verschwand ein Mädchen, das ein halbes Jahr alt war, und es wurde nie gefunden. Sie passt tatsächlich zu der Beschreibung, aber es passierte in Schonen, und von dort ist es ja näher zum Kontinent als hierher nach Stockholm. Und wie gesagt, das war vor neun Jahren.«

»Könntest du mir vielleicht ein paar Papiere zu dem Fall schicken?«, bat Hamad.

»Natürlich. Aber wie sah denn der Tipp aus, den du bekommen hast?«

»Ich weiß nicht mal, ob es ein Tipp ist. Jemand hat mich gebeten, mir den Fall anzuschauen. Mit einer seltsamen E-Mail voller Rechtschreibfehler, als wäre sie von einem Kind geschrieben worden.«

»Und du weißt nicht, wer der Absender ist? Aber die Nachricht war an dich persönlich adressiert?«

»Soweit ich weiß, ist sie nur an mich geschickt worden. Sie war nicht unterzeichnet und der Absender benutzte eine anonyme msn-Adresse. Ich schicke sie an dich weiter, wenn das weiterhelfen könnte.«

»Danke«, sagte June Sörensson, woraufhin sie das Gespräch mit dem gegenseitigen Versprechen beendeten, irgendwann einmal gemeinsam essen zu gehen.

Nachdem sie aufgelegt hatten, blieb Hamad mit dem Kopf in den Händen sitzen und wusste nicht weiter. Er bereute beinahe, dass er dieser kindischen Mail überhaupt nachgegangen war. Sie hatte vermutlich nichts mit der Vergewaltigung von Veronica Engström und dem Mord an John Gideon zu tun, und er hatte so schon genug zu tun. Trotzdem konnte er es nicht einfach ignorieren. Die Mail war, wie June Sörensson festgestellt hatte, an Hamad persönlich gerichtet. Nicht an die Polizei im Allgemeinen, nicht an Brandt oder Malmberg, nicht an Sjöberg, sondern ganz speziell an ihn, und dafür musste es einen Grund geben. Aber vor allem die Tatsache, dass das Baby in einer Plastiktüte der Ingaröhallen gelegen hatte, machte es ihm schwer, die Angelegenheit einfach zu vergessen. War es nur ein Zufall, oder konnte es etwas mit der Familie Engström zu tun haben?

Er ging den ganzen Ereignisverlauf noch einmal durch, er wusste nicht, zum wievielten Mal. Das Einzige, was er sicher wusste, war, dass Veronica Engström vergewaltigt worden war und kurz danach vor der John Gideons Tür auftauchte. Hinter dieser Tür lag John Gideon, tot – ermordet. Veronicas Bruder – Karl Engström, der wegen versuchter Vergewaltigung schon einmal verurteilt worden war – log sich gemeinsam mit seinen Eltern ein Alibi für diesen Abend zusammen. Was von einer Quittung von ausgerechnet dieser Ingaröhallen und der Benutzung eines Bankautomaten in Orminge bewiesen wurde. Das machte Karl Engström zu einem denkbaren Kandidaten sowohl für die Vergewaltigung seiner Schwester als auch für den Mord. Aber könnte er darüber hinaus auch mit dem Mord an dem Säugling aus dem Nämdöfjärden zu tun haben? Die Idee kam ihm sehr gewagt vor, und es wäre kaum vorstellbar, dass er mit seiner Behinderung ein solches Verbrechen planen und ausführen konnte. Wenn man bedachte, dass niemand das Kind vermisste, musste der Täter sehr überlegt vorgegangen sein. Natürlich war es denkbar, dass Karl Engströms Eltern an diesem Verbrechen beteiligt waren. Oder den Verbrechen. Aber kaum an der Vergewaltigung, höchstens in der Form, dass sie Beweise zurückgehalten hatten.

Aber wie er es auch drehte und wendete, er begriff eigentlich gar nichts. Einigermaßen überzeugt war er nur davon, dass John Gideon Veronica Engström vergewaltigt hatte, aber lediglich wegen einer Liste mit Kontaktdaten aus einem früheren Fall. Was für ein Kuddelmuddel.

Der Bildschirm erlosch und wurde schwarz. Unten in der Ecke saß der schreiend gelbe Zettel von Sjöberg, der ihn aufforderte, seine sinnlose Grübelei zu beenden und sich etwas Produktiverem zu widmen. Karl Engström anrufen, mahnte er. Unter einer Telefonnummer, die eine schöne Symmetrie besaß. Leicht zu merken, wenn man die Ziffern auf eine bestimmte Weise gruppierte. 58 2 29 58. Zweimal neunundzwanzig ist achtundfünfzig.

Das gibt's doch nicht ... Mit einer hastigen Bewegung, bei der er beinahe die Mineralwasserflasche über die Tastatur kippte, setzte er sich aufrecht in den Stuhl. Auf einen Schlag stieg sein Puls auf das Doppelte, und Dutzende unzusammenhängender Gedanken schossen durch seinen Kopf. Vor sich sah er ein nacktes und misshandeltes Mädchen auf einem kalten Treppenhausboden. Er sah den schon lange erkalteten Körper eines älteren Mannes mit nacktem Oberkörper und langen, sensiblen Fingern. Eine Plastiktüte, in der sich zuvor Lachs und gut abgehangenes Rindfleisch befunden hatten, in der jetzt aber ein ungewolltes Baby steckte. Und im Auge des Sturms, in vollständiger Sicherheit und umgeben von allem, was er liebte, ein erwachsener Junge in einer Welt aus Lego.

Karl Engström – ein kaltblütiger Vergewaltiger mit Beziehungen zu den feinsten Kreisen? Veronica Engström – das Opfer eines Vergewaltigungsrings, dessen Mitgliederliste nicht nur Politiker, Polizisten und bestialische Mörder umfasste, sondern auch ihren eigenen Bruder? Hamad bekam ganz verschwitzte Handflächen.

Mit glühenden Wangen und rauschendem Blut in den Adern stürzte er zu Sjöbergs Büro hinüber.

*

Sjöberg dachte gerade an seine zehnjährige Tochter. Der gestrige Abend war nicht ganz so schlimm gewesen wie der Montagabend, aber Sara ging es ganz offensichtlich nicht gut. Sie war niedergeschlagen und still und wollte nicht mehr über die Angelegenheit sprechen. Sie wollte nicht über Internet-Mobbing diskutieren und auch keine erbaulichen Gespräche mit ihren Eltern über das richtige Verhalten ihren Klassenkameraden gegenüber führen. Sie wollte überhaupt nicht über die Schule sprechen, sondern machte nur pflichtschuldig ihre Hausaufgaben, schaute Fernsehen, aß und schlief. Und das fühlte sich beinahe noch schlimmer an. Er wünschte sich, dass er das alles von sich abschütteln könnte, aber es gelang ihm nicht besonders gut.

Deshalb war es eine willkommene Unterbrechung dieser gemeinsamen Familiendepression, als Hamad in sein Zimmer stürmte, hochrot im Gesicht und mit stockendem Atem. Sein Auftritt war nicht gerade taktvoll, er knallte die Tür mit einer solchen Kraft hinter sich zu, dass die Fensterscheiben klirrten.

Das weckte naturgemäß die Neugier der anderen Polizisten, was möglicherweise gar nicht seine Absicht war. Dann ließ er sich in den Besucherstuhl sinken.

»Entschuldige«, sagte er. »Ich wollte nicht …«

»Kein Problem«, sagte Sjöberg mit einem neugierigen Lächeln. »Aber du solltest dich besser beeilen, mir alles zu erklären, denn es ist nur eine Zeitfrage, bis Petra und alle anderen hier sind und wissen wollen, was los ist.«

»Dieser Zettel«, begann Hamad. »Das Post-it mit Karl Engströms Telefonnummer.«

Ja, wo ist denn dieser Zettel hin?, dachte Sjöberg. Der hing doch gestern Abend noch hier, als er ging.

»Die Telefonnummer ist …«

Wie erwartet wurde er von einem Klopfen an der Tür unterbrochen.

»Ja!«, antwortete Sjöberg.

Hamad seufzte. Die Tür wurde geöffnet und Petra tauchte im Türrahmen auf.

»Was für ein Lärm. Was ist denn los?«

»Nichts«, antwortete Hamad müde. »Ich war nach dem Training so in Schwung, dass ich die Tür einfach mitgenommen habe. Sorry.«

»Du kannst die Tür offen lassen«, sagte Sjöberg, woraufhin Westman sie mit einem Lächeln und einem leichten Kopfschütteln verließ.

Eine effektive Methode, sie loszuwerden, ohne ihnen eine direkte Anweisung geben zu müssen.

»Eine geschlossene Tür sorgt nur für Misstrauen«, sagte Sjöberg mit leiser Stimme.

»Ich weigere mich, bei offener Tür über diese Dinge zu sprechen«, antwortete Hamad.

Er stand auf und schloss die Tür, dieses Mal mit übertriebener Vorsicht, bevor er sich wieder in den Besucherstuhl setzte.

»Karl Engströms Telefonnummer ist identisch mit der des ›Baumeisters‹«, sagte Hamad.

Mehr brauchte er nicht zu sagen. Sjöberg saugte die Luft ein und begriff sofort, das die Konsequenzen dieser neuen Information sowohl die Ermittlungen als auch das, was sie nebenbei im Verborgenen trieben, auf den Kopf stellen konnten. Hamad beobachtete ihn, während die Nachricht einsank.

»Oje, oje«, sagte Sjöberg schließlich. »Was sagt man denn dazu?«

In Gedanken sah er diesen großen Jungen in Arbeitshosen und mit nacktem Oberkörper vor sich, auf dem Papier hochbegabt, aber in Wirklichkeit nicht besonders lebenstüchtig. Ein junger Mann, der in diesem komplizierten Dasein ständig jemanden brauchte, der ihm sagte, wo es langging. Der darauf programmiert worden war, richtig und falsch zu unterscheiden und der nur einer ganz kleinen Anzahl von Menschen in seiner Nähe vertraute. Aber wem? Seiner Familie natürlich. Vielleicht einem ehemaligen Betreuer oder Lehrer. Aber sonst?

»Das ist ja eine traurige Nachricht, muss ich sagen«, fuhr Sjöberg fort. »Irgendwie mag ich Kalle. Ich möchte nicht, dass das stimmt, was du da sagst.«

»Mir geht es genauso«, sagte Hamad, »aber leider stimmt es.«

»Wir müssen es zu unserem Vorteil nutzen«, meinte Sjöberg mit plötzlicher Entschlossenheit. »Damit haben wir ein Ass im Ärmel. Aber wir dürfen natürlich kein Wort darüber verlieren, und deshalb werden wir an diesem Wissen keine rechte Freude bei den Ermittlungen haben.«

»Ganz so schlimm ist es nicht«, erwiderte Hamad. »Das eine oder andere Fragezeichen werden wir streichen können. Jetzt wissen zumindest du und ich, wie die Sache zusammenhängt, und das schadet ja nichts, oder? Ich vermute jedenfalls, dass es leichter fällt, die eigene Schwester zu vergewaltigen, wenn man gelernt hat, dass Vergewaltigung unter gewissen Umständen erlaubt ist.«

»Ja, da ist vielleicht etwas dran«, sagte Sjöberg. »Vielleicht als er aus irgendeinem Grund böse auf sie war. Wenn er von seiner konservativen Mutter indoktriniert war, hat er vielleicht gedacht, dass sie sich feilbot. Aber trotzdem wird Gideon auf die eine oder andere Weise beteiligt gewesen sein. Wir können also wieder ganz von vorne anfangen: Wir haben zwei Verdächtige für die Vergewaltigung, John Gideon und Karl Engström, und drei Verdächtige für den Mord, Karl, Torbjörn und Veronica Engström.«

»Nein, jetzt nicht mehr«, sagte Hamad. »Ich habe gestern einen Anruf bekommen. Es war die Frau aus dem Haus gegenüber, die ihre Aussage ändern wollte. Sie war sich jetzt sicher, dass der ältere der beiden Männer, die John Gideon besucht haben, einen Schnurrbart trug. Torbjörn Engström können wir also streichen. Und Kalle wohl gleich mit, da er nicht das passende Alter hat.«

Es war verrückt. Alles schien so einfach zu sein. Sie hatten das meiste im Griff, was diesen Fall betraf, trotzdem schien die Lösung noch meilenweit entfernt. Eine begrenzte Auswahl an Personen und eine Kette von Ereignissen. Aber eine Kette war nie stärker als ihr schwächstes Glied. Irgendetwas hatten sie anscheinend übersehen oder falsch verstanden, denn diese Kette wirkte sehr zerbrechlich.

»Hast du Kalle angerufen?«, fragte Sjöberg.

»Nein, ich habe den Zettel ja gerade erst entdeckt, und dann fiel mir das mit der Nummer auf. Aber ich rufe ihn jetzt an.«

»Keine Hektik«, meinte Sjöberg. »Ich mache es selbst. Das ist besser, weil ich schon einmal mit ihm gesprochen habe.«

»Warum hast du dann den Zettel überhaupt an meinen Rechner geklebt?«, fragte Hamad verwundert.

Plötzlich wurden sie ein weiteres Mal unterbrochen, diesmal von einem eher schüchternen Klopfen an der Tür.

»Herein!«, rief Sjöberg, woraufhin die Tür geöffnet wurde und Andersson eintrat.

»Entschuldigt, dass ich störe«, begann er, »aber ich dachte, ihr solltet wissen, dass Veronica ihre Aussage geändert hat.«

Sjöberg seufzte. Aber überrascht war er nicht, wenn er bedachte, wie Westman an die erste Aussage gekommen war.

»Dir ist es also gelungen, das Vertrauen wiederherzustellen, Loddan?«, sagte er mit einem anerkennenden Lächeln.

»Vielleicht«, antwortete Andersson ausweichend. »Jetzt behauptet sie jedenfalls, dass sie von einem unbekannten Mann auf dem Ältavägen vergewaltigt wurde.«

»Auf einmal also ein unbekannter Mann?«, sagte Sjöberg skeptisch. »Direkt auf der Straße oder irgendwo am Rand?«

»Das weiß ich noch nicht. Nachdem ich sie erst mal zum Sprechen gebracht hatte, wollte ich sie nicht zu sehr unter Druck setzen. Aber so hat sie es jedenfalls gesagt. Ich werde sie heute Nachmittag wieder besuchen und hoffe, dass ich dann ein paar Details von ihr erfahre.«

»Glaubst du ihr?«, fragte Sjöberg.

»Nein.«

Sjöberg und Hamad schauten einander an. Sjöberg war sich ziemlich sicher, dass auch Hamad nicht an diesen unbekannten Mann glaubte.

»Warum nicht?«

»Weil sie, nachdem sie erst gar nichts erzählt hatte, ganz plötzlich – als die Umstände günstig erschienen – Gideon beschuldigte. Als diese Aktion unangenehme Konsequenzen nach sich zog, änderte sie ihre Aussage erneut. Ein unbekannter Mann ist ein einfacher Ausweg, der ihr nichts abverlangt.«

»Du glaubst also immer noch an Gideon?«, fragte Sjöberg.

»Überhaupt nicht«, antwortete Andersson. »Wie ich schon

sagte, glaube ich, dass es die übliche Geschichte war. Ein Haufen hormongetränkter junger Männer auf einem Fest und ein betrunkenes Mädchen. Alphamännchen und Alkohol sind eine verdammt schlechte Kombination. Der Gruppendruck ist enorm und wiegt die Jungs gleichzeitig in einer falschen Sicherheit.«

»Und warum soll es für Veronica dann so schwer sein, die Wahrheit zu sagen?«

»Weil sie möglicherweise nicht verurteilt werden, und in dem Fall ist sie das ganze kommende Jahr täglich mit ihnen konfrontiert. Es gibt jede Menge Gerede auf den Fluren der Schule und noch alle möglichen anderen Sachen.«

Sjöberg nickte verständnisvoll und stellte fest, dass auch Hamad nachdenklich aussah. Anderssons Überlegung war nachvollziehbar, aber ihm fehlten auch gewisse Kenntnisse über die wahre Natur dieses Falles, die Sjöberg und Hamad für sich behielten.

»Und Veronica schien im Übrigen eine Art Beziehung zu John Gideon gehabt zu haben«, fuhr Andersson fort. »Mir ist nicht so richtig klar geworden, wie die aussah, aber sie hat ihn mehrere Male John genannt. Und sie sagte, dass er ihr viel bedeutet habe.«

Jetzt zog Sjöberg die Augenbrauen hoch. Das waren ganz neue Informationen.

»Trotzdem hat sie ihn beschuldigt, sie vergewaltigt zu haben?«, fragte er nach.

»Ja, sobald sie erfahren hatte, dass er tot war. Um es sich einfacher zu machen. Er habe ja keine Angehörigen, und um seinen Ruf habe er sich auch nie irgendwelche Gedanken gemacht, meinte jedenfalls Veronica. Sie kannte ihn also, ganz klar.«

»Ich werde Kalle anrufen und herausfinden, ob er John Gideon ebenfalls kannte«, sagte Sjöberg.

»Genau.« Plötzlich fiel Andersson etwas ein. »Als ich mit Veronica über diese Männer sprach, die ihn besucht haben, sagte sie so etwas wie, ›ihr Vater und ihr Bruder können es nicht gewesen sein, sie kannten ihn ja kaum‹.«

»Hm«, sagte Sjöberg. »Sie kannten ihn also zumindest ein bisschen? Das haben Torbjörn und Rita Engström geleugnet.«

»Aus der Richtung kann man wohl nichts anderes erwarten als Lügen«, brummelte Hamad.

In diesem Moment kam Sandén, dicht gefolgt von Westman und Gerdin, in Sjöbergs Zimmer.

»Wir wollten essen gehen«, sagte Sandén.

»Veronica Engström hat ihre Aussage geändert«, informierte sie Sjöberg. »Sie ist jetzt von einem einsamen Mann auf dem Ältavägen vergewaltigt worden.«

»Das passt ja«, sagte Sandén mit einem freudlosen Lachen.

»Dann muss sie uns aber eine richtig gute Beschreibung und einen glaubhaften Handlungsverlauf liefern«, meinte Gerdin.

»Ich werde mein Bestes versuchen«, sagte Andersson. »Ich werde sie heute Nachmittag wieder besuchen.«

Sjöbergs Telefon klingelte, und während er ein paar Worte mit Bella Hansson wechselte, spekulierten die anderen darüber, wie diese Vergewaltigung abgelaufen sein könnte. Nur Westman äußerte sich nicht dazu. Sjöberg fand, dass sie ein bisschen verschämt aussah, wie sie dastand und am Verschluss ihrer Windjacke herumfingerte. Ihre Mimik verriet jedoch, dass auch sie der letzten Aussage von Veronica keinen Glauben schenkte.

»Bella lässt uns jetzt in John Gideons Wohnung«, sagte Sjöberg, nachdem das kurze Gespräch beendet war. »Ich schlage vor, dass wir uns alle nach dem Mittagessen richtig ins Zeug legen.«

An Rut

Und so kam es, Rut. Genau, wie ich es mir vorgestellt hatte. Eine gemeinsame Zukunft und eine besondere Gemeinschaft, eine traurige Reise ins Unvermeidliche.

Marianne und ich heirateten im Sommer 1972. Es war eine bürgerliche Trauung im Kreise der engsten Familie. Dazu hast du nicht gehört. Auch nicht die intellektuelle Elite der FNL-Bewegung, denn unser Umgang war zu der Zeit nur noch auf Gleichgesinnte beschränkt. Was Drogen betraf, nicht Politik. Eine schnelle Zeremonie im Stadshuset, dann ein herrlicher Rausch in einer der Fixerbuden, in denen wir uns häufiger aufhielten. Ich weiß nicht, wie viele Tage er dauerte, ich erinnere mich überhaupt an kaum etwas von den folgenden vier Jahren.

Aber ich weiß, dass zwei davon dazu verwendet wurden, den fantastischen Menschen, der Marianne einmal gewesen war, Stück für Stück zu demontieren. Und die zwei darauffolgenden Jahre waren nötig, um ihren Verlust zu betäuben, sie und alles, was passiert war, zu vergessen. Meinen Anteil an der Geschichte. Ich redete mir ein, dass es die Voraussetzung dafür war, dass ich weitergehen konnte. Zynisch und kaltherzig wie immer. Und es gelang mir so gut, dass ich mich eines Tages einfach aus dem Elend erhob und mit allem und jedem brach. Mit einem Achselzucken befreite ich mich von alten Mustern, von Bekanntschaften, die für mein neues Leben unvorteilhaft waren.

Das hätte Marianne niemals geschafft. Nicht einmal mit meiner Unterstützung. Wenn sie noch gelebt hätte.

Als es abwärts zu gehen begann, wandten sich die Leute immer mehr von ihr ab. Von mir nicht so sehr, ich kam irgendwie immer zurecht. Aber Marianne landete schnell in einer Art Todesspirale. Mit immer höherer Geschwindigkeit stürzte sie der Erde entgegen, und die Leute flohen in alle Richtungen. Am Ende gab es niemanden mehr, und es scherte mich nicht. Wenn sie es so haben wollte, bitte sehr. Was hatte das mit mir zu tun? Was sollte ich mit einer gelbäugigen, zahnlosen Vogelscheuche, die kaum noch sprechen und erst recht nicht klar denken konnte? Ich hatte mit mir selbst genug zu tun. Und was mich betraf, brachte die Ehe keine Verpflichtungen mit sich. Sie war etwas, auf das ich mich in einer anderen Phase unserer Beziehung eingelassen hatte, um ihr entgegenzukommen. Ein paar Unterschriften auf einem Blatt Papier, vollkommen bedeutungslos.

Dieser Abend, Rut.

Es war mitten im Sommer, eine Hitzewelle während der Hundstage. Ich und eine weitere Person lagen in einem Studentenzimmer und dösten, high wie Alpengletscher. Alles war dreckig und versifft, nur ein paar Matratzen auf dem Fußboden und jede Menge Müll. Ich erinnere mich, dass ich auf einer der Matratzen lag, der Kumpel auf einer anderen. Marianne hatte keine Ruhe, sie tigerte hin und her und redete die ganze Zeit, ich weiß nicht worüber. Am Ende war sie oft so, unruhig und ein bisschen verrückt, sprach mit sich selbst. Seltsame Worte ohne innere Ordnung, Sätze ohne Substanz. Aber dann, mittendrin in dem ganzen Sermon, ein Augenblick der Klarheit.

»Wir brauchen Geld«, sagte sie.

Ich erinnere mich, dass sie das Wort »wir« verwendete, loyal bis in den Tod. Wenn Marianne etwas besorgte – Geld, Stoff, Bier, Essen oder Zigaretten –, dann tat sie es immer für uns beide. Ich selbst machte für sie keinen einzigen Finger krumm.

Nicht damals. Nicht, seit sie so hässlich und ich so verrückt geworden war.

»Ich weiß, wie ich an Geld kommen kann«, sagte Marianne.

Ich hörte nur mit einem halben Ohr zu. Aber ich hörte zu. Am darauffolgenden Tag, als sie immer noch nicht aufgetaucht war, erinnerte ich mich, wohin sie gehen wollte. Eine Woche später, als sie immer noch nicht zurückgekommen war, hatte ich immer noch ein klares Bild davon, was sie tun wollte und wo. Trotzdem erzählte ich es nicht der Polizei. Trotzdem erzählte ich dir nichts, als du in der Tür standst und weintest.

Ich hatte keine Lust, weil ich nur damit beschäftigt war, meine eigenen Bedürfnisse zu befriedigen. Und Mariannes Wohlbefinden gehörte nicht dazu.

Mittwochnachmittag

Nachdem das ganze Team, abgesehen von Andersson, sich noch einmal mit John Gideons Wohnung beschäftigt hatte, saß Sjöberg nun wieder in seinem Zimmer. Hamad war allein in der Wohnung zurückgeblieben, weil er sich aus naheliegenden Gründen Gideons Computer in aller Ruhe anschauen wollte, bevor ihn die IT-Abteilung in Beschlag nahm. Abgesehen vom Computer hatte man das Handy, die Kamera, das Kundenverzeichnis, ein paar Fotoalben, diverse Ordner und die Post der letzten Tage mitgenommen. Die Aufgabe, dieses Material genauer durchzugehen, hatte er seinen Kollegen überlassen, aber erst, nachdem er sich selbst einen Überblick verschafft hatte. Bemerkenswert war, dass die Fotoalben beinahe ausschließlich Bilder von jungen Mädchen enthielten, allerdings vollständig bekleidet und in angenehmer Umgebung. Das Kundenverzeichnis umfasste Adressen von Ystad bis nach Haparanda, und sowohl Malmberg als auch Engström waren darin aufgeführt. Unter der jüngst eingegangenen Post fand sich eine Bahnfahrkarte von Stockholm nach Eslöv und zurück. Was genau John Gideon dort vorhatte, war schwer festzustellen, aber anhand des Kundenverzeichnisses konnte Sjöberg feststellen, dass Gideon schon einige Kunden in dieser Gegend aufgesucht hatte.

Vor ihm lag der Zettel mit Karl Engströms Telefonnummer, den er gerade von Hamads Schreibtisch geholt hatte. Wie er dorthin gekommen war, war ihm ein Rätsel. Er selbst hatte ihn jedenfalls nicht dorthin geklebt, und als er sich an das Gespräch mit Hamad vor einigen Stunden erinnerte, wurde er noch nachdenklicher. Je mehr er darüber nachdachte, desto sicherer war er, dass Hamad ausdrücklich gesagt hatte, dass Sjöberg ihm das Post-it mit der Aufforderung, Karl Engström anzurufen, gegeben habe. Aber das stimmte doch nicht, warum sollte er das getan haben? Er hatte selber anrufen wollen, aber irgendwie hatte er sich an den gelben Zettel gewöhnt und die ganze Sache vergessen. Könnte das Reinigungspersonal ihn in der Nacht aus Versehen woanders hingeklebt haben? Ein paar Zimmer weiter? Wohl kaum. Und Hamad, dieser Gedächtniskünstler, hätte sich niemals vertan und geglaubt, den Zettel auf dem eigenen Tisch gefunden zu haben, wenn es in Wirklichkeit in Sjöbergs Zimmer war.

Hamad hatte, wie gesagt, ein begnadetes Gedächtnis für die meisten Dinge, aber besonders für Zahlen. Könnte es sein, dass jemand dies ausnützen wollte und deshalb absichtlich den Zettel vor seinen Augen platziert hatte statt vor Sjöbergs? Damit Hamad dafür sorgte, dass die Information verwendet wurde und nicht im Papierkorb verschwand, so wie es passiert wäre, wenn der Zettel bei Sjöberg geblieben wäre? Aber wie um alles in der Welt konnte jemand anderes als Hamad oder Sjöberg wissen, welcher Sprengstoff sich hinter dieser kurzen Mitteilung verbarg? Und wer sollte das sein?

Sjöbergs erster Gedanke war, dass Westman selbst ihr Geheimnis herausbekommen haben musste. Schließlich lebte sie mit Hamad zusammen und hatte irgendwann ihre eigenen Schlussfolgerungen gezogen. Aber am Ende verwarf er den Gedanken. Wenn Westman entdeckt hätte, dass sie selbst die Hauptperson in einem Drama war, das sich hinter ihrem Rücken abspielte, hätten sie es gemerkt. Dann wäre nämlich die Hölle los gewesen, und sowohl Hamad als auch Sjöberg hätten einen Satz warme Ohren bekommen. Mit allem Recht vielleicht, aber sie hatten es schon so oft durchdiskutiert, und jedes Mal waren sie zu demselben Ergebnis gekommen. Je weniger die Geschichte kannten, desto besser. Und in dem Augenblick, in dem sie Westman davon erzählten, wäre das Rennen wahrscheinlich vorbei. Denn ein solches steinernes Gesicht gab es nicht, das seinem Vergewaltiger jeden Tag in die Augen sehen konnte, ohne eine Miene zu verziehen.

Wenn es Westman nicht war, wer konnte dann so raffiniert sein, bei der richtigen Gelegenheit den richtigen Knopf zu drücken? Wer konnte wissen, womit sie sich beschäftigten, und ihnen einen kleinen, spöttischen Schubser in die richtige Richtung geben? Die Antwort war einfach. Sjöberg musste laut lachen, als ihm aufging, dass natürlich nur diese verdammte Gerdin dahinterstecken konnte, die sie wieder einmal übertrumpft hatte. Wer sonst? Nach einem so ausgebufften Frauenzimmer musste man lange suchen, aber wie um alles in der Welt hatte sie es angestellt?

Es lohnte sich nicht, sich darüber den Kopf zu zerbrechen. Es gab keinen Grund, das Rad neu zu erfinden, sie sollte es selbst erzählen. Wie es im Augenblick aussah, sollten sie am besten mit offenen Karten spielen. Das hieß, sie mussten sie in ihr Geheimnis einweihen – soweit das überhaupt noch nötig war – und sich von ihr helfen lassen, was ja ganz offensichtlich genau das war, was sie wollte. Und was sie vielleicht auch brauchten.

Aber bis Hamad wieder auftauchte, musste er die Maske wahren. Diese Aufgabe mussten sie gemeinsam lösen. Also hob Sjöberg stattdessen den Telefonhörer ab und wählte Karl Engströms Handynummer. Nachdem es vier Mal geklingelt hatte wollte er schon aufgeben, aber schließlich hörte er eine atemlose Stimme am anderen Ende.

»Karl Engström.«

»Hallo. Hier ist Conny Sjöberg von der Polizei in Hammarby. Erinnern Sie sich an mich?«

»Ich erinnere mich an Sie.«

»Entschuldigen Sie die Störung. Sie sind bestimmt gerade bei der Arbeit.«

»Ich bin gerade bei der Arbeit. Sie waren hier.«

»Aha, sie sind noch im selben Garten wie vorgestern? Den Sie und Ihr Vater angelegt haben?«

»Ich bin im selben Garten wie vorgestern.«

Sjöberg schaute aus dem Fenster, der Himmel war blau mit kleinen Schäfchenwolken. Ein Tag, an dem er lieber im Garten gearbeitet hätte, als in einem Büro eingesperrt zu sein.

»Sie haben Glück mit dem Wetter«, sagte er. »Heute ist auch ein schöner Tag.«

Karl Engström antwortete nicht, vielleicht hatte er keine spezielle Meinung zum Wetter, ganz gleich, wie es gerade war.

»Karl, ich möchte Ihnen nur eine Frage stellen. Ist Ihnen vielleicht ein Mann namens John Gideon bekannt?«

»Ich glaube nicht, dass er mir bekannt ist.«

»Gideon ist sein Nachname.«

»Ein Mann mit dem Vornamen John ist mir bekannt.«

»Aha, den kennen Sie?«, sagte Sjöberg, ein wenig überrascht von der Schnelligkeit, mit der der junge Mann geschlossen hatte, das John der Vorname sein musste. »Wann haben Sie ihn getroffen?«

»Veronicas Klavierlehrer hieß John.«

O verdammt, dachte Sjöberg.

»Aha«, sagte Sjöberg. »Aber sie hat keinen Unterricht mehr bei ihm?«

»Veronica spielt nicht mehr Klavier. Mama und Papa mochten den Lehrer nicht.«

»Sieh mal an. Danke für Ihre Hilfe, Karl. Ist Ihr Vater auch da?«

»Papa ist auch hier.«

»Dann würde ich gerne mit ihm sprechen. Würden Sie ihm bitte das Telefon geben?«

Eigentlich hätte er Torbjörn lieber in die Augen geschaut, wenn er ihm die Frage stellte, aber er wollte ihm nicht die Möglichkeit geben, eine Antwort vorzubereiten. Karl das Telefon weitergeben zu lassen, schien das Beste zu sein, was Sjöberg aus der Situation machen konnte. Es dauerte eine Weile, aber Sjöberg konnte hören, wie die Weitergabe stattfand, und Torbjörn Engström schien das Gespräch nicht gehört zu haben, das er mit Karl geführt hatte.

»Ja, hier Torbjörn Engström.«

»Ich habe gehört, dass Veronica bei John Gideon Klavierunterricht genommen hat«, sagte Sjöberg, nachdem er sich ein weiteres Mal vorgestellt hatte.

Ein paar Sekunden blieb es am anderen Ende der Leitung still, dann kam Engströms Antwort:

»Ist das dieser John? John Gideon? Ich hatte ja keine Ahnung. Dass es derselbe war, meine ich. Dieser John war einmal bei uns zu Hause, um das Klavier zu stimmen. Veronica und er haben sich gut verstanden, und dann kam er einmal in der Woche zu uns und hat ihr Unterricht gegeben. Aber wir haben das Projekt nach einem halben Jahr wieder fallen gelassen, glaube ich.«

»Warum?«, fragte Sjöberg.

»Wir fanden ihn zu teuer, wenn ich mich richtig erinnere. Und ich mochte diesen Mann von Anfang an nicht.«

»Nein?«, sagte Sjöberg.

»Das war vielleicht nicht so intelligent formuliert«, fiel Engström ein. »Nachdem er ermordet worden ist, meine ich. Aber ich fand ihn irgendwie zu aufdringlich. Es war etwas mit seinem Blick und wie er Veronica berührte. Nein, daran will ich gar nicht denken. Wollen Sie damit etwa sagen, dass Veronica vor seiner Tür …? Das ist ja furchtbar. Aber es überrascht mich nicht besonders, wenn Sie mich fragen.«

»Was wundert Sie nicht?«

»Dass er es war, der … wenn er es war, der … Veronica das angetan hat.«

»Das wissen wir noch nicht«, sagte Sjöberg ruhig. »Aber vor Kurzem noch haben Sie behauptet, dass Sie John Gideon nicht kennen. Wie kommt das?«

»Ich hatte keine Ahnung, wie dieser Klavierlehrer mit Nachnamen hieß. Er hat seine Rechnungen immer unter dem Firmennamen geschickt. *Johns Klavierstudio* oder so etwas. Das müssen Sie mir glauben.«

»Okay«, sagte Sjöberg. »Mehr wollte ich nicht wissen. Danke, dass Sie sich die Zeit genommen haben.«

Vielleicht war es ja wirklich so. Wenn Engström nicht schon wieder gelogen hatte.

Sjöberg sah die beiden Männer vor sich, wie sie in diesem Garten in Huddinge im Sonnenlicht standen. Seite an Seite. Vater und Sohn. Es war eine recht angenehme Vorstellung, wenn man von gewissen aktuellen Umständen absah. Er dachte an die Rhododendron-Büsche und Karl Engströms detaillierte und engagierte Beschreibung, wie man sie einpflanzen sollte. Und wie er anschließend wie auswendig gelernt erklärt hatte, wie er nach der Haftanstalt in einer neuen Schule gelandet war.

Sjöberg suchte seine Aufzeichnungen von diesem Gespräch heraus und konnte, unter Zuhilfenahme seiner schlampig hingekritzelten Notizen, Karl Engströms Stimme hören, wie er die Informationen aufreihte, die sich irgendwie in seinem Gedächtnis festgesetzt hatten.

»Mama und Papa haben eine neue Schule für mich hier in Huddinge gefunden. Der Mann, der in diesem Haus wohnt, war für Unterrichtsdienstleistungen zuständig, die von anderen Gemeinden gekauft wurden. Deswegen konnte ich in einer Schule beginnen, in der es eine besondere, gemeindeübergreifende Integrationsklasse gab, in der Schüler mit ADHS, ADS,

Asperger oder Tourette-Syndrom aus ganz Huddinge unterrichtet wurden.«

Mit steigendem Puls stellte sich Sjöberg die Frage, wer in einer Kommune dafür verantwortlich sein könnte, Unterrichtsdienstleistungen von einer anderen Kommune zu kaufen. Und nach ein paar Minuten im Internet hatte er herausgefunden, dass es sich dabei zweifellos um den Vorsitzenden des Schulausschusses gehandelt haben musste.

Und in Huddinge hatte dieses Amt bis vor Kurzem ein Stadtrat namens Karl Larsson innegehabt. Er war unter der Adresse gemeldet, wo Hamad und Sjöberg vor ein paar Tagen Karl und Torbjörn Engström aufgesucht hatten.

Vier Minuten und ein Telefongespräch später hatte Sjöberg bestätigt bekommen, dass dieser Mann zurzeit in der Justizvollzugsanstalt von Norrtälje einsaß, wo er eine Strafe für versuchten sexuellen Missbrauch an Minderjährigen abbüßte. Dasselbe galt für den Lehrer, der an der Tat beteiligt gewesen war.

Damit war Sjöberg einen Schritt weiter in der Beantwortung der Frage gekommen, die er sich schon am Vormittag gestellt hatte: Wer hatte Karl Engström in diese lichtscheue Gesellschaft hineingelockt, die ihre Freizeit mit systematischen Vergewaltigungen verbrachte? Menschen, die abgesehen von den Eltern und der Schwester zu der kleinen Schar zählten, denen der neuropsychiatrisch funktionsgestörte junge Mann vertraute? Konnte der mittlerweile inhaftierte Stadtrat, dessen Garten Karl Engström mit angelegt hatte und der ihm einen Platz in einer Schule besorgt hatte, die er nach eigener Aussage sehr gemocht hatte, einer dieser Auserwählten sein? Vielleicht. Aber war es nicht viel wahrscheinlicher, dass es trotz allem nur ein Lehrer war, für den er großes Vertrauen entwickelt hatte? Ein Lehrer der Unterstufe? Kaum. Karl Engström war bereits in der Mittelstufe, als er in Huddinge landete. Der »Magister«?

Absolut. Die Frage war nur, wer sich hinter diesem Decknamen verbarg. Aber Sjöberg hatte schon eine Idee.

*

Gerdin blätterte in John Gideons Fotoalbum. Es enthielt ausschließlich Bilder von jungen Mädchen. Auf Gideons Sofa, am Klavier, in seiner Küche mit einem Butterbrot und einer Tasse Tee, auf einem Spaziergang im Wald oder an einer Badestelle. Alles sah sehr anständig aus, und den Mädchen schien es gut zu gehen. Das musste natürlich nichts bedeuten, weil nur ein Idiot seine lichtscheuen Geheimnisse in einem Fotoalbum offenbaren würde. Nein, sie hoffte eher auf das, was Hamad oder die IT-Forensiker im Computer finden würden.

Aber die Fotos waren keineswegs uninteressant. Weil John Gideon sie geschossen und sich darüber hinaus die Mühe gemacht hatte, sie in ein Album einzukleben, mussten sie etwas für ihn bedeutet haben. Die Frage war nur, was. Vielleicht sollten sie den Beweis dafür liefern, dass nichts Unerlaubtes geschehen war. Gerdin war überzeugt davon, dass eines der Mädchen, die auf den Bildern zu sehen waren, Veronica Engström war. Sie mochte jünger sein als auf dem Foto, das Gerdin gesehen hatte, mittlerweile war sie zweifellos eine junge Frau. Auf Gideons Bildern war sie ein pickeliges Mittelstufenkind. Und wenn Gerdin sich nicht irrte, dann existierten in diesen Fotoalben die Beweise dafür, dass Veronica und Gideon zumindest vor ein paar Jahren eine Art von Beziehung hatten.

Gerdin schätzte das Alter der Mädchen auf zwölf bis achtzehn. Die Jüngsten sahen noch flachbrüstig und kindlich aus, während die Ältesten schon voll entwickelte junge Frauen waren. Einige schienen einen Migrationshintergrund zu haben, andere waren blond und blauäugig. Einige waren gepierct, tätowiert und kräftig um die Augen geschminkt, andere sahen beinahe freikirchlich aus. Groß, klein, dick, dünn. Hier gab es etwas für jeden Geschmack. Es musste sich insgesamt um etwa dreißig Mädchen handeln. Mindestens.

Plötzlich entdeckte sie etwas. Aus der Schreibtischschublade holte sie ein Vergrößerungsglas, mit dessen Hilfe sie alle Bilder auf der letzten Seite des neuesten Albums studierte. Dann ging sie zurück zu einer der ersten Seiten und verglich. Wechselte dann zu dem älteren Album, in dem Veronica nicht zu sehen war, und machte dasselbe. Schüttelte den Kopf und legte es zur Seite. Blätterte anschließend Seite für Seite im neueren Album durch, bis sie zu der Fotografie kam, wo er zum ersten Mal auftauchte.

Der Ring.

Nicht nur an Veronicas Finger, sondern auch bei vielen der anderen Mädchen. Identische Silberringe mit demselben Motiv. Eine Urne mit einer Flamme. Handelte es sich um eine Sekte? Hatte er sie so eingefangen? Vermutlich hatte er ihnen das Blaue vom Himmel versprochen, aber bei orientierungslosen Mädchen ging es um Anerkennung. Brachte er sie dazu, sich besonders zu fühlen, auserwählt? War der Ring für Gideon eine raffinierte Methode, sie zu markieren, und für die Mädchen ein Zeichen der Zugehörigkeit?

Es war an der Zeit, eine alte Spur wieder aufzunehmen, aber dieses Mal ging sie anders vor. Anstatt Schmuckläden im Internet zu durchforsten, suchte sie gezielt nach dem Motiv. In das Suchfenster bei Google schrieb sie »Ring Urne Flamme«. Spontan musste sie an die Bibel denken, ohne genau zu wissen, warum, aber der Cyberraum war anderer Meinung und gab ihr Hinweise auf Traumdeutung oder auf ein Fantasy-Computerspiel namens »Fallen Sword«. In der Computerspielwelt gab es sogar ein Rezept dafür, wie Gideons Ring geschmiedet werden konnte, aber Gerdin bezweifelte, dass Veronicas Ring wirklich mit dieser Methode hergestellt worden war. Aus Fantasieblumen, Perlenessenz und verschiedenen geschmolzenen Amuletten. In der Welt der Traumdeutung kam sie der Wirklichkeit schon näher, hier stand die Urne für die Gefahr, die Flamme für fehlgerichtete Liebe. Da gab es schon mehr, worüber man sich Gedanken machen konnte.

Was bedeutete der Name Gideon eigentlich? Ein hebräischer Name, der »Zerstörer, mächtiger Krieger« bedeutete. Das Wort »Gideonbund« fiel ihr ein. Es kam ihr bekannt vor, aber was waren das für Leute? Nach einer weiteren Suche im Internet erfuhr sie, dass es eine christliche Organisation war, deren vornehmste Aufgabe darin bestand, Bibeln in Krankenhäusern, Gefängnissen, Kasernen, Hotels und anderen Orten zu verteilen. Natürlich, das kannte sie. Wie oft hatte man nicht eine »Gideon's Bible« im Nachttisch eines Hotelzimmers gefunden? »Rocky Raccoon checked into his room only to find Gideon's Bible«, hatte Paul McCartney gesungen. Seinen Namen verdankte der Gideonbund einem von Gott auserwählten Helden, der vor etwa dreitausend Jahren das Volk Israel zu einem Sieg über den Feind geführt hatte, bewaffnet allein mit Lehmkrügen mit brennenden Fackeln darin. Das Symbol des Gideonbunds war folglich ein flammendes Feuer in einem Krug.

Damit war das Rätsel gelöst. John Gideons Sekte – oder was immer es war – hatte einfach das Symbol des Gideonbunds übernommen und zu ihrem eigenen gemacht. Eigentlich ziemlich kindisch. Hätte er sich nicht ein eigenes Symbol ausdenken können?

Ohne anzuklopfen stapften Sjöberg und Hamad mit grimmigen Mienen in ihr Büro. Hamad schloss die Tür hinter sich und baute sich breitbeinig und mit vor der Brust verschränkten Armen vor ihr auf, und auch Sjöberg machte keine Anstalten, sich setzen zu wollen. Gerdin hatte so eine Ahnung, worum es ging. Es war schade, dass ihre Maßnahme nicht auf fruchtbaren Boden gefallen war, aber gleichzeitig konnten sie ihr kaum vorwerfen, dass sie ihre Operation aufgedeckt hatte.

Sie brauchte nur einen kurzen Moment, um sich an den Gedanken zu gewöhnen, dass sie das Missfallen der beiden Kollegen geweckt hatte und dafür jetzt die Konsequenzen tragen musste. Aber sie stand zu dem, was sie getan hatte, und sie hätte es nicht anders gemacht, wenn sie noch einmal die Chance bekommen hätte. Dagegen konnte sie ihre Verwunderung darüber nicht verbergen, dass beide plötzlich in Gelächter ausbrachen. Das brachte sie ein bisschen aus dem Gleichgewicht, aber nicht auf die Art, die sie erwartet hatte.

»Was für Pilze habt ihr denn gegessen?«, fragte sie strahlend, kippte den Stuhl nach hinten und legte die Hände in den Nacken.

»Ein bisschen Spaß muss sein, Gäddan!«, lachte Hamad. »Du verdammter Obermensch!«

»Es heißt Übermensch«, erwiderte Gerdin mit einem zufriedenen Lächeln. »Was haben Sie auf dem Herzen, meine Herren?«

»Wir wollen nur ein Geständnis«, antwortete Sjöberg. »Hast du den gelben Zettel von meinem Schreibtisch zu Hamad verbracht?«

»Das könnte durchaus sein.«

»Und warum hast du das getan?«

»Weil ich ungeduldig und eifersüchtig war.«

Sjöberg und Hamad schauten einander an.

»Im Grunde genommen kann ich absolut nachvollziehen, warum ihr mich nicht eingeweiht habt«, gab Gerdin zu, »aber gefallen tut es mir trotzdem nicht.«

»Du weißt, wie wichtig es ist, dass dies alles hier unter uns bleibt?«, sagte Sjöberg mit bedeutend mehr Ernst in der Stimme.

»Das weiß ich hundertprozentig«, pflichtete ihm Gerdin

bei. »Je mehr davon wissen, desto geringer ist die Wahrscheinlichkeit, dass die Operation gelingt.«

»Und alles, was wir tun, geschieht nur zu Petras Bestem«, fuhr Sjöberg fort. »Ist das klar?«

»Sonnenklar«, antwortete Gerdin, ohne mit einer Miene zu zeigen, dass sie keine Ahnung hatte, wovon er sprach.

»Jetzt musst du erzählen, wie du uns auf die Fährte gekommen bist.«

Sie erzählte, wie sie Schritt für Schritt der Wahrheit näher gekommen war, womit sich die Kollegen hinter ihrem Rücken und vor allem hinter dem Rücken des stellvertretenden Polizeidirektors beschäftigten. Schließlich erklärte sie, habe sie der Versuchung nicht widerstehen können, den gelben Zettel an einen Ort zu bringen, an dem er von größerem Nutzen sein würde. Sjöberg blickte beschämt von Gerdin zu Hamad und wieder zu Gerdin.

»Abgesehen von der geheimen Telefonnummer haben wir noch mehr konkrete Beweise dafür, dass Malmberg ein Vergewaltiger ist«, erklärte Hamad und senkte die Stimme. »Und er hat auch mit der Vergewaltigung von Petra zu tun.«

Gerdin zeigte keine sichtbare Reaktion.

»Aber man braucht, wie du dir denken kannst, wesentlich mehr, bevor wir etwas unternehmen können«, fuhr Hamad fort. »Deshalb wollen wir noch mehr Beweise gegen Malmberg zusammentragen. Wie hast du übrigens davon erfahren?«, fragte Hamad mit gerunzelter Stirn.

»Dass Malmberg Petra vergewaltigt hat? Du hast es gerade erzählt.«

»Du meinst, du hast es nicht gewusst?«, sagte Hamad bestürzt.

»Ich hatte keine Ahnung«, gestand Gerdin. »Aber ich hatte das Gefühl, dass noch mehr dahintersteckte als die Tatsache, dass Malmbergs Telefonnummer im Erlandsson-Fall aufgetaucht war. Gibt es noch mehr, das ich wissen muss?«

»Gibt es noch etwas, das wir wissen müssen?«, fragte Sjöberg misstrauisch.

Gerdin schüttelte den Kopf.

»Ich schwöre. Bei allem, was mir heilig ist. Und ich werde in Zukunft jegliche Informationen mit euch teilen, deren ich habhaft werde, und ich hoffe, dasselbe gilt für euch. Also, gibt es noch mehr, das ich wissen muss?«

»Ich glaube, ich habe herausgefunden, wie Karl Engström in diesen Mist hineingerutscht ist«, sagte Sjöberg. »Es war der Garten des ›Stadtrats‹, in dem wir ihn und seinen Vater am Montag vernommen haben, Jamal. Der ›Stadtrat‹ sitzt, wie wir mittlerweile wissen, im Gefängnis. Engströms Firma hatte den Garten angelegt, und deswegen pflegen sie ihn jetzt, solange er es nicht selbst machen kann. Kalle hat mir erzählt, wie er nach der Jugendhaft die Schule gewechselt hat. Es war der Vorsitzende des Schulausschusses von Huddinge, mit anderen Worten, der ›Stadtrat‹, der der Familie bei dem Schulwechsel geholfen hat. Er war sicher darüber informiert, was Kalle getan hatte, und sah darin eine Chance, ihn für sein *Unternehmen* anzuwerben, wenn ihr versteht, was ich meine.«

Hamad nickte.

»Der Vergewaltigungsring«, sagte Gerdin.

»Genau. Aber weil Kalle nur ganz wenigen Personen vertraut, fällt es mir schwer zu glauben, dass ein Politiker, dessen Rhododendronbüsche er düngt, zu diesen Personen gehört, selbst wenn er ihm eine neue und bessere Schule besorgt hat. Ich glaube, es handelt sich um einen Lehrer.«

»Der ›Magister‹?«, schlug Hamad vor.

»Exakt.«

»Aber nicht der Unterstufenlehrer, nehme ich an?«, sagte Gerdin.

»Nein, das ist ein bisschen weit hergeholt, wenn man bedenkt, dass der Schulwechsel in der Mittelstufe stattgefunden hat. Weil Kalle sich auf der neuen Schule wohlgefühlt hat, nehme ich an, dass es dort mindestens einen Lehrer gegeben haben muss, der sich um ihn kümmerte und mit dem Kalle feste Bande geknüpft hat.«

»Der Wurstbudenmann!«, fiel Gerdin ein.

Dass sie nicht vorher schon daran gedacht hatte, irritierte sie. Sie selbst hatte schließlich diese alte Geschichte ausgegraben.

»In der Tat«, sagte Sjöberg. »Der Lehrer, dem Kalle das Leben gerettet hat, als er von zwei ehemaligen Schülern vor einer Wurstbude in Segeltorp misshandelt worden war.«

»Er wurde von zwei ehemaligen Schülern misshandelt«, wiederholte Gerdin nachdenklich. »Die natürlich auch neuropsychiatrische Funktionsstörungen hatten, weil sie auf dieselbe Schule gingen. Man könnte sich fragen, ob sie nicht gute Gründe hatten, auf diesen Lehrer loszugehen.«

»Und als Dank für die erwiesene Loyalität schleppte er Kalle mit zu seinem perversen Herrenclub«, schnaubte Hamad verächtlich.

»Dem Vergewaltigungsring«, ergänzte Gerdin. »Gideons Ring.«

»Du glaubst, dass Gideon im Zentrum dieser Organisation steht?«, fragte Sjöberg. »Als Lieferant von Dienstleistungen?«

»Ich vermute es«, sagte Gerdin. »Kommt mal her, dann zeige ich euch, was ich gefunden habe.«

Die beiden Polizisten gingen um den Schreibtisch herum und stellten sich hinter sie. Sie zeigte ihnen das Symbol des Gideonbunds und die Fotos der vielen jungen, ringtragenden Mädchen, die sich im Laufe der Jahre bei Gideon aufgehalten hatten.

»Was hätte er denn sonst mit ihnen machen sollen?«, seufzte Sjöberg. »Mit diesen vielen jungen Mädchen. Und bei den Verbindungen, die er zu Malmberg, der Familie Engström und diesem Verrückten aus dem Erlandsson-Fall hatte, spricht ja das meiste dafür. Außerdem hat ihn jemand erschlagen. Gewalt erzeugt, wie bekannt, immer neue Gewalt.«

»Allerdings muss sich euch auch mitteilen, dass es, soweit ich sehen konnte, kein kinderpornografisches oder sonstiges pornografisches Material auf Gideons Computer gab«, warf Hamad ein. »Ein bisschen unerwartet war das schon.«

»In letzter Zeit sind sie besser darin geworden, diese Dinge zu verbergen«, erklärte Gerdin. »Heutzutage gibt es viele Methoden, Daten zu speichern. Auf ausländischen Servern zum Beispiel. Wenn man es richtig macht, hat man Zugang zu jeder Menge Schweinkram, ohne dass es die kleinste Spur auf dem Computer hinterlässt.«

»Er war auf dem Weg nach Eslöv«, sagte Sjöberg. »Gideon hatte ein Bahnticket nach Eslöv gekauft, das ich in der Post gefunden habe.«

»Eslöv?«, sagte Hamad mit einem seltsamen Gesichtsausdruck, den Gerdin nicht deuten konnte. »Hatte er dort Kunden?«

»Die hatte er«, bestätigte Sjöberg. »In der Gegend sogar mehrere. Ich habe Jens drangesetzt, das Kundenverzeichnis noch einmal gründlich durchzugehen und sämtliche Kunden in der Umgebung von Eslöv anzurufen, um herauszufinden, ob er einen von ihnen besuchen wollte. Was ist los, Jamal? Du siehst so nachdenklich aus.«

Hamad zögerte mit der Antwort, runzelte die Stirn und dachte eine ganze Weile nach, bis er zu einer Entscheidung kam.

»Äh, das ist ziemlich krank. Ich habe heute Morgen eine seltsame Mail bekommen. Eigentlich schon gestern Abend, aber ich habe sie erst heute Morgen gesehen. Sie sah aus, als wäre sie von einem Kind geschrieben worden oder vielleicht einem Migranten. Sie war nicht unterzeichnet, und aus der Mail-Adresse konnte man auch keine Schlussfolgerungen ziehen. Die Person bat mich jedenfalls, etwas zu untersuchen, von dem er oder sie in der Zeitung gelesen hatte. Über einen Angler, der ein totes Baby aus dem Meer gezogen hat. Ich weiß nicht, ob ihr davon gehört habt?«

Doch, das hatten sie.

»Ich bin ein bisschen neugierig geworden«, gab Hamad zu, »und habe eine Kollegin von der Polizei in Nacka angerufen, die mir ein paar Unterlagen zu dem Fall geschickt hat. Es handelt sich um ein kleines Mädchen. Sie war erst vor Kurzem gestorben und hatte nicht mehr als einen Tag im Wasser gelegen. Sie nennen sie Eivor.«

»Eivor?«, sagte Sjöberg. »So heißt meine Mutter. Sie hatte gerade Namenstag, daher also der Name.«

»Sie wurde in Maschendraht eingewickelt und im Nämdöfjärden vor Värmdö versenkt.«

»Maschendraht?«, sagte Gerdin. »Wie brutal.«

»Das Seltsame ist, dass kein Mädchen in dem Alter als vermisst gemeldet wurde. Seit neun Jahren.«

»Seit neun Jahren?«, sagte Sjöberg erstaunt. »Das ist doch für diesen Fall nicht relevant.«

»Nein, das würde man annehmen. Aber es sind vor allem zwei Dinge, über die ich stolpere«, sagte Hamad. »Das Mädchen steckte in einer Tüte der Ingaröhallen. Und das Mädchen, das nie gefunden wurde, verschwand vor neun Jahren in Eslöv. Vielleicht müssen wir tatsächlich anfangen, diese Sache ernst zu nehmen.«

Sjöberg und Gerdin schauten Hamad mit aufgerissenen Augen an.

»Nein«, stöhnte Sjöberg und schlug die Hände vors Gesicht.

»Das kann doch wohl nicht wahr sein«, sagte Gerdin und tat es ihm nach.

*

Als Andersson den Krankenhausflur entlangging, spürte er, wie es in seiner Tasche vibrierte, also wurde er langsamer und zog das Handy heraus. Es war eine SMS von Mercurys Mutter, Molly, die fragte, ob er seinen Sohn auch in der Nacht von Sonntag auf Montag nehmen könne, was eine kleine Abweichung von ihrem normalen Rhythmus war. Weil er sich nicht mit dem Telefon beschäftigen wollte, solange er bei Veronica saß, blieb er einen Moment lang vor der Tür stehen, um eine kurze, positive Antwort zu formulieren. Die Tür stand einen Spalt offen, und aus dem Raum drangen Stimmen. Er meinte eine junge Männerstimme zu hören und zog zuerst die Schlussfolgerung, dass Veronicas Bruder zu Besuch gekommen war, vielleicht zusammen mit der Mutter oder dem Vater. Das machte ihn neugierig – bis jetzt hatte keiner aus dem Team beobachten können, wie Bruder und Schwester Engström interagierten. Und da Karl immer noch als Verdächtiger für die Vergewaltigung oder den Mord gelten konnte, spitzte er besonders die Ohren. Die Anwesenheit eines Polizisten konnte selbst den unschuldigsten Menschen dazu bringen, sein Verhalten zu ändern, also konnte es nicht schaden, sich ein wenig vorab zu informieren.

»Sind wir jetzt zusammen, Veronica?«, fragte eine Stimme, was ihn wunderte.

Angesichts der Behinderung des Bruders war es vielleicht trotz allem keine völlig undenkbare Frage. Dummerweise sprach der Junge sehr leise, sodass es schwer war, irgendwelche Nuancen herauszuhören. Und eine Antwort von Veronica hörte Andersson ebenfalls nicht.

»Wenn du mit mir zusammen sein willst, dann darfst du dich nicht so aufreizend benehmen, Veronica. Das kann sich später rächen, das weißt du ja.«

War das wirklich dieselbe Stimme? Karl Engströms war es definitiv nicht, das war Andersson direkt klar. Soweit er es verstanden hatte, klang es ganz anders, wenn Kalle sprach.

»Du hast also die Sprache verloren? Dann stimmt es wirklich, was sie sagen. Sehr schade, dabei hätten wir doch so viel mit dir zu besprechen.«

Diese Stimme hatte er bisher noch nicht gehört, da war er ganz sicher. Veronica hatte also mehrere Jungen bei sich zu Besuch – er glaubte kaum, dass sie das schätzte, ganz egal, wer sie waren und warum sie gekommen waren.

»Denn die Gesundheit schweigt still, wie der Dichter sagt«, meinte eine der anderen Stimmen.

Und jetzt konnte er schwören, dass er ein unterdrücktes Lachen aus dem Zimmer hörte.

»Deine Lippen sind versiegelt, Veronica. Wirklich?«

Noch mehr Gelächter. Er hörte es nicht, aber auf eine seltsame Weise nahm er es trotzdem wahr. Machten sie sich über sie lustig? Was waren das für verdammte Idioten?

»Hak die Sache einfach ab, Mädchen, dann wird alles wieder gut, du wirst schon sehen. Und mach dir keine Sorgen. Wir werden nett zu dir sein und nicht verraten, dass du Geld dafür genommen hast.«

Nein, jetzt reichte es. Er musste reingehen und die Sache abbrechen. Andersson schaffte es nicht, seine Gedanken zu sortieren, aber dass hier irgendetwas schieflief, war ihm klar. Bevor noch jemand etwas sagte, war er im Zimmer. Er drückte auf dem Handy herum, um gleich darauf mit gespielter Verwunderung die Augen zu heben.

»Oh, Entschuldigung. Ich dachte, du wärst allein, Veronica. Jetzt bin ich einfach so hereingeplatzt.«

»Kein Problem«, antwortete ein schlaksiger Jüngling mit ungesundem Teint und dicht beieinanderliegenden Augen. »Wir wollten gerade gehen.«

»Okay, dann löse ich euch ab«, sagte Andersson mit einem Lächeln und streckte die Hand aus. »Hallo, ich bin Odd.«

»Ted. Schlimme Geschichte, das Ganze.«

Andersson stimmte ihm zu und begrüßte auch die anderen beiden Jungs. Mit einem Lächeln, das hoffentlich ebenso vertraulich wie bedauernd wirkte.

»Furchtbar, ja. Schön, dass ihr bereit seid, sie zu unterstützen.«

»Ist doch klar«, sagte ein athletischer junger Mann in Abercrombie-Shorts und Lacoste-Hemd. »Veronica ist ein tolles Mädchen. Ich bin Jonas.«

»Sie hätte es ein bisschen ruhiger angehen lassen sollen. Hallo, ich bin Oskar«, stellte sich ein dunkler, braunäugiger Schwiegermuttertraum vor, der nach Seife und Menthol roch. »Sie war wild und betrunken. Aber wer von uns war das nicht. Es war die Abschlussfeier.«

»Ja, ich erinnere mich, dass ich seinerzeit auch ein paar Bierchen getrunken habe«, scherzte Andersson und warf einen Blick in Veronicas Richtung.

Sie saß zurückgelehnt am Kopfende des Betts und schien sich mit ihrer Armbanduhr zu beschäftigen. Den anwesenden vier Männern schien sie keine sichtbare Aufmerksamkeit zu schenken. Sie tat ihm so leid, dass es im Bauch schmerzte, und zum ersten Mal überkam ihn das Gefühl, dass er zu ihr gehen und sie umarmen wollte. Aber hier galt es, seine Karten gut auszuspielen.

»Habt ihr Lust, euch draußen im Flur ein bisschen zu unterhalten?«, fragte er.

»Ehrlich gesagt, müssen wir langsam los«, antwortete Jonas. »Eishockeytraining.«

»Mitten im Sommer?«, sagte Andersson und lachte. »Ihr Ärmsten.«

»Tschüs, Veronica«, sagte Oskar. »Mach's gut.«

»Gute Besserung«, sagte Ted und streichelte ihr über das Haar.

Veronica reagierte nicht. Andersson versuchte ein Schaudern zu unterdrücken.

»Pass gut auf dich auf«, rief Jonas, der schon auf dem Weg nach draußen war.

Andersson ging mit ihnen nach draußen und schloss die Tür.

»Ihr wisst nicht, wer hinter dieser Sache steckt?«, fragte er in vertraulichem Tonfall.

»Keine Ahnung«, antwortete Oskar. »Es könnte im Grunde jeder gewesen sein.«

»Jeder?«, wiederholte Andersson mit erhobenen Augenbrauen.

»So hat er es nicht gemeint«, verteidigte Jonas seinen Freund. »Aber es waren jede Menge Leute auf dem Fest. Viele haben wir gar nicht gekannt.«

»Du glaubst also, dass es einer von denen war? Ein Außenstehender?«

»Absolut. Es sei denn ... Ja, Sie wissen schon.«

»Nein, ich weiß nichts. Was sollte ich denn wissen?«, fragte Andersson.

»Er meint, dass die Familie eine Geschichte hat«, erklärte Ted. »Aber inzwischen wissen Sie das sicher auch schon.«

»Daran glaubst du doch selbst nicht?«, sagte Andersson, der auf einen Schlag jegliche Motivation verlor, dieses Spiel weiterzuspielen.

Er wusste intuitiv, dass jede Anspielung, die diese Jungen auf Karl Engström machten, Veronicas Bürde nur schwerer machte. Unabhängig davon, wie es in Wirklichkeit war. Mit einer Kopfbewegung und einer Miene, die jede Spur von Begeisterung verloren hatte, jagte er die drei jungen Männer davon und ging zurück in Veronicas Zimmer.

Er ließ sich tief in den Besucherstuhl sinken und seufzte. Fühlte sich unzulänglich und ideenlos. Solange Veronica nicht erzählte, was wirklich passiert und wie es dazu gekommen war, waren ihm die Hände gebunden. Zweifelsohne würde er die Täter finden, aber nicht auf Kosten ihres seelischen Wohlbefindens. Und an einen fremden Mann glaubte er nicht eine Sekunde lang. Jetzt war er noch mehr davon überzeugt, dass es sich um eine Bande anmaßender und arroganter Schnösel handelte.

Veronica schien nicht auf seine Anwesenheit zu reagieren, sondern saß unbeweglich da und starrte aus dem Fenster. Vermutlich träumte sie sich fort zu einem bedeutend besseren Ort in einer bedeutend besseren Zeit. Und Andersson hoffte, dass es nicht allzu lange dauerte, bis sie dort war.

Während der Stunden, die er neben Veronica saß, bekam er nicht ein einziges Wort aus ihr heraus.

*

Westman hatte einige Stunden des Nachmittags investiert, um John Gideons Kundenverzeichnis und seine Rechnungen durchzugehen. Sie wurde von Sandén unterstützt, dem es gelang, sämtliche Kunden, die man mit ein bisschen Fantasie der Umgebung von Eslöv zurechnen konnte, telefonisch zu erreichen. Keiner von ihnen erwartete den Besuch des Klaviertechnikers, und sie waren sich einig, dass es wenig wahrscheinlich war, eine so lange Reise zu unternehmen, um Überraschungsbesuche bei seinen Kunden abzulegen.

Als sie die Rechnungen der letzten fünf Jahre durchgingen, stellten die beiden Polizisten fest, dass John Gideon seine Brötchen offiziell mit drei verschiedenen Tätigkeiten verdiente, die er im Rahmen des Unternehmens »Johns Pianostudio« erbrachte, nämlich mit dem Stimmen von Klavieren, Klaviertechnik und Klavierunterricht. Die meisten der Kunden für den letzten Bereich waren weiblich, und Westman vermutete, dass es sich um die Töchter der jeweiligen Rechnungsempfänger handelte. Und diese musizierenden Töchter, so vermutete sie, konnten die Grundlage für die weniger salonfähigen Dienstleistungen sein, die Gideon möglicherweise ebenfalls anbot. Deshalb hatte sie eine Liste von Adressen zusammengestellt, die sie am Nachmittag besuchten.

Viele der Mädchen wohnten in Söder oder in den benachbarten Vororten, sodass Westman und Sandén gelegentlich die U-Bahn nahmen, meistens aber zu Fuß gingen. Die Gespräche mit den Mädchen verliefen sehr unterschiedlich. Gemeinsam war all diesen jungen Pianistinnen – wenn man genau sein wollte, handelte es sich meistens um ehemalige Pianistinnen –, dass sie jeglichen sexuellen Umgang mit Gideon verneinten. Die allermeisten leugneten, überhaupt jemals Umgang mit ihrem Lehrer außerhalb des Unterrichts gehabt zu haben. Aber keines der Mädchen konnte etwas Schlechtes über ihn sagen. In ein paar Fällen, wenn ein Elternteil bei dem Gespräch anwesend war, hatte Westman das Gefühl gehabt, dass es eigentlich mehr zu besprechen gegeben hätte als das, was sie zu hören bekamen.

Schüchternes Mädchen, dominante Mutter:

»Wurden die Stunden hier zu Hause abgehalten oder woanders?«

»Wir haben kein Klavier.«

»Also bei Gideon?«

»Ja.«

»Wie bist du darauf gekommen, dass du Klavier spielen möchtest, wenn es zu Hause gar kein Instrument gab?«

»Eine Freundin hat mir den Tipp gegeben.«

»Welchen Tipp genau?«

»Äh, dass John ein guter Lehrer war.«

»Und war er das?«

»Ja ...«

Dominante Mutter:

»Nein, das war wirklich eine dumme Geschichte. Das hatte ich schon von Anfang an gesagt. Ich bin ihm ein paarmal begegnet, und dieser Gideon ist ein dubioser Typ. Und Mimmi hatte plötzlich so komische Ideen, wenn sie bei ihm gewesen war. Wie sie sich anziehen wollte und wie sie sprach oder sich bewegte ...«

»Mama, hör jetzt auf.«

»Nichts Schlimmes, aber trotzdem. Nein, so wollten wir sie nicht haben.«

Taffes Mädchen mit schwarzen Klamotten und lila Haar, ängstliche Mutter:

»Wie kam es dazu, dass du bei Gideon angefangen hast?«

»Mama hat mich gezwungen.«

»Wir wollten so gern, dass Sofie ...«

»Und als es anfing, mir Spaß zu machen, da durfte ich nicht mehr.«

»Da habt ihr aber nicht mehr Klavier geübt ...«

»Doch!«

»Da war doch dieses kleine ...«

»So what?«

»Was habt ihr stattdessen gemacht?«

»Darüber will ich nicht sprechen.«

»Wir würden trotzdem gerne mit dir darüber sprechen. Vielleicht, wenn deine Mutter eine Weile rausgeht?«

»Ich will nicht darüber sprechen, hab ich gesagt.«

»Was hast du denn da für einen Ring?«

»Hören Sie jetzt auf.«

Aber auch das Gespräch mit einer Erwachsenen, ohne die Anwesenheit der Eltern, hinterließ das Gefühl, dass eigentlich viel mehr dahintersteckte als das, worüber gesprochen wurde.

Aushilfslehrerin Anfang zwanzig mit Doppelkinn und Glasbausteinen:

»Sie nehmen immer noch Unterricht bei John Gideon?«

»Ja. Oder nein, er ist ja tot.«

»Trauern Sie um ihn?«
»Sehr.«
»Sie wissen, dass Sie ganz aufrichtig sein können?«
»Ja.«
»Was haben Sie gemacht, außer Klavier zu spielen?«
»Kein Kommentar.«
»Handelte es sich um sexuelle Aktivitäten?«
»Nein.«
»Gibt es jemand anderen, vor dem Sie Angst haben?«
»Nein.«
»Wenn es so ist, wie Sie sagen, dass Sie ihn betrauern, sind Sie dann nicht daran interessiert, dass der Mord aufgeklärt wird?«
»Doch, natürlich.«
»Sie sind aber nicht besonders behilflich.«
»Ich verspreche, dass ich von mir hören lasse, wenn ich erfahre, wer der Mörder ist.«

Immer wieder dasselbe Lied, kein einziges vernünftiges Wort von den Beteiligten.

»Worum geht es hier eigentlich?«, fragte Westman, als sie das letzte Stück von der U-Bahn zu der Adresse eines Mädchens gingen, das Olivia Axner hieß und in Gamla Enskede wohnte.

»Sie müssen Angst vor jemandem haben«, meinte Sandén.

»Ja, dazu tendiere ich auch. Aber sie machen nicht den Eindruck, besonders ängstlich zu sein, findest du nicht?«

»Solange sie nichts sagen, haben sie vielleicht auch nichts zu befürchten?«

Da konnte natürlich etwas dran sein. Aber trotzdem – Westman bekam die Puzzleteile nicht zusammen.

»Wenn es sich um eine Art von Sekte handelt?«, überlegte sie laut. »Diese Ringe ... Wie viele davon haben wir gesehen? Vier, fünf vielleicht? Inklusive Veronica?«

»Schätze ich auch«, antwortete Sandén nachdenklich. »Die Mädchen haben sich vielleicht miteinander verschworen? Wenn herauskommt, was Gideon getan hat, dann wird auch bekannt, was sie getan haben. Und das wollen sie nicht, deshalb schützen sie ihn. Ich muss dabei an Scheike denken.«

Westman musste lachen. Als Hans Scheike im Rampenlicht stand, war sie noch ein Kind, aber für einen Polizisten gehörte seine Geschichte zum Basiswissen. Es war schwer, über den talibanähnlichen Sex-Guru und seine sogenannte Klaps-Therapie nicht zu lachen, aber die Wahrheit war alles andere als amüsant. Er wurde zu einer langen Gefängnisstrafe wegen mehrfachen sexuellen Missbrauchs von Minderjährigen verurteilt.

»Aber was haben diese Mädchen eigentlich gemeinsam? Abgesehen vom Klavierspielen? Die meisten, die wir getroffen haben, ähneln sich überhaupt nicht.«

»Doch, sie sind alle garstig«, stellte Sandén fest.

»Garstig?«

»Ja, also hässlich. Ich weiß, du findest das politisch nicht besonders korrekt, so über das andere Geschlecht zu sprechen, aber ...«

»Über *Menschen*, Jens. So über Menschen zu sprechen.«

Nein, das fand sie nicht. Aber Sandén war nun einmal so, wie er war, und widerwillig musste sie ihm in gewissem Maße recht geben. Es waren vielleicht keine göttlichen Schönheiten, die sie heute Nachmittag getroffen hatten, aber vermutlich war es nicht das Aussehen an sich, sondern die Zerbrechlichkeit, die Verlorenheit und das schlechte Selbstvertrauen, die sie zu einer leichten Beute für einen Mann wie Gideon machten.

»Aber Veronica sieht doch gut aus«, fiel ihr ein.

»Sie kann vor ein paar Jahren noch eine richtige Vogelscheuche gewesen sein«, beendete Sandén das Gespräch.

Die achtzehnjährige Olivia Axner hatte dagegen ein recht ansprechendes Äußeres, aber sie wog wie viele Kinder und Jugendliche heutzutage viel zu viel. Sie wohnte mit ihren Eltern in einem Eigenheim – klein, aber mit einem altmodischen Charme und einem großzügigen Garten. Sie war allein zu Hause, und sie nahmen auf den Gartenstühlen im üppigen Vorgarten Platz.

»Einen schönen Ring hast du da«, eröffnete Sandén das Gespräch. »Ist das echtes Silber?«

»Ja, ich habe ihn selbst gemacht.«

»Kompliment.«

»Oder besser gesagt, ich habe ihn graviert, den Ring selbst hat meine Mutter gemacht. Sie hat eine kleine Silberschmiede dort hinten in der Garage«, sagte das Mädchen und deutete mit einem Nicken die Richtung an.

»Wir haben mittlerweile ein paar davon gesehen«, schaltete sich Westman ein. »Was soll die Gravur darstellen?«

Ein Schatten zog über das Gesicht des Mädchens. Vermutlich hatte sie nicht damit gerechnet, dass sie bereits die anderen Ringe gesehen hatten.

»Ein Krug mit einer Fackel«, antwortete Olivia Axner knapp.

»Und wozu? Was soll das symbolisieren?«

»Nichts Besonderes«, sagte das Mädchen mit einem Achselzucken. »Ich fand es einfach hübsch.«

»Wir wissen«, sagte Sandén, »dass du nicht die Einzige von John Gideons Klavierschülerinnen bist, die einen solchen Ring trägt. Kannst du uns nicht erklären, was für einen Club ihr da habt?«

»Es ist kein Club. Sie haben meinen Ring gesehen und wollten auch so einen haben.«

»Du weißt, dass John Gideon tot ist?«, sagte Westman.

Olivia Axner nickte und sah traurig aus. Vielleicht war es gespielt, aber es wirkte ziemlich echt.

»Du kannst also frei sprechen. Er kann dir nicht mehr wehtun.«

»Er hat mir nie wehgetan«, sagte das Mädchen, das mittlerweile auf der Hut war.

Aus den Augenwinkeln sah Westman eine Bewegung draußen auf der Straße, drehte sich instinktiv in die Richtung und sah einen Mann, der vor dem Briefkasten stand und hineinschaute. Ohne auch nur einen Moment zu zögern, zog sie das Handy aus der Tasche, schaffte es auf wundersame Weise, ihn auf das Display zu zoomen und abzudrücken, bevor er überhaupt bemerkte, dass sie dort saßen. Sandén, der vermutlich gar nicht begriff, was sie dort machte, handelte aus einem Impuls heraus und übernahm mit ruhiger und freundlicher Stimme die Leitung des Gesprächs.

»Woher kennst du die anderen Mädchen?«, fragte er. »Ihr nehmt doch Einzelunterricht.«

»Man trifft sich zwischen Tür und Angel«, antwortete Olivia Axner. »Vor und nach dem Unterricht.«

Schnell wie der Blitz formulierte Westman eine kurze SMS an Hamad mit dem Inhalt: »Schick einen Wagen zum Sockenvägen 521, wir brauchen Unterstützung.«

»Trauerst du um John?«, fuhr Sandén hartnäckig fort.

Auch dieses Mal war die Antwort positiv. Offensichtlich trauerten alle um John Gideon, aber niemand wollte erzählen, warum.

»Worum geht es hier?«, rief der Mann, der jetzt auf dem Weg zu ihnen war. »Seid ihr Bullen, oder was?«

Jetzt schien auch Sandén aufgegangen zu sein, wer da auf sie zukam und was Westman gerade machte, denn während sie das Bild des Mannes mit dem schwarzen Hulk-Bart an Hamad schickte, antwortete Sandén ihm mit einem Lachen und einem verschmitzten Augenzwinkern.

»Sieht man das so deutlich?«

Dann stand er auf und streckte die Pranke aus, wie es richtige Männer taten. Westman war überzeugt davon, dass man damit einem solchen Herrn Vertrauen einflößen konnte. Zumindest so viel Vertrauen, wie sie während der wenigen Minuten brauchten, die sie auf die Verstärkung warten mussten.

Allerdings hatte Westman nicht die leiseste Idee, worüber sie sich in dieser Zeit unterhalten sollten. Sie befürchtete, dass Axner, falls er mit dem Mord an Gideon zu tun hatte und das Thema zur Sprache kam, die Flucht ergreifen oder sie sogar angreifen könnte. Anhand der wenigen Eindrücke, die sie bislang von ihm hatte, stufte sie ihn eher als einen raubeinigen Zeitgenossen mit wenig Grips in der Birne ein. Aber Sandén ließ sich nicht beeindrucken, sondern packte den Stier bei den Hörnern.

»Wir untersuchen den Tod von John Gideon, und dabei sind wir auf den Hinweis gestoßen, dass der Typ pädophil gewesen sein soll. Da wundert es mich nicht, dass er so ein Ende genommen hat, haha. Wir brauchen Zeugen, die diese Annahme bestätigen können, und deshalb unterhalten wir uns ein bisschen mit Olivia. Um herauszufinden, ob Gideon während der Klavierstunden irgendwelche Annäherungsversuche gemacht hat. Vielleicht hat Olivia ja selbst so etwas erlebt oder von den anderen Schülerinnen gehört.«

Der Mann sah nicht besonders betroffen aus, eher wütend. Westman sah seinen Puls in einer angeschwollenen Ader auf seiner Stirn pochen; er gehörte zu den Leuten, die eines Tages einen Schlaganfall erleiden würden, nur wegen ihrer Wut.

»Ja, er hat ein krankhaftes Interesse an kleinen Mädchen, dieser Bursche, da bin ich mir sicher.«

Bursche, dachte Westman und unterdrückte ein triumphierendes Lächeln. Das Wort habe ich schon einmal gehört.

»Anscheinend ist er deswegen ja auch schon mal verurteilt worden«, fügte Axner hinzu.

Gute Arbeit, Sandén. Lass ihn einfach weiterreden, dann bekommen wir alles, was wir brauchen.

»Davon hatten wir zu Beginn natürlich keine Ahnung, meine Frau und ich. Aber wenn Olivia von diesen verdammten Klavierstunden nach Hause kommt, ist sie total verändert, und dann schöpft man natürlich Verdacht. Und diese Jugendlichen, Sie wissen ja, mit denen kann man einfach nicht reden. Besonders mit den Mädchen. Alles ist immer ganz geheim. Nicht wahr, Olivia? Aber da musst du mir doch recht geben, dass dieser Gideon nicht alle Tassen im Schrank hatte, oder?«

Olivia sah bedrückt aus und wich dem Blick ihres Vaters aus, zupfte an einem losen Faden ihrer Shorts herum.

»Er war vielleicht ein bisschen eigenwillig, aber mir hat er nie etwas Böses getan«, murmelte sie zur Antwort.

Axner richtete sich weiterhin vor allem an Sandén.

»Ja, Sie wissen schon, sie kommt von diesen sogenannten Klavierstunden nach Hause, ohne überhaupt Guten Tag zu sagen. Kriegt kaum das Maul auf, wenn man sie etwas fragt, schnaubt uns nur verächtlich an und vergräbt sich in ihren verdammten Schulbüchern. Ein Kind in dem Alter! Ist doch klar, dass da irgendwas nicht stimmt. So reagieren sie doch, sie weichen einem aus und wollen nicht sprechen.«

Dass Olivia mit ihrem Vater nicht besonders viel zu besprechen hatte, konnte Westman gut nachvollziehen. Aber das bedeutete nicht, dass Gideon pädophil gewesen sein musste.

»Sie hört mit dem Klavierunterricht auf. Es vergehen ein paar Jahre, nichts ändert sich. Olivia zieht sich an wie ein Vamp, schminkt sich wie eine Nutte und verschwindet, ohne zu sagen wohin. Dann stellt sich heraus, dass sie immer noch zu diesem perversen Typen geht«, fuhr Axner fort. »Und bestimmt nicht zum Klavierspielen, denn dafür habe ich keine Rechnung erhalten. Und Olivia hat ja sowieso kein Geld. Weiß der Teufel, womit er diese Mädchen in der Hand hat.«

»Gibt es denn mehrere?«, warf Sandén schnell ein.

Was Axner ein bisschen aus dem Gleichgewicht brachte. Er war gezwungen, ein paar Sekunden nachzudenken, bevor er eine Antwort auf die Frage liefern konnte.

»Muss es ja wohl. Er lebte bestimmt nicht von einer einzigen Klavierschülerin.«

Zu Westman Erleichterung tauchte jetzt der Streifenwagen auf. Zwei uniformierte Polizisten stiegen aus und stellten sich breitbeinig vor der Hecke auf.

»Ihr wolltet mitfahren?«, rief einer von ihnen.

Westman hob die Hand zu einem Gruß, stand auf und wandte sich an Axner.

»Wir hätten gern, dass Sie uns auf die Wache begleiten, damit wir uns ein bisschen eingehender darüber unterhalten können.«

Auch Sandén erhob sich aus seinem Gartenstuhl und strahlte plötzlich eine ganz andere Autorität aus. Axner schaute misstrauisch vom einen zum anderen, bis er sich mit einem irritierten Stöhnen aufrichtete.

Ohne Widerstand, aber mit einer Zornesfalte zwischen den Augen, ließ er sich abführen und zu einem der Vernehmungszimmer in der Östgötagatan 100 bringen.

*

Nachdem Hamad sich um Westmans Notruf gekümmert und einen Wagen nach Enskede geschickt hatte, druckte er ein paar schnurrbarttragende Hulk-Hogan-ähnliche Gesichter aus dem Polizeiregister aus, unter denen auch Axner war, und stopfte sie in einen Umschlag. Es war wichtig, sich auf das kommende Verhör gut vorzubereiten. Wenn die Zeugin Axner nicht als einen der Männer identifizierte, die Gideon in der Mordnacht besucht hatten, und Axner diesen Besuch leugnete, dann konnten sie ihn gleich wieder laufen lassen. Wenn die Frau ihn allerdings erkannte, konnte das schon für eine Festnahme reichen. Aus diesem Grund saß Hamad kurze Zeit später wieder an Birgitta Wallins Küchentisch.

»Sind Sie sicher, dass Sie nicht wieder einen Kaffee und einen Keks möchten?«, fragte sie bereits zum zweiten Mal nach.

»Ganz sicher«, antwortete er standhaft. »Es wird nur ein paar Minuten dauern, und ich muss heute noch ein paar andere Sachen erledigen.«

Er legte die Computerausdrucke auf den Tisch. Zehn Stück hatte er mitgebracht, aber sie stoppte ihn bereits beim vierten.

»Das ist er«, sagte sie voller Überzeugung.

»Immer mit der Ruhe. Ich werde Ihnen trotzdem alle zehn Aufnahmen zeigen. Schauen Sie sich alle ganz genau an.«

»Natürlich, kein Problem. Aber ich weiß, dass er es ist«, behauptete sie unerschütterlich.

Ein paar Minuten später, nachdem sie es so gemacht hatte, wie er es vorgeschlagen hatte, war sie immer noch derselben Meinung. Birgitta Wallin war felsenfest davon überzeugt, dass Robert Axner einer der Männer war, die sie in der Nacht auf den Samstag zwischen elf und ein Uhr aus ihrem TV-Schlummer gerissen hatten. Eine genauere Uhrzeit konnte sie allerdings immer noch nicht angeben.

Hamad bedankte sich und ging die wenigen Schritte über die Straße. Das war ein sehr gutes Ergebnis, und das Ganze würde noch einfacher werden, wenn Gideons Etagennachbar seine Angaben über den Zeitpunkt des Besuchs der beiden Männer noch etwas präzisieren könnte.

Hamad hatte den Eindruck, dass der alte Knabe ihn schon gesehen hatte, als er den Wendehammer überquerte, denn es dauerte kaum eine Sekunde, bis ihm nach dem Klingeln die Tür geöffnet wurde.

»Sie hatten doch gesagt, dass Sie in der Nacht zwischen Freitag und Samstag Männerstimmen aus Gideons Wohnung gehört haben«, begann Hamad. »Ich frage mich, ob Sie den Zeitpunkt vielleicht noch etwas genauer bestimmen könnten?«

Er meinte sich genau daran erinnern zu können, dass Levin behauptet hatte, es wäre am Freitagabend passiert, aber er wollte ihn in keine Richtung lenken und formulierte die Frage deshalb so einfach wie möglich. Die Dame gegenüber meinte, es sei zwischen elf und eins passiert. Bestenfalls würde sich Levin im selben Zeitraum bewegen, und zwei übereinstimmende Zeugenaussagen waren bedeutend stärker als eine einzelne.

»Ich gehe nie nach Mitternacht ins Bett«, überlegte Levin. »Und ich erinnere mich, dass es draußen schon richtig dunkel war. Deswegen würde ich sagen, dass es schon auf zwölf Uhr zuging.«

Die Haustür öffnete sich, und Hamad drehte sich unwillkürlich zu dem Geräusch um. Ein kleines Mädchen kam die Treppe heraufgehüpft, aber sie beendete das Spiel, als sie entdeckte, dass sie nicht allein im Treppenhaus war.

»Hallo«, sagte Hamad.

»Hallo«, antwortete das Mädchen.

Levin machte sich nicht die Mühe, das fremde Kind zu grüßen, sondern grübelte weiter über die Frage nach.

»Je länger ich darüber nachdenke, desto sicherer bin ich mir, dass ich gerade die Zähne geputzt habe, als ich die Stimmen hörte«, sagte er.

Hamad, der erwartet hatte, dass das Mädchen weiter die Treppe hinaufgehen würde, drehte sich um, um zu sehen, was sie hinter seinem Rücken machte. Gideons Tür war immer noch mit dem blau-weißen Absperrband der Polizei versiegelt, außerdem hing dort ein Schild, dass mit den entsprechenden Paragraphen des Strafgesetzbuchs drohte, falls sich jemand darüber hinwegsetzte. Trotzdem stand sie vor der Tür und klingelte.

»Dieses Schild bedeutet, dass man dort nicht hineingehen darf«, informierte er sie freundlich.

»Warum denn?«, fragte das Mädchen und drehte sich zu ihm um.

»Ja, so war das«, fuhr Levin fort, der keine Notiz von dem Kind zu nehmen schien. »Sie waren laut, und ich habe sie gehört, obwohl ich eine elektrische Zahnbürste habe.«

Hamad brachte ihn mit einer Handbewegung zum Schweigen. Das Mädchen mochte etwa zehn Jahre alt sein, sehr hübsch mit ihren lebendigen Augen und dem langen, dunklen Haar. Sie sah asiatisch aus, vermutlich ein Adoptivkind.

»Das hat die Polizei entschieden. Kennst du jemanden, der dort wohnt?«

»Können wir vielleicht erst hier zum Ende kommen …«, unterbrach ihn Levin irritiert, aber Hamad hob erneut die Hand, um ihn noch um etwas Geduld zu bitten.

»Ja. John. Was ist passiert?«, fragte das Mädchen.

»Er ist tot«, sagte Levin gereizt. »Und jetzt verschwinde von hier!«

Hamad sah den Schrecken in den Augen des Mädchens, das schnell die Treppen hinunterzulaufen begann. Einen Augenblick lang überlegte er, ob er ihr nachlaufen sollte, aber das Kind hätte es bestimmt als sehr bedrohlich empfunden, von einem erwachsenen Mann gejagt zu werden.

»Wie heißt du denn?«, rief er ihr nach, aber sie antwortete nicht.

Jetzt war sie unten an der Tür und rüttelte am Riegel. Hamad meinte ein unterdrücktes Schluchzen zu hören.

»Warte doch, dann können wir darüber reden!«, rief er.

Aber sie war schon auf dem Weg nach draußen, und die Haustür schlug gleich hinter ihr zu. Trotz seiner Bedenken lief Hamad schnell die Treppe hinunter, riss die Tür wieder auf und rief ihr ein letztes Mal nach:

»Du musst keine Angst haben, ich werde dir erklären, was passiert ist! Hallo! Wie heißt du?«

Aber sie lief auf flinken Füßen davon, und bald war sie hinter dem gegenüberliegenden Haus verschwunden. Er hatte nicht vor, sie aufzuhalten, aber es wäre zweifellos interessant gewesen, sich mit dem Mädchen ein bisschen zu unterhalten. Obwohl er nicht die geringste Vorstellung hatte, wie er einem kleinen Kind erklären sollte, dass jemand, den es offensichtlich kannte, umgebracht worden war. Womit der Griesgram Levin offensichtlich überhaupt kein Problem hatte. So ein Mist! Dass er die Situation nicht gleich richtig erfasst hatte. Die Idee, dass sie Gideon besuchen wollte, war ihm gar nicht gekommen, und als er es entdeckte, hatte er keine Strategie gehabt, wie er sie aufhalten und mit ihr reden konnte. Und Levins Gemecker aus dem Hintergrund hatte es auch nicht gerade besser gemacht.

Enttäuscht und mit gerunzelter Stirn ging er zu dem alten Knaben zurück und führte das Gespräch zu Ende. Es erbrachte, dass gegen Mitternacht laute Männerstimmen in John Gideons Wohnung zu hören gewesen waren. Hamad hatte also nach seinem Besuch in der Tjustgatan etwas vorzuweisen.

*

Trotz Hamads Bericht über die Zeugenaussagen, die Robert Axner belasteten, war es Sandén und Sjöberg nicht gelungen, ihn zu einem Geständnis zu bewegen. Er leugnete nicht nur die Beteiligung an dem Mord an John Gideon, sondern auch, dass er sich in der Nacht zwischen Freitag und Samstag überhaupt in der Wohnung befunden hatte. Axners Fingerabdrücke waren direkt an Bella Hansson geschickt worden, die ziemlich schnell herausfand, dass sie mit bestimmten Abdrücken übereinstimmten, die am Tatort gefunden worden waren. All das überzeugte Hadar Rosén schnell davon, einen Haftbefehl für Axner auszustellen, der jetzt die Nacht im Kronoberg-Gefängnis verbringen musste, weil er ausreichend verdächtig war, den Mord an John Gideon begangen zu haben. Kein allzu angenehmes Erlebnis, nahm Sjöberg an. Westmans Ansicht, dass er darüber hinaus hinter der Hetze auf Flashback steckte, hatte ihn überzeugt, sodass auch Axners privater Computer beschlagnahmt wurde und sich mittlerweile zur Untersuchung in der IT-Abteilung befand. Sjöberg schätzte, dass Axner am nächsten Morgen, nach einer Nacht in Haft, ein bisschen mürber sein würde. Wenn er auch nur ein bisschen Vernunft im Schädel hatte, würde er zumindest eine vernünftige Erklärung dafür abgeben, warum er sich in Gideons Wohnung befunden hatte, was sie ihm zweifelsfrei nachweisen konnten.

Es war höchste Zeit, nach Hause zu gehen, aber Sjöberg hatte sich immer noch nicht Gideons Handy angesehen, wie es eigentlich seine Aufgabe gewesen wäre. Wo er jetzt darüber nachdachte, wurde ihm klar, dass er an seine Mitarbeiter hohe Anforderungen bis zur Lagebesprechung am nächsten Morgen gestellt hatte, sodass es ziemlich unseriös wäre, wenn er seinen Teil nicht erfüllen würde. Es war schließlich auch keine technisch anspruchsvolle Sache, ihn interessierte in erster Linie, inwieweit Gideon und seine Umgebung aufschlussreiche Mitteilungen ausgetauscht hatten, ob sich unter seinen Kontakten interessante Personen befanden und ob möglicherweise ungebührliche Bilder auf dem Gerät gespeichert waren.

Nach einer schnellen Durchsicht der gespeicherten Mitteilungen konnte Sjöberg konstatieren, dass Gideon mit vielen seiner Kunden kommuniziert hatte, was Terminabsprachen und Ähnliches betraf. Ob diese Kunden etwas anderes waren als Klavierbesitzer, konnte er nicht erkennen. In diesem Fall hätten sie in der Kommunikation mit Gideon allerdings einen sehr ausgefeilten Code benutzt. Das wäre natürlich möglich, aber dann war es eine Sprache, die Sjöberg nicht ohne Weiteres durchschauen konnte.

Anschließend ging er Gideons Kontakte durch, alle Personen waren mit vollem Namen aufgeführt. Die Klavierschülerinnen, die Sandén und Westman am Nachmittag besucht hatten, waren keiner Gruppe zugeordnet, was Sjöberg erstaunte, aber vielleicht nichts anderes bedeutete, als dass er mit ihnen auf eine raffiniertere Weise kommunizierte. Oder das Gegenteil, dessen war sich Sjöberg bewusst. Man sollte die Möglichkeit nicht aus dem Auge verlieren, dass die Mädchen Gideon kontaktierten und nicht andersherum. Dass er trotz allem nur ein ehrenhafter Klavierlehrer war, der weder ein eigenes Interesse an jungen Mädchen hatte, noch sie für Vergewaltigungsringe oder Ähnliches zur Verfügung stellte. Selbst wenn es einiges gab, was dafür sprach.

In den Gideons Kontakten fand er auch weder Malmberg noch Karl Engström, aber deren Angaben fanden sich ja im Kundenverzeichnis, weshalb es nicht nötig war, sie hier zusätzlich aufzuführen. Er entdeckte auch keine Hinweise auf irgendwelche Stadträte oder Magister.

Unter den Fotos, die Gideon mit dem Handy aufgenommen hatte, fand Sjöberg – genau wie in den Fotoalben, die er sich im Laufe des Tages schon angeschaut hatte – ausschließlich Aufnahmen von jungen Mädchen. Auch hier bekleidet. Auch hier in angenehmer Umgebung. Aber der Kerl war ja kein Idiot, er schlampte nicht mit der Sicherheit. Er hatte kein Passwort für sein Handy, also machte er sich auch keine Sorgen, dass jemand etwas Zweifelhaftes darin finden konnte.

Da entdeckte er ein kleines »Play«-Symbol auf einem der Bilder. Ein Film also, kein Foto. Das kindliche Gesicht eines jungen Mädchens. Irgendwo zwischen acht und zwölf Jahren, schätzte er. Eine lange Sequenz, auf der allein das Gesicht zu sehen war. Es sah asiatisch aus, schmale Augen. Eine Chinesin?

Koreanerin? Langes, dunkles Haar, glatt und schwarzglänzend. »Kannst du mich anlächeln?«, sagt eine Männerstimme, die zu Gideon gehören muss, woraufhin das Mädchen angestrengt lächelt. Dann zoomt die Kamera heraus. Ein ganzer Mädchenkörper in Jeans und T-Shirt. In Saras Alter vielleicht, zehn Jahre? »Ziehst du dir das T-Shirt aus?«, ermahnt sie die Stimme. Das Mädchen zieht das Hemd über den Kopf und entblößt den nackten Oberkörper eines Kindes und Erfahrungen, die kein Kind machen sollte. Große blaue Flecke in allen Nuancen von Gelb, Grün, Braun, Blau und Schwarz bedecken große Flächen der Haut. Das Mädchen sieht unglücklich aus, dreht sich einmal um sich selbst und lächelt dann traurig in die Kamera. Ein Woge der Übelkeit schwappt in Sjöberg hoch, aber er kann die Augen nicht von dem schrecklichen Anblick losreißen. »Das Muttermal«, sagt der Mann. »Zeig das Muttermal.« Das Mädchen knöpft die Jeans auf, dreht den Rücken zur Kamera und zieht die Hose nicht mehr als ein paar Zentimeter herunter, aber weit genug, um – so glaubt sie – ihr Muttermal am Ende des Rückens zu zeigen. Worauf der Zuschauer auch kurz den Beginn ihre Poritze zu sehen bekommt. Danach wird erneut ihr Gesicht herangezoomt, und der Film ist zu Ende.

Sjöberg legte das Handy zur Seite und verbarg sein Gesicht in den Händen. Er fühlte sich körperlich krank. Erschöpft. Was sollte er damit anfangen? Wie sollte er nach Hause kommen? Woher sollte er die Energie nehmen, mit seiner zehnjährigen Tochter über deren eigene Probleme zu reden? Wenn es ein anderes Mädchen im selben Alter gab, das gezwungen wurde, halbnackt vor einer Kamera zu stehen, einsam, ängstlich und grün und blau geschlagen? Die vermutlich als Spielzeug an Herren mit seltsamen Neigungen verkauft wurde. Kranke Männer, die eine Vorliebe für Kinder hatten, aber sich nicht damit begnügten, sondern wollten, dass es dabei auch wehtat. Wo war dieses Mädchen jetzt? Und was um alles in der Welt sollte er tun, um sie zu finden?

Es war kurz vor acht, Sjöberg war der Letzte auf diesem Flur. Er war zu müde, um klar zu denken, es musste bis morgen warten. Müde und enttäuscht von sich selbst und von der Menschheit, wackelte er nach Hause, um auch noch die persönlichen Herausforderungen des Daseins in Angriff zu nehmen.

*

Mittlerweile waren fast zwei Tage seit Majkens Verschwinden vergangen, und das Leben fühlte sich wie eine Wanderung durch die Wüste an. Eine lange Reise auf wackeligen Beinen, ohne ein Ziel vor Augen, ohne Hoffnung auf die Zukunft und ohne jemanden, mit dem man sprechen konnte. Jenny war ganz allein, und die Menschen, denen sie begegnete, sprachen eine seltsame Sprache mit merkwürdigen Stimmen, die verzerrt klangen und von ganz weit weg zu kommen schienen. In vierundzwanzig Stunden war ihre Frist abgelaufen, und sie verschwendete ihre Zeit, indem sie gar nichts tat. Ideen hatte sie schon lange nicht mehr, das Wenige, was sie unternommen hatte, war sinnlos und kindisch gewesen, von Anfang an zum Scheitern verurteilt gewesen. Natürlich. Weil Jenny dumm war.

Und weil Majken tot war.

Denn derjenige, der Majken genommen hatte, hatte sie ins Wasser geworfen und sie ertrinken lassen, da war sich Jenny so gut wie sicher. Die Internetausgabe des *Aftonbladet* hatte geschrieben, dass es nichts Neues über den Säugling zu berichten gebe, der aus dem Meer gefischt worden war. Keine Eltern hätten sich gemeldet, und wie das Kind im Wasser gelandet war, sei ebenfalls unklar. Nachdem sie am Vormittag weiter planlos in immer größeren Kreisen um den Brommaplan gelaufen war, war sie um die Mittagszeit erschöpft zu ihrer Wohnung zurückgekehrt. Den ganzen Nachmittag hatte sie vor dem Computer gesessen und auf eine Antwort von Jamal gewartet. Als sie ihn gestern Abend angerufen hatte, um ihn um Hilfe zu bitten, hatte er sich geweigert. Obwohl er versprochen hatte, für sie da zu sein, hatte er sie enttäuscht, als sie ihn am meisten gebraucht hatte. Nicht einmal, als sie ihm eine E-Mail geschickt hatte, hatte er sich darum gekümmert. Selbst wenn er nicht wusste, wer ihm die Mail geschickt hatte, hätte er trotzdem antworten können, aber das hatte er nicht getan. Er war mit anderen, wichtigeren Sachen beschäftigt, wie zum Beispiel Papas Kumpel zu sein oder Petras Freund.

Alle hatten jemanden, nur Jenny nicht. Majken war weg, und Jenny stellte sich vor, wie ihr geliebtes kleines Kind mit offenen Augen durch das kalte, dunkle Meer wirbelte. Wie ihre Arme und Beine sich in glitschigem Seegras verfingen und wie die Fische mit ihren ekligen spitzen Mündern an ihrem Gesicht herumpickten. Wie Majken Stück für Stück verschwand und vielleicht bald schon nicht mehr zu erkennen war.

Wo war sie jetzt? In einem Kühlschrank in der Pathologie oder vielleicht schon von Kopf bis Fuß aufgeschnitten auf dem Tisch des Obduzenten? Jenny wusste genau, wie so etwas zuging. Mit einem Mordermittler als Vater war es schwer, nicht das meiste über tote Körper zu wissen. Arme Majken. Jenny glaubte zwar nicht, dass es wehtat, wenn man tot war, aber es musste schrecklich sein zu ertrinken.

Und es war sehr schmerzhaft, diejenige zu sein, die weiterlebte. Jenny hatte den ganzen Nachmittag geweint, und jetzt gab es keine Tränen mehr. Aber die Leere und die Trauer waren immer noch da. Die Hilflosigkeit und die Einsamkeit. Und die Scham darüber, dass es ihr eigener Fehler war, dass Majken verschwunden war. Eine richtige Mama hätte das Kind mit hineingenommen und schon gar kein Bier getrunken. Aber

Jenny war keine richtige Mama. Sie war eine Idiotin. Und Idioten sollten keine Kinder haben.

Noch vierundzwanzig Stunden, bis sie entdeckt wurde, und sie konnte nur noch hoffen. Von ganzem Herzen wünschte sich Jenny, dass sich alles in Wohlgefallen auflösen würde, ohne dass Mama und Papa davon erfuhren. Dass sie einfach nur aus diesem bösen Traum erwachen würde, und alles wäre wie vorher. Oder dass Majken plötzlich wieder im Wagen draußen im Treppenhaus liegen und vor sich hinplappern würde. Oder schreien. Schreien wäre auch gut. Was auch immer, Hauptsache Majken wäre zurück, unverletzt.

Zum hundertsten Mal öffnete sie vorsichtig die Wohnungstür, schaute sich um, um sich zu vergewissern, dass keiner ihrer Nachbarn sich im Treppenhaus befand, und warf einen Blick in den leeren Kinderwagen. Hob sicherheitshalber die kleine Babydecke an, aber dort lag immer noch keine Majken. Mit einem tiefen Seufzer zog sie sich wieder in die Wohnung zurück. Lehnte sich in der dunklen Diele für einen Moment gegen die Tür und atmete durch. Heftig und unregelmäßig, sie verlor sogar die Kontrolle über ihren eigenen Körper. Sie musste sich beruhigen, es fühlte sich an, als würde ihr Brustkorb explodieren.

Wein, dachte Jenny. Wein und Liebe konnten sie trösten und beruhigen. Und in der jetzigen Lage stand ihr nur der Wein zur Verfügung. Sie ging in die Küche und öffnete die Rotweinflasche, die auf der Arbeitsplatte gestanden hatte, seit ihre kleine Schwester Jessica zuletzt zu Besuch gewesen war. Sie zitterte so sehr, dass ihr der Korkenzieher abrutschte. Die Haut zwischen Daumen und Zeigefinger wurde aufgerissen. Sie holte ein normales Wasserglas aus dem Küchenschrank und füllte es fast bis zum Rand, kippte die Hälfte des Inhalts in sich hinein und ließ das Glas auf der Platte stehen. Dann legte sie sich flach auf den Fußboden und wartete darauf, dass die Wärme sich ausbreitete. Sie schloss die Augen und versuchte tief und ruhig zu atmen. Nach ein paar Minuten fühlte sie sich besser und stand wieder auf. Setzte sich an den Küchentisch und tat das, was sie schon gestern hätte tun sollen. Sie wählte die Telefonnummer ihrer Mutter und zwang ihren Mund zu einem Lächeln. Ein Lächeln, das so breit war und so weit von ihrer Gefühlslage entfernt, dass es im ganzen Gesicht schmerzte.

Als das Gespräch vorbei war, ging ihr die Luft aus. Sie fiel vornüber auf den Tisch und schlief mit der Stirn auf dem Arm ein.

Als sie viele Stunden später aufwachte, hatte sie das Gefühl, dass sie etwas essen musste. Sie hatte den ganzen Tag nichts zu sich genommen und war schwach und wackelig. Aber als sie am Kühlschrank stand und das ganze Essen betrachtete, wurde ihr plötzlich noch schlechter. Statt etwas zu essen, trank sie den Rest, der im Glas war, den Rest aus der Weinflasche und taumelte noch einmal ins Treppenhaus hinaus, um sich bestätigen zu lassen, was sie schon wusste. In einem letzten, verzweifelten Versuch, ein bisschen Gesellschaft zu bekommen und die bösen Gedanken fernzuhalten, schaltete sie den Fernseher ein. Hasse Aros ernste Stimme berichtete von dem Mord an einem jungen Mann, der erstochen worden war, und suchte nach Zeugen des Verbrechens.

Aber das hörte Jenny nicht. Mit Majkens Kuscheligel unter der Nase hatte sie auf dem Boden vor dem Fernseher das Bewusstsein verloren.

An Rut

Ich stand einfach auf und ging. Ließ alles Alte hinter mir. Uppsala und die akademische Ausbildung, die Politik und die indo-chinesischen Völker, die Drogen und die Freunde. Eine weitere Phase in meinem Leben war zu Ende. Die Kindheit hatte ich vor langer Zeit schon hinter mich gebracht, jetzt ließ ich auch die Jugend hinter mir zurück. Der Mann, zu dem ich jetzt geworden war, traf erwachsene Entscheidungen und war reif genug, um die Verantwortung für sich selbst und die Zukunft zu tragen.

Mit der Gitarre als einzigem Erinnerungsstück an das, was gewesen war, begab ich mich nach Leksand und verschaffte mir eine gediegene Ausbildung. Als Klaviertechniker konnte ich mich voll und ganz der Musik widmen und durch das ganze Land reisen. Ich verdiente nicht viel, aber es reichte, um gut über die Runden zu kommen und den Alltag nicht ganz so grau werden zu lassen. Und niemals – niemals – sehnte ich mich nach meinem alten Leben zurück. Ich hörte sogar auf zu rauchen. Und ich trinke auch nicht besonders viel, ich begnüge mich mit dem einen oder anderen Glas Wein und hin und wieder einem Kräuterschnaps. Letzteres, das muss ich zugeben, ist eine Angewohnheit aus der Studentenzeit, ich habe es schon immer gemocht.

Ich bin keine suchtgefährdete Natur. Ich bin eine Forschernatur. Ich wollte wissen, was sich in den Nebeln des Rauschs verbarg und in den Herzen und Seelen der jungen Mädchen. Ich wollte wissen, was die Politik und die Zugehörigkeit zu einer Gruppe mir bieten konnten. Ich wollte wissen, wie das

Leben am Rande der Gesellschaft war und in den Armen schöner Frauen. Alles mit derselben Eiseskälte, mit demselben Interesse für den Gegenstand an sich, aber ohne Empfinden für das Individuum.

Zu einem solchen Menschen bin ich gemacht, geformt worden. Ich glaube nicht, dass ich ein böser Mensch bin – falls es so etwas überhaupt gibt –, aber die Abwesenheit von Empathie führt zu bösen Handlungen.

Ich heiratete ein zweites Mal, Rut. Ich wollte auch diese Facette des Lebens kennenlernen, die Zweisamkeit. Aber wegen meines Unvermögens, das Leben eines anderen zu leben, wurde mir die Ehe schnell zur Last. Meine Frau war das genaue Gegenteil von Marianne, und vielleicht hatte genau das erst meine Neugierde geweckt. Wir bekamen keine Kinder, und das war vielleicht auch gut so. Denn sie hätten früh ihre Mutter verloren, und das wünsche ich niemandem. Sie starb viel zu jung, auch sie. Litt viele Jahren lang schwer an ihrem Krebs. Ich habe sie nie geliebt, aber ich stand an ihrer Seite, bis es vorbei war. Ich tröstete sie, unterstützte sie und kümmerte mich um den Haushalt. Warum?, fragst du dich bestimmt. Ich weiß nicht. Ich glaubte, es wäre das Richtige, sie hatte ja nur mich. Und ich war reifer geworden.

Aber während all dieser Tage im Krankenhaus – die zu Monaten und Jahren wurden – wurden Düfte der Vergangenheit zum Leben erweckt. Düfte, die ich niemals erlebt hatte, aber die ich irgendwo in mir trug. Und Gefühle, die ich niemals empfunden hatte. Das Gefühl, in seinem eigenen Körper eingesperrt zu sein. Das Gefühl, *mit* seinem eigenen Körper eingesperrt zu sein. Das durfte ich plötzlich aus nächster Nähe erleben, und die Erinnerung an Marianne stieg an die Oberfläche meines Bewusstseins.

Ich weiß nicht, welche Düfte sich damals in ihre Nasenlöcher hineingeschlängelt haben mögen. Ich weiß nicht, wie es sich anfühlt, wenn man sich nicht bewegen kann, wenn man sich nicht kratzen kann, nicht sehen und nicht hören kann. Aber ich glaube, dass es zu Beginn noch viel Hoffnung gegeben hat. Ich glaube, sie wird gedacht haben, alles wird gut werden. Natürlich wird alles gut werden, so stirbt doch niemand. Aber nachdem der Rausch den Körper verlassen hatte, kam der Entzug. Und damit das Unwohlsein, die Schweißausbrüche, die Krämpfe, die Ohnmachtsanfälle, die Hoffnungslosigkeit und die Verzweiflung. Wie viele Tage mag es gedauert haben? Normalerweise dauert es zwei Wochen, um runterzukommen. Aber so lange kann sie nicht gelebt haben, ohne Nahrung und ohne Wasser. Leider gab es Luft zum Atmen, sonst wäre es bedeutend schneller gegangen, und sie wäre einen würdigeren Tod gestorben.

Ich kann Marianne vor mir sehen, wie sie dort steht und ihren Schmerz hinausschreit. Wie sie stundenlang geschrien haben muss, ohne dass jemand sie hörte. Die Stimme versagte, der Durst wurde immer unerträglicher. Ich sehe vor mir, wie sie die Stirn an der Mauer blutig geschlagen, wie sie auf ein schnelles Ende gehofft haben muss, aber den Tod nicht beschleunigen konnte. Beschmiert mit Urin, Fäkalien und Erbrochenem, hyperventilierend und brüllend, verzweifelt auf der Suche nach einem schnellen Tod.

Aber ich tröste mich damit, dass sich der Irrsinn schon sehr früh in ihr eingenistet haben muss. Sie war von Anfang an ein bisschen geisteskrank, vielleicht stand sie ja auch nur da und lachte? Aber keiner der Wachleute lachte, als mitten in der Nacht der Bewegungsmelder Alarm schlug, weil in der Küche so viele Fliegen waren, dass die Sensoren sie für einen menschlichen Körper hielten. Es roch so schrecklich, dass man sich nicht in dem Raum aufhalten konnte, ohne sich die Nase zuzuhalten. Trotzdem fanden sie sie nicht. Man säuberte die ganze Küche, warf alles Essen aus Schränken und Kühlschrank weg, spülte das Geschirr und reinigte die Küchenmaschinen, saugte Staub und schrubbte die Böden. Man schüttete starke Chemikalien in die Abflüsse. Trotzdem lösten die Fliegen jede Nacht erneut den Alarm aus. Niemand nahm das besonders ernst, weil die Räumlichkeiten während der Sommermonate nicht genutzt wurden. Erst einen Monat später, als die Studentenverbindung zum Wintersemester ihre Tore wieder öffnen wollte, entdeckte ein aufmerksamer Student ein Paar Schuhe auf dem Fettfilter oberhalb des Herds, und die ganze Anlage musste ein weiteres Mal saniert werden.

Das Schlimme ist, dass ich es wusste. Bevor sie ging, sagte Marianne mir, dass sie einen Plan habe. Diese Studentenverbindung war über den Sommer geschlossen, und deshalb würde sie niemand entdecken, wenn sie über das Dach durch den Schornstein einbrechen würde, um zu stehlen. Konserven, Bier, Schnaps – was weiß ich? Irgendetwas, das sie verkaufen konnte, um Geld für den nächsten Schuss zu bekommen. Keine Ahnung, aber ich meine mich erinnern zu können, dass ich den ganzen undurchdachten Plan als idiotisch bezeichnete.

Wenn sie sich eine andere Verbindung ausgesucht hätte, wäre sie vielleicht rechtzeitig entdeckt worden. Wenn ich weniger abgestumpft gewesen wäre, hätte ich vielleicht verhindern können, was passiert ist, oder ich hätte zumindest dafür sorgen können, dass sie gerettet wurde, bevor es zu spät war.

Aber das tat ich nicht. Es kümmerte mich nicht. Ich zuckte mit den Schultern und ging weiter.

Donnerstagvormittag

»Wie geht's, Conny?«, fragte Westman, als sie in den Besprechungsraum kam. »Wie läuft es mit Sara?«

Sjöberg saß tief versunken in seinem Stuhl und rieb sich die Augen. Er war müde und erschöpft, aber es war nicht seine Tochter, die ihm Sorgen machte, sondern ein anderes zehnjähriges Mädchen. Als Westman ihn aus seinen Grübeleien riss, zuckte er zusammen und schaute auf.

»Ich weine nicht, falls du das meinst«, lächelte er und setzte sich aufrecht hin. »Ich glaube, Saras Problem ist gelöst. Zumindest fürs Erste.«

Westmans Miene hellte sich auf, sie war mitfühlend wie immer.

»Tell me all about it.«

»Jasmin hat sich auf Facebook unmöglich gemacht. So sehr, dass die ganze Klasse sich von ihr abgewendet hat. Ich sollte in dem Fall eigentlich Mitleid mit ihr haben, aber so weit reicht mein Mitgefühl nicht. Ist die Schadenfreude nicht die schönste Freude von allen?«

»Erzähl«, sagte Westman und rieb sich die Hände, die Schadenfreude hatte auch sie erfasst, obwohl sie noch nicht einmal wusste, was passiert war.

Gerdin betrat den Raum und setzte sich mit gespitzten Ohren an den Tisch. Auch sie witterte Morgenluft.

»Gestern, als Sara zur Schule ging, war sie wie immer in letzter Zeit. Untröstlich und traurig. Als sie nach Hause kam, hatte sie drei Freundinnen dabei. Heute Nachmittag besucht sie eine andere Freundin und morgen, wenn die Ferien anfangen, übernachtet sie bei einer Schulkameradin. Jetzt, wo Jasmin aus dem Spiel ist, ist alles wieder wie früher.«

»Was hat sie denn getan?«, fragte Westman neugierig.

»Sie hat eine Liste auf Facebook veröffentlicht, auf der sie über sämtliche Leute herzieht. Über alle Klassenkameraden und sogar die Klassenlehrerin. Und das sind keine Kleinigkeiten, mit denen sie da kommt, das kleine Aas, und es scheint alles zu stimmen. Der Eine ist fett und ernährt sich nur von Cola und Pommes, der Zweite hat sich in der Zweiten in die Hose gemacht, eine stinkt aus dem Mund und die Vierte ist ungefähr so begabt wie ein Goldfisch. Es war eine unterhaltsame Lektüre, muss ich sagen«, gestand Sjöberg lachend.

»Und was hat sie über die Lehrerin geschrieben?«

»Dass sie unausstehliche Kinder hat, die bessere Noten bekommen, als sie verdienen, weil ihre Mutter Lehrerin ist und sich bei ihren Lehrern eingeschleimt hat. Was den Nagel auf den Kopf trifft. Sie hat Humor, dieses Mädchen, immerhin«, räumte Sjöberg ein. »Das muss man sagen.«

»Hat sie das?«, fragte Gerdin.

»Naja, bislang ist mir das noch nicht aufgefallen. Aber jetzt hat sie es ja schriftlich bewiesen.«

»Darf man fragen, was sie über Sara geschrieben hat?«

»Dass sie ein ekliges Ekzem in der Armbeuge hat«, sagte Sjöberg. »Sie hat zwar Ekzeme, aber ich glaube nicht, dass sie irgendjemand besonders eklig findet. Sie hat sich also keine großen Gedanken darüber gemacht.«

»Der Junge hat ein schlaues Köpfchen«, sagte Gerdin. »Schick ihn mal für ein Wochenende zu mir, dann werde ich ihm das Programmieren beibringen.«

»Was redest du da?«, fragte Sjöberg verunsichert. »Wen meinst du?«

»Simon, dein Ältester«, sagte Gerdin. »Python ist eine schöne Sprache für Anfänger.«

Auf diesen Gedanken wäre er niemals gekommen. Aber es war eigentlich klar. Wenn Sjöberg jetzt darüber nachdachte, fiel ihm ein, dass er Sara beim gemeinsamen Abendessen über das eine oder andere ausgefragt hatte. Hundenamen und Vorbilder und was es so gab. Was für ein Junge, dachte Sjöberg und spürte, wie sich die Wärme in seinem Körper ausbreitete.

»Das habe ich nicht gehört«, sagte er und schüttelte den Kopf in einem ziemlich missglückten Versuch, sein Lächeln zu verbergen.

»Ein Glück, ich habe nämlich auch gar nichts gesagt«, antwortete Gerdin, ohne mit einer Miene zu verraten, was sie dachte.

Jetzt tauchten auch Hamad, Sandén und Andersson auf, sodass Sjöberg die Besprechung eröffnen konnte.

»Wie ihr alle sicher schon wisst, ist ein Mann wegen des Mordes an Gideon festgenommen worden. Er heißt Robert Axner und ist der Vater eines der Mädchen in ›Gideons Ring‹. Ich komme gleich darauf zurück, warum ich diesen Ausdruck verwende. Er gesteht nichts, aber seine Fingerabdrücke sind am Tatort gefunden worden. Darüber hinaus haben wir eine Zeugin, die ihn zwischen elf und eins in der Mordnacht dort gesehen hat. Ein weiterer Zeuge hat gegen Mitternacht laute Männerstimmen in Gideons Wohnung gehört. Wir rechnen damit, dass er im Laufe des Tages gestehen wird. Er wurde zusammen mit einem anderen Mann gesehen. Petra?«

»Als Sandén und ich uns mit Axner unterhalten haben, bevor er zum Verhör geholt wurde, war er auskunftsfreudiger. Er behauptete, davon überzeugt zu sein, dass Gideon ein Pädophiler sei, und während er sprach, verwendete er Ausdrücke, die mich an diesen aufwieglerischen Thread erinnerten, den Gäddan auf Flashback gefunden hat. Außerdem behauptete er, dass Gideon vorbestraft sei – was nicht stimmt. Aber so stand es auch in diesem Thread. Ich habe den Verdacht, dass

Axner derjenige ist, der den Thread eröffnet hat, und dass er auf diese Weise einen Gleichgesinnten gewonnen hat, der ihn an diesem Abend zu Gideon nach Hause begleitete. In Axners Computer werden wir, glaube ich, die E-Mails finden, die sie einander geschrieben haben, und damit bekommen wir den anderen Mann auch.«

»Es sollte allerdings hinzugefügt werden, dass keines der Mädchen, die Petra und ich im Laufe des Tages befragt haben, etwas Schlechtes über Gideon zu sagen hatte«, warf Sandén ein. »Sie waren alle nicht besonders gesprächig, aber was ihn betrifft, haben wir tatsächlich keine handfesten Beschuldigungen.«

»Nicht mehr«, entgegnete Sjöberg. »Seit Veronica ihre Aussage zurückgezogen hat und stattdessen versucht, den Verdacht auf einen unbekannten Mann zu lenken. Hat sie ein paar genauere Angaben gemacht, Loddan? Und wie geht es ihr überhaupt?«

»Es geht ihr schlecht«, seufzte Andersson. »Gestern Nachmittag hat sie überhaupt nicht gesprochen. Als ich ankam, hörte ich etwas, das nicht für meine Ohren bestimmt war. Drei Jungen waren zu Besuch, und ich hatte das Gefühl, dass sie von ihnen schikaniert wurde. Sie bedrohten sie, damit sie weiter schweigt.«

Fünf neugierige Augenpaare richteten sich auf Andersson, der ja ebenso wie seine Kollegen noch nicht wusste, was Sjöberg entdeckt hatte. Filme mit misshandelten Mädchen und anderen Dingen. Trotzdem war natürlich auch er daran interessiert, was Andersson zu berichten hatte, und entschied, ihn nicht zu unterbrechen.

»Nachdem sie gegangen waren, war sie nicht ansprechbar. Ich war ihnen in den Flur gefolgt und hatte gefragt, ob sie irgendetwas wussten. Ihrer Ansicht nach war die Vergewaltigung von jemandem begangen worden, der nicht auf ihre

Schule geht. In erster Linie dachten sie da an ihren Bruder. Ich selbst bin absolut davon überzeugt, dass es die Täter waren, die sie besucht haben. Ich finde, wir sollten sie vorladen und vernehmen. Obwohl Veronica diese Meinung nicht zu teilen scheint.«

Andersson sah aufrichtig niedergeschlagen aus, es war offensichtlich, dass Veronica unter großem Druck stand, und das schien ansteckend zu wirken.

»Hast du die Namen?«, wollte Gerdin wissen.

»Sie haben sich als Oskar, Jonas und Ted vorgestellt.«

»Ted?«, sagte Sjöberg, ohne den Gedanken einfangen zu können, der gerade vorbeiflog.

»Bei einem Abgleich mit dem Schülerverzeichnis bin ich zu dem Ergebnis gekommen, dass es sich um Oskar Svensson, Jonas Eklund – der älter Bruder von Gabriel, mit dem Veronica von der Party verschwunden war – und Teodor Ferm handeln muss. Jonas und Teodor haben an dem Tag das Abitur gemacht und Veronica auf den Anhänger eingeladen.«

»Gute Arbeit, Loddan«, sagte Sjöberg. »Zusammengefasst können wir also sagen, dass wir allein zurechtkommen müssen, solange Veronica Engström nicht spricht. Ich persönlich kann mir nur schwer vorstellen, dass der Mord an John Gideon nicht mit der Vergewaltigung von Veronica Engström zusammenhängen soll.«

Rund um den Tisch wurde zustimmend genickt.

»Bei einem schnellen Durchgang von John Gideons Handy habe ich einen ganz abscheulichen Film gefunden«, fuhr Sjöberg mit ernster Miene fort. »Es ist im Übrigen nichts Kompromittierendes. Aber ich möchte euch warnen, es ist alles andere als ein Feelgood-Film.«

Als Sjöberg den gut dreißig Sekunden langen Clip auf dem Smartboard des Besprechungsraums vorspielte, ging buchstäblich ein Raunen durchs Publikum.

»Das war ja furchtbar«, sagte Westman, die als Erste wieder Worte finden konnte. »Was kommt denn noch alles?«

»Auf so junge Mädchen sind wir bislang noch nicht gestoßen«, stellte Sandén fest. »Ich hatte bislang den Eindruck, dass Gideon sich mit so jungen Mädchen nicht befasst hat. Von Misshandlungen haben wir auch noch nichts gehört.«

»Veronica wurde misshandelt«, stellte Westman klar. »Außerdem müssen es ja nicht Gideons Neigungen sein, die den Ausschlag geben, sondern die seiner Kundschaft. Das Angebot wird von der Nachfrage geregelt, nicht andersherum.«

»Ich erkenne das Mädchen wieder«, sagte Hamad, der seine Stirn in tiefe Falten gelegt hatte, seit der Film gestartet worden war. »Ich glaube, ich bin ihr gestern begegnet.«

»Du hast sie gesehen?«, fragte Sjöberg verwundert.

»Sie sah dem Mädchen im Film jedenfalls unheimlich ähnlich. Es war vor Gideons Tür. Sie hat dort geklingelt, als ich mit dem Nachbarn gegenüber gesprochen habe. Er hat sie angeschnauzt, dass sie verschwinden solle, weil Gideon tot sei. Daraufhin lief sie weg, ohne dass ich mit ihr sprechen konnte.«

»Jetzt, wo du das sagst, frage ich mich, ob es nicht dieses Mädchen war, dass sich unter dem Absperrband hindurchschleichen wollte, als wir vor ein paar Tagen in der Wohnung waren«, erinnerte sich Sandén.

»Aber wohin ist sie gelaufen?«, fragte Gerdin.

Hamad und Sandén schauten einander an und sahen beide ein wenig ratlos aus.

»Keine Ahnung«, sagte Hamad. »Sie ist beim gegenüberliegenden Haus um die Ecke gelaufen.«

»Dann wissen wir immerhin, dass sie noch lebt«, sagte Sjöberg. »Ich kann euch sagen, dass mich dieser Film heute Nacht um den Schlaf gebracht hat. Wir müssen versuchen, sie zu finden.«

»Jetzt wird sie wohl nicht mehr kommen, wo sie erfahren hat, dass Gideon tot ist«, meinte Hamad pessimistisch.

»Wenn es überhaupt das richtige Mädchen ist«, sagte Sandén. »Die sehen ja alle gleich aus, diese Chinesen.«

Obwohl Sjöberg Sandén schon seit vielen Jahren kannte, war er sich dieses Mal nicht sicher, ob der Kollege es ernst meinte oder scherzte. Zu seiner Erleichterung lachte niemand.

»Dann gibt es noch eine Sache, mit der wir uns beschäftigen müssen«, sagte Sjöberg müde. »Und das klingt so seltsam und eigentlich auch so weit hergeholt, dass ich nicht weiß, wo ich anfangen soll.«

»Ich kann das übernehmen«, sagte Hamad.

Woraufhin er kurz zusammenfasste, wie er den anonymen Tipp bekommen, die Kollegin bei der Polizei in Nacka kontaktiert und sich das Ermittlungsmaterial hatte schicken lassen, ohne richtig zu wissen, was er mit den Informationen anfangen sollte. Als er fertig war, fasste er die seltsame Geschichte in drei Punkten zusammen.

»Erstens: Jemand, der mich kennt oder meinen Namen schon einmal gehört hat, fand es offenbar wichtig, dass wir uns diesen Fall noch einmal anschauen. Zweitens: Das Kind lag in einer Tüte der Ingaröhallen. Also des Lebensmittelgeschäfts, in dem Familie Engström ihre Wochenendeinkäufe erledigt hat. Drittens: Der einzige Säugling, der in den letzten zehn Jahren vermisst gemeldet wurde, stammte aus Eslöv. Und nach Eslöv hatte John Gideon eine Zugfahrkarte gelöst, bevor er ermordet wurde. All diese Umstände zusammengenommen geben mir das Gefühl, dass wir die ganze Sache nicht einfach abtun können. Oder was meint ihr?«

»Ich glaube, das ist kompletter Nonsens«, sagte Sandén, ohne zu zögern. »Ingarö ist groß, dort müssen jede Menge dieser Tüten unterwegs sein. Die Tatsache, dass Engströms dort ein paarmal eingekauft haben, macht sie nicht zu Kindermördern.«

»Und ein Säugling, der vor neun Jahren in Eslöv verschwand, wird nicht plötzlich vor Stockholm aus dem Wasser gezogen«, meinte Andersson. »Er wäre dann ja neun Jahre alt. Du sagtest doch, dass der Körper noch ziemlich gut erhalten war.«

Hamad nickte.

»Also ist dieses Kind nicht das Kind aus Eslöv, und deshalb gibt es keine Verbindung zwischen Gideons Reise nach Eslöv und dem toten Säugling im Nämdöfjärden«, stellte Westman fest.

»So würde ich es auch sehen«, sagte Sjöberg.

»Vielleicht sollten wir trotzdem versuchen herauszufinden, wer dir diese Mail geschickt hat und was dieser Tippgeber eigentlich sagen wollte«, schlug Gerdin vor.

»Wenn es überhaupt ein Tipp war«, sagte Hamad. »Es war so schlecht geschrieben, dass man kaum wusste, wie man es deuten sollte. Aber ich schließe mich euch an. Wir lassen es erst mal auf sich beruhen.«

»Ich kann ja mal nachfragen, ob man den Absender überhaupt ausfindig machen kann«, bot Sandén an. »Und dann werde ich nachsehen, ob diese Familie aus Eslöv, die das Kind verloren hat, in Gideons Kundenverzeichnis steht. Gib mir einfach das Material aus Nacka, Hamad.«

»Dann machen wir es so«, beschloss Sjöberg die Besprechung.

*

Eine gute halbe Stunde, nachdem er von der Besprechung in sein Zimmer zurückgekehrt war, klingelte Hamads Handy. Bevor er das Gespräch entgegennahm, sah er, dass es von Håkan Carlberg vom SKL in Linköping kam. Mit ihm hatte Hamad erst bei einer Gelegenheit direkt zu tun gehabt, und das war bereits ein paar Jahre her. Damals hatte er den routinierten Kriminaltechniker gebeten, einen inoffiziellen DNA-Vergleich zwischen Malmbergs Mineralwasserflasche und dem Inhalt eines der Kondome, die Petra vom Ort ihrer Vergewaltigung mitnehmen konnte, durchzuführen. Carlberg hatte bestätigt, dass sie übereinstimmten, was der Startschuss für Hamads persönliches Projekt wurde, den stellvertretenden Polizeidirektor hinter Schloss und Riegel zu bringen. Ohne Petra hineinzuziehen.

»Ich habe Informationen, die dich interessieren könnten«, sagte Carlberg.

»Hinsichtlich der Vergewaltigung von Petra, nehme ich an«, erwiderte Hamad mit steigendem Puls.

»Du liest in mir wie in einem offenen Buch. Im Augenblick arbeite ich an einem Vergewaltigungsfall. Aus forensischer Sicht ist er ziemlich kompliziert, weil die Frau nachweislich mit mehreren Männern Geschlechtsverkehr hatte. Ob es sich um zwei oder mehr handelte, haben wir nicht herausfinden können, aber dass es mehr als einer ist, können wir mit Sicherheit sagen. Ein Mischbild, also, und ich glaube nicht, dass wir noch weiter kommen. Die Ergebnisse haben also keine Beweiskraft.«

»Aber?«, hakte Hamad nach.

»Aber wir haben auch ein anderes Sample. Hautreste, die unter den Nägeln der Frau gefunden wurden. Was ziemlich typisch ist für Vergewaltigungsopfer, die versucht haben, sich zu verteidigen. Und da haben wir einen Treffer gelandet.«

»Donnerwetter«, sagte Hamad.

Ein Geschenk des Himmels, dachte er, während er zu lächeln begann.

»Darf man fragen, um wen es sich handelt?«, sagte Carlberg. »Wir haben ihn immer noch nicht im System.«

»Leider nicht«, antwortete Hamad. »Aber es ist jetzt nur noch eine Zeitfrage.«

»Ich habe aber auch immer Pech«, sagte der Kriminaltechniker betrübt. »Das ist der Dank dafür, dass man so viel Engagement zeigt.«

Der ironische Unterton war nicht zu überhören, trotz der zweihundert Kilometer, die sie trennten.

»Könnte ich trotzdem erfahren, an welchem Fall du gerade arbeitest?«, fragte Hamad.

»Natürlich«, sagte Carlberg. »Es handelt sich um eine brutale Vergewaltigung an einer achtzehnjährigen Stockholmerin. Sie heißt Veronica Engström.«

Hamad spürte, wie gegensätzliche Gefühle in ihm aufwallten. Die Haare sträubten sich auf den Armen, er wusste nicht, ob er weinen oder lachen sollte.

»Danke«, sagte er mit so neutraler Stimme wie möglich. »Das hier bleibt unter uns. Wie üblich. Okay?«

»Ich schweige wie ein Grab«, sagte Håkan Carlberg, woraufhin sie das Gespräch beendeten.

Jetzt nimm dich zusammen, dachte Hamad. Ich muss kühlen Kopf bewahren und darf nichts überstürzen. Aber er konnte nicht stillsitzen und sich konzentrieren schon gar nicht. Da konnte er genauso gut zu Sjöberg gehen und ihm alles erzählen, dann konnten sie die Sache gemeinsam auseinanderdividieren, sich ihre halbwegs klugen Köpfe zerbrechen.

*

Sandén und Hamad kamen gemeinsam in Sjöbergs Büro, doch aus unterschiedlichen Richtungen.

»Jetzt geht es aber richtig los«, sagte Sandén.

Hamads Wangen liefen rot an, und er hatte diesen intensiven Ausdruck in den Augen, der etwas Großes ankündigte. Sjöberg entschied, sich zuerst Sandén anzuhören, denn er hatte den Verdacht, dass Hamads Beitrag nur für seine Ohren bestimmt sein dürfte. Also warf er ihm einen Blick zu, von dem er annahm, dass er richtig gedeutet werden würde. Ein Blick, der bestätigte, dass er den Ernst der Lage verstanden hatte, aber dass Sandén als Erster an der Reihe war.

Sandén und Hamad setzten sich jeder in einen Stuhl, woraufhin Sandén das Wort ergriff.

»Tut mir leid, dass ich jede Hoffnung im Keim ersticken muss, aber ich glaube, wir müssen wieder ein Feld zurückgehen. Ich bin die Papiere aus Nacka durchgegangen, und es hat sich herausgestellt, dass diese Familie aus Eslöv, die ihr Kind verloren hat, tatsächlich in Gideons Kundenverzeichnis steht.«

»Ist das dein Ernst?«, sagte Hamad, mit plötzlichem Interesse für das, was Sandén zu sagen hatte.

»Es stimmt wirklich«, bekräftigte Sandén. »Ich habe gestern mit der Mutter telefoniert, und sie war sich ganz sicher, dass sie keinen Termin mit dem Klaviertechniker vereinbart hatten.«

»Falls das alles mit unserem Mord zu tun hat – ich betone, falls –, dann hatte Gideon also aus eigenem Antrieb beschlossen, diese Familie zu besuchen«, überlegte Sjöberg laut. »Aber warum?«

»Es muss ja mit dem verschwundenen Kind zusammenhängen«, konstatierte Sandén. »Laut den Ermittlungsakten wurde Gideon im Zusammenhang mit der Entführung sogar vernommen. Er stand nie unter Verdacht, aber er gehörte zu den Personen, die zu der Zeit der Entführung Kontakt mit der Familie hatten. Um genau zu sein, gehörte er zu den ganz wenigen Personen, die die Familie überhaupt besucht hatten, seit das Kind geboren worden war.«

»Aber es war doch schon ein halbes Jahr alt«, sagte Hamad. »Hatten sie keine Freunde?«

»Darüber kann ich nichts sagen. Aber sie hatten das Mädchen erst eine Woche. Sie war nämlich adoptiert. Aus China.«

»Das ist ja ein Ding«, sagte Sjöberg. »Dass es nur ganz wenige waren, die das Kind überhaupt gesehen haben, macht ihn in meinen Augen ziemlich verdächtig.«

»Aber Gideon hat das Kind nie getroffen. Als er dort war und am Klavier gearbeitet hat, war nur der Vater zu Hause. Die ältere Tochter – auch sie war adoptiert – war im Kindergarten, und die Mutter mit der kleinen Felicia, so hieß sie, zur Vorsorgeuntersuchung in der Kinderklinik. Und Gideon hatte sie zwei Tage vor dem Verschwinden besucht. Anschließend war er nach eigener Aussage direkt nach Stockholm zurückgefahren. Dafür finde ich allerdings keine konkreten Beweise. Und ich glaube nicht, dass wir, wie lange wir auch suchen, irgendwelche Kunden finden können, die bezeugen können, dass er ihr Klavier an einem bestimmten Datum vor neun Jahren gestimmt hat.«

»Nein, da darf man sich wohl keine großen Hoffnungen machen«, gab ihm Sjöberg recht.

»Und seitdem gibt es keine Spur von dem Mädchen?«, fragte Hamad.

»Nicht die geringste. Es sei denn, es ist tatsächlich ihr Körper, den man gefunden hat.«

»Aber wie kann das sein?«, fragte Sjöberg rhetorisch.

Aber im selben Augenblick fiel ihm die Antwort ein.

»Es sei denn, man hätte sie eingefroren.«

»Genau mein Gedanke«, sagte Sandén. »Sie könnte ja all die Jahre in einer Tiefkühltruhe gesteckt haben. Aber wir werden ja bald erfahren, ob es Felicia war oder ob sie ein anderes Kind gefunden haben.«

»Aber müsste das nicht zu sehen sein, ob das Mädchen asiatischer Herkunft war?«, fragte Hamad.

»Sie war zwar gut erhalten«, erklärte Sandén, »aber im Wasser quellen Körper auf, die Haut wird runzlig und die Gesichtszüge werden dadurch verwischt.«

»Hat man denn eine DNA zum Vergleichen?«, sagte Sjöberg und versuchte ein kaltes Schaudern zu unterdrücken.

»Sie hatten sie ja schon eine Woche, also gab es Windeln, Zahnbürste, Haarbürste und andere Dinge. Ich weiß nicht, worauf man hoffen soll, aber man kann vermuten, dass die Familie möchte, dass die Sache einen Abschluss findet«, seufzte Sandén.

»Gab es keine Verdächtigen?«, fragte Hamad.

»Man hatte für eine Weile wohl den Vater im Visier, aber das verlief im Sande.«

»Warum hat man sich denn ausgerechnet auf ihn konzentriert? Weil er ein Angehöriger und ein Mann war«, beantwortete Hamad seine Frage selbst.

»In der Kinderklinik hatte man anscheinend Anzeichen von Misshandlungen entdeckt. Nicht so ernst, dass man gleich Alarm schlug, aber als es passierte, meldete sich eine der Schwestern bei der Polizei. Und da blieben ja nur der Vater, die Mutter und die große Schwester.«

»Man holt doch kein Kind von der anderen Seite der Erde, um es direkt zu misshandeln!«, rief Sjöberg aus. »Es gibt doch extrem strenge Eignungstests, bevor man adoptieren darf.«

»Ja, sicher«, bestätigte Sandén. »Aber genau das habe ich herausgefunden. Und die Menschen machen ja die verrücktesten Sachen, wie wir wissen. Auf der anderen Seite wohnte die Familie in einem ziemlich abgelegenen Haus auf dem Land, und das Mädchen lag draußen im Wagen und schlief. Im Prinzip konnte also jeder, der zufällig vorbeikam, sich das Kind geschnappt haben.«

»Zum Beispiel Gideon. Aber das würde dann beinhalten, dass der Mord an ihm nichts mit der Vergewaltigung von Veronica Engström zu tun hat«, sagte Sjöberg und schüttelte zweifelnd den Kopf.

»Warum?«, sagte Hamad. »Man kann sich doch vorstellen, dass er ein kleines Mädchen wie Felicia für seine zwielichtigen

Geschäfte brauchte. Er könnte die Gelegenheit ergriffen haben, und als das Geschäft abgewickelt war, hat er sie getötet. Felicia und Veronica können beide Opfer von Gideons Vergewaltigungsring gewesen sein, und irgendwie hat ihn die Wirklichkeit jetzt eingeholt. Ein Unglück kommt ja bekanntlich selten allein. Mal sehen, ob wir irgendwelche Verbindungen zwischen der kleinen Felicia und Robert Axner finden können.«

»Ich wollte ohnehin noch einmal mit Felicias Eltern darüber reden«, sagte Sandén. »Aber wenn ich darüber nachdenke, dann warte ich lieber erst den Bericht vom SKL ab. Wenn man nicht Felicia gefunden hat, dann wäre es vollkommen unnötig, jetzt noch einmal Salz in die Wunden dieser armen Familie zu streuen. Ich glaube, ich kümmere mich besser erst mal um diesen anonymen Tippgeber. Sind wir so weit klar?«

»Absolut«, sagte Sjöberg. »Oder hast du noch etwas hinzuzufügen, Jamal?«

»Das mache ich lieber unter vier Augen.«

»Aha, ist es wieder Zeit für eine Gehaltserhöhung?«, lachte Sandén und stand auf. »Na dann, viel Glück!«

Als Sandén den Raum verlassen und Hamad die Tür hinter ihm geschlossen hatte, ging es allerdings um ein völlig anderes Thema. Davon war Sjöberg zwar bereits ausgegangen, aber als Hamad ihm seine in mehrfacher Hinsicht revolutionäre Entdeckung mitteilte, wurde alles in ein neues Licht getaucht. Sjöberg war wieder einmal verwundert darüber, wie dieses Sammelsurium aus seltsamen Umständen, die alle irgendwie miteinander zu tun hatten, sie klar und deutlich auf einen einzigen Punkt hinführte. War es wirklich so, dass das Verschwinden eines kleinen Kindes vor neun Jahren, die Vergewaltigung von Petra Westman vor vier Jahren, der Mord an Sven-Gunnar

Erlandsson vor einem Jahr, die Vergewaltigung von Veronica Engström, der Mord an John Gideon und der erschreckende Fang eines Sportanglers nur unterschiedliche Seiten derselben Münze waren? War es notwendigerweise so, dass diese einzelnen Ereignisse so eng miteinander zusammenhingen, wie sie glaubten? Oder war dieses Durcheinander nur eine natürliche Konsequenz ihres eigenen Unvermögens, die Dinge klar und unverstellt zu betrachten? Vielleicht sahen sie den Wald vor lauter Bäumen nicht, waren blind vor Eifer, sodass sie mit zu groben Verallgemeinerungen arbeiteten, um zu verstehen, was geschah, und hofften, so zu schnellen und verständlichen Resultaten zu kommen.

Aber Hamad wusste es besser.

»Dieses ganze Durcheinander besteht im Grunde aus einer einzigen Zutat. Der gemeinsame Nenner von allem, worüber wir gesprochen haben, ist John Gideon. Eine Spinne, die ein kompliziertes Netz um sich herum gewebt hat, mit Verzweigungen, die weit in die Vergangenheit reichen und in die verschiedensten Gesellschaftsschichten. Glaub mir, Conny, Gideons Ring ist ein tragfähiges und weitläufiges Konstrukt. Es ist kein Zufall, dass Malmberg in dieser Ermittlung auftaucht, und das ist genau das, worauf wir gewartet haben. Gideon sammelt Mädchen und junge Frauen – schwache, gefährdete und leicht zu manipulierende Wesen –, mit denen er seine Kontakte versorgt. Die Kontakte wiederum sind respektable Familienväter und Stützen der Gesellschaft, Polizisten, Stadträte, Lehrer, Ärzte – alle mit einer Neigung zur Gewalt. Jemand möchte einen Säugling, Gideon liefert einen Säugling. Jemand braucht ein zehnjähriges Mädchen zum Zusammenschlagen, Gideon hat eines zur Hand. Manche interessieren sich für einen Gangbang mit einer achtzehnjährigen Gymnasiastin, Gideon organisiert es. Komplizierter ist es nicht.«

»Du hast vergessen, dass es im Kundenkreis auch junge

Männer mit neuropsychiatrischen Funktionsstörungen gibt«, seufzte Sjöberg.

»Ich glaube nicht, dass er ein Kunde ist wie all die anderen«, sagte Hamad. »Kalle gehört zu den Ausgenutzten, obwohl es ihm selbst gar nicht bewusst ist. Er ist ein Teil der Show.«

»Wie auch immer, wir haben ein Problem«, konstatierte Sjöberg. »Wie gehen wir vor?«

»Keine Ahnung. Wir wissen, was passiert ist, aber wir haben nichts gegen Malmberg in der Hand, und deswegen kommen wir auch an die anderen nicht heran.«

»Und wenn wir nichts gegen die anderen in der Hand haben, kommen wir nicht an Malmberg heran«, ergänzte Sjöberg. »Außerdem mache ich mir Sorgen wegen der Befangenheitslage.«

»Der Befangenheitslage?«

»Können wir diese Ermittlungen weiter betreiben, wenn einer von uns ein deutliches Interesse daran hat, Malmberg für diese Vergewaltigung hinter Gitter zu bringen?«

»Das hat überhaupt nichts mit diesem Fall zu tun«, sagte Hamad voller Überzeugung, »denn wir werden Petra ja gar nicht mit hineinziehen. Das können wir gar nicht.«

»Können wir nicht?«, sagte Sjöberg.

Er war sich bewusst, dass diese Frage sehr provozierend klang, was nicht seine Absicht war. Aber das Thema musste auf den Tisch, und jetzt war die Gelegenheit dafür gekommen.

»Absolut nicht«, sagte Hamad entgeistert. »Machst du Witze?«

»Überhaupt nicht. Wir haben eine Achtzehnjährige im Söder-Krankenhaus, die von einem Mann vergewaltigt wurde, dessen DNA wir offiziell nicht besitzen. Wir haben ein Mitglied in unserem Team, das von demselben Mann vergewaltigt worden ist. Wenn sie die Vergewaltigung anzeigt, haben wir

Zugang zu der DNA und bringen ihn vor Gericht. So einfach ist das«, antwortete Sjöberg kühl.

Obwohl er sich ganz anders fühlte. Aber er musste sachlich vorgehen, die Vor- und Nachteile gegeneinander abwägen. Im Namen der Gerechtigkeit und der Rechtsstaatlichkeit.

»Doch, es ist schwieriger. Denn es wäre der Todesstoß für Petras und meine Beziehung. Dass du und ich – und jetzt auch noch Gäddan – das alles schon so lange gewusst haben, ohne es Petra zu sagen. Außerdem würde sie Malmberg niemals in einem Gerichtssaal Auge in Auge gegenüberstehen wollen. Sie hatten ja … etwas miteinander, du weißt ja.«

»Genau deshalb. Aber sie hätte nichts dagegen, das Messer in seinem Rücken noch einmal umzudrehen?«

»Doch, wenn es im Lichte der Öffentlichkeit passieren müsste. Das hier wird eine große Sache, das ist dir doch klar, Conny?«

»Natürlich weiß ich das. Was glaubst du, warum ich mich so engagiere?«

»Wir müssen es auf eine andere Weise lösen. Wegen Petra. Ist ihr Wohlergehen nicht auch wichtig?«

»Doch, sehr wichtig sogar. Aber ich habe das Gefühl, dass es hier eher um dein Wohlergehen geht.«

»Meinst du das ernst?«, sagte Hamad, der jetzt wirklich wütend war.

»Ich weiß nicht«, sagte Sjöberg ruhig. »Vielleicht habe ich ein bisschen übertrieben. Ich wollte nur unterstreichen, dass das Wohlergehen einer achtzehnjährigen Bürgerin, deren Leben in Scherben liegt, etwas mehr Bedeutung haben sollte. Dass man in diesem Job von der persönlichen Perspektive Abstand nehmen muss. Nachdem das gesagt ist, finde ich immer noch, dass wir handfestere Beweise gegen den guten stellvertretenden Polizeidirektor und seine Freunde beschaffen sollten. Wir müssen Veronica zum Sprechen bringen. Oder dieses Schwein irgendwie anders unter Druck setzen.«

»Die DNA ist doch schon ein guter Anfang?«, sagte Hamad unsicher.

Er sah so aus, als hätte er sich noch nicht richtig von Sjöbergs unsanfter Behandlung erholt. Aber irgendwie fühlte sich Sjöberg nicht so richtig wohl bei dieser Sache. Es war nichts, was er konkret benennen konnte, und Hamads logische Argumentationsweise war sehr überzeugend. Aber alles wirkte so einfach. Und gleichzeitig so verdammt kompliziert.

*

Als Jenny aufwachte, waren mehrere Stunden vergangen, seit sie auf dem Wohnzimmerboden eingeschlafen war. Der Fernseher lief noch, und ein neuer Tag war angebrochen. Der Körper tat weh nach einer Nacht auf einem harten Holzboden, ohne Matratze oder Kissen, und sie konnte kaum den Kopf bewegen. Wie sie auf dem Fußboden gelandet war, daran hatte sie nur verschwommene Erinnerungen, aber es spielte ja auch keine Rolle. Sie wusste nur, dass sich nichts zum Besseren verändert hatte.

Sie konnte sich nicht überwinden, zu duschen oder sich neue Kleider anzuziehen, aber sie schleppte sich in die Küche und zwang mühsam ein Butterbrot und ein Glas Milch herunter. Sie kaute und kaute, bis es nur noch ein ekliger Brei im Mund war, und spülte die unappetitliche Pampe mit Milch hinunter. Sie räumte nicht hinter sich auf, sondern setzte sich stattdessen vor den Computer, nur um festzustellen, dass Jamal ihren Hilferuf immer noch nicht beantwortet hatte. Und auch das Aftonbladet hatte nichts Neues über den toten Säugling zu vermelden.

Niemand vermisste das Kind, also interessierte sich auch

niemand dafür. Jenny war ganz allein, aber sie war zu dumm, um sich zu überlegen, was sie tun sollte. Nicht verantwortlich genug, um von Anfang an alles richtig zu machen.

Es waren nur noch wenige Stunden, bis man sie entdecken, ausschimpfen und als Mensch und Mutter endgültig verdammen würde, deswegen fasste Jenny einen letzten, verzweifelten Beschluss. Sie zog sich Turnschuhe an und zog eine Kapuzenjacke über das durchgeschwitzte und rotweinfleckige Hemd, in dem sie geschlafen hatte. Dann verließ sie die Wohnung und trat auf unsicheren Beinen wieder in die Wirklichkeit.

Mit ihrer großen, dunklen Sonnenbrille und der tief ins Gesicht gezogenen Kapuze, unter der das Gesicht im Schatten blieb, hoffte sie, dass niemand sie bemerkte, dass niemand sah, wie sie sich fühlte. Sie wollte am liebsten von der Erdoberfläche verschwinden, angesprochen zu werden, wäre eine Katastrophe. Sie schlängelte sich zwischen Fußgängern, Autos und Radfahrern hindurch und erreichte den Spångavägen, und um allen normal funktionierenden Menschen und dem Lärm zu entkommen, den sie produzierten, bog sie bei erster Gelegenheit von der Straße ab und ging ins Grüne hinaus. Sie ging am Wald entlang, bis sie an der Kleingartenanlage vorbeikam, und folgte anschließend den Spazierwegen und Pfaden hinunter zum Kyrksjön. Dort blieb sie eine Weile stehen und schaute auf das schwarze, sich sanft kräuselnde Wasser des Sees hinunter, saugte die leicht modrigen Binnenseegerüche durch die Nasenlöcher ein, während sie die Seevögel beobachtete, die mit ihren neu gegründeten Familien am Schilfufer herumplanschten.

Eine Wolke zog vorüber, verdunkelte die Sonne für ein paar Minuten und ließ gleichzeitig einen leichten Nieselregen fallen, der die Wasseroberfläche perforierte. Das Wetter hatte keine Bedeutung, was Jenny betraf, konnte es genauso gut hageln und stürmen. Das änderte nichts an ihrem Seelenzustand.

Es änderte nichts an der Tatsache, dass ihr kleines Mädchen aus einem ebenso dunklen und grausigen Gewässer gezogen worden war wie dem, das sie jetzt betrachtete. Jennys Zukunft hing an einem dünnen Faden, und sie war nicht vom Wetter abhängig.

Der Regen ließ nach und die Sonne kam wieder heraus. Das unbarmherzige Licht riss Jenny aus ihren Gedanken, und sie ging weiter. Sie folgte dem Ufer bis zum nördlichen Ende des Sees und ging anschließend die Allee zur Kirche hinauf. Sie stand eine Weile davor und zögerte, bevor sie Mut fasste und hineinging.

Sie schaute sich ängstlich in der Dunkelheit um, die Wände und das Dach der Rundkirche schienen über ihr zusammenzustürzen. Es kam ihr vor, als würde sie sich in einer unterirdischen Höhle befinden. Die Luft strich kühl über ihr Gesicht, es roch nach Staub und Stein und vergangenen Zeiten. Ein paar Menschen saßen mit geneigten Köpfen auf den Bänken und hatten ihre Hände angesichts der unsichtbaren Macht feierlich gefaltet. Hierher war sie seit ihrer Konfirmation vor vielen Jahren nicht mehr gekommen. Die Kirche hatte eine einschüchternde Wirkung auf sie, mit ihrer bedrohliche Stille und den gespenstischen Echos, die ihre Schritte verursachten.

Jenny setzte sich auf eine der hinteren Bänke. Betrachtete die seltsamen und furchteinflößenden Kalkmalereien an den Wänden. Nicht einmal Jesus und seine Jünger schienen sich in diesem Gotteshaus wohlzufühlen. Mit einem leicht wahnsinnigen Blick eilte Jesus mit dem schweren Kreuz auf dem Rücken vorbei, gejagt von zombieartigen Wesen, von denen man nicht wusste, ob sie ihm helfen oder ihn stürzen wollten. Zwei böswillige alte Männer mit hässlichen Bärten und seltsamen Kopfbedeckungen kochten eine lebendige nackte Frau in einem Topf über einem heftig flackernden Feuer.

Wie man mit solchen Bildern eine Kirche schmücken konnte,

war Jenny unbegreiflich. Sie schenkten keinen Trost, sondern hatten eher den gegenteiligen Effekt. Trotzdem faltete sie ihre Hände und richtete ein langes und stummes Gebet an den Gott dort oben im Himmel, von dem es hieß, dass er auf der Seite der Schwachen stand. Sie bat ihn um Verständnis und Verzeihung und darum, ihren einzigen Wunsch in Erfüllung gehen zu lassen.

»Lieber Gott«, sagte Jenny. »Mach, dass die kleine Majken wieder nach Hause kommt. Sie ist alles, was ich habe, und ohne sie kann ich nicht leben. Ich brauche keine Erklärung, keine Entschuldigung, ich will nur, dass es ihr gut geht. Lieber Gott, gib mir mein Kind zurück.«

*

Als Andersson ins Krankenhaus kam, hatte Veronica wieder ein bisschen Farbe im Gesicht. Sie folgte ihm mit den Augen, sobald er ins Zimmer gekommen war, und er meinte beinahe ein kleines Lächeln auf ihren Lippen beobachten zu können.

»Wie geht's dir?«, fragte er und setzte sich auf den Besucherstuhl.

»Ganz okay. Madde war zu Besuch, und sie sagte, dass ich schon besser aussehe. Ich darf morgen nach Hause.«

»Herzlichen Glückwunsch.«

»Du musst die Kohlezeichnung noch zu Ende malen, damit ich sie mit nach Hause nehmen kann.«

»Ach, ich weiß nicht. Mir fehlt ein bisschen die Inspiration.«

»Aber es fehlt doch kaum noch etwas?«

»Da bin ich mir nicht so sicher. Das Gesicht fehlt noch. Das ist das Schwierigste.«

»Aber die Arme können doch kein Problem sein?«

»Wie ich schon sagte: Mir fehlt ein bisschen die Inspiration.«

Veronica seufzte. Sie saß auf dem Bett, vollständig bekleidet, und ließ ihre Blicke eine Weile durch den Raum irren, bevor sie Andersson wieder in die Augen schaute. Dann sah er, dass sie allen Mut zusammennahm und noch tiefer seufzte.

»Okay«, sagte sie. »Ich bin jetzt so weit. Ich werde erzählen, was passiert ist. Deswegen sitzt du doch hier, oder?«

»Ich will nur, dass es dir gut geht«, antwortete Andersson, ohne sich irgendwelche Illusionen zu machen. »Dass du kluge Entscheidungen triffst. Ich zwinge dich zu gar nichts. Du hast sicher deine Gründe dafür, dass du nichts erzählen willst.«

»Ja, aber inzwischen ist mir klar geworden, dass es vielleicht doch am besten ist, wenn ich darüber rede.«

Er glaubte ihr. Sie war zu dem Ergebnis gekommen, dass sie etwas erzählen sollte. Ob es die Wahrheit sein würde, blieb abzuwarten.

»Das ist gut, Veronica. Tu das, was sich für dich am besten anfühlt.«

»Zeichnest du dann das Bild fertig?«

»Mal sehen.«

»Du bist kein ganz einfacher Typ«, sagte Veronica mit einem Lächeln, das nicht nur Freude enthielt.

»Du aber auch nicht, Veronica. Du auch nicht.«

»Ich war auf dem Fest mit jemanden zusammen, aber das weißt du ja wahrscheinlich schon. Gabriel Eklund und ich haben uns ein bisschen abgesetzt und ein bisschen Spaß gehabt, in einer Scheune oder so etwas. Danach ist er gegangen, und ich blieb noch eine Weile. Meine Klamotten waren in Unordnung und ich war ziemlich voll, also entschied ich mich, nicht zum Fest zurückzukehren und mich zum Gespött zu machen, sondern nach Hause zu gehen. Also zu Madde, nach Hästhagen. Ich sollte ja das ganze Wochenende bei ihr übernachten, das war der Plan. Als ich den Ältavägen erreicht hatte, kam mir ein Auto aus der entgegengesetzten Richtung entgegen. Es hielt an, und ein Typ stieg aus, der anfing, an mir rumzugrabschen. Ich sagte, dass ich kein Interesse hätte, und versuchte mich loszureißen. Aber das schien ihn nur anzumachen, er wurde grob und zwang mich auf die Rückbank. Riss mir die Kleider vom Leib und packte mich am Hals. Die Decke hat gepiekt. Dann hat er mich … vergewaltigt. Er schrie, dass er meiner Familie wehtun würde, wenn ich jemandem davon erzählte. Ich konnte nicht … Es ist schwer, darüber zu sprechen«, unterbrach sie sich, und Tränen stiegen ihr in die Augen.

»Und dann?«, forderte Andersson sie auf. »Was ist danach passiert?«

»Es hat sich wie eine Ewigkeit angefühlt. Er wurde immer gewalttätiger, riss an meinen Haaren und schmetterte meinen Kopf die ganze Zeit gegen etwas Hartes. Ich habe totale Panik bekommen, konnte kaum noch atmen. Dann habe ich das Bewusstsein verloren. Irgendwann bin ich vor Johns Tür aufgewacht. Ohne Kleider. Was dazwischen passiert ist, daran kann ich mich nicht erinnern.«

Veronica begann zu weinen. Sie hatte zum ersten Mal die halbwegs glaubwürdige Version eines denkbaren Handlungsverlaufs abgeliefert. Aber es gab Lücken, die man füllen musste, und Andersson hatte nach wie vor Schwierigkeiten sich vorzustellen, dass diese jungen Schnösel nichts damit zu tun haben sollten. Dieses Mal wollte er nicht locker lassen, bis sie ihm ein klares, zusammenhängendes und vollständiges Bild gegeben hatte. Aber er musste vorsichtig vorgehen.

»Du hast also keine Ahnung, ob er dich bis zu Gideon gefahren oder einfach am Straßenrand liegen gelassen hat?«, fragte er.

Veronica schüttelte den Kopf.

»Ich muss gelaufen sein«, sagte sie leise. »Meine Füße waren ja ganz wund.«

»Und du weißt nicht, wie es dazu kam, dass du ausgerechnet vor John Gideons Tür gelandet bist?«, bohrte er weiter.

»Ich weiß nicht, wie ich dahin gekommen bin, aber ich weiß, warum.«

»Okay, und warum?«

Veronica wischte sich mit dem Ärmel die Nase ab und schaute ihn mit tränenvollen Augen an.

»Wo soll ich denn sonst hingehen, wenn alles zusammenbricht? Meine Mama kann ich ganz sicher nicht anrufen.«

»Nein, das verstehe ich sogar«, gab Andersson zu. »Aber Gideon? Was war der eigentlich für eine Figur?«

»Jemand, der zugehört hat, wenn man reden musste, und der den Mund halten konnte, wenn es nötig war. Seine Wohnung stand uns jederzeit offen, wenn wir nirgendwo anders hinkonnten.«

»Uns?«, fragte Andersson, der fand, dass das Gespräch jetzt erst richtig interessant wurde. »Wen meinst du mit ›uns‹?«

»Ein paar Mädchen. Einige von uns sind alte Klavierschülerinnen von John, ein paar sind auf anderen Wegen zu uns gestoßen. Zum Beispiel, weil wir ihnen den Tipp gegeben haben.«

»Eine Art ... Sekte?«, schlug Andersson vor, obwohl er wusste, dass er sich jetzt auf dünnem Eis bewegte.

»Sekte?«, sagte Veronica Engström mit deutlicher Verwunderung. »So ein religiöser Quatsch? Glaubst du, dass John unser Guru war, oder was?«

Andersson zuckte mit den Schultern, war alles andere als überzeugt davon, dass dieses Mädchen selbst den Durchblick hatte.

»Ich weiß es nicht. Erzähl mir von den Regeln?«

»Die Regeln?«

»Ja, er muss von euch doch irgendeine Gegenleistung dafür gefordert haben, dass ihr bei ihm ein und aus gehen konntet?«

»Ja, er wollte, dass wir bei ihm zu Hause nicht rauchten, tranken oder fluchten. Und wir sollten ihm und den anderen mit Respekt begegnen. Alle waren gleich viel wert, und es durfte nicht rumgebitcht werden. Und natürlich keine Jungs.«

»Ihr durftet keine Freunde haben?«

»Doch, aber zu ihm durften keine Jungs kommen.«

»Aha«, sagte Andersson. »Und was habt ihr dort so gemacht?«

»Wir haben geredet. Oder waren einfach nur da. Haben Fernsehen geguckt, Kaffee getrunken.«

»Also kein Sex?«, wagte Andersson zu fragen.

Veronica sah aus, als würde sie gleich laut loslachen. Oder zeigte sie nur ein ganz außergewöhnliches Talent als Schauspielerin?

»Was redest du denn da?«, rief sie. »Glaubst du etwa, ich will mit so einem alten Knacker schlafen?«

Das Ermittlungsteam war die ganze Zeit davon ausgegangen, dass sich Gideon aus weniger ehrenwerten Gründen mit lauter jungen Mädchen umgab, aber wenn Veronica die Wahrheit sagte und korrekt informiert war, platzte diese Theorie wie eine Seifenblase. Der Pädophilen-Ring verwandelt sich plötzlich in einen ... Gesprächskreis?

»Dieser Ring«, fiel ihm ein. »Was hat es mit dem auf sich?«

»Vielleicht liegst du ja doch nicht so daneben«, antwortete Veronica nachdenklich. »Vielleicht sind wir ja tatsächlich so etwas wie eine Sekte, wenn man genauer darüber nachdenkt. Wir nennen uns Gideonsbund, oder Gideons Gesprächskreis. Die Mutter von einem der Mädchen ist Silberschmiedin, also hat sie uns ein paar Ringe gemacht, als Symbol für die Loyalität untereinander und mit John. Das Symbol ist eigentlich das Zeichen des richtigen Gideonsbundes. Ein bisschen kindisch, finde ich jetzt im Nachhinein. Aber es fühlte sich gut an, als man zwölf oder vierzehn Jahre alt war. Ich weiß nicht, warum ich dir das erzähle, ich habe eigentlich geschworen, es nicht zu tun.«

»Ich werde die Informationen nicht missbrauchen«, versprach Andersson. »Aber jetzt würde ich gerne mehr über diesen Mann vom Ältavägen erfahren. Wie sah er aus? Wie alt war er? Irgendwelche besonderen Merkmale?«

Veronica sah plötzlich wieder sehr traurig aus. Sie dachte eine ganze Weile nach und räusperte sich mehrere Male, bevor sie antwortete.

»Er war um die fünfzig Jahre alt, würde ich schätzen. Trug einen Anzug. Gut aussehend, würde man wahrscheinlich sagen. Ziemlich sportlich. Groß und blond. Er sah nicht wie ein Typ aus, der vergewaltigen muss.«

»Bei Vergewaltigung geht es nicht um Sex, Veronica«, unterstrich Andersson noch einmal. »Es geht um Gewalt und um Macht. Vergewaltigung ist eine Form der Unterdrückung, vergiss das nicht. Erinnerst du dich daran, was für ein Auto er fuhr?«

»Einen Lexus. Dunkelrot. Mit dem Kennzeichen HPC 734.«

Anderssons Mund stand vor Staunen offen.

»Du kannst dich tatsächlich an sein Nummernschild erinnern?«

Veronica nickte.

»Es war irgendwie ins Seitenfenster eingeritzt.«

»Du meinst eine Gravur auf den Scheiben, als Diebstahlschutz?«

»Ja, ich habe die ganze Zeit auf diese Nummer gestarrt, während er mich vergewaltigte. Ich habe sie im Kopf die ganze Zeit wiederholt, wie ein Mantra, bis ich das Bewusstsein verlor.«

Unglaublich. Veronica Engström hatte die ganze Zeit auf dieser Information gesessen, und erst jetzt kam sie damit heraus. Anderssons Besuch im Krankenhaus hatte die ganzen

Ermittlungen auf den Kopf gestellt. Trotzdem war er nicht hundertprozentig überzeugt, dass sie die Wahrheit sagte. Sie hatte jede Menge Zeit gehabt, sich diese Geschichte auszudenken. Aber sie hatte ihm auf jeden Fall einiges gegeben, über das er auf dem Weg zurück zur Polizeistation nachdenken konnte.

»Und was ist jetzt mit der Zeichnung?«, fragte sie. »Hast du sie dabei?«

»Ich habe sie dabei«, sagte Andersson ohne größere Begeisterung, aber er zog den Skizzenblock aus der Tasche.

Ein paar Minuten lang arbeitete er schweigend, schnelle, schwungvolle Bewegungen mit dem Kohlestift über den Block. Zwei Arme, die genauso gut zu einem Kind gehören könnten, nahmen auf dem Papier Form an, und ein Gesicht, das keine besondere Ähnlichkeit mit Veronica Engström hatte. Hastig, uninspiriert und mit wenig Enthusiasmus stellte er das Werk fertig und gab es ihr.

»Viel Glück, Veronica. Ich hoffe, zu Hause wird alles gut werden«, sagte er und überließ sie sich selbst.

*

»Ich schwöre«, sagte Robert Axner. »Wir haben ihn nicht totgeschlagen. Es kam zu einer Auseinandersetzung, wir haben ihm eine Abreibung verpasst, aber es war nichts Ernstes.«

»Wir haben Blut in der Wohnung gefunden, und John Gideon ist definitiv tot«, erwiderte Sjöberg. »Das gibt es nur im Fernsehen, dass man Menschen mit Gegenständen auf den Kopf hauen kann, ohne dass sie Verletzungen davontragen. Im echten Leben führt diese Art von Gewalt oft zu Hirnblutungen. Erzählen Sie, was passiert ist. Von Beginn an.«

Sjöberg und Sandén saßen im Vernehmungsraum des Kronoberg-Gefängnisses mit dem Beschuldigten und dessen juristischem Beistand. Axner sah erbärmlich aus und hatte während seiner ersten Nacht in Haft eine Art Persönlichkeitsveränderung durchgemacht. Heute war er sehr viel kooperativer und wollte am liebsten alles wieder gutmachen. Wofür es allerdings zu spät war.

»Genau, wie Sie sagen. Ich war derjenige, der diese verdammte Diskussion auf Flashback gestartet hat. Aber was soll man tun? Man fühlt sich so machtlos in diesem sogenannten Rechtsstaat. Der Typ vergreift sich an meiner Tochter, und niemand tut etwas. Ich hatte das Gefühl, dass ich etwas tun musste. Dann tauchte dieser Junge in dem Thread auf, wir haben uns über E-Mail verabredet und sind zusammen einen trinken gegangen. Wir waren voll und haben uns gegenseitig hochgeschaukelt, und das eine kam zum anderen. Also torkelten wir zu Gideon, um ihm eine Lektion zu erteilen.«

»Wie sind Sie reingekommen?«, wollte Sandén wissen.

»Die Haustür war nicht richtig ins Schloss gefallen, das war also kein Problem. Dann haben wir an seiner Tür geklingelt, und er hat uns aufgemacht. Wir haben uns in die Wohnung gedrängt und uns ein bisschen mit ihm angelegt.«

»Und dann haben sie die Jalousie heruntergelassen?«, sagte Sjöberg.

»Das glaube ich nicht«, antwortete Axner. »Wir haben ihn ein bisschen herumgeschubst, er bekam Angst und griff nach so einem Bild und bedrohte uns damit, aber ich riss es ihm aus den Händen, und dabei hat er es wohl an die Stirn bekommen. Ja, er hat angefangen zu bluten, aber das war wirklich nichts Gefährliches. Nur eine Schramme. Nachdem wir kurz miteinander gerungen hatten, konnten wir ihn zu Boden zwingen, und dann haben wir ihn ausgequetscht.«

»Kann er sich den Kopf ein weiteres Mal gestoßen haben, als Sie miteinander kämpften?«, fragte Sandén.

»Das kann natürlich passiert sein. Aber wie ich schon sagte:

Er war bei guter Gesundheit, als wir ihn verließen. Wir saßen bestimmt länger als eine Stunde zusammen und haben uns unterhalten.«

»Sie haben zusammengesessen und sich unterhalten?«, fragte Sjöberg ungläubig.

»Er hat uns gebeten, dass wir uns beruhigen sollten, damit er alles erklären könne. Und das haben wir dann getan. Ich bin nicht so ein schwieriger Typ, wie Sie vielleicht glauben.«

»Nein?«, sagte Sjöberg mit einem schiefen Lächeln.

Solche Typen wie du lassen lieber die Fäuste sprechen, dachte er.

»Wir setzten uns in sein Wohnzimmer, und zuerst gingen wir ihn ziemlich hart an. Wir schimpften und krakeelten und verhöhnten den Kerl, aber er hatte auf alles eine Antwort, und nachher schämten wir uns sogar ein bisschen. Er hat uns sogar auf einen Schnaps eingeladen. Irgend so ein widerliches Kräuterzeug, aber es zählt ja der gute Wille.«

»Und worüber haben Sie sich unterhalten?«

Axner zwirbelte zerstreut an einer Spitze seines Hulk-Barts.

»Ich glaube, dass ich jetzt meine Glaubwürdigkeit verspielen werden«, seufzte er.

Ein schweres Wort, dachte Sjöberg, herzlichen Glückwunsch. Und mit deiner Glaubwürdigkeit war es von Anfang an nicht so weit her.

»Das zu beurteilen, können Sie uns überlassen«, sagte er nur.

»Äh, das war unheimlich viel von diesem gefühlsseligen Geschwafel«, sagte Axner verlegen und wand sich ein bisschen. »Über Mädchen in diesem empfindsamen Alter, in dem sie sich missverstanden fühlen und niemanden haben, mit dem sie sprechen können. Dass seine Wohnung so eine Art Asyl für orientierungslose Mädchen war. Er quatschte irgendwas von kommerziellen Kräften, die sie schlucken wollen, und dass sie sich immer verstellen müssten. Dass sie einen Ort brauchten, an dem sie sie selbst sein konnten. Wo sie einander mit Respekt begegneten und nicht rumbitchten. Darum durften sie zu ihm kommen. Nicht, weil er sich für kleine Mädchen interessierte, sondern weil er glaubte, dass diese Mädchen gerne miteinander zusammen waren. Mein Kumpel und ich wussten gar nicht, was wir glauben sollten. Aber er hat es so ... nett gesagt, und irgendwie hat uns das überzeugt. Plötzlich war mir klar, warum Olivia so gerne zu diesem Gideon ging. Und auf so eine komische Art hat sich das okay angefühlt.«

»Als wir uns gestern unterhalten haben, klang das aber ganz anders«, bemerkte Sandén sarkastisch.

»Ich war nicht darauf vorbereitet, dass plötzlich zwei Bullen im Garten auftauchten. Ich wusste gar nicht, was ich sagen sollte. Also habe ich nur das gesagt, was ich immer gesagt habe. So aus alter Gewohnheit, irgendwie.«

»Wie begabt«, sagte Sandén so leise, dass man es kaum hören konnte.

Robert Axner sah aus wie eine Kreuzung aus beleidigtem Teddybär und Serienmörder, als er an einem Finger nach dem anderen zog, bis es knackte. Sjöberg wusste nicht, was er glauben sollte. Es war eine vollkommen unwahrscheinliche Geschichte, die ihm da von dieser durchweg unsympathischen Figur präsentiert worden war. Und gerade das machte sie so glaubhaft. Nichts von dieser Geschichte hatte Sjöberg erwartet oder gar erhofft. Weil jedes Detail dieser Schilderung allem widersprach, wovon sie in ihren Ermittlungen bislang ausgegangen waren.

Wenn das stimmte, was Axner hier behauptete, dass diese beiden Schlägertypen sich nach der ›Auseinandersetzung‹ mit Gideon zusammengesetzt und sich über eine Stunde mit ihm unterhalten hatten, hielt Sjöberg es für nicht besonders wahrscheinlich, dass er an diesen Misshandlungen gestorben war. Natürlich gab es Fälle, bei denen innere Blutungen erst viel später zu ernsthaften Konsequenzen geführt hatten, aber Sjöberg war sich, trotz seiner mangelhaften medizinischen Kenntnisse, ziemlich sicher, dass eine solch starke Gewalteinwirkung auf den Kopf in neunundneunzig von hundert Fällen zu sofortiger Bewusstlosigkeit führte. Wenn das also bei John Gideon nicht der Fall gewesen war, woran war er dann gestorben?

*

Hamads Gefühle waren zwiespältig. Auf der einen Seite stimmten ihn die neuen Erkenntnisse über Malmbergs DNA unter Veronica Engströms Nägeln froh und zuversichtlich. Auf diesen Moment hatte er schließlich so lange hingearbeitet. Auf diesen Moment, an dem Gunnar Malmberg wegen vielfacher Vergewaltigung vor Gericht gestellt werden konnte, ohne dass Petra mit hineingezogen werden musste. Auf der anderen Seite schien Sjöberg plötzlich Hamads Beweggründen zu misstrauen, und das war nicht gerecht. Aber vor allem erweckte Sjöbergs Zweifel ein altes Gefühl wieder zum Leben, das Hamad ansonsten nur gegenüber seinem Vater gekannt hat. Dass er Sjöberg in diesem Fall nicht vollständig auf seiner Seite wusste, hinterließ ein Gefühl der Einsamkeit. Denn trotz seiner milden und verständnisvollen Art, oder vielleicht auch dank dieser Art, strahlte Sjöberg eine enorme Autorität aus. Und davor zitterte Hamad in seinem Innersten wie das kleine Kind, das er damals gewesen war, als er nach der bedingungslosen Liebe seines heißgeliebten Vaters gestrebt hatte. Und mit derselben kindlichen Hartnäckigkeit tat er jetzt alles, was in seiner Macht stand, um zumindest sich selbst davon zu überzeugen, dass seine Gedankenführung sachlich und objektiv war und dass er zum Wohle seines Landes handelte. Auch wenn das vielleicht ein bisschen hochtrabend klang.

Auf der Habenseite des Tages stand natürlich auch Sandéns verblüffende Entdeckung, dass Gideon vor vielen Jahren in das Verschwinden eines sechs Monate alten Babys bei Eslöv verwickelt zu sein schien. Und so versuchte er mit diesen konstruktiven Gedanken den unglückseligen Klumpen loszuwerden, der ihm im Hals saß.

Das Telefon klingelte. Auf dem Display sah er, dass es die Kollegin aus Nacka war, Sörensson.

»June, du liest meine Gedanken.«

»Aha, du hast also gerade an mich gedacht? Gute Masche, werde ich mir merken.«

»Wie läuft es bei euch? Gibt es was Neues zur kleinen Eivor?«

»Eigentlich nicht. Wir hatten ja, wenn nicht die Hoffnung, so doch die Vermutung, dass es sich um das Mädchen aus Eslöv handeln könnte.«

»Aber sie war es nicht?«, kam ihr Hamad zuvor und spürte, wie die ganze Luft auch aus diesem Ballon zu entweichen begann.

»Nein, sie war es nicht. Wir haben gerade die Antwort vom SKL bekommen, und sie konnten mit hundertprozentiger Sicherheit ausschließen, dass wir die kleine Felicia aus dem Nämdöfjärden gezogen haben.«

»Nicht besonders erstaunlich«, meinte Hamad. »In dem Fall hätte sie ja auch seit dem Tag, an dem sie verschwand, tiefgefroren sein müssen. Das ist ja doch ein bisschen weit hergeholt.«

»Sag das nicht«, meinte Sörensson. »Wir hatten vor ein paar Jahren hier einen Fall mit einer Mutter, die die ganze Kühltruhe voller neugeborener Kinder hatte. Ihre eigenen, wohlgemerkt. Der Sohn im Teenageralter hatte sie gefunden. Er war natürlich geschockt, als ihm klar wurde, dass genauso gut auch er selbst dort hätte liegen können. Eine schreckliche Geschichte.«

»So viel zum Thema Wochenbettdepression«, sagte Hamad in einem lahmen Versuch, so etwas wie Anteilnahme aufzubringen, obwohl es im Augenblick so viel anderes gab, das mehr Platz in seinem Inneren beanspruchte.

»Und immer noch keine Seele, die die Kleine vermisst«, sagte June Sörensson, die jetzt wieder beim Fall Eivor war. »Das ist wirklich bitter, ehrlich gesagt.«

Hamad konnte nur zustimmen, beendete das Gespräch und nahm seine Überlegungen wieder auf. Wobei er, dank des Bescheids aus Nacka, wieder eine Hundertachtzig-Grad-Wendung vollziehen musste. Felicia war immer noch verschwunden, und jetzt war klar, dass sie nicht mit der kleinen Eivor identisch war. Dass Eivor für ihre weiteren Ermittlungen noch interessant war, bezweifelte er stark – es war ja von vornherein nur ein Schuss ins Blaue gewesen. Mit ausreichend hoher Sicherheit wusste er jetzt nur noch, dass Gunnar Malmberg Veronica Engström vergewaltigt hatte und dass Gideon von Robert Axner totgeschlagen worden war.

Und wieder wurde er vom Telefon in seinen Gedankengängen unterbrochen. Dieses Mal von Kai Zetterström aus der Rechtsmedizin.

»Ich habe versucht, Sjöberg zu erreichen, aber er antwortet nicht«, sagte er.

»Nein, er sitzt im Kronoberg-Gefängnis.«

»So schlimm ist es schon? Aber Scherz beiseite – mit dem Obduktionsbericht zu John Gideon wird es noch dauern, es ist nämlich viel komplizierter, als wir zuerst geglaubt hatten.«

»Nicht du auch noch«, seufzte Hamad.

»Laufen die Ermittlungen nicht ganz nach Wunsch?«

»Alles, aber auch wirklich alles, ist komplizierter, als es vor ein paar Stunden noch aussah«, sagte Hamad frustriert.

»Ich dachte jedenfalls, ich sollte euch schon mal ein bisschen briefen, damit ihr wisst, womit ihr es zu tun habt.«

»Das ist ja immerhin schon etwas.«

»Gideon starb nicht an dem Schlag gegen den Kopf«, sagte Zetterström. »Die Verletzungen an Stirn und Hinterkopf waren nur oberflächlich und hatten keine epiduralen oder subduralen Hämatome verursacht.«

»Also gar keine Blutungen im Schädel?«

Da fiel die nächste tragende Säule ihrer Ermittlungen.

»Nein, ich kann allerdings immer noch nicht mit Sicherheit sagen, welche Substanz genau den Tod verursacht hat.«

Substanz?, dachte Hamad. Hatte er sich das Leben genommen? War es vielleicht gar kein Mordfall mehr?

»Zuerst dachte ich, es handelte sich um einer Überdosis Drogen.«

»Drogen?«

»John Gideon war heroinabhängig, das war ziemlich offensichtlich.«

»Oh, verdammt. Davon hatten wir überhaupt keine Ahnung.«

»Das ist schon lange her. Er hatte eine kleine Tätowierung einer Fruchtkapsel auf der Innenseite des Oberarms. Schlafmohn. Ein bisschen unscharf, weil sie mit den Jahren ein bisschen seitlich verlaufen, diese Tätowierungen. Ich schätze mal, dass sie etwa vierzig Jahre alt ist. Außerdem hatte er alte Narben von Einstichen in der Armbeuge, die allerdings auch andere Ursachen haben können, er hätte beispielsweise auch Blutspender sein können. Aber zusammen mit dieser recht typischen Tätowierung ... Frische Einstiche habe ich allerdings nirgendwo gefunden, was mich ein bisschen stutzig machte. Aber mittlerweile haben die Rechtschemiker von sich hören lassen, dass das Opfer eine große Menge Zyanid im Blut hatte.«

»Zyanid?«, sagte Hamad erstaunt. »Was bedeutet das?«

»Das bedeutet, dass John Gideon an einer Zyanid-Vergiftung gestorben ist. Man braucht nur eine ganz geringe Menge, um einen Menschen zu töten«, erklärte der Rechtsmediziner. »Irgendwas zwischen hundertfünfzig und dreihundert Milligramm. Und der Tod tritt unerhört schnell ein, wahrscheinlich schon nach wenigen Minuten.«

»Es könnte sich also um einen Selbstmord handeln?«, fragte Hamad.

»Unwahrscheinlich. Goebbels und Göring sollen sich das Leben genommen haben, indem sie Zyanid-Kapseln zerkaut haben, aber das ist nichts, was man einfach so in der Apotheke kauft. Und selbst wenn es schnell geht, gibt es bestimmt angenehmere Arten zu sterben. Im Kontakt mit der Magensäure wird der Stoff in Blausäure umgewandelt, was im Grunde derselbe Stoff ist wie der, mit denen man die Juden in den Konzentrationslagern vergast hat.«

»Hieß das damals nicht Zyklon B?«

»Lieb Kind hat viele Namen. Es blockiert die Fähigkeit der Zellen, Sauerstoff aufzunehmen, und führt damit zu einer Art inneren Erstickung. Es beginnt mit Schwindel und Übelkeit, danach folgen heftige Krämpfe, Bewusstlosigkeit und schließlich Herzstillstand. Nach wenigen Minuten ist es vermutlich vorbei.«

»Das könnte erklären, warum er sich das Hemd vom Leib riss«, dachte Hamad laut. »Und dass er auf dem Fußboden im Badezimmer lag. Vielleicht wollte er sich übergeben und verlor dann das Bewusstsein. Du sagtest, ihr seid noch unsicher, um welche Substanz es sich handelte?«

»Ja, es gibt mehrere denkbare Möglichkeiten. Natriumzyanid, das bei der Gewinnung von Edelmetallen verwendet wird. Goldzyanid, das man zur Vergoldung benutzt. Aber am wahrscheinlichsten ist Zyankali. Es hat das breiteste Anwendungsgebiet, zum Beispiel bei der Reinigung von Metallen, beim Silberrecycling, bei der Galvanisierung und in der Papier- und Textilindustrie.«

»Wie kommt man an das Gift heran?«

»Da habe ich keine Ahnung. Vielleicht wenn man in einem dieser Bereiche arbeitet, die ich eben genannt habe. Oder in einem chemischen Labor.«

»Und was muss man tun, um einen Menschen mit Zyanid zu ermorden?«, wollte Hamad wissen.

»Die Zyanide, die ich aufgezählt habe, sind Salze«, erklärte der Rechtsmediziner, »sie lösen sich in Flüssigkeiten sehr leicht auf. Man kann sie im Grunde ganz einfach an ihrem Geruch erkennen, weil sie ein deutliches Bittermandelaroma haben, aber wenn man das Salz in einer Flüssigkeit mit starkem Eigengeschmack auflöst, kann man den Geruch und den bitteren Geschmack vielleicht verbergen.«

»Das ist ja ein Ding«, sagte Hamad und konnte sich ein Lächeln nicht verkneifen. »Da haben wir es also plötzlich mit einem Giftmord zu tun?«

»So sieht es aus«, bestätigte Zetterström.

»Von einem Extrem zum anderen, unglaublich. Vielen Dank für die Informationen«, sagte Hamad und beendete das Gespräch.

Dann legte er die Füße auf den Schreibtisch und träumte sich zum Fenster hinaus. Betrachtete das schizophrene Wetter. Im einen Moment regnete es, und im nächsten schien die Sonne von einem leuchtend blauen Himmel. Er fühlte sich vollkommen durch den Wolf gedreht.

*

Zum Glück waren weder Sjöberg noch Sandén in ihren Büros, als Andersson anrief und erzählte, was Veronica Engström im letzten Augenblick noch ausgespuckt hatte. Wenn sie nicht zur Vernehmung im Gefängnis gesessen hätten, wäre natürlich einer von ihnen der Erste gewesen, der die Neuigkeit erfahren hätte, und sie war genau das, was Westman brauchte. Irgendetwas, woran sie sich festbeißen konnte, und sie würde alles tun, um die ganze Geschichte allein auf Vordermann zu bringen. Ihr Selbstbewusstsein war angefressen nach der Pleite mit Veronica Engström. Sie war nicht neidisch auf Andersson, der die Gespräche mit Veronica wesentlich besser geführt hatte als sie selbst, aber sie brauchte einen kräftigen Schub für ihr Selbstwertgefühl.

Darum stürzte sie sich mit glühender Begeisterung auf die Aufgabe, den Besitzer des dunkelroten Lexus mit dem Kennzeichen HPC 734 herauszufinden, in dem Veronica laut ihrer eigenen Aussage vergewaltigt worden war. Auf den Block, der vor ihr lag, hatte sie ihre Notizen gekritzelt, die Anderssons Beschreibung des Täters wiedergaben: Mann um die fünfzig, groß, blond und gut aussehend, trug einen Anzug, alternativ Sakko.

Zuerst reagierte sie überhaupt nicht auf den Namen. Der Gedanke war dermaßen abwegig, dass sie gar nicht darauf reagierte, sondern sich stattdessen auf den Wohnsitz des Mannes konzentrierte. Und so war es die Adresse, die ihr Herz in eine so plötzliche Raserei versetzte, dass es beinahe wehtat. Sicherheitshalber ging sie die ganze Prozedur ein weiteres Mal durch, in der vergeblichen Hoffnung, dass das Resultat beim zweiten Mal ein anderes sein würde. Aber das war es natürlich nicht.

Der Mann, von dem Veronica Engström behauptete, dass er sie vergewaltigt habe, war niemand anderes als der stellvertretende Polizeidirektor Gunnar Malmberg.

Als Westman das Erinnerungsbild ihres einstigen Liebhabers mit Veronicas Beschreibung des Vergewaltigers verglich, war die Übereinstimmung hundertprozentig. Ein Mann mit Malmbergs Aussehen und Kleidungsstil hatte Veronica in ein Auto gezogen, das dieselbe Typenbezeichnung, dieselbe Farbe und dasselbe Kennzeichen wie seines hatte. Und dort hatte er die Achtzehnjährige brutal vergewaltigt.

Ihrer Aussage zufolge. Das Mädchen, das zuerst überhaupt keine Erinnerungen an die Tat gehabt und nicht gesprochen hatte. Sie hatte ihre eigene Familie und ihre beste Freundin nicht wiedererkannt. Dann hatte sie einen vierundsechzigjährigen Mann, den die Nachbarn für einen Pädophilen hielten, des Verbrechens beschuldigt. Als sich herausstellte, dass diese Aussage sie im Zusammenhang mit einer Mordermittlung in ein schlechtes Licht rückte, änderte sie erneut ihre Meinung und beschuldigte stattdessen einen unbekannten Mann. Der sich im Nachhinein als Gunnar Malmberg herausstellte. Ein Mann, den sie vielleicht nur gesehen hatte, als er auf der Straße vorbeifuhr, oder von dem sie in der Zeitung gelesen hatte.

Selbstverständlich war auch diese Geschichte nur erlogen. Der stellvertretende Polizeidirektor fuhr nicht mitten in der Nacht in seinem leicht zu erkennenden Luxusschlitten herum und vergewaltigte junge Frauen. Und Westman kannte ihn ziemlich gut, teils als warmen und liebevollen Geliebten während einer kurzen Affäre, teils als ranghohen Vorgesetzten, der sich Gedanken um die schwierige Stellung der Frauen in einer Männergesellschaft machte und für ihre Verbesserung einsetzte, im Allgemeinen wie auch ganz konkret bei der Polizei. Deshalb war es eine idiotische Annahme von Veronica, dass sie ihre Beschuldigungen ernst nehmen würden. Sie hatte es mit einer dreisten Lüge versucht, hatte irgendetwas aus der Luft gegriffen, was glücklicherweise – für den fälschlicherweise Beschuldigten, für die Polizei und für den Rechtsstaat – eine komplette Niete war. Eine Sackgasse.

Weil es nicht wahr sein durfte.

Das wurde also aus Westmans energischem Versuch, einen bedeutenden Beitrag zum Gelingen dieser komplexen Ermittlungen zu leisten. Ein Fiasko, bevor er überhaupt richtig begonnen hatte.

Aber wenn sie genauer darüber nachdachte, war es vielleicht gerade andersherum – vielleicht konnte sie gerade jetzt ihren bedeutenden Beitrag leisten? Wann, wenn nicht in dieser Situation, war es wichtiger, ihr Bestes zu tun, um den Beschuldigten reinzuwaschen, bevor die Gerüchte aus der Organisation heraussickerten und die böswillige Boulevardpresse erreichten? Natürlich war es so. Und das erforderte viel mehr Sensibilität und Einsatz, mit anderen Worten: Es war genau die Art von Herausforderung, nach der sie sich gesehnt hatte.

Als Erstes rief sie natürlich Malmberg an, aber er war ein vielbeschäftigter Mann und antwortete nicht. Westman entschied sich, keine Nachricht auf dem Anrufbeantworter zu hinterlassen, und wählte stattdessen die Nummer der guten Seele im obersten Stockwerk. Chefsekretärin Inga wusste bestimmt, wie sie am einfachsten den Kontakt zu Malmberg herstellen konnte. Dort bekam sie zu hören, dass sich die gesamte Chefetage eine ganze Woche lang auf einer Konferenz in Borlänge befand und erst am Montag zurückerwartet wurde. Auf die Frage, wann er denn rein physisch nach Stockholm zurückkehren werde, antwortete sie widerwillig, dass sein Flug am Freitagnachmittag in Arlanda eintreffen werde.

Westman dachte darüber nach, wie sie die Angelegenheit behandeln würde, wenn der Beschuldigte kein Kollege wäre, und kam zu dem Ergebnis, dass sie wahrscheinlich nach Borlänge gefahren wäre und ihn zum Verhör in die Wache mitgenommen hätte. Weil die Beschreibung des Mannes mit dem Besitzer des Autos übereinstimmte, hätte sie auch einen Durchsuchungsbeschluss für das Auto des mutmaßlichen Täters beantragt, um dort eventuelle Beweise sichern zu können. In diesem Fall musste sie also das genaue Gegenteil tun. Sie musste bestätigen, dass es im Auto nicht die geringste Spur dafür gab, dass die Vergewaltigung von Veronica Engström dort stattgefunden hatte.

Natürlich hatte sie kein gutes Gefühl dabei. Aber es war am besten für alle Beteiligten, wenn man dem Lehrbuch folgte. Jedenfalls würde sie ganz sicher nicht nach Borlänge fahren und dem stellvertretenden Polizeidirektor ein bisschen Feuer unter dem Hintern machen. Zumindest nicht, solange sie nicht mehr hatte als die mehr oder weniger erzwungene Aussage eines Mädchens, das es mit der Wahrheit nicht so genau nahm. Das Auto stand wahrscheinlich im Langzeitparkhaus in Arlanda oder möglicherweise auf seinem gewohnten Platz vor dem Einfamilienhaus in Tyresö. Allerdings war es auch möglich, dass es in der Garage unter der Polizeistation stand. Für einen Augenblick überlegte sie, zu Gerdin zu gehen und sie um Rat zu fragen, aber sie fasste Mut und formulierte mit eigener Hand und nach allen Regeln der Kunst ihre Gründe dafür, einen Durchsuchungsbeschluss für Malmbergs Auto zu beantragen, und rief anschließend Hadar Rosén an. Sie hörte, wie er nach Luft schnappte, als sie ihm sagte, wer der Besitzer des Autos war, aber er konnte nichts anderes tun, als ihrem Wunsch nachzukommen. Danach nahm sie mit zunehmenden Kopfschmerzen den Aufzug zur Tiefgarage hinunter, wo ihr Malmbergs roter Lexus sofort ins Auge fiel.

Als Westman wieder oben in ihrem Zimmer war, nahm sie, immer noch mit einem sehr unbehaglichen Gefühl, Kontakt zu Bella Hansson auf. Sie bat sie in aller Demut, mit so wenig Hilfe von ihrer Mannschaft wie möglich sowie mit allergrößter Diskretion und Vorsicht das zu tun, was mit dem Auto des stellvertretenden Polizeidirektors getan werden musste. Desgleichen solle sie, zum Besten aller Beteiligten, auch die Analysen des SKL so weit wie möglich beschleunigen. Sie unterstrich, dass es sich nicht nur um eine Vergewaltigung handele, sondern dass diese Vergewaltigung in einem größeren Zusammenhang stehe, nämlich Teil einer Mordermittlung sei, und dass es deshalb genug Gründe gebe, eventuelle Blut- und Spermaspuren mit hoher Priorität zu untersuchen, damit sie die Ergebnisse bereits innerhalb der nächsten vierundzwanzig Stunden bekomme.

Sie wagte es nicht, mit Hamad über die Sache zu sprechen. Sie war überzeugt davon, dass er ihre Vorgehensweise als übereilt verurteilen würde, dass sie besser abgewartet hätte, bis Sjöberg zurück war und eine Entscheidung gefällt hätte. Aber dann hätte sie wertvolle Zeit verloren, und sie wollte, dass alles geklärt war, wenn Malmberg von der Konferenz zurückkehrte. Dass er reingewaschen und dankbar dafür wäre, dass sie so schnell und konsequent gehandelt hatte.

Stattdessen ging sie hinunter in den Kraftraum und stand eine halbe Stunde auf der Tretmühle. Dann duschte sie und föhnte sich die Haare. Erst dann war sie einigermaßen bereit, sich dem zu stellen, was sie in Gang gesetzt hatte.

*

Gerdin arbeitete an diesem Vormittag auf Grundlage der Spezialkenntnisse, die sie von diesem Fall hatte. Zum einen, dass Gunnar Malmberg, Karl Engström und der Mittelstufenlehrer Bengt Nilsson Mitglieder desselben Vergewaltigungsclubs waren. Bengt Nilsson war der Name des Lehrers, den Kalle vor einer Imbissbude in Segeltorp vor einer Tracht Prügel gerettet hatte. Sjöberg, Hamad und Gerdin waren sich einig, dass Nilsson mit Sicherheit derjenige war, der Kalle in diesen Verein hereingelockt hatte. Zum anderen hatte man Gunnar Malmbergs Hautreste unter einem von Veronica Engströms Fingernägeln gefunden, was Malmberg auch in diesem Fall zum mutmaßlichen Vergewaltiger machte. Und zum Dritten – was nicht nur die drei Verschwörer, sondern auch alle anderen Mitglieder des Ermittlungsteams wussten – hatte Karl Engström gelogen, was seinen Aufenthaltsort in der Nacht vom Freitag auf den Samstag betraf, weshalb sich Gerdin ganz besonders dafür interessierte, was er in Wirklichkeit getan hatte.

Deshalb suchte sie sich das Bild der Überwachungskamera in Orminge Centrum von 22.54 Uhr am Freitagabend heraus, als er 1500 Kronen aus dem Geldautomaten gezogen hatte. In der besten aller Welten hätte die Kamera auch eine andere für die Ermittlungen interessante Person mit erfasst, wie beispielsweise Bengt Nilsson oder Gunnar Malmberg. Aber das war natürlich zu viel von Frau Fortuna verlangt, denn Kalle war allein auf dem Bild.

Da tauchte Westman in der Türöffnung auf. Jetzt galt es, kühlen Kopf zu bewahren und nicht zu viel zu sagen. Welche Hölle es für Hamad sein musste, konnte sich Gerdin kaum vorstellen.

»Gerade ist etwas wirklich Seltsames passiert«, sagte Westman mit einem unglücklichen Ausdruck im Gesicht.

Sie ließ sich in den Besucherstuhl sinken, aber sie sah so aus, als würde sie lieber im Boden versinken.

»Loddan hat angerufen und erzählt, dass Veronica den Handlungsverlauf jetzt im Detail beschrieben hat. Sie hat den Vergewaltiger beschrieben und außerdem das Modell und das Autokennzeichen des Autos genannt, in dem die Vergewaltigung stattgefunden hat.«

Gerdin spürte, wie sie von einer zunehmenden Spannung ergriffen wurde. Sie glaubte zu wissen, was als Nächstes kommen würde, aber musste sich erst ein bisschen Zeit verschaffen, um ihre eigenen Reaktionen besser inszenieren zu können.

»Die Vergewaltigung hat also in einem Auto stattgefunden?«, fragte sie. »Auf dem Ältavägen?«

Westman lachte freudlos.

»Ja, sagt jedenfalls Veronica. Aber bis jetzt hat sie noch nicht allzu viele Wahrheiten abgeliefert, also warum sollte ausgerechnet diese Version wahr sein?«

Natürlich, dachte Gerdin. Westman weigert sich zu glauben, was sie gehört hat.

»Du solltest vorsichtig mit dem umgehen, was ich dir jetzt erzähle«, mahnte Westman.

Gerdin versuchte überzeugend zu nicken. Natürlich würde sie vorsichtig sein. Hamad und Sjöberg waren jahrelang extrem vorsichtig gewesen.

»Die Beschreibung stimmt mit dem Besitzer des Wagens überein, und der Besitzer des Wagens ist Gunnar Malmberg«, sagte Westman und zeigte an die Decke, oder zum sechsten Stock, um genau zu sein.

»Du machst Witze«, sagte Gerdin und versuchte überrascht auszusehen. »Der stellvertretende Polizeidirektor?«

Westman nickte verbissen.

»Vermutlich hat sie ihn einfach nur auf der Straße vorbeifahren sehen und sich die Autonummer gemerkt. Sie scheint zu glauben, dass alles andere besser ist als die Wahrheit. Aber ich habe beschlossen, ganz nach Lehrbuch vorzugehen, in erster Linie zu Malmbergs Bestem.«

Wow, dachte Gerdin. Was hat sie getan?

»Das war genau richtig, Petra«, sagte sie mit einer Miene, die motivierend und solidarisch wirken sollte.

»Also habe ich Rosén gebeten, einen Durchsuchungsbeschluss für das Auto auszustellen. Es steht unten in der Tiefgarage, und die Techniker haben wahrscheinlich schon angefangen. Ich gehe davon aus, dass es schnell geht und dass sie vorsichtig mit dem Auto umgehen. Ich hoffe, dass ich morgen schon einen positiven Bescheid an Malmberg übermitteln kann, sobald er morgen Nachmittag zurückkommt.«

»Aber das ist doch hervorragend, Petra«, sagte Gerdin. »Du hast alles richtig gemacht. Niemand kann behaupten, dass du von der üblichen Vorgehensweise abgewichen bist, und das ist in einer solchen Situation extrem wichtig.«

»Danke«, meinte Westman erleichtert und begann wieder ein bisschen zu strahlen. »Das Ganze hat sich überhaupt nicht gut angefühlt, aber ich habe versucht, mich so neutral wie möglich zu verhalten. Glaubst du nicht, dass Sjöberg einen Anfall bekommen wird?«

»Absolut nicht. Er wird stolz auf dich sein. Du hast doch Malmberg nicht angerufen?«

»Ich habe es versucht, aber er war nicht erreichbar. Er ist in Borlänge auf einer Konferenz.«

»Umso besser. Wenn ich dir einen guten Rat geben darf, dann überlass Sjöberg das Reden. Ist dir nicht der Gedanke gekommen, dass Veronica dieses Mal vielleicht die Wahrheit gesagt hat?«

»Nein«, antwortete Westman leicht amüsiert. »Dieser Gedanke ist mir tatsächlich nicht gekommen. Was glaubst du selbst?«

Gerdin zuckte mit den Schultern.

»Das wäre irgendwie schon raffiniert. Er reist durch das ganze Land und predigt Gleichstellung und null Toleranz für Gewalt gegen Frauen. Und in der Freizeit vergewaltigt er sie. In diesem Fall hätte er den Spruch ›Angriff ist die beste Verteidigung‹ in ganz neue Dimensionen katapultiert.«

Westman lachte.

»Dann hoffen wir mal das Beste«, sagte sie ahnungslos.

»Das tun wir«, stimmte Gerdin zu.

Es tat weh, sich auf diese Weise gegenüber einer Kollegin und guten Freundin zu benehmen. Wenn der Scheißkerl für die

Vergewaltigung von Veronica Engström einfuhr, war es nur eine Frage der Zeit, bis auch Westman alle Puzzleteile richtig zusammengesetzt hatte. Was das für Konsequenzen hatte, darüber wollte Gerdin lieber nicht spekulieren.

Westmans Handy klingelte, und mit einem Mal verschwand die zerbrechliche Freude aus ihren Augen. Sie selbst sagte nichts, antwortete nur einsilbig auf das, was sie hörte. Dann bedankte sie sich und drückte das Gespräch weg. Schaute Gerdin mit einem Gesichtsausdruck an, als stünde der Untergang der Welt bevor.

»Das war Bella«, sagte sie betreten. »Sie haben Blut und Sperma auf einer Decke im Kofferraum gefunden. Sie ist auf dem Weg zum SKL.«

»Okay«, sagte Gerdin. »Jetzt nimm dir das nicht so zu Herzen, Petra. Lass die Wissenschaft ihren Job machen. Ich bin wirklich beeindruckt, wie du das Ganze gemanagt hast, und ich bin überzeugt, dass Sjöberg es genauso sieht wie ich.«

Das Letzte sagte sie mit einem etwas übertriebenen Enthusiasmus, aber sie spürte ein plötzliches Bedürfnis, der Kollegin einen freundschaftlichen Klaps auf den Rücken zu geben. Westman bedankte sich mit einem bedrückten Lächeln und verließ mit schweren Schritten das Zimmer.

Es war nicht schön anzusehen, wie alle ihre Illusionen wie Kartenhäuser einstürzten, aber gleichzeitig nahm Gerdin die Botschaft, dass im Kofferraum diese Decke gefunden worden war, mit großem Wohlbehagen auf. Wenn Malmberg dieses Verbrechen nachgewiesen werden konnte, dann wäre es ein Sturz aus großer Höhe, und das Medieninteresse würde geradezu epische Dimensionen annehmen. Wenn sich das Gegenteil herausstellen würde, dann gäbe es drei Leute, die wirklich enttäuscht wären. Gerdin rechnete allerdings fest mit einem Sieg. Malmberg hatte vorher schon vergewaltigt. Wenn er als Täter einer weiteren Vergewaltigung identifiziert werden würde, dann war er zweifellos schuldig. Jetzt war es an den Technikern in Linköping, die Beweise zu liefern.

Aber Gerdin arbeitete nach dem Grundsatz *doppelt gemoppelt hält besser* und bereitete sich deshalb auf alle Eventualitäten vor. Es war schon vorher von Mischbildern die Rede gewesen, und wenn auch auf dieser hochinteressanten Decke eine Mischbildproblematik vorliegen würde, dann reichte ein Tropfen Blut vielleicht nicht, um den stellvertretenden Polizeidirektor zu überführen. Deshalb beschloss Gerdin, Malmbergs Aktivitäten in der Mordnacht und der Vergewaltigungsnacht zu rekonstruieren. Und weil es ihr nicht gelang, ihn zu Beginn des Zeitraums an den Bankautomaten in Orminge zu binden, beschloss sie, ihre Ideen über den Ereignisverlauf vom Ende her zu verfolgen.

Stell dir vor, dachte Gerdin. Stell dir vor, dass Malmberg, nachdem er Veronica vergewaltigt hatte, in die Stadt fuhr. Vermutlich hatte er das nicht getan, weil er in Tyresö wohnte, aber Veronica selbst erinnerte sich nicht, wie sie in der Tjustgatan gelandet war, und man sollte nie etwas als selbstverständlich betrachten. Wenn das also der Fall war, dann hätte er sowohl die Kameras der Verkehrsleitzentrale als auch die der Einsatzzentrale der Polizei passieren müssen, und zumindest bei den Letzteren konnte sie auf ein paar Knöpfe im Bekanntenkreis drücken, um schnellen Zugang zu bekommen. Auch wenn er stattdessen nach Tyresö gefahren war, bestand die Möglichkeit, dass er von Ältavägen in den Tyresövägen abgebogen war, und sie konnte sich vorstellen, dass es an dieser Kreuzung ebenfalls Kameras gab, aber da war sie sich nicht so sicher.

Aber wie sollte sie rekonstruieren, was vor der Fahrt auf dem Ältavägen geschah? Sie musste einfach versuchen, logisch zu denken und sich langsam vorzutasten. War es glaubwürdig, dass Gunnar Malmberg sich in der Morgendämmerung über den Ältavägen quälte, wenn er vorher in der Stadt gewesen war? Nein, wohl kaum. Die Strecke Nynäsvägen–Tyresövägen wäre die schnellere und praktischere Variante gewesen. Also kam er vermutlich nicht aus der Stadt, sondern aus einer anderen Richtung. Aber aus welcher? Aus Nacka? Von Värmdö oder vielleicht von Ingarö? Oder aus Orminge?

Plötzlich war sie wieder dort, wo sie begonnen hatte. Und dieses Mal wollte sie gründlicher sein. Auf einem Excel-Sheet erschuf sie eine Reihe unterschiedlicher Handlungsabläufe und möglicher Zeitrahmen. Dann rief sie ihren Kontakt bei der Einsatzzentrale der Polizei an und bat ihn, sich so schnell wie möglich mit der Information zurückzumelden, wo sich das besagte Fahrzeug wann befunden hatte – innerhalb der geografischen und chronologischen Rahmen, die sie aufgestellt hatte. Danach rief sie erneut ihre Kontaktperson bei der Sicherheitsabteilung der Nordea-Bank an und bat sie um Bilder und Informationen über die beiden Personen, die den Automaten in Orminge vor und nach Karl Engströms Geldauszahlung am Freitagabend um 22.54 Uhr benutzt hatten.

Anderthalb Stunden später hatte sie herausgefunden, dass Gunnar Malmbergs Lexus am Freitagabend um 22.45 Uhr vom Värmdöleden in den Ormingeleden abgebogen und erst um 3.02 Uhr am Samstagmorgen denselben Weg wieder zurückgefahren war. Dass er anschließend um 3.48 Uhr auf der Kreuzung Ringvägen/Götgatan gesehen worden war. Und dass nicht nur Karl Engström, sondern auch der Mittelstufenlehrer Bengt Nilsson und der stellvertretende Polizeidirektor Gunnar Malmberg gegen elf Uhr am Freitagabend Geld von dem Bankautomaten in Orminge Centrum abgehoben hatten.

Donnerstagnachmittag

Nach dem Mittagessen fand ein improvisiertes Treffen im blauen, ovalen Besprechungsraum statt, auf dem die Erkenntnisse des Vormittags zusammengefasst wurden. Zu Westmans großer Erleichterung machte niemand ihr Vorwürfe, dass sie die Angelegenheit selbst in die Hände genommen hatte und Veronicas Vorwürfen gegenüber dem stellvertretenden Polizeidirektor nachgegangen war. Ganz im Gegenteil, sowohl Hamad als auch Sjöberg zeigten sich beeindruckt von ihrer Entschlusskraft. Das waren sie vielleicht auch, aber gleichzeitig sahen sie ziemlich verbissen aus, was allerdings auch nicht verwunderlich war, wenn man bedachte, welche Konsequenzen das alles unter Umständen nach sich ziehen konnte. Sjöberg lag es am Herzen, dass so wenig wie möglich von dem Fall nach draußen dringen sollte, und er verpflichtete das ganze Team zu absoluter Diskretion. Sandén schien die Tatsache am schlechtesten verdauen zu können, dass Veronica Engström von allen Autos in Stockholm ausgerechnet Gunnar Malmbergs als Ort des Vergehens identifiziert hatte.

»Das ist doch nicht möglich«, wiederholte er jetzt schon zum dritten Mal. »Malmberg ist ein Gockel, und ich kann ihn ehrlich gesagt absolut nicht leiden, aber ein Vergewaltiger wird er wohl kaum sein.«

»Das werden wir ja sehen«, sagte Sjöberg, ohne den Blick seines guten Freundes und langjährigen Weggefährten zu erwidern. »Wir warten auf die Ergebnisse des SKL und handeln nach ihrer Maßgabe.«

»Wenn Malmberg tatsächlich Veronicas Vergewaltiger war,

sind die Drohungen ihrer Schulkameraden im Krankenhaus nicht zu erklären«, warf Andersson ein, aber weder Sjöberg noch irgendein anderer am Tisch kommentierte diesen Einwand.

»Gerdin und Westman nehmen persönlichen Kontakt mit Karl Engström auf, aber zumindest eines seiner Elternteile muss dabei anwesend sein«, erläuterte Sjöberg seine Anweisungen. »Dann findet ihr heraus, was Bengt Nilsson und Gunnar Malmberg zwischen elf Uhr und drei Uhr in der Nacht von Freitag auf Samstag getrieben haben.«

Gerdin nickte zustimmend, Westman ebenso, aber obwohl sie selbst diese Geschichte ins Rollen gebracht hatte, wurde sie das seltsame Gefühl nicht los, dass sie irgendwie ein bisschen abgehängt war. Sie konnte nicht den Finger darauf legen, woran genau es lag, aber plötzlich legten Sjöberg, Gerdin und Hamad eine Entschlossenheit an den Tag, die nicht so recht zu den vielen Unsicherheiten passte, die diesen Fall von Beginn an geprägt hatten.

»Ich selbst werde nach Borlänge fahren und mit Malmberg sprechen«, fuhr Sjöberg fort. »Ich möchte mir anhören, was er zu Veronica Engströms Beschuldigungen zu sagen hat, werde aber mit keinem Wort erwähnen, dass die Techniker sein Auto untersucht haben oder dass wir ansatzweise wissen, wo er sich in der Nacht von Freitag auf Samstag aufgehalten hat. Keiner von euch nimmt in irgendeiner Form Kontakt zu Malmberg auf, bevor die Sache aufgeklärt ist, verstanden?«

Dann blickte er jedem von ihnen scharf in die Augen, wie man es selten bei ihm gesehen hatte. Und Westman hätte schwören können, dass er Hamad besonders lange angeschaut hatte, der den Blick mit einem beinahe trotzigen Ausdruck erwiderte, bevor er nachgab und widerwillig nickte.

»Hamad und Andersson gehen der Sache mit dem misshandelten Mädchen auf Gideons Handy auf den Grund. Sie muss ja irgendwo in der Gegend wohnen, weil wir sie mehr als einmal dort gesehen haben. Falls es dasselbe Kind war. Geht Klinken putzen, fragt euch durch. Ihr habt freie Hand, aber wir müssen sie finden. Und Andersson hat Gideons Wohnung noch nicht gesehen, also schaut sie euch noch einmal an, wenn ihr ohnehin in der Ecke seid. Sandén verhört Axners Komplizen, den Mann, der Gideon zusammen mit ihm misshandelt hat. Er sitzt im Verhörraum zwei unten im Keller und wartet auf dich. Hast du übrigens etwas herausgefunden, was diesen Tipp mit dem toten Säugling betrifft? Wer der Absender war?«

Westman bemerkte, dass Sjöberg alle beim Nachnamen nannte, was er sonst selten tat. Es wirkte formell und gab seinen Anordnungen ein größeres Gewicht. Der Spielraum war bedenklich geschrumpft, was dazu führte, dass niemand infrage stellte, was er sagte. Sie schloss, dass Sjöberg eine ganz bestimmte Auffassung davon hatte, wie mit dieser Angelegenheit umgegangen werden sollte, und dass er nicht bereit war, sich andere Argumente anzuhören. Welchen Zweck dieses plötzliche Autoritätsgehabe hatte, konnte sie sich allerdings nicht wirklich erklären. Natürlich war es eine ernste Angelegenheit, wenn der stellvertretende Polizeidirektor eines schweren Verbrechens beschuldigt wurde, aber warum das Team zum Gehorsam quasi genötigt werden sollte, konnte sie nicht nachvollziehen.

»Nein, den Absender kennen wir noch nicht«, antwortete Sandén. »Aber die Abteilung für Computerkriminalität hat versprochen, im Laufe des Nachmittags mit einem Ergebnis zu kommen. Aber eines würde ich gerne wissen: Wenn Veronica Engström und dieses Raubein Axner behaupten, dass Gideon zu Hause nur eine Art Jugendclub betrieb, folgen wir dann jetzt der Theorie, dass der Mord und die Vergewaltigung nicht miteinander zusammenhängen?«

»Sieht es so aus, als würden wir zwei parallele Ermittlungen betreiben?«, antwortete Sjöberg grimmig. »Ich setze mich jetzt ins Auto. Ruft mich an, wenn es nötig ist.«

Nein, Westman konnte sich beim besten Willen nicht erklären, warum Sjöberg plötzlich so schlechte Laune hatte.

*

Andersson und Hamad hatten mittlerweile mehrere Stunden damit verbracht, von Tür zu Tür zu gehen und sich mit Leuten zu unterhalten, die in der Nähe von Gideons Wohnung lebten. Niemand, mit dem sie bisher gesprochen hatten, hatte ein etwa zehnjähriges Mädchen mit asiatischem Aussehen und langen, schwarzen Haaren gesehen, die unter Umständen eine hellblaue Daunenweste trug, die sowohl Hamad als auch Sandén gesehen zu haben glaubten, als sie dem Mädchen begegnet waren. Während sie darauf warteten, dass mehr Anwohner von der Arbeit nach Hause kamen, machten sie einen Besuch in Gideons Wohnung, so wie es Sjöberg empfohlen hatte.

Für Andersson war es das erste Mal, dass er sich in der Wohnung aufhielt, die er im Übrigen recht gemütlich fand. Die Einrichtung war die eines Bohemiens, was ganz gut mit dem Bild übereinstimmte, das er von Musikern im Allgemeinen und armen Musikern im Besonderen hatte. Er bezweifelte, dass man als Klaviertechniker viel verdienen konnte, ganz gleich, wie gut man war und wie viele Kunden man hatte. Die Ausbildung war langwierig, und außerdem wurde von einem Klaviertechniker wesentlich mehr erwartet als das, was man in der Ausbildung selbst lernte. Schweden tat sich auch hier als ein Land hervor, in dem sich Hingabe und Investition in Wissen und Bildung nur wenig auszahlten.

Wenn die drei fleckigen und durchgesessenen Sofas nur sprechen könnten, dachte Andersson. Sie hätten von denkwürdigen Stunden in Sicherheit und Harmonie erzählen können, von all den befreienden Gesprächen, die hier von verunsicherten Mädchen geführt wurden, die keinen Halt in ihrem Leben hatten. Unfertige Menschen, die ihre Spuren in Form von Ringen auf der Tischplatte mit dampfend heißen Teetassen hinterlassen hatten. Welcher verdammte Idiot nahm einem Mann das Leben, der ganz im Stillen und ohne Eigennutz seine Wohnung für verlorene Seelen öffnete, damit sie sich dort erholen und wohlfühlen konnten? Wer war bereit, einen solchen wahren Helden des Alltags mit einem Herz aus Gold kaltblütig zu ermorden?

Wenn es stimmte, was Veronica Engström sagte, wenn nicht doch etwas anderes bei Gideon vorgegangen war. Andersson schenkte dem, was Veronica erzählt hatte, keinen großen Glauben, aber aus irgendeinem Grund hielt er diesen Teil der Geschichte für wahr. Er spürte es an der Atmosphäre der kleinen Wohnung, sie atmete Frieden und Anspruchslosigkeit. So hatte Veronica nur ein einziges Mal in ihren vielen gemeinsamen Stunden gewirkt: als sie von Gideons Ring erzählte. Da hatten ihre Augen plötzlich ein ganz anderes Leuchten bekommen, und es hatte ihn davon überzeugt, dass das, was sie sagte, der Wahrheit entsprach.

Er ging zu dem, was er – und vermutlich auch John Gideon – als das Herz dieses Zimmers betrachtete: ein Klavier von erstklassiger Qualität. Ein altes J. G. Malmsjö, das Andersson auf den Beginn des zwanzigsten Jahrhunderts datierte. In perfektem Zustand, zumindest von außen. Hier waren keine warmen Tassen abgestellt worden, die Ringe auf dem schwarzen, blankpolierten Ebenholz hinterlassen konnten. Auf dem Notenbrett hatte Gideon ein paar DIN-A4-Blätter nebeneinander aufgestellt. Signiert von Eric Woolfson & Alan Parsons. Andersson nickte anerkennend.

As far as my eyes can see
There are shadows approaching me
And to those I left behind
I wanted you to know
You've always shared my deepest thoughts
You follow where I go

And oh when I'm old and wise
Bitter words mean little to me
Autumn winds will blow right through me
And someday in the mist of time
When they asked me if I knew you
I'd smile and say you were a friend of mine
And the sadness would be lifted from my eyes
Oh when I'm old and wise

Eine ruhige Melodie mit einem schönen Text. Worte, die auf eine seltsame Weise Gideons Gefühlslage zu der Zeit seines Todes spiegeln mussten. Wenn man davon ausging, dass er es jeden Tag spielte, was er bestimmt tat. Wenn man davon ausging, dass er wusste, wie sehr um ihn herum getratscht und geklatscht wurde, was sicherlich der Fall gewesen war. Aber er hatte die andere Wange hingehalten. Und wenn man davon ausging, dass Veronica Engström und Robert Axner John Gideons Lebenswerk korrekt wiedergegeben hatten. Wovon Andersson immer mehr überzeugt war. Ein Mann, der *The Alan Parsons Project* auf einem erstklassigen alten Malmsjö-Klavier spielte, verkaufte keine jungen Mädchen an perverse Wüstlinge.

Widerwillig riss er sich von dem Instrument los und folgte dem Kollegen in die Küche. Hamad suchte nach Zyanid in den Schränken, aber das Einzige, was er fand, war eine Flasche

Kräuterschnaps. Er schraubte die Flasche auf und roch an dem Inhalt.

»Die Frage ist, ob Bella den Schnaps analysiert hat«, sagte er. »Zumindest riecht er so, als könnte man sogar ein Pferd damit umbringen.«

»Stell die Flasche zurück«, sagte Andersson. »Bella ist nicht hier gewesen, seit wir wissen, dass Gideon nicht erschlagen worden ist. Wir fassen nichts an.«

Hamad tat, wie ihm gesagt wurde, und ging weiter ins Badezimmer.

»Hier lag der Körper«, erklärte er Andersson. »Vermutlich war Gideon auf dem Weg zur Toilette, um sich zu übergeben, er hat sich in Panik das Hemd vom Leib gerissen und verlor das Bewusstsein, bevor er angekommen war. Ein brutaler und qualvoller Tod, auch wenn es schnell ging.«

Andersson schauderte. Es kam ihm irgendwie unwirklich vor. Dass das Leben so ganz ohne Vorwarnung ein abruptes Ende nehmen konnte. Er fragte sich, ob Gideon selbst wusste, warum er ermordet wurde. Dann warf er noch einen sehnsüchtigen Blick auf das Klavier. Er konnte nicht gehen, bevor er nicht auf diesem fantastischen Instrument gespielt hatte. Das schwarz glänzende Instrument zog ihn so in seinen Bann, dass er sich auf den Hocker setzte und die Hände auf das wertvolle Elfenbein legte. Er spreizte die Finger über die Tasten und bereitete sich darauf vor, das Lieblingsmöbel des alten Klaviertechnikers auf die Probe zu stellen. Während die Augen der Reise der Noten über das Papier folgten, ließ er die Finger ihren eigenen Weg über die Tasten gehen. Weil Hamad in der Nähe war, konnte er sich nicht überwinden, den gefühlvollen Text anzustimmen, aber es spielte keine Rolle, denn er kannte ihn schon lange und sang ihn in seinem Inneren mit.

Während er spielte, traten ihm die Tränen in die Augen, ein Effekt, den dieses Lied schon immer auf ihn gehabt hatte. Aber dieses Mal dachte er nicht an sich selbst, sondern an John Gideon, der von Schatten, von tratschenden Nachbarn und böswilligen Gerüchten umgeben gewesen war, aber dennoch hoffte, dass irgendjemand von denjenigen, die er als seine Freunde betrachtete, sich im hohen Alter noch an ihn erinnern würde. Wenn seine Zeit zu Ende ging. Was jetzt der Fall war. Andersson hoffte, dass die Mädchen aus Gideons Ring ihm Gerechtigkeit widerfahren ließen. Dass sie die Erinnerung an einen Mann in Ehren hielten, der ein kleines Stückchen von sich selbst, von seiner privaten Sphäre aufgegeben hatte, damit sie ein bisschen mehr Platz auf dieser Welt hatten.

Gleichzeitig konnte es Andersson nicht lassen, sich auch über diesen Klaviertechniker aufzuregen, der sein eigenes, großartiges Instrument so vernachlässigt hatte. Warum hatte er sich nicht um dieses kleine Nebengeräusch gekümmert, das man hörte, wenn man das linke Pedal heruntertrat, das Dämpferpedal. Ein kaum wahrnehmbares, aber doch sehr irritierendes Geräusch, wenn der Hammer sich bewegte. Aus Respekt vor dem hundertjährigen Instrument und auch aus reiner Neugierde heraus beschloss Andersson, dem Problem selbst auf den Grund zu gehen. Als er aufstand, hörte er Applaus aus dem Schlafzimmer, Hamad hatte gefallen, was er gehört hatte. Andersson ließ die Hand zärtlich über das Ebenholz gleiten, hob vorsichtig den Deckel an, der die Mechanik verdeckte, und schaute in das Instrument hinein. Und dort, zwischen den Hämmern des Bassregisters und den Saiten fand er den Grund für das rasselnde Geräusch. Sofort stellte er sich auf die Zehenspitzen und steckte den Arm in das Klavier hinein, griff in der Dunkelheit nach dem Gegenstand, der so gut vor unwillkommenen Besuchern versteckt war, dass er sogar Bella Hansson und ihren scharfäugigen Kriminaltechnikern entgangen war. Eine Kunststoffmappe. Eine transparente Plastiktasche, die einen Stapel Papiere enthielt, der vermutlich für keine anderen Augen als John Gideons bestimmt war.

»Jamal!«, rief Andersson. »Ich habe etwas gefunden.«

Noch bevor sie überhaupt einen Blick auf den Inhalt der Mappe werfen konnten, stand Hansson schon in der Tür, mit ihren großen Taschen und ein paar Männern zu ihrer Unterstützung.

»Habt ihr etwas vergessen, als ihr das letzte Mal hier wart?«, fragte Hamad mit einem Augenzwinkern.

Hansson schien es mit Humor zu nehmen.

»Eine dir nahestehende Person hat unsere Prioritäten neu gesetzt«, antwortete sie mit einem Lächeln.

»Es steht eine Schnapsflasche voller Gift im Küchenschrank. Genug, um ein ganzes Regiment zu vergiften, wenn du mich fragst.«

»Danke. Und jetzt piss off.«

Hansson gab Hamad einen freundschaftlichen Klaps auf die Schultern mit auf den Weg, was es Andersson erleichterte, die Plastikmappe unbeobachtet zusammenzurollen und sie in die Innentasche seiner Jacke zu stecken. Ohne das geringste schlechte Gewissen, weil er bezweifelte, dass es darauf in forensischer Hinsicht etwas Interessanteres zu finden gab als Gideons Fingerabdrücke.

*

In einem der Vernehmungsräume im Keller saß tatsächlich der andere Strolch und wartete. Und die Aussage der Zeugin aus dem Haus gegenüber bestätigte sich ein weiteres Mal auf den Punkt genau. Der Hulk war wirklich klein und stämmig und zwischen vierzig und fünfzig gewesen. Dieser hier war um die dreißig. Und darüber hinaus groß gewachsen und schlank. Er hieß Johansson, roch nach eingewachsenem Dreck und machte einen außergewöhnlich einfältigen Eindruck. Sandén war in der Offensive.

»Also, was treibt Sie dazu, bei einem wildfremden Menschen einzudringen und ihn zu verprügeln?«, fragte er.

»Ich schlage mich gerne. Und dieser Typ soll ja pädophil gewesen sein.«

»Soll er das? Sie waren sich da also nicht ganz sicher, als Sie diese Misshandlung in Ihren Kalender eingetragen haben?«

»Karl-Alfred hat es doch gesagt. Und all die anderen im Internet auch.«

»Ja, Sie selbst zum Beispiel.«

»Ich habe nur mitgespielt. Ich mag keine Pädophilen.«

»Nein, wer mag die schon. Aber auf einen Kreuzzug zu gehen, ohne irgendeine Ahnung zu haben? Geht das nicht ein bisschen weit?«

Johansson reagierte mit einem unbekümmerten Achselzucken.

»Der andere hat ihn viel öfter geschlagen. Es war gar nicht so schlimm. Dieser Pädophile hat sich selbst einen Bilderrahmen gegen die Stirn gehauen, und dann haben wir ihn gegen das Klavier geschubst, bis er beinahe geweint hat. Danach haben wir uns noch eine Weile unterhalten und Schnaps getrunken.«

»Ganz freundschaftlich?«

»Ja, verdammt.«

Johansson schaute ihn mit klimpernden Augen an. Er machte einen dermaßen teilnahmslosen und schlaffen Eindruck, dass Sandén jederzeit damit rechnete, dass ihm ein Speichelfaden aus dem Mundwinkel zu triefen begann. Er kratzte sich ununterbrochen am Hals, wo ihn eine große Spinne, die aus ihrem Versteck irgendwo unterhalb des Hemdkragens hervorkroch, maßlos zu irritieren schien. Vielleicht war die Tätowierung ja noch neu, jedenfalls schien sie ihn ziemlich zu stören.

»Wie kam es dazu?«

»Äh, das war wohl alles ein Missverständnis. Und wir waren einfach nur voll, hatten keine Lust mehr zum Weitermachen. Der andere war der Boss, ich habe nur mitgemacht.«

»Haben Sie die Jalousie heruntergelassen?«

»Nein, nicht dass ich wüsste. Aber wie gesagt, ich hatte ziemlich was im Kahn.«

»Worüber haben Sie gesprochen?«

»Die meiste Zeit hat er gequasselt. Der Pädophile. Ich habe kaum zugehört. Es war irgendein Quark über Tussis, dass man nett zu ihnen sein soll und so.«

»Das ist alles, woran Sie sich von dem Gespräch erinnern?«

Johansson nickte. Im Vergleich zu diesem Typen war Robert Axner geradezu ein Genie.

»Sie wissen, dass er tot ist?«, fragte Sandén.

»Wer?«

»Der Mann, den Sie misshandelt haben«, seufzte Sandén. »Er wurde in derselben Nacht ermordet, in der Sie ihn besucht haben.«

»Oh, verdammt. Der arme Kerl. Irgendwie wirkte er ganz gechillt.«

Johansson verschwendete offensichtlich keine einzigen Gedanken daran, dass er für die Tat verdächtigt werden könnte. Seine Dummheit wiegte ihn in einer glücklichen Unwissenheit über die Zusammenhänge. Dass dieser Dorftrottel einen spektakulären Giftmord planen und durchführen konnte, lag jenseits aller Vorstellungskraft. Sandén schüttelte den Kopf und ließ ihn gehen.

Die beiden Prachtidioten waren zwar nicht komplett von der Liste der Verdächtigen gestrichen, aber es gab niemanden mehr, der glaubte, dass sie die Verantwortung für John Gideons Tod trugen, zumal sie unabhängig voneinander ungefähr dieselbe Beschreibung der Abläufe an diesem Abend geliefert hatten.

Wenn man Axners Nacht im Untersuchungsgefängnis in Betracht zog, gab es die berechtigte Hoffnung, dass er in der Zukunft jeden Impuls, einem fremden Menschen die Fresse zu polieren, besser im Griff behalten würde. Was den anderen betraf, konnte man sich wohl kaum größere Hoffnungen machen.

Sandén wurde in seinen Überlegungen vom Telefon unterbrochen. Es war der Kollege aus der Abteilung für Computerkriminalität, der am Nachmittag zurückrufen wollte.

»Ich habe die IP-Adresse ausfindig gemacht, von der die Mail gesendet wurde«, sagte er. »Sie führt über ein privates Breitband-Abonnement bei der Com-Hem zu einer Eigentümergemeinschaft im Tunnlandsvägen in Bromma.«

Sandén gefror innerlich zu Eis. Der Straßenname war ihm vertraut.

»Ich kann weitermachen und den Namen des Abonnenten herausfinden«, sagte der Kollege, »aber das bedeutet ein bisschen mehr Arbeit. Möchtest du, dass ich ...?«

»Wie war noch der Name des Absenders?«, unterbrach ihn Sandén. »Ich sitze gerade nicht am Rechner.«

»Mal sehen ... er lautet *sjs15283@msn.com.*«

Sonja Jenny Sandén, geboren am fünfzehnten Februar 1983. Was zum Teufel hat die Kleine jetzt wieder angestellt?

»Danke, das reicht schon«, sagte er kontrolliert, »vielen Dank.«

Der naive Ton, die alles andere als perfekte Orthografie. Die Tatsache, dass die Mail an Hamad persönlich geschickt worden war – all das bekam eine Erklärung, als Sandén klar wurde, dass Jenny sie geschickt hatte. Hamad war ihr Vertrauter, derjenige, an den sie sich wendete, wenn sie sich aus irgendwelchen Gründen ihrer Familie nicht anvertrauen wollte. So war es schon seit vielen Jahren, aber wie es dazu gekommen war, wusste er nicht. Es war eine Art Sicherheitsnetz. Hamad war intelligent und verlässlich, er würde ihm nie etwas Lebenswichtiges vorenthalten. Die Adresse war eine andere als die, die Jenny sonst verwendete, aber in diesem Fall wollte sie offensichtlich anonym bleiben. Warum das so war, konnte er sich nicht erklären, aber offensichtlich hatte die Zeitungsmeldung über den toten Säugling sie dazu veranlasst.

Aber warum eigentlich? Eine schlecht formulierte Mitteilung an einen Polizisten zu schreiben, dem sie eigentlich vertraute. Und der Inhalt? Eine Warnung? Nein, wohl kaum. Jenny drohte nicht. Ein Ruf nach Hilfe? Warum? Machte sie sich Sorgen, dass irgendein Verrückter unterwegs war und kleine Kinder ertränkte? Oder war es als Tipp gedacht? Immerhin hatte diese mystische E-Mail den einen oder anderen Stein ins Rollen gebracht. Ohne sie wäre wohl kaum entdeckt worden, dass Gideon vor knapp zehn Jahren im Zusammenhang mit dem Verschwinden eines Säuglings vernommen worden war. Aber dieses Kind war nicht identisch mit dem, das vor Kurzem aus dem Nämdöfjärden gefischt worden war, die Information hatte sie also nicht zu wirklich entscheidenden Erkenntnissen geführt, sondern nur ihre Zeit verschwendet. Ein besonders guter Tipp war es also nicht gewesen, es sei denn, sie hätten etwas Wichtiges übersehen. Und Jenny saß bestimmt nicht auf Informationen, die ihnen bei diesen Ermittlungen nützlich sein konnten, sie war nicht in der Lage, derartige Zusammenhänge zu durchschauen. Und wenn sie es doch könnte, dann wäre sie natürlich direkt zu Sandén gekommen und nicht zu Hamad. Nein, das Ganze war ein Rätsel.

Je länger er darüber nachdachte, desto wahrscheinlicher erschien es ihm, dass das Ganze ein Notruf war. Aus irgendeinem Grund hatte Jenny Hamad, oder vielleicht auch das ganze Team, auf dieses tote sechs Monate alte Kind aufmerksam machen wollen.

Und Jenny würde so etwas nur aus einem einzigen Grund tun – wenn ihr eigenes Kind verschwunden wäre.

Jenny hatte die Notbremse gezogen. Die Mitteilung war am Dienstagabend geschickt worden, das heißt vor beinahe achtundvierzig Stunden. Seitdem waren weder Jenny noch Majken gesehen worden. Nichts, worüber er sich Gedanken gemacht hatte, weil ihre Abmachung eben so aussah. Aber sie hatte das geplante Mittagessen am Dienstag abgesagt, was untypisch für Jenny war, die eher ein sozialer Mensch war.

Er zog das Handy wieder aus der Tasche, drückte die Kurzwahltaste seiner älteren Tochter und trommelte ungeduldig mit den Fingerspitzen auf der Tischplatte, während er wartete, dass sie an den Apparat ging. Nach vier Klingelsignalen landete er auf der Mailbox, verzichtete darauf, eine Nachricht zu hinterlassen, und wählte stattdessen die Nummer noch einmal. Nach dem vierten Versuch gab er auf. Was konnte er unternehmen? Es war keine gute Idee, zu Hause bei Sonja anzurufen, sie würde sich nur aufregen und irrational handeln. Ebenso wenig konnte er eine Fahndung nach Majken herausgeben, bevor er mit Jenny gesprochen und bestätigt bekommen hatte, dass es wirklich so war, wie er vermutete. Er wollte nicht Himmel und Hölle in Bewegung setzen und die knappen und kostbaren Ressourcen der Polizei in Anspruch nehmen, wenn er sich seiner Sache nicht absolut sicher war.

Stattdessen tat er drei Dinge. Er rief Jenny zum fünften Mal an und sprach nach dem unheilschwangeren Piepton die sehr bestimmte Aufforderung für sie auf die Mailbox, dass sie sich sofort bei ihm melden sollte. Dieselbe Behandlung erfuhr seine jüngere Tochter Jessica. Sie war im letzten Studienjahr auf der Königlichen Technischen Hochschule und schaltete das Handy oft erst ein, wenn der Unterrichtstag zu Ende war. Anschließend setzte er sich ins Auto und fuhr zu Jennys Wohnung am Brommaplan.

*

Wie abgesprochen waren sowohl Rita als auch Torbjörn Engström zu Hause, als Gerdin und Westman die Wohnung in Björkhagen betraten, um den zwanzigjährigen Sohn zu vernehmen. Sie empfingen sie gemeinsam an der Tür, und mit einem unsichtbaren Joch voller Sorgen auf dem Nacken führten sie die beiden Polizistinnen in die Küche und schlossen die Tür hinter sich, damit sie vor der Vernehmung noch ungestört ein paar Worte mit ihnen wechseln konnten.

»Wir wissen, dass Sie nicht die Wahrheit sagen, was Kalles Aufenthaltsort am letzten Wochenende betrifft«, eröffnete Westman das Gespräch.

Sie sprach sanft und freundlich, um sie nicht zu erschrecken. Es würde ein ruhiges und besonnenes Gespräch über und mit einem behinderten jungen Mann werden. Als der Vater sie unterbrechen wollte, hielt sie eine Hand hoch und sprach weiter.

»Wir haben den Kassenbon von Ihrem Einkauf in der Ingaröhallen am Freitagnachmittag gesehen, und es ist offensichtlich, dass es nur Sie beide waren, die das Wochenende auf dem Land verbringen wollten. Außerdem konnten wir mithilfe von Kontoauszügen und Überwachungskameras feststellen, dass Kalle sich um elf Uhr am Freitagabend in Orminge Centrum befand.«

Die Eheleute Engström tauschten Blicke und sahen unglücklich aus. Gerdin übernahm das Gespräch.

»Aber Sie müssen sich keine Sorgen machen«, sagte sie. »Wir wissen auch, dass es nicht Kalle ist, der Veronica vergewaltigt hat.«

Davon war Westman allerdings nicht hundertprozentig überzeugt. Aber bei einer weniger aggressiven Herangehensweise war die Chance größer, die Eltern Engström auf ihre Seite zu ziehen. Und es schien zu funktionieren, denn sie sah, wie beide bei Gerdins Worten ausatmeten.

»Wir nehmen an, dass Sie nicht ganz ehrlich waren, weil sie sich Sorgen machten, dass Kalle möglicherweise der Schuldige war. Aber jetzt ist es wichtig, dass wir vier zusammen versuchen, Kalle dazu zu bewegen, unsere Fragen ehrlich und aufrichtig zu beantworten. Wir befürchten nämlich, dass er in schlechte Gesellschaft geraten ist. Wir wissen, dass er den Freitagabend zusammen mit seinem ehemaligen Lehrer Bengt Nilsson verbracht hat.«

Jetzt lächelte Rita Engström, und Torbjörn sah ebenfalls sehr viel weniger besorgt aus.

»Er ist einer der Felsen in Kalles Leben«, sagte die Mutter. »Er ist wohl der einzige Mensch außerhalb der Familie, bei dem Kalle sich vollkommen sicher fühlt. Auch heute noch. Es ist schließlich vier Jahre her, dass Kalle die Mittelstufe verlassen hat.«

»Das wissen wir«, sagte Gerdin. »Und wir verstehen, wie viel er für Kalle bedeutet. Aber wir haben Grund zu der Annahme, dass seine Motive nicht die besten waren.«

Über diesen Punkt hatten sie in der Besprechung lange spekuliert, aber Westman hatte nicht herausgehört, dass diese Tatsache bewiesen wäre. Sie fühlte sich immer unsicherer in der Situation und kam sich bei diesem Verhör plötzlich wie eine Statistin vor. Ja, bei dieser ganzen Ermittlung. Obwohl sie selbst es war, die sie in Gang gesetzt hatte.

»Ich möchte nicht näher darauf eingehen, worum es dabei geht«, fuhr Gerdin fort. »Wir lassen es Kalle selbst erzählen. Aber ich vermute, dass er Bengt Nilssons Vertrauen nicht enttäuschen will, es sei denn, Sie helfen ihm ein bisschen auf die Sprünge. Denn auch Sie wollen doch Licht ins Dunkel bringen, oder?«

Das Letzte war eher eine Feststellung als eine Frage, und Gerdin brachte es so überzeugend vor, dass die Engströms es akzeptieren mussten. Sie schauten einander ängstlich an, woraufhin die Mutter auf Gerdins Wunsch hinausging, um den Sohn zu holen. Karl Engström setzte sich mit seinem neutralen Gesichtsausdruck an den Küchentisch, vollkommen unberührt von der gedrückten Stimmung, die um ihn herum herrschte.

»Du musst jetzt ehrlich sein, Junge«, sagte der Vater freundlich, aber bestimmt. »Es ist wichtig für uns alle, dass du die Wahrheit sagst. Verstehst du das? Du musst keine Angst davor haben, etwas falsch zu machen. Alle, die hier sind, wollen nur dein Bestes.«

»Ich verstehe«, sagte Kalle. »Ich werde die Wahrheit sagen.«

»Ich heiße Hedvig«, sagte Gerdin, »und Petra hast du ja schon kennengelernt. Wir werden dir ein paar Fragen stellen und wollen, dass du sie beantwortest. Okay?«

»Okay. Ich werde die Wahrheit sagen.«

»Was hast du am Freitagabend gemacht?«

Kalle schaute seinen Vater an, der auffordernd nickte.

»Ich war mit Mama und Papa auf Ingarö.«

»Nein, Kalle«, sagte der Vater. »Du sollst jetzt die Wahrheit sagen. Es war dumm von uns, dass wir gelogen haben. Sehr dumm. Jetzt sollst du die Wahrheit sagen.«

»Jetzt soll ich die Wahrheit sagen«, sagte Kalle und schaute unsicher von seinem Vater zu seiner Mutter, die ebenfalls aufmunternd nickte.

»Ich war mit Bengt zusammen. Ich war nicht auf Ingarö, ich war in Orminge zusammen mit Bengt. Aber ich kann nicht erzählen, was wir gemacht haben. Ich habe versprochen, niemals zu erzählen, was wir machen. Bengt sagt, dass ich nichts sagen darf, und Bengt ist mein bester Freund.«

Die Eltern sahen einander erschrocken an, aber Gerdin arbeitete zielgerichtet und mit einem sanften Grundton, um die Situation für den Jungen zu entspannen. Westman war zum Zuschauen verurteilt und wurde das unangenehme Gefühl einfach nicht los, dass alle anderen mehr wussten als sie selbst.

»Aber wenn Mama und Papa sagen, dass es wichtig ist, dass du erzählst, was Bengt und du am Freitagabend gemacht haben«, bohrte Gerdin nach. »Dann ist es doch wichtiger, dass du auf sie hörst als auf Bengt?«

»Es ist wichtiger, dass ich auf Mama und Papa höre. Bengt wird böse mit mir sein, aber es ist wichtiger, dass ich auf Mama und Papa höre.«

Und so begann er zu erzählen. Keine einheitliche, zusammenhängende und leicht verständliche Geschichte, sondern eher ein Tausend-Teile-Puzzle, bei dem man erst jedes einzelne Teil heraussuchen und zu den anderen Teilen mit ähnlichen Farben sortieren musste. Um es anschließend zu drehen und zu wenden, bis es irgendwann an eines der übrigen neunhundertneunundneunzig Teile passte.

Das Gespräch dauerte mehrere Stunden. Sowohl Rita als auch Torbjörn Engström weinten. Westman selbst war mehrere Male kurz davor, in Tränen auszubrechen, aber sie zwang sich zur Zurückhaltung. Gerdin hielt den Taktstock, und ihr gelang es, das Gespräch auf eine vorbildliche und überraschend geduldige Weise in die gewünschte Richtung zu lenken. Und am Ende war das Puzzle fertig. Am Ende sahen alle vier das Bild vor sich, wie Karls Leben ausgesehen hatte, seitdem der Stadtrat Lars Karlsson ihn an eine Schule vermittelt hatte, die sich besonders um Kinder mit neuropsychiatrischen Funktionsstörungen kümmerte. Während der Jahre, die verflossen waren, seit er dem Menschen vorgestellt worden war, dem er, abgesehen von seiner Familie, am meisten vertraute.

Das Bild eines sechzehnjährigen Jungen, der in einem Hotel oder in einem Bordellzimmer zum Mann heranwuchs. Der Junge saß nackt auf dem Boden mit Hunderten von Legoteilen um sich herum. Jedes Mal saß er viele Stunden da, während langer, dunkler Nächte, unbekümmert von seiner Nacktheit und von den Menschen um ihn herum. Er baute Raumschiffe aus Lego zwischen stöhnenden und lachenden Männern, zwischen schreienden und weinenden Frauen und Mädchen. In Erwartung des Höhepunkts, dem Clou des Abends, in dem er selbst die Hauptrolle spielte und zum großen Entzücken der Männer das tat, was sie getan hatten und wieder tun würden. Nur, dass er es so viel besser machte. Dass er es mit seinem jungen, starken, unzerstörten Körper so viel kraftvoller machen konnte. So viel gröber und brutaler, dass er den gekauften Frauen und Mädchen noch mehr Schmerz zufügen konnte.

Karl Engström, dieses Kind der Natur, dem jede Form von Empathie fehlte, war der ideale Pornodarsteller. Ein unschuldiges Kind im Körper eines Gladiators. Ein gehorsamer Junge, der mit den festgehaltenen oder gefesselten Opfern genau das tat, was man ihm sagte. Weil er loyal zu seinem alten Lehrer und besten Freund war und darüber hinaus auf Gehorsam programmiert. Er selbst hatte nicht die Fähigkeit, zwischen Gut und Böse zu unterscheiden, aber es gab Autoritäten, die es ihm erklären konnten. Dass diese Objekte seiner und ihrer Lust davon lebten, sich freiwillig für diese Dienste verkauften und damit jede Menge Geld verdienten. Geld, das Karl Engström und die anderen Männer zuvor aus Geldautomaten gezogen und großzügig verteilt hatten, bevor sie sich ihren tierischen Aktivitäten hingaben, die den Herren zufolge für alle Parteien von Nutzen waren.

Es war eine durch und durch haarsträubende Geschichte, und der Ekel, den Westman ihr gegenüber empfand, überschattete bei Weitem das unangenehme Gefühl, das sie darüber empfand, dass sie nur an der Seitenlinie stehen durfte. Sie war zutiefst dankbar darüber, dass sie das Gespräch nicht selbst hatte führen müssen, und empfand nichts als Bewunderung dafür, wie gut Gerdin diese Aufgabe gemeistert hatte.

Im Anschluss fiel es ihr schwer, ihre Gedanken zu sortieren. Kalle kannte keinen einzigen der perversen Gruppenvergewaltiger beim Namen, außer Bengt Nilsson natürlich und den Stadtrat Lars Karlsson, dessen Garten er angelegt hatte und pflegte. Die anderen hatten Namen wie »IT-Guru«, »Zahnarzt«, »Anwalt«, Eishockeystar« – und »Polizeichef«, was die Sache für Westman in keinerlei Hinsicht besser machte.

Doch der lange Nachmittag hinterließ ein Stück Hoffnung für die Zukunft. Gerdin war es gelungen, Kalle zu entlocken, dass das nächste Event bereits für den morgigen Nachmittag geplant war. In einem nicht näher bezeichneten Hotel in Falun. Der »Polizeichef« hatte es anberaumt.

Die beiden Polizistinnen verließen die schwer geprüfte Familie mit gesenkten Köpfen und schweren Schritten. Und im Besitz von Karl Engströms Mobiltelefon.

*

»Conny?«, sagte Gunnar Malmberg erstaunt, als Sjöberg unangemeldet während des Nachmittagskaffees im Konferenzhotel in Borlänge auftauchte. »Was machst du hier?«

»Uns ist ein kleines Malheur passiert, über das ich mit dir reden muss. Unter vier Augen.«

»Das muss ja etwas Ernstes sein, wenn du dafür die ganze Strecke hierher auf dich genommen hast.«

»Nein, nein, es ist bestimmt nur ein Missverständnis«, sagte Sjöberg mit einem unbekümmerten Lächeln, »aber ich glaube, es ist für alle Beteiligten das Beste, wenn wir es sofort aus der Welt schaffen.«

Die übrigen Konferenzteilnehmer gingen wieder in den Tagungsraum und ließen sie allein im Foyer zurück. Sjöberg war verschwitzt und ein wenig zerknittert nach der langen Autofahrt, die er in einem wahnsinnigen Tempo zurückgelegt hatte, sein Vorgesetzter dagegen präsentierte sich wie gewohnt korrekt gekleidet, frisiert und wohlduftend. Vermutlich würde er selbst auf einem Berggipfel bei Regen und steifer Brise wie ein Dressman aussehen. Malmberg begab sich mit Sjöberg in eine abgelegene Ecke des Lokals, wo sie sich in hässliche und unbequeme Institutsmöbel setzten. Die hohen, gerundeten Rückenlehnen erinnerten an Alice im Wunderland, aber die ganze Situation war ja auch bizarr genug.

»Tut mir leid, aber ich habe schlechte Neuigkeiten«, sagte Sjöberg. »Es sind gewisse Vorwürfe gegen dich aufgetaucht, zu denen ich dich natürlich befragen muss.«

Malmberg runzelte die Stirn, ohne besonders besorgt zu wirken.

»Vorwürfe?«, sagte er gelassen. »Das klingt ja besorgniserregend.«

»Es handelt sich um eine junge Frau, die behauptet, in der Nacht von Freitag auf Samstag von dir vergewaltigt worden zu sein.«

»Von mir?«, sagte Malmberg erstaunt. »Hat sie meinen Namen genannt?«

Natürlich nicht, dachte Sjöberg. Man hinterlässt ja nicht Namen und Adresse, wenn man wehrlose Frauen vergewaltigt.

»Nein, das hat sie natürlich nicht«, sagte Sjöberg. »Aber sie hat eine nicht sehr detaillierte, aber ziemlich treffende Beschreibung von dir abgegeben. Und sie sagte, dein Auto sei der Ort gewesen, an dem das Verbrechen verübt wurde.«

»Mein Auto?«, sagte Malmberg. »Ich soll mich in meinem Auto an einer Frau vergriffen haben.«

»So hat sie es gesagt. Und sie hat sowohl die Farbe, das Modell und das Kennzeichen angegeben, also kannst du dir denken, dass ich etwas unternehmen muss. Deshalb möchte ich, dass du mir erzählst, was du in dieser Nacht getan hast«, sagte Sjöberg.

Er hielt die Frage bewusst ganz allgemein und hoffte, auf diese Weise noch mehr Details als diejenigen zu erfahren, die direkt mit Veronica Engströms Vergewaltigung zu tun hatten. Aber es war ein Balanceakt, denn gleichzeitig wollte er Malmberg in Sicherheit wiegen, ihn in dem Glauben lassen, dass dieses informelle Gespräch die einzige Maßnahme war, die er ergriffen hatte.

»Um welche Zeit? Kannst du das präzisieren, dann muss ich nicht einen ganzen Roman ausspucken?«, bat Malmberg, der mittlerweile merkbar verärgert wirkte.

Zu Sjöbergs Erstaunen machte er plötzlich eine komplette Kehrtwende. Ihm musste klar geworden sein, dass er in einer echten Zwickmühle steckte und dass trotz seines Eindruck erweckenden Titels nicht großartig von der normalen Vorgehensweise abgewichen werden würde.

»Etwa achtzehn Jahre alt?«, sagte er, und sah aus, als würde er sich plötzlich an etwas Wichtiges erinnern. »War sie etwa achtzehn Jahre alt? Langes, ziemlich dunkles Haar? Braun?«

Sjöberg nickte nachdenklich, versuchte immer noch, Malmbergs Verteidigungsstrategie zu durchschauen.

»Sie kam die Straße entlanggelaufen«, erzählte Malmberg. »Auf dem Ältavägen. Ich war auf dem Weg nach Hause. Es war vielleicht halb vier am Morgen. Sie war splitterfasernackt. Keine Schuhe, nichts. Sie sah aus, als hätte sie etwas ganz Schreckliches erlebt. Also hielt ich an und stieg aus. Ich habe sie förmlich eingefangen, als sie auf mich zugelaufen kam, ich wollte ihr helfen. Aber sie sagte nichts, hat keine meiner Fragen beantwortet, hat praktisch auf gar nichts reagiert. Ich habe mich mit ihr eine ganze Weile auf die Rückbank gesetzt und versucht, sie zu beruhigen, sie irgendwie zu trösten. Ich wusste nicht, was ich tun sollte, weil sie kein Wort sagte. Ich fragte sie, ob ich sie irgendwo hinfahren sollte – nach Hause oder zum Krankenhaus. Keine Antwort. Am Ende beschloss ich, sie zum Söder-Krankenhaus zu fahren. Sie war ja ganz offensichtlich das Opfer eines Verbrechens oder eines Unfalls geworden und stand unter Schock. Also fuhr ich sie in die Stadt. Doch kurz bevor wir am Krankenhaus waren, fing sie an zu brüllen. Vollkommen unbeherrscht. Es war kaum auszuhalten. Also hielt ich an und ging nach hinten, um sie wieder zu beruhigen, aber sie sprang aus dem Auto und versuchte abzuhauen ... oder wie man das nun nennen möchte. Es war natürlich ihr gutes Recht hinzugehen, wo sie wollte, aber ich war mir sicher, dass sie medizinische Betreuung brauchte. Also hielt ich sie wieder fest, umarmte sie sozusagen, aber ich konnte sie überhaupt nicht mehr kontrollieren. Sie begann mich wie wild zu schlagen, schrie wie eine Wahnsinnige und lief schließlich weg. Sie verschwand zwischen den Häusern in der ... Grindsgatan, heißt sie, glaube ich. Ich überlegte, ob ich ihr nachlaufen sollte oder mich ins Auto setzen, um sie zu finden. Aber es hätte sich wie ein Übergriff angefühlt. Wenn sie weglaufen wollte ... Es war alles sehr unangenehm.«

Er spielte seine Rolle nicht schlecht, der gute Malmberg. Er sah beinahe so aus, als würde er glauben, was er sagte, und diese ganze Geschichte aus dem Stegreif heraus zu erfinden, war schon eine imponierende Leistung. Aber er hatte ja auch eine ganze Woche Zeit gehabt, sich auf alle Eventualitäten vorzubereiten und seine Geschichte zu polieren.

»Du willst also sagen, dass sie mich der Vergewaltigung beschuldigt?«, fragte Malmberg mit einer Sorgenfalte zwischen den Augen.

»Ich fürchte, ja«, sagte Sjöberg mit einem bedauernden Lächeln. »Aber jetzt weiß ich ja, was tatsächlich passiert ist, und mehr wollte ich auch gar nicht wissen. Deine Version der Geschichte zu hören, damit wir wissen, womit wir es zu tun haben.«

»Ein ziemlich freches Luder ...«, schnaubte Malmberg verächtlich und schüttelte den Kopf. »Das ist der Dank dafür, wenn man ein verantwortungsbewusster Mitbürger sein möchte.«

»Undank ist der Welten Lohn«, pflichtete ihm Sjöberg bei.

»Und wie macht ihr jetzt weiter?«, wollte Malmberg wissen.

»Wir suchen weiter«, sagte Sjöberg verbindlich. »Nach dem wirklichen Vergewaltiger. Das Mädchen selbst ist gar nicht daran interessiert, dass die Wahrheit herauskommt, also wird es wahrscheinlich damit enden, dass die Ermittlungen eingestellt werden.«

Ein Ausgang, der nach dem Geschmack des stellvertretenden Polizeidirektors zu sein schien, denn er sah plötzlich genauso selbstgefällig und zufrieden aus wie immer.

*

Nachdem sie die Nachbarschaft noch eine weitere Stunde ohne Erfolg durchsucht hatten, gaben sie auf. Es schien keinen einzigen Menschen zu geben, der etwas von einem zehnjährigen Mädchen mit asiatischem Aussehen wusste. Inzwischen saßen Hamad und Andersson in Anderssons Büro und gingen den Inhalt von Gideons gut versteckter Kunststoffmappe durch. Dort fanden sich jede Menge Papiere, unter anderem ein paar vergilbte Zeitungsausschnitte über den Fall des verschwundenen Babys in Schonen. Das konnte ein Zufall sein und nichts mit dem Mord zu tun haben, aber Hamad bezweifelte es.

Die Artikel beschrieben in dramatischen Tönen, was sie ohnehin schon wussten. Das Mädchen kam aus einem chinesischen Waisenhaus und war eine Woche zuvor mit ihren neuen Eltern in Schweden eingetroffen. Die Polizei hatte mit allen, die der Familie im Laufe der Woche begegnet waren, gesprochen, aber man sah keinen Anlass, einen von ihnen zu verdächtigen. Der Adoptivvater des Kindes war lange von der Polizei verhört worden, aber ganz offensichtlich hatte man nichts Belastendes gegen ihn finden können. Eines der schmuddeligen Boulevardblätter hatte ein exklusives Interview mit einer Schwester aus der Kinderklinik veröffentlicht, die von Kindesmisshandlung sprach. Hamad konnte sich vorstellen, wie der Vater sich in dieser Phase seines Lebens gefühlt haben musste und wie ihm vermutlich heute noch von vielen Leuten mit Misstrauen begegnet wurde. Er hegte große Zweifel daran, dass der Mann – der zudem schon eine vollkommen unauffällige Adoptivtochter hatte – schon nach wenigen Tagen mit geballten Fäusten auf das neue Familienmitglied losgegangen sein sollte. Dagegen hatte John Gideon ganz offensichtlich etwas zu den seit langer Zeit ruhenden Ermittlungen beizutragen. Die Frage war nur, was? Es gab, so sah es Hamad, zwei Alternativen. Entweder war Gideon selbst für das Verschwinden verantwortlich, oder ihm waren ein paar entscheidende Tatsachen bekannt gewesem. Vor seinem Tod hatte er eine Reise nach Eslöv gebucht, aller Wahrscheinlichkeit nach mit der Absicht, entweder Beweise verschwinden zu lassen oder bisher unbekannte Informationen zu Protokoll zu geben.

In der Plastiktasche befanden sich auch Ausdrucke aus verschiedenen medizinischen Internetforen. Alle handelten von derselben Krankheit, dem offensichtlich sehr seltenen Willebrand-Jürgens-Syndrom. Weder Hamad noch Andersson hatten jemals davon gehört, aber als Hamad die Dokumente überflog, erfuhr er, dass es sich um ein vererbtes Problem mit der Blutgerinnung handelte. Eine besondere Variante der Bluterkrankheit also, die in verschiedene Typen unterteilt wurde: leicht, mittel und schwer, und außerdem etliche Untertypen. Die Variante, die Gideon am meisten interessierte, war die mittelschwere, die eine lebenslange Medikamenteneinnahme und eine gewisse Vorsicht erforderte, aber im täglichen Leben nicht als lebensbedrohlich angesehen wurde. Die Krankheit manifestierte sich in spontanen Blutungen in den Muskeln und Extremitäten, einer verstärkten Tendenz zu blauen Flecken, Blutungen aus der Nase und den Schleimhäuten sowie ungewöhnlich langen Blutungen. Das hatte für den Fall mutmaßlich keine große Bedeutung, selbst wenn es für Gideon wichtig gewesen sein sollte, weil er das Pech hatte, davon betroffen zu sein.

In der Mappe fand er auch einen Brief. Er war sehr lang, und zu allem Überfluss auch noch mit der Hand geschrieben. Der Überschrift nach zu urteilen, war er an eine Rut gerichtet. Darüber hinaus gab es keine Anhaltspunkte, wer die der Polizei unbekannte Adressatin sein könnte. Gideons Handschrift war alles andere als leicht zu lesen, also gingen sie trotz ihrer Neugier die anderen Papiere zuerst durch. Als Hamad sich gerade mit dem Brief hinsetzen wollte, klingelte das Telefon. Es war Sandén. Er klang, als würde er im Auto sitzen, und sprach mit einem für seine Verhältnisse ungewöhnlich gestressten Tonfall.

»Hast du etwas über das Mädchen im Nämdöfjärden herausgefunden?«, fragte er kurzatmig.

»Eivor?«

»Ja. Wer sie ist. Todesursache. Oder irgendetwas anderes, das ich wissen müsste.«

»Ich habe vor ein paar Stunden mit der Polizei in Nacka gesprochen«, antwortete Hamad. »Das einzig Neue, was sie wussten, war, dass das Mädchen nicht ertrunken ist.«

»Nein?«, sagte Sandén. »Wie ist sie dann gestorben?«

»Die Todesursache ist immer noch unklar. Aber sie ist nicht ertrunken oder an einer anderen offensichtlichen Ursache gestorben, wie etwa äußerer Gewalt, Erstickung, Blutungen oder

Ähnlichem. Es ist ihnen immer noch nicht gelungen, sie zu identifizieren.«

»Danke, dann weiß ich Bescheid«, sagte Sandén und beendete das Gespräch.

Im selben Augenblick klingelte erneut sein Handy. Dieses Mal war es Petra, und ihm wurde sofort unbehaglich zumute. Er spürte instinktiv, dass der Untergang nahe war, dass ihm die Zukunft mit immer höherer Geschwindigkeit entgegenstürzte. Die Zukunft, die bedeutete, dass alle Karten auf den Tisch mussten. Wenn sie sich nicht schon ausgerechnet hatte, wie die Dinge lagen, musste sie zumindest so nahe dran sein, dass sie begann, Fragen zu stellen. Die er ehrlich beantworten musste. Zu erfahren, dass sie vor vier Jahren in einer schrecklichen Nacht vom stellvertretenden Polizeidirektor vergewaltigt worden war, war schon schlimm genug, aber sobald ihr bewusst werden würde, dass sie danach noch eine kurze Affäre mit ihm gehabt hatte, würde sie wahnsinnig werden. Und es war Hamads Job, seine Verantwortung, dass sie sich nach diesem Schock wieder erholen konnte. Aber wie sollte er das schaffen, wenn gleichzeitig herauskam, dass er das alles schon seit Jahren wusste, ohne zu handeln oder ihr davon zu erzählen?

Da diese Unglückswolken sich sowieso am Himmel auftürmten, konnte er auch direkt den Schritt über die Klippe wagen.

»Ich bin gleich zu Hause, Schatz«, antwortete er. »Dann reden wir.«

Dann schob er den handschriftlichen Brief zu Andersson hinüber und stand auf.

»Kannst du den vielleicht bis morgen früh lesen?«, bat er. »Ich schaffe es heute Abend nicht.«

Dann verließ er die Polizeistation und eilte im Laufschritt nach Hause. Die Sonne versteckte sich hinter einer schwarzen, bedrohlichen Wolkenbank über der Skanstulls-Brücke. Der unbeständige Sommer sah plötzlich dem Herbst zum Verwechseln ähnlich, und es wehte ein eisiger Wind.

*

Als Hamad nach Hause kam, war es nicht ganz so, wie er es sich vorgestellt hatte. Petra hatte den Fahrstuhl gehört und wartete in der Tür auf ihn. Auf das Schlimmste gefasst, nahm er sie ohne ein Wort sofort in die Arme, blieb lange mit ihr im dunklen Treppenhaus stehen und streichelte ihr die Haare. Keiner von ihnen sagte etwas, aber er spürte, wie sie sich in seinen Armen entspannte. Dann führte er sie in die Küche, setzte sie an den Tisch und öffnete eine Flasche Rotwein.

»Jetzt erzähl«, sagte er, nachdem er die Gläser auf den Tisch gestellt hatte. »Erzähl, was sich in deinen Gedanken bewegt.«

Und Petra erzählte. Eine schreckliche Geschichte von einem ausgenutzten Kind in einem Männerkörper, von Autoritätsmissbrauch und verwirrten Eltern. Von grober sexueller Gewalt gegenüber wehrlosen Frauen und Mädchen, von gewissenlosen Männern in gehobenen gesellschaftlichen Positionen, die bereit waren, alles zu tun, um ihre Gelüste zu befriedigen. Nichts davon überraschte Hamad, der sich mit seinen speziellen Vorkenntnissen dieses Bild schon vorher ausgemalt hatte. Was ihn in Petras Geschichte am meisten berührte, war die Situation am Küchentisch der Familie Engström, an dem zwei liebevolle Eltern diese schreckliche Wirklichkeit ihres Kindes von ihm selbst beschrieben bekommen hatten, in all seiner ungenierten Unschuld.

Und das Bild von Petra – der taffen, starken Petra, die immer schlagfertig und nie auf den Kopf gefallen war –, die an der Seite der allwissenden Gerdin zu einem Nichts zusammengeschrumpft war, zu einem außenstehenden Betrachter in einer Situation, in der sie sonst die Hauptrolle zu spielen pflegte. Und es war immer noch nicht richtig bei ihr eingesickert, es war Petra immer noch nicht klar, dass Gerdin schon vorher gewusst hatte, was passiert war. Dass sie deshalb die Führung bei der Vernehmung von Karl Engström übernommen hatte und dass sie es deshalb so gut gemeistert hatte. Weil für sie schon alle Puzzleteile am richtigen Platz lagen.

Es war herzzerreißend. Dass Gerdin wusste, aber Petra nicht. Unerträglich. Bis jetzt hatte es genug Gründe für Hamad gegeben, seiner geliebten Petra gegenüber nichts von dem zu offenbaren, was er wusste. Jetzt ging es nur noch um Stunden, bis der stellvertretende Polizeidirektor und Serienvergewaltiger Gunnar Malmberg fallen würde, und auch für ihn war die Zeit jetzt reif. Denn er sah es kommen, er wusste, wie sie reagieren würde.

»Verstehst du jetzt, Petra, wer der andere Mann ist?«, sagte er zögernd.

Sie schaute ihn mit ihren großen, dunklen, traurigen Augen an.

»Es muss Gunnar sein«, antwortete sie flüsternd. »Ist es Gunnar?«

Hamad nickte.

»Aber wir haben doch …?«

»Er wollte dir wehtun. Er wollte dich quälen, weil du dieses andere Schwein, Fryhk, hinter Gitter gebracht hast.«

»Aber es hat mir nicht wehgetan. Ich wusste ja nicht, dass …?«

»Aber er quält dich jetzt, wo du es herausbekommen hast. Er wollte dir nur zeigen, dass er mit dir machen konnte, was er wollte. So sehen die kranken Kräfte aus, die diese Männer antreiben. Macht, Petra. Und Gewalt.«

»Du meinst, er hat mich seit dieser Nacht unter Beobachtung gehabt? Dass er mich nachts angerufen und erschreckt hat? Dass er meine Passierkarte genommen und dieses Bild von mir an Roland Brandt geschickt hat? Damit ich rausfliege?«

»So war es, Petra. Tut mir leid. Aber jetzt kommt seine Zeit des Leidens. Die Medien werden mit einem stellvertretenden Polizeidirektor nicht gnädig umgehen, der bisher landauf und landab für die Gleichstellung von Mann und Frau geworben und Gewalt gegen Frauen bekämpft hat. Bald beginnt die Hetzjagd. Er wird seine Arbeit verlieren, seine Familie, all seine Freunde. Sein Leben wird in Scherben liegen.«

Aber das schien sie nicht zu interessieren. In ihren Augen sah er keine Spur von Schadenfreude, sondern sie sah immer noch unendlich traurig aus.

»Hast du es gewusst, Jamal? Wusstest du, dass Gunnar der andere Mann war?«

Hamad nickte.

»Ich weiß es schon eine ganze Weile.«

Dann erinnerte er sich, dass jetzt die ganze Wahrheit auf den Tisch sollte, und nicht nur Teile davon.

»Ich weiß es seit zwei Jahren.«

»Seit zwei Jahren?«, rief Petra aus. »Du weißt es seit zwei Jahren und hast es mir nie erzählt?«

»Ich konnte nicht, Petra. Mein Ziel hat die ganze Zeit darin bestanden, ihn hinter Schloss und Riegel zu bringen. Aber ich konnte dich ja nicht einbinden, weil du die Vergewaltigung nicht anzeigen wolltest. Du wolltest nicht zum Ermittlungsgegenstand deiner Kollegen werden und ihm vor Gericht Auge in Auge gegenüberstehen, oder? Deshalb habe ich versucht, einen kühlen Kopf zu bewahren und abzuwarten, bis der richtige Zeitpunkt gekommen ist. Und jetzt ist es so weit. Morgen schnappen wir ihn, und zwar gleich für zwei Sachen.«

»Ich verstehe es trotzdem nicht«, sagte Petra, während ihr

die Tränen in die Augen stiegen. »Warum konntest du mir das nicht erzählen? Ich dachte, wir sprechen über alles?«

»Das tun wir auch, mein Schatz, das tun wir auch. Es ist mir unheimlich schwergefallen, dich außen vor zu halten, aber alles, was ich getan habe, war zu deinem Besten. Hättest du Malmberg jeden Tag in die Augen sehen und so tun können, als wäre nichts? Das glaube ich nicht. Und wenn du ihn angegriffen hättest, wäre alles vergeblich gewesen. Sobald er geahnt hätte, dass wir ihm auf der Spur sind, wäre er uns entkommen. Dann hätte er dich bestraft. Uns. Jetzt weißt du ja, wie er ist. Mit seinen Kontakten hätte er uns alle in den Abgrund stoßen können. Aber jetzt werden wir ihn in den Abgrund stoßen.«

»Wir alle zusammen?«, sagte Petra, und die Tränen begannen zu fließen.

Das alles tat Hamad furchtbar weh, aber das war vermutlich nichts dagegen, wie weh es Petra tun musste.

»Alle wissen es, außer mir?«

»Ich habe versucht, es für mich zu behalten, aber irgendwann ging es nicht mehr. Ich musste Sjöberg davon erzählen. Er weiß seit etwa einem Jahr davon.«

»Also deshalb habt ihr ... und Gerdin?«, unterbrach sie sich selbst. »Gerdin wusste davon, von dem Vergewaltigungsring, von Karl Engström, alles ...«

»Gerdin weiß es seit gestern. Wir haben es ihr nicht ... Sie hat es selber herausgefunden. Sie hatte den Verdacht, dass wir etwas verheimlichten, und ist der Sache auf den Grund gegangen. Gestern hat sie uns enttarnt. Oder wir sie. Sonst weiß niemand davon. Ich schwöre. Ich werde dir alles erzählen, von Anfang an. Wenn du bereit bist.«

»Ich muss es wissen«, sagte Petra. »Ich bin eigentlich nicht bereit, aber ich muss es wissen.«

Und dann konnte Hamad endlich die schwere Bürde abwerfen, die ihn so lange bedrückt hatte. Viele Stunden saßen sie noch am Küchentisch, dann legten sie sich ins Bett und sprachen weiter.

Bevor er einschlief, betete Hamad zu den höheren Mächten, dass es so weitergehen würde. Dass sie weiter zusammenleben konnten und Seite an Seite durch dick und dünn gehen würden.

*

Jenny blieb noch viele Stunden in der Kirche. Immer und immer wieder sprach sie dasselbe Gebet. Dass Gott und Jesus und die Jungfrau Maria und all die anderen angsteinjagenden Figuren, mit denen Albertus Pictor in zweifelhafter Absicht die Wände verziert hatte, ihr zu Hilfe kommen mögen. Dass sie ihren einzigen Wunsch erhören mögen. Sie begehrte weder Reichtum, Gesundheit oder Erfolg, sondern nur das eine, dass ihr Kind wieder zurückkommen sollte. Dass Majken von den Toten auferstehen und zu Hause plappernd im Gitterbettchen liegen sollte, sobald Jenny nach Hause kam. Oder sich an Stühlen und Tischen entlanghangelte, Blumentöpfe zu Boden riss und die Tapeten mit Lippenstift beschmierte. Dass alles nur ein böser Traum war und sie bitte jemand aufwecken sollte.

Hin und wieder kam jemand zu ihr, tippte ihr sanft auf die Schulter und fragte, ob sie etwas zu trinken oder zu essen haben wollte oder jemanden zum Sprechen. Aber Jenny war nicht interessiert, sie sprach ja mit dem lieben Gott selbst und brauchte keine andere Gesellschaft als Majken.

Jetzt begann es Abend zu werden, und der Zeitpunkt, an dem sie mit Majken zu Hause bei ihren Eltern auftauchen sollte, näherte sich. Mama, Papa und der Hund warteten auf sie. Das Essen würde auf dem Tisch stehen, und bevor sie überhaupt geklingelt hatte, würde sie Blase schon bellen hören. Aber dann würde alles zusammenbrechen. Das Leben würde auseinanderfallen. Nicht nur für Jenny, sondern auch für Mama, Papa und Jessica. Weil sie alle Majken liebten. Wenn man gelernt hatte, jemanden zu lieben, ging es nicht wieder vorbei, auch nicht, wenn der Tod dazwischenkam. Deshalb würden Mama und Papa Jenny auch weiter lieben, aber sie würden es nicht mehr auf die gleiche Weise tun. Sie würden es mit großer Enttäuschung und ohne Freude tun. Und nichts würde wieder so sein wie früher.

Es war Zeit, sich zusammenzunehmen, der Wirklichkeit zu begegnen und dem Schmerz, der sie dort erwartete. Mit schweren Schritten verließ sie die Kirche. Ging langsam denselben Weg nach Hause zurück, die Allee hinunter, um den See herum, durch den Wald und an den Kleingärten vorbei. Der Wind hatte zugenommen und beugte die Baumkronen, bis es in den Ästen knackte, als könnten sie jederzeit abbrechen. Die dunklen Wolken am Himmel machten es schwer, durch die Sonnenbrille etwas zu erkennen, aber sie wollte sie auf keinen Fall absetzen. Sie versteckte sich bis auf Weiteres in der Dunkelheit und der Unkenntlichkeit. Ihr begegneten Menschen im Feierabendstress, sie wurde fast von einem Radfahrer über den Haufen gefahren. Er machte unhöfliche Gesten und beschimpfte sie, fuhr aber trotzdem weiter, einem Ziel entgegen, das anscheinend wesentlich wichtiger war als eine orientierungslose Irre auf dem Brommaplan.

Jenny unternahm noch eine letzte Anstrengung für Majken, bevor sie nach Hause ging. Sie machte einen Umweg an der Pizzeria vorbei und warf einen Blick in das Restaurant, um sicherzugehen, dass das Kind nicht dort irgendwo war. Aber das war es natürlich nicht, und damit gab Jenny auf. Sie ging nach Hause, um ihre Tasche zu packen und ihrer neuen Wirklichkeit zu begegnen. Dem Rest ihres Lebens. Eines sinnlosen Lebens in Trauer und Scham und Einsamkeit. Sie verschloss sich.

Deswegen reagierte sie auch nicht auf das Babygeschrei, als die Haustür hinter ihr ins Schloss fiel und sie die Treppen hinaufging. Deshalb sah sie nicht das Kind im Wagen, als sie den Schlüssel ins Schloss steckte. Sie hatte die Möglichkeit abgeschrieben, dass alles vielleicht doch nur ein böser Traum war, dass sich alles zum Guten wenden würde, dass Gott Gebete erhörte. Also reagierte sie erst, als die Tür aufglitt und sie ihre Sonnenbrille absetzte, auf die Bewegung direkt neben ihr und den herzzerreißenden Schrei. Zuerst erstarrte sie, konnte das Wunder gar nicht fassen, das geschehen war. Im Kinderwagen saß ihre geliebte kleine Majken und brüllte, hochrot im Gesicht und voller Wut darüber, dass niemand sie hörte und der Gurt sie daran hinderte, aus dem Wagen zu klettern. Sie war vollständig bekleidet, aber die Mütze, die Strümpfe und die kleine Decke lagen daneben auf dem Boden. So wie immer. Denn Majken wollte keine Mütze, sie wollte keine Socken und sie wollte keine Decken, wenn sie nicht schlief. Und sie schlief nicht, sie war hellwach und rasend vor Wut.

Da fand Jenny in die Wirklichkeit zurück, und diese Wirklichkeit war viel besser als diejenige, die sie sich vorgestellt hatte. Sie stürzte sich auf das kleine zappelnde Wesen im Kinderwagen, löste den Gurt und nahm sie in ihren Arm. Drückte sie so fest, dass sie das Schreien ganz vergaß, saugte den Duft ihrer Haare mit der Nase ein, spürte die Wärme ihres Gesichts an der Wange und wurde von einem so wunderbaren Gefühl durchströmt, dass es gar nicht in Worte zu fassen war. Ihr kleines Kind lebte, Majken hatte nach Hause gefunden. Es war ein Wunder geschehen.

Als sie sich ein wenig gesammelt hatte, ging sie mit dem Kind im Arm in die Wohnung. Sie schloss die Tür und verriegelte sie hinter sich, genau wie Papa es immer gesagt hatte. Sie brachte Majken ins Badezimmer und schaute nach, ob sie trocken war. Das war sie. Dann ging sie in die Küche, setzte

Majken in den Hochstuhl und öffnete ein Gläschen mit Mango-Püree. Majken war nicht interessiert, schlug den Löffel fort und drehte sich weg. Während der Schrei schon durch die Kehle nach oben drang, versuchte sie sich vergeblich aus dem Stuhl herauszustemmen. Aber es war ganz offensichtlich, was sie wollte. Sie wollte Abenteuer erleben, also setzte Jenny sie auf den Fußboden, damit sie sich am Kinderstuhl hochziehen konnte. Führte sie dann an der Hand zum Sofa, stellte sich hinter ihr auf und hielt sie fest, wenn sie umzufallen drohte. So sah Glück aus.

Es klingelte an der Tür, und Jenny, die nur Augen für Majken hatte, hatte die Welt um sich herum vergessen. Sie musste doch packen und zu ihren Eltern gehen, sie war schon spät dran. Mit Majken im Arm ging sie in die Diele und öffnete die Tür. Papa. Der mit einem erschöpften Gesichtsausdruck von Jenny zum Baby schaute und wieder zurück. Dann breitete sich ein Lächeln über sein ganzes Gesicht aus und er umarmte sie beide, riss Jenny Majken aus den Händen und hielt sie mit gestreckten Armen über seinen Kopf.

»Wo warst du denn so lange, mein kleines Würmchen? Ich habe mich so schrecklich nach dir gesehnt! Jetzt wird es aber höchste Zeit, dass ihr mit mir nach Hause in den Önskeringsvägen kommt!«

Majken lachte und quietschte, als er sich in ihr Doppelkinn drückte und mit dem Lippen dagegen prustete.

»Warum bist du nicht ans Telefon gegangen, Jenny?«, sagte er schließlich in einem ernsteren Ton. »Ich habe dich wer weiß wie oft angerufen und Nachrichten auf deiner Mailbox hinterlassen.«

»Oh, entschuldige«, sagte Jenny. »Wir sind draußen gewesen, und ich habe das Telefon vergessen.«

Was tatsächlich stimmte. Und jetzt hörte sie es aus der Küche piepsen. Eine von Papas SMS vermutlich.

»Wir gehen rein. Hast du schon gepackt?«

»Nein, ich habe irgendwie die Zeit vergessen.«

Auch wahr. Er schloss die Tür hinter sich und setzte sich mit Majken auf dem Schoß in den Sessel, während Jenny in die Küche ging, um das Handy zu holen. Aus reiner Gewohnheit schaltete sie das Display ein, um zu sehen, welche Nachrichten gekommen waren, seit sie das letzte Mal geschaut hatte. Wie erwartet eine lange Reihe von Mitteilungen und verpassten Anrufen ihres Vaters. Aber ganz zuletzt eine SMS von einer Nummer, die Jenny nicht kannte. Sie tippte sie an und las sie mehrere Male sorgfältig durch, damit sie sie auch richtig verstand.

»Danke fürs Ausleihen, Jenny. Habe neulich erst erfahren, dass ich vielleicht Vater geworden bin. Schwer zu sagen nach so kurzer Zeit, ob sie von mir ist, aber in ein paar Wochen bekommen wir das Ergebnis des Vaterschaftstests. Das ist doch nur gerecht, oder? Pontus.«

Jennys Ex-Freund hatte sich Majken also ausgeliehen, um herauszufinden, ob er ihr Vater war. War er es? Ja, vielleicht. Er war einige Male zu Besuch gewesen, weil seine Gefühle für Jenny immer noch nicht vorüber waren. Und ihre auch nicht. Papa verabscheute Pontus und hatte ihr mehr oder weniger verboten, ihn zu treffen. Aber was sollte sie machen, wenn er einfach in der Tür stand und die Gefühle immer noch da waren? Jetzt konnte man nur noch abwarten. Wenn Pontus der Vater von Majken war, dann mussten sie sich öfter treffen. Jenny, Pontus und Majken – Mama, Papa, Kind. Am besten sagte sie Papa nichts davon, aber sie lächelte innerlich. Mit leichten Schritten ging sie zu Papa und begann ihre Sachen zu packen.

»Warum hast du diese Mail an Jamal geschrieben?«, fragte Papa jetzt in einem Ton, den sie nicht mochte.

Woher konnte er das wissen? Und wenn er es wusste, warum hatte er dann nichts getan?

»Äh … was meinst du?«, sagte Jenny, ohne zu ihm aufzuschauen.

»Über den Säugling im Wasser. Du hast mich zu Tode erschreckt, Jenny. Ich dachte, Majken wäre verschwunden.«

Papas Stimme klang streng, sie wagte es nicht, ihn anzuschauen.

»Verdammt, was hast du dir dabei gedacht?«

»Nicht fluchen. Majken soll nicht …«

»Entschuldige, das war dumm von mir. Aber ich habe mir Sorgen um dich gemacht. Um euch. Warum hast du diese Mail geschickt?«

»Ich fand das so furchtbar«, antwortete Jenny. »Als ich das in der Zeitung gelesen habe, habe ich Angst bekommen.«

»Ja, das ist eine schlimme Geschichte«, gab ihr Papa recht. »Aber du kannst dich doch an mich oder Mama wenden, wenn es dir nicht gut geht! Statt anonyme E-Mails an die Polizei zu schicken. Wir haben es ernst genommen, und wir haben auch ganz viele andere wichtige Dinge zu tun, das weißt du doch.«

»Ja, entschuldige. Aber jetzt geht es mir gut.«

»Du siehst müde aus.«

Jenny fühlte sich müde, das stimmte. Aber sie fühlte sich auch gut. Besser, als sie sich jemals gefühlt hatte.

An Rut

Als meine Frau starb, meine richtige Frau, und die Erinnerung an Marianne plötzlich klarer und deutlicher wurde als jemals zuvor, begann ich nachzudenken. Ich gab zu der Zeit einem Mädchen Klavierunterricht, das sehr kränklich war. Sie war schüchtern und ängstlich, duckte sich, sobald man nur die Hand hob, um das Notenblatt zu wenden. Wie sollte so ein Mensch das Leben meistern, dachte ich, wenn ihm eine begabte und starke Frau wie Marianne schon erlag, bevor es richtig begonnen hatte?

Ich weiß nicht, was mich überkam, aber ich schlug vor, dass wir miteinander reden sollten, statt Tonleitern zu üben. Sie wollte zuerst nichts sagen, aber ich ließ nicht locker, wollte unbedingt, dass das Mädchen sich öffnete. Ich bin kein Psychologe, ich interessiere mich nicht einmal besonders für Psychologie, aber irgendwie bekam ich sie dazu, über ihr Leben und das Dasein nachzudenken und diese Überlegungen mit mir zu teilen. Sie lernte bestimmt etwas dabei, ich selbst jedenfalls habe eine ganze Menge gelernt. Eines Tages brachte sie eine Freundin mit, und seitdem habe ich das Haus voller junger Mädchen. Im Laufe der Jahre haben sie einander abgelöst, manche von ihnen habe ich nie wiedergesehen, andere sind zurückgekommen, nachdem ich sie viele Jahre nicht gesehen hatte. Sie fühlen sich bei mir wohl, Rut. Kannst du dir vorstellen, dass es Menschen gibt, die sich in meiner Gesellschaft wohlfühlen?

Ich selbst sage gar nicht viel, schalte mich ein, wenn es nötig ist. Ich verlange nur, dass sie einander respektieren, nicht kritisieren. Alle sind gleich viel wert, und ich fordere unbedingte Loyalität untereinander. Was bei mir zu Hause gesagt wird, das bleibt auch dort. Alle haben das gleiche Recht, sich zu äußern, jede Geschichte ist gleich interessant. Es funktioniert von selbst, manchmal bin ich nicht einmal in dem Zimmer, in dem sie sich aufhalten.

Das hat meinem sinnlosen Leben einen neuen Wert gegeben. Während ich früher überall nur Unglück hinterlassen habe, glaube ich jetzt, dass ich den Menschen, denen ich begegne, ein kleines Stückchen Hoffnung für die Zukunft gebe, ein bisschen seelische Stärke. Nicht *ich* natürlich, das zu behaupten wäre vermessen. Ich überlasse ihnen nur einen Raum, in dem sie einander helfen können. Hilfe zur Selbsthilfe, wenn man so will. Und das führt dazu, dass auch ich selbst im Herbst meines Lebens ein bisschen Freude empfinden kann. Ich, der niemals jemanden lieben konnte, weil ich nie gelernt habe, mich selbst zu lieben.

Ich möchte, dass du weißt, Rut, dass Marianne auf meinem Tisch steht und mit ihren traurigen Augen auf meine Mädchen schaut. Ihr Geist schwebt durch das Zimmer. Vielleicht ist es ein Trost für dich wie auch für mich, dass Marianne viele Mädchen vor der Katastrophe gerettet hat, der sie selbst zum Opfer gefallen ist.

Aber jetzt werde ich eine ganz andere Geschichte erzählen.

Vor fast zehn Jahren war ich einmal bei einem Kunden in Schonen, um die Mechanik eines alten Klaviers zu reparieren. Die Familie wohnte in einem ziemlich einsam gelegenen Haus auf dem Land, und es war nur der Vater zu Hause. Ein anderes Mitglied der Familie habe ich nie getroffen, aber so wie das Haus eingerichtet war, musste es dort Kinder gegeben haben. Während ich arbeitete, klingelte in einem angrenzenden Zimmer das Telefon, wahrscheinlich war es seine Frau. Es entwickelte sich ein sehr hitziges Gespräch, und ich konnte gar nicht anders als hören, was der Mann, der immer aufgeregter wurde, erwiderte. So lange Zeit danach kann ich mich natürlich nicht an den genauen Wortlaut erinnern, aber es hörte sich so an, als würde sich der Mann gegen die Beschuldigung verteidigen, dass er jemanden misshandelte. Soweit ich verstanden hatte, ging es um ein Kind, auf das er losgegangen sein sollte, aber er selbst schob das alles auf einen Villenbrand, wenn ich mich nicht verhört habe. Es war sehr unangenehm. Ich war ja überhaupt nicht daran interessiert, mir so ein Gespräch anzuhören, aber was sollte ich tun? Ich war dort, also machte ich meine Arbeit und verschwand, sobald ich fertig war, ohne mich weiter um die Privatangelegenheiten des Mannes zu kümmern.

Ein paar Tage später konnte man in den Zeitungen von einem Säugling lesen, der in derselben Gegend verschwunden war. Das Mädchen war offensichtlich adoptiert und erst eine Woche bei ihrer neuen Familie gewesen. Als die Polizei Kontakt mit mir aufnahm, stellte sich heraus, dass die Familie, bei der ich das Klavier repariert hatte, von diesem schrecklichen Ereignis betroffen war. Ich hatte nichts Nützliches zu den Ermittlungen beizutragen, und als die Entführung stattfand, hielt ich mich gar nicht in diesem Teil des Landes auf. Später las ich jedoch in der Zeitung, dass der Vater verdächtigt wurde, an der Entführung beteiligt gewesen zu sein, und dass er darüber hinaus beschuldigt wurde, das Mädchen misshandelt zu haben.

Vor ein paar Monaten besuchte ich eine Familie im Stadtteil Vasastan, um ihr Klavier zu stimmen. An meiner Seite stand die ganze Zeit ihre hinreißende kleine Tochter, die Elin hieß. Sie war sehr gesprächig und erzählte mir, dass sie adoptiert sei und die ersten Monate ihres Lebens in einem Waisenhaus in China verbracht habe. Außerdem interessierte sie sich brennend für meine Arbeit und folgte jeder noch so kleinen Bewegung, die ich machte. Sie wollte verstehen, wie ein Klavier funktioniert. Anschließend zeigte sich, dass sie sehr musikalisch war. Sie war ganz eifrig, mir ihr Können auf dem frisch gestimmten Klavier zu zeigen. Als ich mit der Arbeit fertig war, ging ich nach Hause, und dann habe ich nichts mehr von ihr gehört.

Vor ein paar Tagen, als ich auf einer Bank im Park saß und die Zeitung las, wurde ich Zeuge eines kleinen Unfalls. Ein Mädchen, das ohne Eltern auf dem Spielplatz war, sprang von der Schaukel und tat sich weh. Es sah nicht besonders ernst aus, und ich wollte sie nicht in eine peinliche Situation bringen, also blieb ich einfach sitzen und beobachtete sie aus der Entfernung, um mich zu überzeugen, dass sie keine Hilfe brauchte. Als sie ging, humpelte sie an meiner Bank vorbei, und ich erkundigte mich, ob alles in Ordnung sei. Im selben Augenblick, als sie mir antwortete, erkannte ich, dass es das Mädchen aus Vasastan war, die gesprächige kleine Pianistin. Ich gab mich ihr zu erkennen, und sie freute sich, mich zu sehen, setzte sich auf die Bank und bat mich zu kontrollieren, dass sie nicht blutete. Sie litt nämlich, erzählte sie, an einer ziemlich ernsten Krankheit namens Willebrand-Jürgens-Syndrom, und daher neige sie zu ernsthaften Blutungen. Sie verriet mir auch, dass ihre Eltern ihr nicht erlaubten, von Schaukeln zu springen oder andere Dinge zu tun, die ihre zerbrechliche Gesundheit gefährden könnten. Ich schlug ihr vor, dass wir einen Angehörigen anrufen oder ein Krankenhaus aufsuchen könnten, aber davon wollte sie nichts wissen. Weil sie es so wollte, nahm ich sie mit zu mir in die Wohnung, für eine gründliche Untersuchung und das bisschen Behandlung, das ich ihr geben konnte.

Als wir zu Hause angekommen waren, zog sie gleich ihr Hemd aus, und der Anblick, der sich mir bot, hätte mir einen furchtbaren Schrecken eingejagt, wenn ich nicht gewusst hätte, dass sie an dieser seltenen Form der Bluterkrankheit litt. Ich hätte ohne Zweifel die Schlussfolgerung gezogen, dass sie schwer misshandelt worden war, und direkt die Polizei informiert. Aber so erschien die Sache in einem ganz anderen Licht, und ich musste an den armen Vater in Eslöv denken, der beschuldigt worden war, sein Kind misshandelt zu haben, das später dann entführt worden war.

Villenbrand, fiel mir plötzlich ein. Er hatte damals während des Telefongesprächs von einem Villenbrand gesprochen. Was, wenn er in Wirklichkeit Willebrand gesagt hatte? Vielleicht hatte er selbst bemerkt, wie leicht das Kind blaue Flecken bekam, innere, muskuläre Blutungen, hatte nachgeforscht und herausgefunden, dass sie vielleicht an einer Krankheit litt, die Willebrand-Jürgens-Syndrom hieß? Vielleicht wollte er seiner Frau das während dieses Gesprächs sagen, das ich eigentlich gar nicht hören wollte.

Ohne wirklich nachzudenken, filmte ich das Mädchen mit dem Handy, ich wollte die Sache dokumentieren. Als sie mich schließlich verließ, mit dem Versprechen, mich wieder zu besuchen, dachte ich lange und gründlich über dieses Zusammentreffen nach. Seit drei Tagen beschäftigt mich das Ganze jetzt schon, und ich bin zu dem Ergebnis gekommen, dass ich zumindest nach Schonen fahren muss, um zu sehen, wie es der Familie inzwischen geht, nachdem so viele Jahre vergangen sind. Vielleicht ist ihr Leben in Scherben zerfallen, als das Mädchen verschwand. Vielleicht haben sie ein neues Kind adoptiert und leben glücklich mit ihm zusammen. Dass es der kleinen Elin gut geht, weiß ich ja. Sie lebt ohne Geschwister mit zwei wundervollen Eltern, die sie über alles in der Welt zu lieben scheinen.

Aber die Fragen türmen sich auf. Wenn Elin das verschwundene Mädchen ist, dann hat sie eine behütete und liebevolle Kindheit bei einer anderen Familie gehabt. Wer aber hat das Anrecht auf das Kind? Wenn sich die kleine Elin entscheiden sollte, wer würden dann ihre Eltern sein? Und wie kann ich mir anmaßen, darüber zu entscheiden? Wer bin ich, dass ich das Leben so vieler Menschen auf den Kopf stellen darf?

Falls Elin das verschwundene Mädchen ist. Das weiß ich schließlich nicht mit Sicherheit, obwohl es naheliegt.

Ich wünschte mir, dass ich einen Erwachsenen hätte, mit dem ich diese philosophischen Fragen erörtern könnte. Einen Menschen wie dich, Rut. Die immer mit beiden Füßen auf dem Boden stand und für das kämpfte, was sie für richtig hielt, ganz egal, um welchen Preis. Aber einen solchen Menschen habe ich nicht. Also begnüge ich mich damit, dir diesen langen Brief zu schreiben.

Ich werde ja doch nie den Mut finden, ihn abzuschicken.

Freitagvormittag

Andersson war, obwohl ihn der handgeschriebene Brief bis in die Morgenstunden wachgehalten hatte, voller Energie und mit einem Kopf voller inspirierender Ideen aufgewacht. Im selben Augenblick, in dem er auf der Arbeit erschien, wurde er in Gerdins Raum gerufen, wo die anderen Kollegen bereits versammelt waren. Nur Sjöberg war nicht da, was sich aber sofort erklärte.

»Conny ist noch in Dalarna«, verkündete Gerdin mit todernster Stimme. »Bis er zurück ist, übernehme ich die Verantwortung. Gestern Nachmittag hat er Malmberg vernommen, der die Vergewaltigung von Veronica Engström leugnet.«

Wie erwartet, dachte Andersson, weil er wohl nicht der Schuldige war.

»Das ist allerdings für diesen Zusammenhang unerheblich«, fuhr Gerdin fort, »weil wir soeben die Resultate vom SKL bekommen haben, nach denen auf der Decke, die aus Malmbergs Auto stammt, Veronicas Blut und Malmbergs Sperma nachgewiesen wurde, was vor Gericht ausreichen dürfte. Insbesondere dann, wenn Veronica ihn und das Auto identifiziert hat.«

Sehr seltsam. Andersson hätte jede Summe auf diese unausstehlichen Schnösel aus der Schule gesetzt. Abgesehen davon war es natürlich schockierend, dass der stellvertretende Polizeidirektor eines derart schwerwiegenden Verbrechens beschuldigt wurde, besonders, weil er sich zu allem Überfluss auch für die Gleichstellung von Mann und Frau stark machte.

»Wie bist du an Malmbergs Vergleichs-DNA gekommen,

Petra?«, wunderte sich Andersson plötzlich. »Du hast ihn doch nicht getupft, oder?«

»Eine Mineralwasserflasche, aus der er getrunken hat«, antwortete Gerdin an Westmans Stelle. »Darüber hinaus hat Conny mit der Polizei in Falun eine absolut geheime Operation für den heutigen Nachmittag geplant, mit der Zielsetzung, mehrere Personen – darunter auch Gunnar Malmberg – wegen Kuppelei, Vergehen gegen das Prostitutionsgesetz und versuchter Vergewaltigung festzunehmen.«

Dann gab sie die absolut erschreckenden Fakten wieder, die während Gerdins und Westmans Vernehmung von Karl Engström am gestrigen Nachmittag zutage gekommen waren. Es war unbegreiflich, dass Malmberg, den Andersson als angenehmen Menschen und guten Vorgesetzten kennengelernt hatte, so etwas getan haben sollte, dass er überhaupt kriminell geworden war. Das rückte die Aussage von Veronica Engström natürlich in ein anderes Licht. Den forensischen Beweisen und den Zeugenaussagen musste man sich schließlich beugen. Und Gerdin war noch nicht fertig.

»Karl Engström hat uns auch die Adresse einer Wohnung in Orminge Centrum gegeben, die ich gestern Abend besucht habe. Dort wohnen zwei Litauerinnen, von denen wir wissen, dass sie auch früher schon zwielichtige Geschäfte betrieben haben. Dort haben die Herren die Nacht zum Samstag verbracht. Beide Frauen wiesen Anzeichen von Misshandlung auf, und nachdem wir ein bisschen Druck gemacht hatten, konnten wir ihnen aus der Nase ziehen, was ihnen in dieser Nacht angetan wurde. Nämlich genau das, was Kalle beschrieben hat. Weil die beiden Mädchen nicht gerade ein anständiges Gewerbe betreiben, haben sie wenig Bereitschaft gezeigt, Anzeige zu erstatten. Eine Hure kann eben nicht vergewaltigt werden. Es ist immer dasselbe Problem, und das führt dazu, dass sie in solchen Situationen so gut wie rechtlos sind. Aber nach unserem Gespräch waren sie zumindest bereit, die Sache zu überdenken. Sie konnten sich zumindest vorstellen, die Männer anzuzeigen, wenn sie nicht die einzigen Klägerinnen bleiben würden, und dafür spricht ja einiges. Alles, was ich euch erzählt habe, ist top secret und bleibt bis auf Weiteres unter uns. Hat sonst noch jemand etwas?«

»Der Mord«, sagte Andersson. »Ich glaube nicht, dass es einen Zusammenhang zwischen der Vergewaltigung von Veronica Engström und dem Mord an John Gideon gibt. Gideon war eine große Hilfe für Veronica und jede Menge andere Mädchen. Es war eine ganz natürliche Reaktion von ihr, nach diesem schrecklichen Erlebnis bei ihm Hilfe zu suchen. Stattdessen habe ich eine Verbindung zwischen dem verschwundenen Kind und John Gideon gefunden.«

»Die haben wir doch schon vor langer Zeit gefunden«, meinte Sandén.

»Aber es gibt noch mehr«, sagte Andersson. »Ich nehme an, dass die kleine Felicia der Grund dafür ist, dass John Gideon ermordet wurde, und ich glaube, ich weiß auch, warum.«

*

Es dauerte nicht lange, bis es Andersson, Hamad und Sandén mit gemeinsamen Kräften gelungen war, Elins Familie ausfindig zu machen. Mithilfe von Gideons eigenen Angaben, des Kundenverzeichnisses, des Melderegisters und der Behörde für internationale Adoptionen hatte man bald eine Familie gefunden, die sämtliche Kriterien erfüllte. Die Familie Lundell wohnte in Vasastan, hatte Gideons Dienste in Anspruch genommen und hatte eine zehnjährige Tochter namens Elin, die sie im Jahr 2001 aus China geholt hatten. Zur gleichen Zeit, als die Familie aus Eslöv ihre Tochter adoptiert hatte. Sie hatten dieselbe Adoptionsagentur beauftragt, hatten ihr Kind aus demselben Waisenhaus geholt und waren mit demselben Flieger nach Hause gereist. Vermutlich hatten sie im Laufe des Prozesses miteinander Bekanntschaft geschlossen.

»Und was machen wir jetzt?«, fragte Sandén. »Wir können da doch nicht einfach reinplatzen und ihnen das Kind wegnehmen.«

»Wenn Gideons Theorie stimmt, ist es wahrscheinlich genau das, was wir am Ende tun müssen«, seufzte Hamad.

»Wenn das Kind im Nämdöfjärden ihr eigenes Adoptivkind ist, gibt es Grund genug dafür, sich auch Sorgen um Elin zu machen«, meinte Andersson.

»Es sind drei Tage vergangen«, wandte Hamad ein. »Die Rechtsmedizin führt eine erweiterte Obduktion durch und hat die Todesursache immer noch nicht gefunden. Es sieht allmählich nach plötzlichem Kindstod aus.«

»Du meinst, die Eltern sind eines Morgens aufgewacht und haben ihre Tochter tot im Bett gefunden, und dann haben sie sich aus purer Verzweiflung auf den Weg nach Eslöv gemacht, um sich ein anderes Mädchen im selben Alter zu holen?«

»Warum nicht?«, sagte Hamad. »Vielleicht wussten sie, wo ...«

»Sie wussten, wo sie ein identisches Kind in identischer Qualität finden würden«, unterbrach ihn Sandén.

»So kann man es vielleicht nicht ...«

»Genau so haben sie aber gedacht, glaub mir. Sie wussten, dass die Familie aus Schonen schon ein Kind hatte, dass sie auch ohne das zweite zurechtkommen würden. Die Familie hatte es nur eine Woche, so schrecklich konnten sie es also noch nicht vermissen. Sie selbst hatten sich so viele Jahre nach einem Kind gesehnt, und jetzt hatten sie keine Kraft mehr für ein weiteres, ewiges Adoptionsverfahren. Sie wussten, dass die Adoptionsagentur und das Waisenhaus seriös waren und das Kind keine bekannten Defekte haben würde. Und dann rechneten sie mit dem Wiedererkennungsfaktor, der für ein chinesisches Kind so gut wie null ist, weil die meisten Menschen in diesem Teil der Welt glauben, dass alle Chinesen gleich aussehen. Nicht einmal die Großmutter würde bemerken, dass ein anderes Kind im Kinderwagen lag.«

Hamad runzelte die Stirn, ohne darauf einzugehen.

»Er hat recht«, sagte Andersson. »Das ist nicht schön, aber ich stimme Jens zu. So werden sie ungefähr gedacht haben. Aber warum haben sie den Körper eingefroren? Warum haben sie ihn nicht einfach verschwinden lassen?«

»Für den Fall, dass jemand sie erwischen würde«, antwortete Sandén voller Überzeugung. »Falls herauskäme, was sie getan hatten, konnten sie auf jeden Fall beweisen, dass sie für den Tod des Kinds nicht verantwortlich waren. Die Frage ist nur, warum diese Menschen Gideon ermordeten.«

»Weil sie herausbekommen hatten, was er vorhatte«, sagte Andersson. »Dass er kurz davor stand, ihre Lebenslüge aufzudecken.«

»Ja, schon klar. Aber wie? Und ist der Schritt von Entführung zu Mord nicht ziemlich groß? Jamal? Du sagst ja gar nichts?«

»Ich denke nach. Ich höre zu, aber ich habe einen Gedanken im Kopf, der nach draußen möchte. Aber er entwischt mir die ganze Zeit. Doch, der Schritt von Entführung zu Mord ist ziemlich groß. Und ich bezweifle, dass die kleine Elin, die von all dem natürlich nichts weiß, so detaillierte Informationen über Gideons Pläne hatte und weitergeben konnte, dass die Eltern beschlossen, ihm das Leben zu nehmen.«

»Gideon hatte noch gar nicht entschieden, ob er der Familie in Eslöv seinen Verdacht wirklich mitteilen wollte«, sagte Andersson. »Ich bezweifle, dass er Elin schon davon erzählt hatte.«

»Nein, das ist vollkommen ausgeschlossen«, stimmte ihm

Sandén zu. »Elin ist wahrscheinlich die Letzte, die davon erfahren wird. Wenn die Eltern Gideon ermordet haben, verlieren sie Elin auf jeden Fall. Aber was passiert, wenn sie es nicht waren?«

»Keine Ahnung«, sagte Hamad. »Für das Wohl des Kindes, also ... Nein, ich habe nicht den blassesten Schimmer.«

»Ich habe mal einen amerikanischen Film gesehen ...«, begann Sandén.

»Die Jalousien«, sagte Hamad mit plötzlichem Feuer im Blick. »Was hat Elin im Rosenlundspark gemacht? Sie wohnt in einem ganz anderen Stadtteil. Was hatte sie also in der Skånegläntan verloren?«

»Sie hat eine Freundin besucht?«, schlug Sandén vor.

»Sie war allein im Park«, sagte Andersson. »Deswegen hat sich Gideon um sie gekümmert, nachdem sie sich wehgetan hatte.«

»Was ist mit den Jalousien?«, fragte Sandén.

»In deinen Vernehmungsprotokollen steht, dass weder Axner noch Johansson sich daran erinnern, die Jalousien heruntergezogen zu haben. Wann hätten sie auch die Zeit dafür gehabt?«

Sandén und Andersson schauten einander fragend an und zuckten mit den Schultern.

»Und du irrst dich, Jens. In einem Punkt liegst du falsch. Ich glaube, es gab jemanden, der bemerkt hat, dass ein anderes Kind im Wagen lag.«

*

Gerdin und Westman arbeiteten auf der Grundlage von Karl Engströms Beschreibung, wie ein solches Gang-Bang-Event normalerweise abgelaufen war. Der Initiator, in diesem Falle Gunnar Malmberg, kontaktierte ein paar Tage zuvor eventuelle Interessenten und teilte ihnen mit, wann und in welcher Stadt der Event stattfinden sollte. Erst wenige Stunden vor der Zusammenkunft wurden genauere Details bekanntgegeben. Für Sjöberg und seine Einsatzgruppe aus Falun bestand das Problem also darin, dass sie nicht wussten, welches Hotel sie beobachten sollten. Von der Zimmernummer ganz zu schweigen.

Gerdin und Westman versuchten, denkbare Orte zu identifizieren, und hatten deshalb das Angebot in Falun gesichtet. Dass der Vergewaltigungsring sich in einem kleinen Hotel oder einer Jugendherberge treffen würde, schlossen sie aus. Dort würden sie zu viel Aufmerksamkeit auf sich ziehen, und Aufmerksamkeit war das Letzte, was diese Herren sich wünschten. In Falun gab es drei größere Hotels, zwei davon lagen sehr zentral, das dritte etwas außerhalb am Naturschutzgebiet Lugnet, das allerdings auch nicht besonders weit vom Zentrum entfernt war. Es war unmöglich zu erraten, welches der Hotels Malmberg bevorzugen würde. Also musste sie versuchen, es auf eine andere Weise herauszufinden.

Ein weiteres Problem bestand darin, dass Bengt Nilsson, genannt »der Magister«, laut Kalle nicht zu der Aktion eingeladen war und demzufolge auch Kalle nicht. Kalle und »der Polizeichef« kommunizierten nicht direkt, sondern immer über Nilsson, und Kalle hatte noch nicht einmal Malmbergs Nummer in seinem Handy gespeichert. Darüber machten sie sich allerdings keine Gedanken, weil Hamad schon seit Längerem im Besitz von Malmbergs geheimer Prepaid-Nummer war. Ein wenig kniffliger war die Aufgabe, wie »Kalle« – das heißt Gerdin und Westman – mithilfe dieser Kenntnisse einen glaubwürdigen Kontakt mit Malmberg etablieren konnte, um auf diese Weise herauszubekommen, wo die Zusammenkunft stattfinden sollte. Ohne dabei so viel Misstrauen zu wecken, dass die Operation gefährdet war.

Um sich in Kalles Stil der SMS-Kommunikation einzuschwingen, gingen sie die gesamte Korrespondenz durch, die noch auf dem Handy gespeichert war. Dass er sich kurz fasste und exakt formulierte, war wenig überraschend, und er benutzte weder Smileys noch die Abkürzungen, die Jugendliche in seinem Alter ansonsten so gerne verwendeten. Er schrieb, wie er sprach, mit wenigen Adjektiven, Subjekt, Prädikat. Die Rechtschreibung war korrekt, und wenn ihm eine Frage gestellt wurde, liefert er oft eine Antwort, in der die Frage selbst wieder enthalten war. Das Gesetz des geringsten Widerstandes galt nicht für Karl Engström, weder in der Rede noch in der Schrift.

Gerdin und Westman mussten strategisch vorgehen und durften nichts überstürzen. Das Treffen war für zwei Uhr anberaumt, und die Zeit, um den Zugriff vorzubereiten, wurde knapp. Trotzdem beschlossen sie erst um halb zwölf, als einer der Züge aus Stockholm in Falun eingetroffen war, einen ersten Kontakt herzustellen.

Wo werden wir sein?, tippte Gerdin ein und schickte die Mitteilung an Malmbergs geheime Prepaid-Nummer.

Vier Minuten später kam die Antwort.

Wer fragt?

Der Baumeister fragt.

Stille. Sie warteten gespannt auf eine weitere Mitteilung, aber nichts passierte.

»Wenn Malmberg die Nummer des ›Baumeisters‹ nicht hat, muss er zuerst den ›Magister‹ kontaktieren, um die Angabe zu verifizieren«, sagte Gerdin nach einer Weile. »Und er muss herausfinden, ob Nilsson seine Nummer irgendwann an Kalle herausgegeben hat. Und das hat er vielleicht nicht. Verdammt, daran kann jetzt alles scheitern.«

»Er muss Nilsson auch fragen, ob er Kalle von dem Event erzählt hat«, sagte Westman.

»Dass er das getan hat, wissen wir ja. Aber es könnte unglaubwürdig wirken, dass Kalle ohne Nilsson kommen will?«

»Seltsam vielleicht, aber nicht undenkbar«, hoffte Westman.

»Wenn er uns jetzt noch nicht durchschaut hat, wird er Kontrollfragen stellen«, vermutete Gerdin. »Wir müssen auf der Hut sein.«

»Falls er überhaupt Kontakt zu Nilsson herstellen kann. Ansonsten wird er direkt abbrechen.«

Vierzehn Minuten vergingen, und sie begannen schon zu verzweifeln, als das Handy wieder piepste.

Du bist doch nicht angemeldet.

Ich melde mich jetzt an.

Und kurz darauf, als Kontrollfrage:

Bist du mit dem Magister zusammen?

Ich bin nicht mit dem Magister zusammen, schrieb Gerdin. *Der Magister ist nicht angemeldet.*

Wo bist du jetzt?

Ich bin in Falun.

Bist du mit dem Auto gekommen?

Kontrollfrage Nummer zwei, ganz klar.

»Kalle hat keinen Führerschein«, sagte Westman. »Das weiß er bestimmt. Er testet ihn. Uns. Verdammt, das ist wirklich furchtbar. Man glaubt, jemanden zu kennen, und dann ...«

Sie schüttelte den Kopf.

Ich bin nicht mit dem Auto gekommen. Ich bin mit dem Zug gekommen, schrieb Gerdin.

Soll ich dich abholen?, fragte Malmberg.

»Was soll ich denn darauf antworten?«, sagte Gerdin, die inzwischen auch gestresst aussah.

»Natürlich mit Nein«, sagte Westman.

»So schlau bin ich auch, aber wie?«

»Einfach nur verneinen, sonst nichts. Wenn er weiterfragt, sagen wir, dass er isst.«

Du sollst mich nicht abholen, schrieb Gerdin.
Ein paar Minuten angestrengter Stille, und dann:
Ich melde mich wieder.
»Puh. Ich glaube, er hat es gekauft«, sagte Westman.
»Abwarten«, sagte Gerdin.

*

»Danke für den Hinweis«, sagte Hamad. »Dank Ihrer Aussage konnten wir die beiden Männer verhaften, die John Gideon misshandelt haben.«

»Sagen Sie es ruhig«, sagte die sechsundsiebzigjährige Dame. »Sie möchten bestimmt wieder einen Kaffee trinken. Und meinen Keksen konnten Sie auch kaum widerstehen, daran erinnere ich mich besonders gut.«

»Das hier sind meine Kollegen, Andersson und Sandén.«

»Treten Sie ruhig ein, ich setze Kaffee auf.«

»Könnte ich die Toilette benutzen?«, fragte Andersson.

»Natürlich«, sagte Birgitta Wallin, die bereits auf dem Weg zur Kaffeemaschine war und jetzt direkt vor dem Schlafzimmer stand.

Während Hamad und Sandén ihr in die Küche folgten, ging Andersson ins Badezimmer. Methodisch öffnete er jede Flasche und Dose im Schrank, ohne bei einer von ihnen den charakteristischen Geruch von Bittermandel wahrnehmen zu können. Medikamente gab es kaum, die Frau schien kerngesund zu sein. Ohne zu spülen schlich er wieder hinaus und ging ins Schlafzimmer hinüber. Auch dort fand er nichts Bemerkenswertes, abgesehen von dem Waffenschrank in der Ecke. Aber John Gideon war nicht erschossen worden, und der Waffenschrank war abgeschlossen, daher gab es im Grunde nichts zu beanstanden. Trotzdem hätte Andersson gern einen Blick in diesen sorgfältig verriegelten Schrank geworfen.

Schnell durchsuchte er die Kleiderschränke und die Schubladen, tastete mit der Hand den Raum hinter den Büchern im Regal ab und schaute unter die Matratze. Dann schlich er ins Wohnzimmer, wo sein Blick zuerst auf einen hochwertigen Feldstecher fiel und anschließend auf eine Vitrine, in der außer Gläsern und Geschirr auch einige Flaschen mit alkoholhaltigen Getränken aufbewahrt wurden. Allerdings nicht der erhoffte Kräuterschnaps. Dann beendete er seine oberflächliche Suche, ging auf Zehenspitzen zurück zur Toilette, spülte und gesellte sich zu den anderen in der Küche.

Auf dem Tisch standen mittlerweile vier Tassen Kaffee und ein Teller mit Keksen.

»Singoalla«, sagte Hamad. »Meine Lieblingskekse, als ich ein Kind war. Ich nehme an, dass Sie Enkelkinder haben, denn für sich selbst werden Sie die Kekse wohl nicht gekauft haben?«

Andersson bemerkte, wie ein Schatten über das Gesicht der alten Dame huschte. Hamad hatte recht mit der Vermutung, dass sie mit der Erwähnung des Enkelkinds nicht gerechnet hatte. Im selben Augenblick klingelte es an der Tür, was ihr die Gelegenheit gab, das Feld für einen Augenblick zu räumen. Kurz darauf hörten sie Stimmen aus der Diele.

»Ein edler Feldstecher und ein verschlossener Waffenschrank«, flüsterte Andersson. »Sonst nichts.«

»Wir werden sie bitten müssen, ihn zu öffnen«, flüsterte Hamad zurück.

»Das wird sie niemals tun«, zischelte Sandén. »Sie wird sagen, dass es die Flinte ihres verstorbenen Mannes ist und er den Schlüssel mit ins Grab genommen hat.«

Eine etwa fünfzigjährige Frau in Freizeitkleidung kam in die Küche. Sie sah munter und freundlich aus, ähnlich wie die Gastgeberin.

»Die Herren sind von der Polizei«, sagte Birgitta Wallin.

»Sie sind hier aufgrund einer Vergewaltigung und einer tödlichen Körperverletzung, die sich letztes Wochenende in dem Haus gegenüber ereignet haben. Und das hier ist meine Tochter. Sie kommt direkt vom Wochenendhaus. Sie hatten einen Einbruch, und sie musste Urlaub nehmen, damit sie dort aufräumen konnte. Sie haben ein riesiges Durcheinander hinterlassen.«

»Tut mir leid«, sagte Hamad. »Haben Sie schon Anzeige erstattet?«

»Nein«, antwortete die Frau und setzte sich an den Tisch. »Es gibt so viele Einbrüche in diesen Ferienhaussiedlungen, und man hört nie, dass irgendjemand dafür verurteilt wird.«

»Tut mir leid zu hören, dass die Polizei keine gute Arbeit macht«, schmeichelte Hamad sich ein. »Wo liegt denn Ihr Wochenendhaus?«

»Draußen ... Richtung Värmdö«, antwortete sie mit einer diffusen Geste.

»Auf Ingarö«, verdeutlichte die Mutter. »Es sind auch keine großen Werte verloren gegangen. Ein paar Kosmetika, alte Kleidung, Werkzeug, Gartengeräte und Lebensmittel. Typisch Osteuropäer.«

»Mama ...«, sagte die Tochter und sah aus, als würde sie lieber über etwas anderes reden.

»Sie haben sogar die Kühltruhen ausgeräumt«, fuhr die Mutter fort, ohne sich um den offensichtlichen Unwillen der Tochter zu kümmern. »Die im Haus und die in der Garage. Natürlich waren das Osteuropäer. Denen geht es ja da drüben ganz schlecht.«

Und plötzlich sah Andersson das Bild ganz deutlich vor sich. Der Säugling im Nämdöfjärden und der Mord an John Gideon waren zwei Ereignisse, die nichts miteinander zu tun hatten. Der Säugling war von ein paar schockierten Einbrechern im Meer versenkt worden, nachdem sie bei der Durchsicht ihrer Beute aus einem Einbruch in ein Wochenendhaus zwischen Heidelbeeren, Brotlaiben und Lammsteaks diesen makabren Fund gemacht hatten. Weil sie aus nachvollziehbaren Gründen nichts mit der Polizei zu tun haben wollten, mussten sie den Körper irgendwo loswerden. Sie griffen dabei auf das zurück, was sie im Boot und in ihrem Kopf hatten, nämlich eine Rolle Maschendraht und das Wissen darüber, welche Eigenschaften und welche Dichte dieser hatte.

Birgitta Wallin hatte überhaupt keine Ahnung, was in diesen Tiefkühltruhen gesteckt hatte. Ihre Tochter Monika dagegen hatte keine Ahnung, was ihre Mutter für sie und Elin getan hatte. Und hier saßen drei Polizisten, die alle Puzzleteile richtig zusammengesetzt hatten und nur noch die Tochter und die Mutter gegeneinander ausspielen mussten.

»Dieser Waffenschrank«, sagte Andersson. »Ich habe ihn gesehen, als ich aus dem Badezimmer kam. Was befindet sich darin?«

Jetzt war Birgitta Wallin an der Reihe, einen unglücklichen Gesichtsausdruck zu machen. Die Tochter wirkte dagegen ganz zufrieden damit, dass nicht mehr ihre Kühltruhe im Mittelpunkt des Gesprächs stand.

»Das alte Jagdgewehr meines Mannes«, antwortete die Mutter. »Ich bin noch nicht dazu gekommen, mich nach seinem Tod davon zu trennen.

»Papa liebte die Jagd«, erklärte die Tochter. »Als ich klein war, haben wir Elchfleisch zum Frühstück, zum Mittagessen und zum Abendessen bekommen. Später, als es mehr Wölfe gab, gab es deutlich weniger davon. Aber ich glaube, Papa war der Einzige, der darüber traurig war.«

»Möchten Sie noch einen Keks?«, fragte Birgitta Wallin und schob Hamad den Keksteller hinüber, der eine abwehrende Geste mit der Hand machte.

»Wölfe?«, sagte Sandén. »Wo hat er denn gejagt?«

»In der Gegend von seiner Jagdhütte in Fåsås«, antwortete Monika. »Bei Mora.«

Andersson sah, wie Sandén sein Handy aus der Tasche holte und mit einer Intensität darauf herumtippte, die ihm gar nicht ähnlich sah. Andersson vermutete, dass sich der Kollege nicht mit Sudokus beschäftigte, sondern mit etwas Dringenderem, auch wenn er sich nicht vorstellen konnte, was das sein sollte.

»Von hier aus sehen Sie direkt in John Gideons Wohnung, Frau Wallin«, sagte Hamad und stand auf. »Die Entfernung ist minimal. Wie weit könnte es sein? Zwanzig Meter? Fünfzehn? Haben Sie vielleicht ein Fernglas, das ich mir ausleihen könnte?«

»Tja, ich weiß nicht.«

»Papas Feldstecher steht im Wohnzimmer, Mama. Ich hole ihn schnell«, sagte die Tochter und verließ die Küche.

Nur einen Augenblick später kam sie mit dem Feldstecher wieder zurück und gab ihn an Hamad weiter, der ihn an die Augen hob.

»Richtig scharf gestellt ist er auch schon«, sagte er. »Ich brauche noch nicht einmal an der Schraube zu drehen, und schon sehe ich den Schreibtisch, auf dem der Computerbildschirm stand, der in diese Richtung gedreht war. Haben Sie hier gestanden und zugesehen, als John Gideon am Computer saß und ein Ticket nach Eslöv bestellte? Als er seine Zeitungsausschnitte studierte und Nachforschungen im Internet anstellte?«

Birgitta Wallin antwortete nicht, schaute nur auf die Tischplatte hinunter und rang mit den Händen. Die Tochter schaute sie verwundert an, begriff überhaupt nichts.

»Ich würde gern einen Blick in den Waffenschrank werfen«, sagte Sandén, der plötzlich zum Leben erwacht war und von seinem Handy aufschaute.

»Ich glaube nicht, dass ich den Schlüssel noch habe«, sagte Birgitta Wallin, die immer noch nicht aufschaute.

»Im Schlüsselkasten, Mama. Er hängt doch im Schlüsselkasten«, sagte die Tochter und ging die wenigen Schritte zu dem Kasten, der auf der Arbeitsplatte direkt hinter der Küchentür stand. »Bitte sehr.«

Sie gab Sandén den Schlüssel, der aufstand und den Raum verließ.

»Es war die Jalousie, Frau Wallin«, sagte Hamad, der immer noch seinen Rücken dem Küchentisch zugewendet hatte und den Feldstecher vor die Augen hielt. »Die Jalousie und die Singoalla-Kekse. Die Singoalla-Kekse haben mir verraten, dass es ein Kind in der Familie gab. Ein Kind, das Sie aus irgendeinem Grunde nicht erwähnen wollten.«

Monika Lundell setzte sich, mittlerweile hatte sie einen zutiefst beunruhigten Gesichtsausdruck. Ohne die Zusammenhänge richtig zu verstehen, wurde ihr klar, dass auch sie davon betroffen war. Und ihre geliebte Tochter.

»Sie haben gesagt, dass Sie nicht sehen konnten, wie die Männer Gideon misshandelten«, fuhr Hamad fort und wandte sich wieder Birgitta Wallin zu, »oder dass jemand die Jalousie heruntergelassen hat. Aber John Gideon wurde auf offener Bühne überwältigt und misshandelt. Die Eindringlinge waren betrunken, und sie hatten weder die Zeit noch die Geistesgegenwart, umsichtig und überlegt vorzugehen. Sie selbst haben die Jalousie heruntergelassen, als sie kurz danach auftauchten, um ihre Anteilnahme zu zeigen, sich eine Weile mit ihm über das zu unterhalten, was passiert war, und ihm zu helfen, die Schmerzen mit etwas Stärkendem zu lindern. Etwas, das so stark roch und schmeckte, dass es den Geruch von Bittermandel überdeckte. Nämlich der Kräuterschnaps, zu dem John Gideon niemals nein sagte, denn das hatten Sie mit Ihrem Feldstecher gesehen. Sie hatten auch gesehen, wie er

Ihre Enkeltochter behandelt und gefilmt hatte. Oder wie auch immer wir sie nennen sollen. Ich glaube, dass sie zufällig gesehen haben, wie Gideon mit der kleinen Elin ins Haus gegenüber ging. Wahrscheinlich sind Sie neugierig geworden, was sie dort machen wollten, und haben den Feldstecher geholt, um es herauszufinden. Denn Sie, Frau Wallin, wussten ganz genau, dass er keine perversen Neigungen hatte, sondern ganz andere Dinge für die Mädchen tat. Sie wussten, dass John Gideon ein ehrlicher Mensch war, der nur Gutes tun wollte. Und obwohl die Sache nie diskutiert wurde, wussten Sie, dass Elin nicht das Kind war, mit dem Ihre Tochter und Ihr Schwiegersohn aus China zurückgekommen waren, sondern das Mädchen, das in Eslöv entführt worden war. Was Sie aber nicht wussten, war, dass Gideon sich gar nicht sicher war, ob er mit dem, was er über Elin wusste, etwas anfangen wollte. Für ihn war das Wichtigste, dass es Elin gut ging. Und es ging ihr gut. Bis jetzt.«

»Fåsås«, sagte Sandén, der jetzt in der Tür auftauchte. »Dort gab es einen verrückten Wolfshasser, der Fleischklöße und Wurststücke, die mit Zyanid-Kapseln gespickt waren, neben den gerissenen Elchkadavern auslegte. Damit die Wölfe starben, sobald sie zurückkamen, um von ihrer Beute zu essen. Der Polizei gelang es nie, den Täter zu fassen, aber ich glaube, dass wir dieses Rätsel jetzt als gelöst betrachten können. Im Waffenschrank habe ich nämlich das hier gefunden.«

Sandén hielt eine Dose hoch, die laut Etikett Halstabletten enthalten sollte, allerdings einen sehr aufdringlichen Geruch nach Bittermandel ausströmte.

»Birgitta Wallin«, sagte Hamad. »Ich verhafte Sie wegen des Mordes an John Gideon. Monika Lundell. Ich verhafte sie wegen Menschenraubs.«

Freitagnachmittag

Veronica sollte nach Hause fahren. Heute war der Tag, an dem sie das Krankenhaus verlassen durfte und in die Wirklichkeit zurückgeworfen wurde. Sie hatte das farblose und nichtssagende Krankenzimmer satt, ebenso wie das Pflegepersonal mit seinen routinemäßigen Handgriffen und mitfühlenden Fragen. Zu Hause würde die Aufmerksamkeit echt sein, aber die Fragen dafür umso aufdringlicher. Veronica wollte an keinem dieser Orte sein. Sie wollte nirgendwo sein. Doch, vielleicht auf einer einsamen Insel in der Südsee, mit einem guten Buch und einem exotischen Drink. Nicht in Björkhagen oder Kärrtorp, wo ihr an jeder Ecke jemand über den Weg laufen würde, der irgendwas zu glauben, zu wissen oder zu meinen hatte über Veronica und diesen verdammten Freitagabend.

Ein Freitagabend, der so gut begonnen hatte, mit Jubel und Trubel, mit Tanz und Spaß, mit Gemeinschaft und Liebe.

Wie Gabriel und Veronica nach ihrer Vereinigung ermattet zu Boden sanken, immer noch eng umschlungen. Sie genossen einen Augenblick der Wärme, der Nähe, der Intimität, bevor sie einander losließen. Sie legten sich auf den Rücken, dicht beieinander, Seite an Seite, und redeten. Über Gott und die Welt. Gabriel liebkoste ihren Bauch, ihre Brüste mit seiner großen, warmen Hand. Sanft und vorsichtig, wie man es macht, wenn man jemanden richtig mag. Er griff nach dem Flachmann und führte ihn an ihren Mund. Es war schwierig, im Liegen zu trinken, ein Teil ging daneben und rann die Wangen und das Kinn hinunter. Er schleckte es ab, küsste es fort, und sie lachten zusammen. Fünf Minuten lagen sie so da, vielleicht zehn. Tranken noch ein bisschen, scherzten und neckten einander mit einer solchen Wärme, die es nur zwischen zwei Personen geben konnte, die sich geliebt hatten und sich wieder lieben wollten.

Denn Gabriel war noch nicht zufrieden, und auch Veronica hatte noch nicht genug Liebe bekommen. Er zog sie auf sich, setzte sie rittlings auf seine wiedererwachte, starke und hungrige Männlichkeit. Er lag mit geschlossenen Augen da, führte sie mit seinen Händen, genoss ihre immer heftigeren Bewegungen. Es drehte sich in ihrem Kopf, Veronica war richtig berauscht, von der Liebe und all den anderen Verwerfungen in ihrem jungen Leben. Aber was machte das schon? Sie war in guten Händen, sie waren zu zweit und sie halfen einander.

Da spürte sie plötzlich, wie zwei Arme sich um sie schlossen, ein paar neue Hände, die sich um ihre Brüste legten. Sie schrie auf, schaute erschrocken in die Augen ihres Geliebten, er war genauso überrumpelt wie sie, ein Erstaunen, das sich nach einem kurzen Augenblick in ein Lächeln verwandelte.

»Wir teilen doch brüderlich?«, hörte sie eine Stimme direkt neben ihrem Ohr sagen.

Gabriel lachte, nachsichtig und ein bisschen abgelenkt, äußerst unwillig, sich bei dem stören zu lassen, was er gerade tat.

Dieselbe rhythmische Bewegung wie zuvor, Veronica schaukelte mit, wie in einem Wolfseisen zwischen den beiden Brüdern, ohne zu wissen, was sie tun sollte.

»Komm schon, Veronica«, sagte Gabriel sanft. »Lass es geschehen, es ist nur mein Bruder. Du musst deinen Horizont erweitern, etwas Neues und Herrliches ausprobieren.«

Vielleicht musste Veronica wirklich ihren Horizont erweitern, neue, unkonventionelle Dinge ausprobieren? Nicht Mamas Biedermeier-Mädchen sein, sondern modern, spontan und lebensfroh? Der erste Schock ließ langsam nach, sie entspannte sich etwas, überlegte, wie sie mit der Situation umgehen sollte. Aber es gab keine Zeit zum Nachdenken, nur ein Ja oder ein Nein, jetzt oder nie, und nicht einmal diese Entscheidung konnte sie fällen, denn plötzlich kam er von hinten, arbeitete sich ebenfalls in sie hinein. Obwohl es eigentlich keinen Platz gab, obwohl es eigentlich gar nicht schön war. Trotzdem befand sie sich jetzt hier und überzeugte sich selbst davon, dass es heftig war, anders, bemerkenswert. Das sagte jedenfalls ihre benebelte Vernunft, das war, was die Gebrüder Eklund sagten und offensichtlich erwarteten, dass sie denken sollte. Und was spielte es überhaupt für eine Rolle? Ob es Gabriel oder Jonas oder alle beide waren? Sie hätte sich genauso auch von Jonas zum Geräteschuppen mitnehmen lassen. Beide Brüder waren gleich begehrenswert. Gleich perfekt, gleich unerreichbar und gleich unwahrscheinlich als Freunde von Veronica Engström. Und hier war sie mit beiden gleichzeitig zusammen. Ein Traum, der in Erfüllung gegangen war. Gleich doppelt.

Als dann noch Ted auftauchte, war sie wehrlos. Ted, der einmal in den Sommerferien hinter ihr her gewesen war, als sie sich auf einem Fest auf Gotland begegnet waren. Ted, der versucht hatte, sie ins Bett zu bekommen. Nachdem sie ihn freundlich abgewiesen hatte, hatte er sich damit getröstet, allen, die es hören wollten, bis ins kleinste Detail von ihren angeblichen Sexspielchen und ihrem unermesslichen Appetit zu erzählen. Sie hatte es Ted inzwischen verziehen, aber Ted hatte ganz offensichtlich Veronica nicht vergeben, weil er sich jetzt mit einer Verachtung auf sie stürzte, von der sie nichts geahnt hatte. Aber das war noch nicht genug, denn er hatte vier Schulkameraden mitgebracht, die ihn bei der Zähmung der mythenumwobenen Hure von einem längst vergangenen Sommer auf Gotland unterstützen sollten. Und natürlich die begehrten Gebrüder Eklund, die von Veronicas Großzügigkeit gar nicht genug bekommen konnten.

Als sie mehrere Stunden später aus der Bewusstlosigkeit erwachte, aus dem Alkoholschlaf, oder war es vielleicht ein Albtraum, waren ihre Kleider, ihre Schuhe und ihre Handtasche aus dem Schuppen verschwunden. Das Fest war verstummt, die Badestelle lag verlassen in der beginnenden Morgendämmerung. Veronica schrie. Sie ließ ihren Schmerz in einem langen und herzzerreißenden Schrei heraus, der über den Söderbysjön rollte und von den Stämmen des umgebenden Walds zurückhallte.

Dann ließ sie ihre Jugend und die aufgezwungene Gemeinschaft hinter sich und begann zu laufen.

Jetzt war es an der Zeit für Veronica, nach Hause zu fahren. Sie war ihres eigenen Glückes Schmied, und es galt, das Eisen zu schmieden, solange es heiß war. Das hatte sie getan. Vielleicht würde sie den Rest der Schulzeit überstehen. Aber sie zweifelte daran, dass sie sich schon bald wieder im Spiegel betrachten konnte.

*

Kurz nach ein Uhr begann Sjöberg, der in ständigem Kontakt mit Westman und Gerdin stand, allmählich die Zuversicht zu verlieren. Die Operation musste gelingen, so war es einfach. Die Beweise gegen Malmberg im Falle der Vergewaltigung von Veronica Engström waren stark: Blut, Sperma und eine detaillierte Zeugenaussage des Opfers. Aber Malmberg war kein Idiot. Mit einem erstklassigen Verteidiger an seiner Seite könnte die unwahrscheinliche Geschichte, wie er sich des armen Mädchens auf der Straße erbarmt hatte, zumindest Zweifel an seiner Schuld wecken. Wenn die litauischen Prostituierten aus Orminge eine Anzeige wegen Vergewaltigung erstatteten, würde es vielleicht ausreichen, denn zwei Klagen gegen ein und dieselbe Person waren besser als eine. Doch auch dieser Fall war eine wackelige Konstruktion. Denn es entsprach der Wahrheit, dass das Rechtssystem die Vergewaltigung einer Prostituierten nicht so ernst nahm wie die einer anderen Mitbürgerin. Denn nicht einmal in Schweden waren alle vor dem Gesetz gleich. Aber wenn diese Operation gelang und Malmberg und seine Komplizen auf frischer Tat ertappt wurden, würde die Situation ganz anders aussehen. Eine wasserdichte Beweiskette würde zu einer soliden Anklage führen, und dann würde der Dominoeffekt auch zu Gerechtigkeit für Veronica Engström und die litauischen Prostituierten führen. Und es war nicht auszuschließen, dass sich noch mehr Opfer des Vergewaltigungsrings und seiner Mitglieder melden und für neue Anklagen sorgen würden.

Aus Sjöbergs Sicht stand und fiel alles mit diesem Zugriff. Was ihn nervös machte, denn er wollte nichts mehr, als dass der stellvertretende Polizeidirektor endlich das schwedische Rechtswesen zu spüren bekam und öffentlich an den Pranger gestellt wurde. Denn diese Öffentlichkeit hatte er durch seinen scheinheiligen Kampf gegen Geschlechterdiskriminierung, sexuelle Belästigung und Gewalt gegen Frauen zutiefst enttäuscht, da er gleichzeitig mit selten erlebter Brutalität den sexuellen Sadisten befriedigte, der in ihm steckte. Große Worte, nichts dahinter, dachte Sjöberg. Und in der anderen Waagschale John Gideon, der nicht das geringste Aufhebens um sein brennendes Engagement für das Recht junger Frauen auf ein erträgliches Leben und eine eigene Stimme gemacht hatte. Zwei Extreme, aber es gab keinen Zweifel, welches davon am schwersten wog. Gideons Waagschale fiel mit solcher Kraft auf den Boden, dass Malmberg ins Nichts hinausgeschleudert wurde.

Um die Erfolgsaussichten zu verbessern, hatte Sjöberg außergewöhnliche Maßnahmen ergriffen. Unter strikter Geheimhaltung hatte er in jedem der drei großen Hotels, die laut der Kolleginnen in Stockholm für das Treffen infrage kamen, einen Polizisten an die Rezeption gestellt. Außerdem hatte er die Buchungen in diesen Hotels gesichtet und festgestellt, dass es in einem der beiden zentral gelegenen Hotels Vorabbuchungen gegeben hatte, die in diesem Zusammenhang auffällig waren. Im obersten Stockwerk hatte man eine ganze Suite am hinteren Ende des Flurs reserviert, zusammen mit den vier angrenzenden Zimmern. Daraus zog Sjöberg die Schlussfolgerung, dass man aus Sicherheitsgründen die verdächtigen Aktivitäten so weit wie möglich von den anderen Hotelgästen abschirmte und direkte Zimmernachbarn zu vermeiden suchte. Sjöberg war es trotz großer Eile auch gelungen, in der Suite, von der er vermutete, dass sie für die Veranstaltung vorgesehen war, eine Abhöreinrichtung zu installieren. Wenn Westmans und Gerdins Dialog mit Malmberg erfolglos bliebe, war es durchaus möglich, dass sie auch ohne »Kalle« zuschlagen würden, und zwar genau an diesem Ort.

Aber Sjöberg hoffte, dass die Kommunikation zwischen Malmberg und »Kalle« nicht abbrach und dass er bald die Bestätigung bekommen würde, dass er seine Falle am richtigen Ort aufgebaut hatte. Er glaubte nämlich, dass die Versuchung, Kalle mit dabeihaben zu wollen, so groß war, dass sie Malmbergs Urteilskraft vernebeln würde. Nach seiner langjährigen Erfahrung mit kranken Hirnen vermutete er nämlich, dass Kalle mittlerweile der Freak war, der die Show erst zu einem Erfolg machte.

*

Als es halb zwei war und sie immer noch nichts von Malmberg gehört hatten, begannen Gerdin und Westman sich ernsthaft Sorgen zu machen. Und plötzlich rief Torbjörn Engström an und erzählte, dass jemand, der angeblich für das Meinungsforschungsinstitut Sifo arbeitete, mit einer unterdrückten Telefonnummer angerufen und nach Kalle gefragt habe. Der Vater hatte daraufhin wie abgesprochen erzählt, dass Kalle erst am späten Abend zurückerwartet wurde, da er sich in Falun befand und einen alten Schulkameraden besuchte. Als auch nach Kalles Handynummer gefragt wurde, hatte Torbjörn geantwortet, dass er sie nicht herausgeben würde und dass Kalle ohnehin mit niemandem außer den Familienmitgliedern reden würde. Was gar nicht so weit von der Wahrheit entfernt war und außerdem der Behauptung, dass »Kalle« nicht antworten würde, selbst wenn Malmberg anrief, Glaubwürdigkeit verlieh.

Vier Minuten vor zwei hätten Gerdin und Westman beinahe aufgegeben. Und sie konnten sich nur zu gut vorstellen, was Sjöberg empfand, während er in einem Zimmer im obersten Stockwerk des Hotels in Falun saß und wartete.

Und in diesem Moment nahm Malmberg wieder Kontakt auf.

Alles okay bei dir?

Kontrollfrage drei. Malmberg wusste, dass Karl Engström keine Gefühle hatte, die man in Worte übersetzen konnte. Es war eine Herausforderung, und keiner von ihnen hatte eine Ahnung, wie Kalle eine solche Frage beantworten könnte. Westman hatte eine Idee und rief Torbjörn Engström an.

»Fragen Sie Kalle, ob bei ihm alles okay ist«, sagte sie hektisch.

»Was? Warum?«

»Bitte, fragen Sie ihn einfach«, bat sie. »Wir müssen wissen, wie er darauf antwortet.«

»Ist alles okay bei dir, Kalle?«, hörten sie im Hintergrund.

»Was soll okay sein?«

Kalle war anscheinend total überfordert. Er wiederholte nicht einmal die Frage in der Antwort.

»Alles eben. Die ganze Situation. Ist alles okay bei dir?«
»Vielleicht. Vielleicht nicht.«
Ein Schulterzucken, das man durch das Telefon hören konnte. Westman musste grinsen, und Gerdin tippte eifrig auf dem Telefon herum.

Was soll okay sein?, schrieb sie.

Dass wir uns treffen.

Vielleicht, vielleicht nicht.

Eine Minute, die sich wie eine Ewigkeit anfühlte. Dann die Erlösung.

Geh zum Scandic Hotel. Es liegt bei Lugnet. Raum 502.

Gerdin und Westman entschieden, dass Karl Engström auf solche Mitteilungen nicht antwortete. Dass er einfach nur tat, was ihm gesagt wurde, kommentarlos.

*

Als Sjöberg die Mitteilung bekam, dass er selbst, die Abhöreinrichtung und der größere Teil der Einsatzkräfte sich im falschen Hotel befanden, brach ihm der kalte Schweiß aus. In aller Hast warnte er den Polizisten vor, der im Scandic den Rezeptionisten spielte, gab seinen Truppen neue Marschbefehle und eilte zum wartenden Zivilfahrzeug. Während der Fahrt bekam er die Information, dass drei Männer kurz nach zwei Uhr im Hotel eingecheckt hatten. Sie hatten nicht den Eindruck gemacht, als würden sie zusammengehören, trugen unauffällige Namen und hatten ihr Zimmer bar im Voraus bezahlt. Einer von ihnen hatte ein Familienzimmer gebucht, das Platz für zwei Erwachsene und zwei Kinder bot. Dieses Zimmer sei inzwischen von einem Gunnar Malmberg und seiner Tochter in Beschlag genommen worden. Der Sohn, hieß es, sei auf dem Weg.

Das Erste, wonach Sjöberg sich erkundigte, als er in die

Rezeption stürmte, war das Alter der angeblichen Tochter von Malmberg. Und die Antwort erschreckte ihn. Sie sei vermutlich zwischen zwölf und vierzehn, aber definitiv nicht älter als fünfzehn. Sie hatten keine Möglichkeiten, den Raum abzuhören, und sie mussten schnell handeln. Es ging nicht mehr um eine erwachsene Prostituierte, die sich bewusst der Gefahr aussetzte, die der Umgang mit Freiern mit sich brachte. Jetzt ging es um ein Kind, ein unerfahrenes Mädchen, das vermutlich mit dem Versprechen angelockt worden war, dass sie sich einfach und schnell viel Geld verdienen konnte, oder vielleicht auch unter dem Vorwand, dass sie die sympathische Person treffen würde, mit der sie im Internet gechattet hatte. Sie konnten sie nicht in die Falle laufen lassen, wo sie dem perversen Sadismus von Malmberg und seinen Gleichgesinnten ausgesetzt sein würde. Wenn es eine erwachsene Frau gewesen wäre, hätten sie eine Weile warten können, um diese Schweine mit heruntergelassenen Hosen und mitten im Akt zu erwischen, bevor sie größeren Schaden angerichtet hätten. Alles nur, um sie wegen Vergewaltigung und nicht nur versuchter Vergewaltigung verurteilen zu können, die sehr viel schwieriger zu beweisen war. Jetzt ging es allerdings um ein Kind, und es war undenkbar, nicht sofort alles zu tun, was in ihrer Macht stand, um sie vor dem schrecklichen Schicksal zu bewahren, das sie unausweichlich treffen würde, wenn sie sich nicht beeilten.

Sjöberg schickte einen der Männer in den fünften Stock, um sicherzustellen, dass die Luft rein war und keiner der Männer sich auf dem Flur aufhielt. Nachdem er gemeldet hatte, dass der Weg frei war, schlichen sich Sjöberg und weitere fünf Männer mit gezogenen Waffen an Zimmer 502 heran. Sie hielten einen Augenblick inne, um sich zu sammeln, und meinten erstickte Schreie aus dem Zimmer zu hören. Sjöberg schob vorsichtig die Schlüsselkarte in das Schloss und drückte auf die Klinke. Das grüne Licht leuchtete auf, und einer der Polizisten schob die Tür mit der Schulter auf und stürmte hinein, dicht gefolgt von den anderen.

»Polizei!«, rief er. »Alle auf den Boden! Sofort!«

Sjöberg kam als Letzter ins Zimmer, als Einziger ohne Dienstwaffe.

Am Kopfende des Doppelbetts war ein nackter, korpulenter Herr gerade dabei, die Hände des Mädchens ans Bettgestell zu fesseln. Er nahm sofort die Hände in den Nacken und sank auf dem Teppichboden auf die Knie. Am Fußende des Betts stand ein behaarter Typ in Unterhosen und hielt die Füße des erschrockenen Mädchens fest. Er warf sich instinktiv auf den Boden. In einem Sessel saß Gunnar Malmberg, nur mit einem Hemd bekleidet, er hielt eine Aktentasche auf dem Schoß, die, soweit Sjöberg erkennen konnte, zwei Peitschen, ein Hundehalsband mit Leine, einen Dildo, eine Augenmaske und einen Satz schwarzer Lack- und Latexbekleidung enthielt. Malmberg rührte sich nicht vom Fleck, sondern saß einfach da und schaute ihn mit einem Gesichtsausdruck an, den Sjöberg seltsamerweise nicht anders deuten konnte als pure Erleichterung. Im Bett lag ein Mädchen auf dem Rücken, das kaum älter war als vierzehn. Im Mund hatte sie einen Gagball. Der Gummiball, der gleichzeitig als Sexspielzeug und Knebel diente, war mit Riemen an ihrem Kopf befestigt und hinderte sie effektiv daran, laut zu schreien.

Weiter waren sie nicht gekommen, doch auch so war es schlimm genug. Das Mädchen wirkte vollkommen panisch, als Sjöberg sie von dem widerwärtigen Ball befreite.

»Sie sind verhaftet«, sagte er nur.

Und dann, an die Kollegen aus Falun gerichtet:

»Schafft sie weg.«

Woraufhin die überwältigten Männer mit Unterwäsche und Handschellen versehen und die Fesseln des Mädchens vom Bett gelöst wurden.

Jemand gab ihr einen Bademantel, den sie anzog, ohne dass ein Wort über ihre Lippen kam.

Sjöberg konnte seinen Blick nicht von Gunnar Malmberg abwenden. Der ehemalige stellvertretende Polizeidirektor starrte zurück, mit einem Blick, der so voller Trauer und Selbstverachtung war, dass es Sjöberg kalt den Rücken hinunterlief.

Zwei Wochen später

Auf John Gideons Beerdigung hatten sich viele mehr oder weniger seltsame Charaktere versammelt. Es war eine einfache, bürgerliche Veranstaltung, aber mit einer farbenfrohen Zeremonie in der Kapelle des Skogskyrkogården. Die Reden wurden von nicht weniger als elf Mädchen gehalten, die einst Gideons Ring angehört hatten. Jedes dieser Mädchen hatte eine Geschichte über Gideon zu erzählen, und zusammen bildeten diese Geschichten ein schönes Mosaik der Erinnerungen an ein Vorbild und einen Freund, der zutiefst vermisst wurde. Weitere Mädchen saßen auf den Bänken und hielten sein Andenken in Ehren. Jede von ihnen trug den Ring an ihrem Finger. Zu Sandéns Freude saß auch Olivia Axner unter ihnen, und weiter hinten im Raum sah er auch ihren Vater, der dem Mentor seiner Tochter offensichtlich auch seinen Respekt zollen wollte.

Auch Veronica nahm an der Zeremonie teil, womit Westman nicht gerechnet hatte und was ihr ein gewisses Unbehagen bereitete. Aber dann sah sie ein, dass es ein egozentrischer Gedanke war, und versuchte sich selbst davon zu überzeugen, dass es nicht um sie selbst ging, sondern dass sie Veronica gratulieren sollte, weil sie wieder auf die Beine gekommen war. Irgendeines der Wesen, dass seine beschützende Hand über diese Trauerfeier hielt, schien sie zu erhören, denn Veronica umarmte sie lange und gefühlvoll, als sie sich am Ausgang begegneten. Hamad legte ihr während der ganzen Zeremonie fest den Arm um die Schulter, teils um die Tränen fernzuhalten, was ihm nicht gelingen wollte, teils weil er dem guten John

Gideon so dankbar dafür war, dass er zwischen ihm und seiner geliebten Petra eine Brücke gebaut hatte. Gideon hatte zweifelsfrei bewiesen, dass es Männer gab, die in schlechten Zeiten nicht nur aus Eigennutz auf der Seite der Frauen standen. Es würde Petras getrübtem Blick auf die Männerwelt hoffentlich ein bisschen mehr Kontrast verleihen.

Nicht nur Veronica, sondern die ganze Familie Engström war zu Gerdins Freude erschienen. Trotz des großen Leids, das die Familie getroffen hatte, wusste sie, dass sie gestärkt aus all dem hervorgehen würde. Sie wussten, dass für Kalle jetzt das Leben beginnen würde, nachdem er den Ballast abgeworfen hatte und die Eltern endlich Bescheid wussten und sein Leben und die Gefahren, die es für ihn barg, mit neuen Augen sehen konnten. Gerdin war sich sicher, dass sie ab jetzt gemeinsam an der Zukunft arbeiten würden.

Andersson saß in der ersten Bank. An seiner Seite hatte er eine vierundachtzigjährige Dame, die er am Bahnhof in Empfang genommen und in einem Taxi zur Kapelle begleitet hatte. Es war nicht das erste Mal, dass er sie sah. Bereits eine Woche zuvor hatte er sie in einem Seniorenzentrum in Uppsala besucht und sich ein paar Stunden mit ihr unterhalten, bevor er ihr den Brief überreicht hatte, in der Hoffnung, dass es für Frieden und Versöhnung niemals zu spät war. Aus den Lautsprechern erklang *The Alan Parsons Projects* fantastisches Stück »Old and wise«.

And some day in the mist of time
When they ask you if you knew me
Remember that you were a friend of mine
As the final curtain falls before my eyes
Oh when I'm old and wise

Alle Gefühle, die er bei diesem Lied und in dieser Situation empfand, schnürten ihm schmerzhaft die Kehle zu. Er legte seine Hand über Ruts und spürte, wie sie sie mit dem Daumen umfasste.

Trotz der großen Anteilnahme und trotz aller Wärme und Liebe, die diese bunte Veranstaltung prägten, empfand Sjöberg keine Freude. Eine sehr wichtige und sehr wertvolle Person fehlte in dem Meer aus Blumen, zu dem die Kapelle mittlerweile geworden war. Der Mensch, der aus glücklicher Unkenntnis über das zerbrechliche Fundament seiner Existenz die Ursache dafür war, dass sie alle hier heute versammelt waren. Das Kind, für dessen ungewisse Zukunft der alte Klaviertechniker mit dem Leben bezahlt hatte. Sjöberg fragte sich, wie es der kleinen Elin jetzt ging. Einsam und verlassen und ohne einen John Gideon, bei dem sie sich ausweinen konnte.